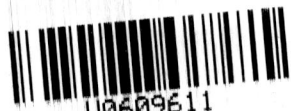

走近文艺家

光明日报文艺部 编

㊤

天津出版传媒集团
百花文艺出版社

图书在版编目（CIP）数据

走近文艺家 / 光明日报文艺部编. -- 天津 : 百花文艺出版社, 2022.6
ISBN 978-7-5306-8160-2

Ⅰ. ①走… Ⅱ. ①光… Ⅲ. ①散文集-中国-当代 Ⅳ. ①I267

中国版本图书馆 CIP 数据核字(2021)第 261093 号

走近文艺家
ZOU JIN WENYIJIA
光明日报文艺部　编

出 版 人：薛印胜
责任编辑：赵世鑫　　**装帧设计**：郭亚红
出版发行：百花文艺出版社
地址：天津市和平区西康路 35 号　**邮编**：300051
电话传真：+86-22-23332651（发行部）
+86-22-23332656（总编室）
+86-22-23332478（邮购部）
网址：http://www.baihuawenyi.com
印刷：天津新华印务有限公司
开本：880×1230 毫米　1/32
字数：312 千字　　**图片**：122 张
印张：16.5
版次：2022 年 6 月第 1 版
印次：2022 年 6 月第 1 次印刷
定价：80.00元（全二册）

如有印装质量问题，请与天津新华印务有限公司联系调换
地址：天津东丽开发区五经路 23 号
电话：(022)58160306
邮编：300300

出版说明

本书集结了《光明日报》专栏“走近文艺家”2019—2021年刊发的文章，介绍了一百余位德艺双馨的文艺家。在本书出版前，有几位文艺家不幸离世。为尊重已故文艺家所认可的文字，本书尽量保持原文，只对错漏之处进行了修改。此外，为方便读者阅读，编者按照文学、书画、工艺、文物、曲艺、音乐、舞蹈、戏剧、影视等艺术门类对辑录的文艺家进行了粗略分类，不同类别内又按照文章发表时间进行排序。其中，一些文艺家横跨多个行业，可入选多个艺术门类，我们择其一类，不再重复归类。

本书篇幅庞大，所涉内容繁杂，虽经多次审校，难免有错漏之处，希望专家和读者不吝指正。

目录

·上册·

文学

书 画

工 艺

文 物

曲 艺

· 下册 ·

音 乐

舞　蹈

戏　剧

影 视

文学

柳鸣九：无心插柳柳成荫

○ 江胜信

柳鸣九被授予翻译文化终身成就奖，对他而言是一份意外犒赏。在他的多个身份中，比如中国社会科学院终身荣誉学部委员、文艺理论批评家、散文家……“翻译家”是靠后的一枚标签。

柳鸣九（江胜信 摄）

他摩挲着《局外人》的封面，仿佛摩挲着他那颗“小石粒”

2018年11月24日上午，一位老者来到北京崇文门国瑞城西西弗书店。他戴着老式鸭舌帽，眉发皆白，坐着轮椅，与周遭的现代气息甚是违和。有人认出来了，迟疑地问：“是柳鸣九先生吗？”

正是柳鸣九。这三个字经常出现在媒体上，受众可窥知，年近90岁的他还在著书立说。2018年11月，他被授予中国翻译界的最高奖——翻译文化终身成就奖。

安静的书店内波澜骤兴：“你看的《小王子》就是爷爷翻译的，快和爷爷照张相。”一位母亲招呼着自己的儿子。“我们读过您的《萨特研究》，能和您合个影吗？”征得同意后，一对从澳洲回国的夫妇谦逊地半蹲在柳先生左右。

与热闹的眼前和广阔的学术半径形成对比的，则是柳先生安静的日常和狭小的生活半径。他足不出户，门上张贴着“医嘱静养谢绝探视　鸣九拜谢”的告示。他唯一的锻炼是被搀扶着，在不到四十平方米的居室里走一会儿。除了去医院，他上一次外出是2017年11月12日，他在中国大饭店组织了“译道化境论坛”，邀来十多个语种的三十六位翻译家共同探讨外国文学名著翻译新标准。

西西弗是法国文学巨匠加缪经典之作《西西弗神话》的主人公，他惹怒众神，被判处把一块巨石推向山顶，巨石刚被推上山又要滚下山，他就周而复始、永不停顿地推，其形象喻示了奋斗抗争的人生态度。2015年9月5日，柳鸣九先生曾在十五卷《柳鸣九文集》首发式上动情地说：“但愿我所推动的石块，若干年过去，经过时光无情的磨损，最后还能留下一颗小石粒，甚至只留下一颗小沙粒，若能如此，也是最大的幸事。”

在西西弗书店放置欧美文学作品的书架上，静静立着加缪著、柳鸣九译的《局外人》。《局外人》重印次数已有二十六次，共发行销售了十八万册。柳先生用手掌摩挲着《局外人》的封面，仿佛摩挲着他那颗“小石粒”。

“一生只为打造一个人文书架”

虽说囿于斗室，谁说他不能去“远方”？轮椅去不了的“远方”，思绪可以牵着他去。他琢磨着、沉吟着，口授出来变作文字，文字里另有一番天地。

近年来，柳鸣九通过口授撰写了《且说这根芦苇》《名士风流》《回顾自省录》《友人对话录》《种自我的园子》等著作，主编了《本色文丛》散文集四十二册、《外国文学名著经典》七十种、《思想者自述文丛》八卷、《外国文学名著名译文库》近一百种……如此工作强度，即便放到一位年富力强的学者身上也是很难承受的。

2016 年末的一个深夜，柳鸣九在书桌前晕倒，被诊断为脑梗，缠绕他十多年的帕金森陡然加重。他 2017 年 1 月底出院，2 月底竟又脑梗复发入院，这次影响到视神经，医生劝他：“您这个身体状况做眼部手术的话，搞不好就全瞎了。”他不听劝。手术让他的眼睛恢复到能看二号字。“天不灭我。”又能用放大镜看书的他如是感慨。

打开他的橱柜，全是药。柜门上，贴着他宽慰自己的小条：“多一本少一本，多一篇少一篇，都那么回事。”他不过是借这句话放宽对自己强劳动的心理负担。事实上，他已达到了彻悟的境地，该怎么干还是怎么干，就在那张小条的上面，他还贴了另一张小条，上曰：“纵浪大化中，不喜亦不惧，应尽便须尽，无复独多虑。”《友人对话录》和《种自我的园子》两本新书、“译道化境论坛”和《化境文库》第一辑，全是他两次脑梗之后的新成果。“一生只为打造一个人文书架。”这就是他所坚守的“天职”。

无心插柳，凭副业赢得至上学术荣光

柳鸣九将他涉足的领域做了划分：法国文学史研究和文艺理论批评是主业；编书、写散文、翻译是副业。《柳鸣九文集》共十五卷，其中论著占前面十二卷，翻译占最后三卷，仅为文集总容量的五分之一，收录的《雨果论文学》《磨坊文札》《莫泊桑短篇小说选》《梅里美小说精华》《小王子》《局外人》等译作均属中短篇或由它们合成的集子，不是绝对意义上的长篇。

柳鸣九坦言对此“深感寒碜”，主业的浩瀚与艰深要求他全身心投入，他“智力平平、精力有限”，只能在译海里“这儿捞一片海藻，那儿拾一只贝壳”。

回过头一清点，译作总字数竟也超过了百万，其中不乏《莫泊桑短篇小说选》《局外人》《小王子》等禁得起时间淘沥、一版再版的长销书、畅销书。“翻译家”柳鸣九无心插柳柳成荫，居然凭副科成绩赢得了至上的学术荣光。

出版社和读者之所以买他的账，或可归功于主业与副业的相辅相成——把理论研究上细细咂摸、咬文嚼字、不偏不倚的劲头和追求用于文学翻译，或许更容易找到福楼拜所推崇的“一个字用得其所的力量”中那个最恰当的“字”；理论研究须捕捉言外之言、意外之意，将此技能施于文学翻译，或许更容易领会作品的画中之境，弦外之音；也因为他将翻译视作副业，不靠其安身立命，他才能不缚于名缰利锁，自在张开所有的感觉触角，探微文学作品的细枝末节；还因为他精力有限只有零零碎碎的时间，他干脆在短而精方面发狠劲儿，力求极致。如此说来，主与副只体现为量的主副，而非质的主副。以翻译之质高而赢得中国翻译界最高奖，亦可谓实至名归。

为小孙女翻译一本儿童文学名著

柳鸣九大大方方承认："我所有的翻译几乎都是我主业工作的副产物，或者跟主业工作有关而被逼出来的译本，很少是出于我个人的意念、主动地去翻译的。"

但有两个异类：《磨坊文札》和《小王子》，它们均属内心之需、情之所至。

《磨坊文札》是法国作家都德的短篇小说集。都德成名后，购买了普罗旺斯乡野间的一座旧磨坊，乏了累了，他便从喧闹的巴黎脱身来到磨坊，隐居，写作，激起并积起创作《磨坊文札》的灵感与题材。柳鸣九心烦心累心伤时，也渴望有个逃遁所、避风港、栖身地，但他没有乡野间的宅子，唯有把《磨坊文札》当作心间的磨坊、灵魂的绿洲。

他第一次捧起《磨坊文札》原著，是在北京大学西语系三年级时。那会儿，他遇到了人生的一个坎儿：他害了严重的神经衰弱，因面临休学危险而愈加焦虑、恐慌。他不得不每隔一天就请假一次，骑着借来的自行车去西苑中医研究院扎针灸，每天课后得去锅炉房，在一炉熊熊大火的旁边拨出一堆"文火"来熬中药。难熬的时光里，身边同学的每一声问候、每一份同情、每一次帮助都令他感激动容。这时，他读到了《磨坊文札》里的《高尼勒师傅的秘密》。

高尼勒的磨坊营生被城里的机器面粉厂挤垮了，乡人见他痛苦不堪，全都主动把小麦送到磨坊。"正因为自己经历过这样的坎坷，所以，《高尼勒师傅的秘密》中乡下人那种纯朴诚挚的互助精神，使我特别感动。"柳鸣九说，"我译小说最后那一节时，就未能像好样的铁男儿那样‘有泪不轻弹’。”

出了大学校门，他与《磨坊文札》一“别”就是二十多年。直至中年，柳鸣九发现，消除焦急、烦躁、火爆的情绪最有效的办法是“将这本恬静、平和的书译个两三段”，几年下来便译出了一整本《磨坊文札》。

所以，《磨坊文札》是一部疗愈之书，疗愈了都德，疗愈了柳鸣九，疗愈了捧起它的读者。

而《小王子》则是一部慈爱之书，字字饱蘸着祖父柳鸣九对孙女柳一村的慈爱。

2005 年，当一家出版社提议柳鸣九翻译《小王子》时，他直接拒绝了。拖了些时日，他突然一个激灵——我总是感叹“与对小孙女的钟爱相比，我做任何事情、付出更多都是不够的”，那么，为她译一本儿童文学名著，并在扉页标明是为她而译，岂不是很有意义、很有趣味的一件事！

柳鸣九认为，《小王子》是将想象与意蕴、童趣与哲理结合得最完美的儿童文学范例。“一个稚嫩柔弱的小男孩在浩瀚无际的宇宙之中，独自居住着、料理着一个小小的星球，这大概是童话中最宏大、最瑰丽的一个想象了。”

柳鸣九期待着小孙女能成为小王子的朋友，能像他一样天真、善良、单纯、敏感、富有同情心，能像他一样既看到一个大宇宙又呵护自己的小星球，能像他一样懂得取舍、珍惜友情、守护真爱。

柳鸣九翻译的《小王子》于 2006 年出版。这一年，柳一村 3 岁多，它陪着她慢慢长大。

如今，老祖父的心愿正在开花结果，小孙女真的和小王子成了好朋友。擅长绘画的柳一村将心目中的小王子画了下来，一张又一张。

2016年，祖父柳鸣九提供译文，孙女柳一村提供插画的新版《小王子》由深圳海天出版社温情推出。祖孙合作的创意呈现,这在《小王子》的历史上是可遇不可求的第一次。

什么样的翻译才是好翻译

什么样的翻译才是好的翻译？大多数人可能会回答:信、达、雅。

“信、达、雅”是《天演论》译者严复于1898年提出的,“求其信,已大难矣！……信达而外,求其尔雅”。一百多年间,“信、达、雅”三标准引起多次争论,遭到各种质疑。直译说、意译说、硬译说、信达切、“忠实、通顺、美”“自明、信达、透明”……各种新说法欲取而代之。

鲁迅特别强调“信”,主张硬译。鲁迅的精神地位和学术地位,使其倡导的“硬译”二字成为一两代译人心中的译道法典。新中国成立初期,北大教授高名凯把硬译用到极致。

“在译界,一方面形成了对‘信’的顶礼膜拜,另一方面形成了对‘信’的莫名畏惧,在它面前战战兢兢,生怕被人点出‘有一点硬伤’。对‘信’的绝对盲从,必然造成对‘雅’‘达’的忽略与损害。”柳鸣九不建议用“信、达、雅”三个标准来泾渭分明地衡量翻译的优劣,他推崇的是钱锺书的“化境”说。

1979年,钱锺书在《林纾的翻译》一文中,提出了“文学翻译的最高标准是‘化’”。钱先生对“化”做出如下解释:“把作品从一国文字转变成另一国文字，既能不因语言习惯而露出生硬牵强的痕迹,又能保存原有的风味,那就算得入于‘化境’。”他同时也坦陈:“彻底和全部的‘化’,是不可实现的理想。”

“‘化’不可实现却可追求。其实,如果还原到实践本身,似乎要简单一些。”柳鸣九的方法是,“先把原文攻读下来,对每一个意思、每一个文句、每一个话语都彻底弄懂，对它浅表的意思与深藏的本意都了解得非常透彻，然后，再以准确、贴切、通顺的词语，以纯正而讲究的修辞学打造出来的文句表达为本国的语言文字。简而言之，翻译就这么回事”。

“讲究的修辞学”，这是柳鸣九颇为看重的，因此他的译文有时被认为是“与原文有所游离，有所增减”，柳鸣九自己对此调侃为“添油加醋”。比如，莫泊桑的《月光》之中，有一句若直译，应被译为：“她们向男人伸着胳膊、张着嘴的时候，确实就跟一个陷阱完全一样。”但柳鸣九的译文是：“女人朝男人玉臂张开、朱唇微启之际，岂不就是一个陷阱？”

在柳鸣九的心里，“添油加醋”并不是一个坏词儿，“把全篇的精神拿准，再决定添油加醋的轻重、力度、分寸与手法，而绝不是随心所欲，为所欲为”。

支持柳译的翻译家罗新璋不吝赞美之词：“柳译精彩处，在于能师其意而造其语，见出一种‘化’的努力。”

（作者：江胜信，中国作协会员、高级记者）

徐怀中：人如松柏，牵风而行

○ 饶 翔

1957 年，徐怀中出版长篇小说《我们播种爱情》，叶圣陶先生“看完一遍又看第二遍”；他的《西线轶事》被誉为“启蒙了整个军旅文学的春天”。2018 年，89 岁的徐怀中推出的长篇小说《牵风记》获得第十届茅盾文学奖。

徐怀中（郭红松 摄）

室有芝兰春自韵。徐怀中先生家的客厅不大却温馨雅致，绿植葳蕤，书画饰壁。摆放沙发的这面墙上挂着徐老女儿的抽象画作，装饰性极强；对面墙上挂的则是作家莫言和文学批评家朱向前的书法作品——两位均是徐老的得意门生。1984 年，解放军艺术学院创办文学系，徐怀中是首任系主任，莫言和朱向前等皆为首届学员。尽管徐怀中只担任了一年系主任，便被调到总政文化部任职去了，但他确定的教学方针以及他为这届学员所做的一切，被学员们一直牢记在心。

徐老在文坛德高望重，不仅因其桃李满园，还因其笔耕不辍，创作跨度极大，在七十余年新中国文学史上留下了足够深刻的印记。早在 1957 年，徐怀中便出版了长篇小说《我们播种爱情》，引起文坛的关注。叶圣陶先生为其作序，称“一看就让它吸引住了，有工夫就继续看，看完一遍又看第二遍”，并认定“是近年来优秀的长篇之一”。后来徐怀中写出《西线轶事》《阮氏丁香》等具有广泛影响的作品，《西线轶事》以九万余读者直接票选获得 1980 年全国优秀短篇小说奖第一名，被誉为“启蒙了整个军旅文学的春天”，无愧于“当代战争小说的换代之作”的美誉。在年近九旬之际，徐怀中又推出长篇小说《牵风记》，在文坛引起热烈反响，入选了 2018 年度中国小说排行榜。

《牵风记》以解放战争中挺进大别山战略行动为背景。1945 年参加八路军的徐怀中是挺进大别山的亲历者。“我对这次战略行动太熟悉了，从头到尾，我们怎么过黄河，怎么渡过黄泛区，怎么突破一道道的关卡，直到过了淮河，上了大别山，都是我自己一步一步走过的。到了大别山后又经历了重重险恶，敌人的扫荡，大火烧山等，直到我们开辟根据地，站住了脚。”

十数万大军作战跃进数百公里，是一次悲壮历程。唯其悲壮，才足以构成战争交响乐极富华彩的一章。唯其悲壮，才愈加值得大书特书。1962年徐怀中在《解放军报》当记者的时候，请了一个创作假，在西山八大处闷头创作，以纪实的笔法写出了约二十万字的初稿。后来由于特殊的历史原因，小说未及完成出版便被烧毁了。

书稿烧毁固然可惜，但新时期以来文艺观念发生了很大的变化，让他感觉到从前创作有其局限性，也产生了一些新的想法，再想到烧毁了的手稿便觉毫不足惜。“我必须从零起步，再度开发自己。”从2014年开始，他投入重写五十余年前的未竟之作，经过不断修改润色，到2018年终于写完。这是一次思想和艺术上的艰难蜕变，他称：“我的小纸船在‘曲水迷宫’里绕来绕去，半个多世纪过去了，才找到了出口。”

读者见到的这部作品与未曾面世的前作已是大相径庭。小说并没有正面去写挺进大别山战略行动的全过程，而是将重点放在写人上，战争成为作者刻画人物的大背景。

在书出版前，徐怀中送出了几本打印稿，征求朋友们的意见。最先打来电话的，是一位部队老战友。他坦率告诉徐怀中，如果小说出自一名不曾经历过战争的青年作者之手，情有可原；偏偏是你这样一位经历战争的老作家写出的，更加让部队读者难以理解，肯定会提出种种疑问。

对此，徐怀中早有心理准备，他说，一本书不可能满足读者的全部需求，从正面表现这段历史，便不是《牵风记》了，而是另一本书。“我最初的艺术冲动，是倾全力塑造两男一女和一匹老军马的艺术形象，即独立第九旅旅长齐竞、骑兵通信员曹水儿、女文化教员汪可逾、齐竞的坐骑‘滩枣’，着意织造出一番激越浩茫的生命气象。”

徐怀中称小说中每个人他都很熟悉，但没有一个是有原型的。旅长齐竞文武双全、儒雅健谈，在当时，像他那样的知识分子，能团结广大群众，对部队建设起到了很大的作用。女文化教员汪可逾更是作者倾情塑造的艺术形象，她单纯真挚的心性和仿佛与生俱来的微笑具有征服人心的力量，看似柔弱实则坚不可摧。

小说结尾处以浪漫笔法处理汪可逾生命的流逝，她的遗体与一株老银杏树融为一体，让人感到，这种消逝其实又是回归。该人物的性格命运寄托着徐怀中对生命本身的理解——“被揉皱的纸团儿，浸泡在清水中，会逐渐平展开来，直至恢复为本来的一张纸。人，一生一世的全过程，亦应作如是观”。徐怀中客厅墙上还挂有一幅他请朋友抄写的老子《道德经》第十六章，“致虚极，守静笃；万物并作，吾以观复。夫物芸芸，各复归其根……”他坦言，老子返璞归真的思想渗透进了这部作品。“我觉得人类的前景就在于返回，回到原点，回到人类最初的时候，虽只有最简单的物质条件，但是有很纯洁的内心。”

再回到小说的题目，“牵风”何谓？杜诗有云：“水荇牵风翠带长”“牵风紫蔓长”。本是风吹“水荇”和“紫蔓”，诗人却反其意而用之，说是“水荇”和“紫蔓”牵着风飘起来，变得修长。“牵风”是颇具动感的美学意象，徐怀中借此为题，既指挺进大别山牵引了战略防御转入战略进攻的强劲之风；读者也不妨理解为是牵引了东方文化的传统古风，牵引了周代国风式质朴、恬淡、快意、率真的古老民风。

人如松柏岁常新。在《牵风记》新书发布会上，徐老坐着轮椅进入会场，他的眼神中饱含思忆，看着在场的年轻人，他说：“好像我是过了很久，从哪儿回到了这儿似的。看到你们，我才知道自己原来这么老了！”打开《牵风记》，却被作者潇洒跳脱的语言所感染，不见丝毫老态。

在交谈过程中，徐老家的大立钟准点发出“当当”的报时声，钟声雄浑悠远，眼前这位鹤发白眉的鲐背长者端坐如松，嗓音清晰平缓，仿佛具有一种穿透时间的力量。

（作者：饶翔，《光明日报》记者）

郭汉城：树高千尺，源自根深

○韩业庭

他是中国戏曲理论界的“两棵大树”之一。他说，戏曲理论研究者的肚里至少要有上千出戏，越多越好。

郭汉城（郭红松 摄）

100多岁的老人会是什么样子？身体孱弱？老眼昏花？头脑糊涂？见到郭汉城老人的时候，上述印象全被颠覆。

2019年1月28日，由《中国文化报》理论部主办的“艺海问道”文化论坛在京举办，论坛的主角是郭汉城老人。他身着洗得发白的灰色中山装，须发全白。被家人用轮椅推进会场后，郭汉城没让人搀扶，自己起身踱到会议桌前，从淡绿色的布袋中拿出眼镜、放大镜、笔。

见到熟人，郭汉城一一叫出对方名字并打招呼；对于不认识的，他则握着对方的手询问姓甚名谁，在哪儿工作。一上午时间，除了中间上厕所，老人家始终安坐在座位上，并交替着把一只手放在耳后，侧身倾听大家的发言。

出生于1917年的郭汉城，抗日战争时期即投身于革命文艺工作，曾任察哈尔省文化局副局长、省文联主任。新中国成立后，他和张庚等中国戏曲研究院（中国艺术研究院戏曲研究所的前身）的同事，开始以马克思主义为指导研究传统戏曲，参与了20世纪中叶“戏改”政策的制定与实施。他们主张戏曲研究要理论联系实际，逐步建立起中国戏曲理论研究的科学化体系。当年，他们的办公地点位于北京前海西街，因此他们被后人称为“前海学派”。

强调理论联系实际是“前海学派”区别于其他学术群体的最大特征，这一点在郭汉城身上表现得很明显。

1963年，中国戏曲研究院首招三名戏曲研究生，导师是张庚和郭汉城。后来担任《中国京剧》主编的吴乾浩，是当年的三名研究生之一。吴乾浩回忆，研究生学习开始后，郭汉城先生要求他们做的第一件事就是多看戏，“要跟广大观众一起欣赏，看的时候要进行对比，在对比中去感受和发现”。郭汉城提出戏曲理论研究者的肚子里至少要有上千出戏，越多越好，他经常对学生们说，“只有看大量的戏,你提出的意见才会更实际、更可行”。

吴乾浩清晰地记得,三年研究生学习,他们每年至少要看二百场戏,几乎隔天就在剧场里,“有时候,我们没钱买票,郭老自掏腰包也要让我们进剧场”。

郭汉城自己更是一生奔波于实践的天地中,他遍访剧团,结交广泛,在同时代戏曲学者中,他“看戏最多、戏曲界朋友最多”。

湖南的剧作家范正明本不认识郭汉城,抱着试试的态度给他写信请教问题。郭汉城收到后,迅速回信。后来,范正明给郭汉城写了九十多封信,郭汉城几乎每封必回,两人成为挚友。

90 岁以后,由于身体大不如前,郭汉城不能像从前那样经常外出,但他总想方设法弥补不能再深入一线的缺憾,他常说:“理论研究者的根永远在实践。”

学生们去探望郭汉城,怕影响他休息往往不愿待太久。可郭汉城每次总拉着学生们不让走,“央求着”他们讲讲戏曲界都发生了哪些新鲜事,又出了哪些好戏。昆曲演员石小梅是郭汉城的好友,她两次进京演出,郭汉城都因身体不适没法去剧场看戏。为了一解老人家的“戏瘾”,石小梅带着琴师和另一位演员,亲自上门为郭汉城清唱《游园惊梦》,没有道具,干脆拿大葱当扇子。

戏曲评论家曲润海说,郭汉城先生“山高不显”,这是他根基深厚之故。郭汉城的根基之所以深厚,就是因为他把学术之根深扎于现实和群众,从而可以汲取无穷的养分和能量。这些养分和能量,为他的戏曲理论研究提供了丰厚滋养。

20 世纪七八十年代,中国戏曲是应该全排现代戏,走现代化的路子,还是应该坚持传统的戏曲化方向,学界业界争论不休。郭汉城凭借自己多年扎根实践的经验,发表了《现代化与戏曲化》一文,廓清了人们对“现代化与戏曲化”问题的模糊认识,有效推动了传统戏曲的传承与创新。他与戏曲理论家张庚共同主编的《中国戏曲通史》《中国戏曲通论》《中国戏曲志》及《中国大百科全书·戏曲卷》,是新中国戏曲理论的奠基性著作,在国内外产生了广泛影响。他们二位因此被誉为中国戏曲理论界的“两棵大树”。

研讨会结束时,众人让郭汉城讲几句话。这位百岁老人,不让别人搀扶,自己从座位上站起来,向众人深鞠一躬表达谢意,他说:“我虽然耳聋眼瞎,但内心充满了干劲儿。”

（作者:韩业庭,《光明日报》记者）

胡可：要让下一代看到中国是怎样站起来的

○ 赵凤兰

“有的创作者在改编红色经典时，理直气壮地为作品中的人物增加七情六欲，使之更‘真实’、更符合‘人性’，恰恰是这些自以为高明的改编者，不了解当年的战斗生活，他们只知道七情六欲是人性，却不知道革命者的责任感、使命感、集体主义精神、对真理的追求，这些也是人性，而且是更纯洁更美好的人性。”

胡可（赵凤兰 摄）

在一间因藏书而略显拥挤的简朴书房里,98 岁的胡可手执拐杖,端坐在一张古旧的老式书桌前,待看清记者写在纸上的采访问题后,他谦逊地说:“有些褒奖过誉了,你看,我把你今天要来访的事儿写进了我的日记。”

他起身拉着记者走到他卧室的柜子前,打开柜门一看,里面排列整齐地挤满了上百本 20 世纪的老旧日记本, 每本日记都清晰地标注着目录和页码。

“我一直有写日记的习惯,多年来未曾间断。1943 年反‘扫荡’,阜平的乡亲有数千人被日军屠杀,我们抗敌剧社就有四位同志壮烈牺牲,我参军六年来保存的日记,连同剧作的底稿和演出器材全被日寇付之一炬。现在保存下来的是 1943 年以后的全部日记,到今天总共一百零八本,它记录了我大半生的戏剧人生以及我在革命队伍中所受的教育和洗礼。”胡可平静地诉说着往事。

时光倒回到 1937 年, 受进步思想的影响,16 岁的胡可投身革命,成为晋察冀军区的一名八路军战士。后来,他被推荐到军政学校上学。由于“会说京腔善做表情”,毕业后,胡可被分配到晋察冀抗敌剧社,成为一名既会唱又会演还会编的文艺战士。抗战期间,胡可先后创作并演出了《前线》《俄罗斯人》《李国瑞》《子弟兵和老百姓》《清明节》《戎冠秀》《战斗里成长》等多部反映敌后斗争的救亡戏剧。

在那个硝烟弥漫、军民士气低落的年代,话剧发扬苏区红色戏剧和左翼戏剧的战斗传统,成为鼓舞士气、凝聚人心、推动革命前进的有力武器。当年各根据地剧社和地方话剧团体之多、演出之频繁、创作之丰富、民众反映之强烈,曾被戏剧史家称为“戏剧史上的奇观”。

丁玲曾说,作家要有自己的“根据地”,离开根据地,作家并不是什么都能写。胡可说,他的“根据地”就是革命军队。谈到当年敌后根据地戏剧活动的盛况，胡可将双手搭在拐杖上，操着当演员时惯用的标准普通话清晰洪亮地说："当年抗敌剧社支着帐篷四处演出，台下人山人海、军民鱼水情的血肉联系和战士们争先恐后承担任务的集体主义豪情使我终生怀念。我写的正是人民群众需要我写的。"

由于受过战火的洗礼，对战士和老百姓的生活和语言非常熟悉，胡可擅长把革命武装斗争凝结成戏，将战争大规模搬上话剧舞台，逼真而传神地写"兵"。他写话剧不光写个事儿，还通过人物的语言和动作来刻画人物性格，写出这人是个什么样的官、什么样的战士。比如，谦虚有幽默感的官，粗鲁但心地善良的同志，老油子但打起仗来很威风的战士，他通过这些性格化的人物、个性化语言和矛盾冲突的"扣子"把观众的心牢牢抓住。

有人对当年中国话剧的战斗性传统表示质疑。对此，胡可直言："在战火纷飞的年代，空谈戏剧的艺术性显然不合时宜，话剧在那时是号角、是战鼓、是投枪、是匕首，如果把话剧的战斗性传统与某些公式化、概念化，为图解政治概念而不惜牺牲真实性、大众性的做法等同起来的话，显然是一种误解。当年为了抗战的需要，话剧固然较多地承担了政治宣传的职责，但这种权宜做法也绝非话剧战斗传统的实质。今天，我们在反对戏剧宣传性太强的同时，其实也摒弃了解放区戏剧的优良传统，把戏剧看作是宫殿艺术、小众艺术、文人艺术。"

晚年的胡可已无法进剧场看戏，他每天要躺在床上吸几次氧。虽身在斗室仍心存天下。他经常在家整理当年晋察冀抗敌剧社的资料和老照片，他关心与话剧有关的所有问题，包括军旅剧本的创作、剧作者的培养、红色经典的改编等。

2018 年年初，中国文联主席、中国作协主席铁凝前往探望胡可，老人当时提出作协的培训班不能只培养文学作者，还应把剧作家也纳入其中。此外，他对当前有些抗日“神剧”提出质疑，认为有些电视剧完全瞎编历史，有些所谓的“红色经典”也不符合历史真实。

“有的创作者在改编红色经典时，理直气壮地为作品中的人物增加七情六欲，使之更‘真实’、更符合‘人性’，恰恰是这些自以为高明的改编者，不了解当年的战斗生活，他们只知道七情六欲是人性，却不知道革命者的责任感、使命感、集体主义精神、对真理的追求，这些也是人性，而且是更纯洁更美好的人性。”

胡可感慨如今青少年不知道什么叫“三光政策”“无人圈”“人圈”。他呼吁要尽快挖掘抢救历史遗存，让下一代看到苦难的中国是怎样从战争中站立起来的。

这些年，胡可一直忙于收集整理晋察冀边区戏剧活动的资料。2018 年年初，他将多年来收集整理的有关八路军及晋察冀边区戏剧活动的专著、手稿、剧照等珍贵资料共计四十七件捐给了晋察冀边区革命纪念馆，以支持祖国的文博事业。“我尽可能把我所掌握的晋察冀抗敌剧社的历史材料都捐出去，否则一旦我不在了，这些材料被当作废品处理掉就可惜了。”胡可说。

（作者：赵凤兰，《中国文化报》高级记者）

白先勇：与昆曲纠缠一生

○ 赵凤兰

为了在舞台上呈现昆曲《牡丹亭》精致典雅的古典美，他募集了三千多万元人民币，服装、舞美等都用最好的，十几年为之不惜工本。对于做“昆曲义工”，他甘之如饴，常常为一些赔本的“买卖”乐此不疲。

白先勇（赵凤兰 摄）

2019年4月19日，在北京曹雪芹学会和北京大学曹雪芹美学艺术中心举办的“曹雪芹在西山——《红楼梦》程本、脂本及艺术研究”学术论坛上，从台湾风尘仆仆赶来的白先勇与一众红学家围坐桌前，共同研讨学界纠缠已久的《红楼梦》底本问题。

别人发言时，白先勇总是认真地聆听并注视着对方，听到精彩处，常常会满面春风，像孩子一样拍手鼓掌。他不厌其烦地为每一个前来找他的读者签名并合影留念，嘴里还连声说着“谢谢！谢谢”。从小深受中国传统文化熏陶的他，言行举止都烙上了儒家“温良恭俭让”的印记。

白先勇生于乱世，少年时目睹家族由盛而衰，他的性格敏感多思、内敛悲悯。为了将自己的人生际遇和内心挣扎诉诸笔端，他选择了与戎马一生的父亲截然不同的人生道路，期望通过文字感受生命的枯荣无常和岁月的沧桑多变，为自己的心灵和情感找到自我检视和超越的精神出口。

《红楼梦》恰恰应和了白先勇浮沉的身世命运和他对文学之美的所有想象。“一入红楼深似海”，他曾在大学教授十几年的《红楼梦》，成为一名孜孜不倦的红楼文化的布道者。

除了《红楼梦》，与白先勇纠缠一生的怕是昆曲《牡丹亭》了。

小时候在上海，白先勇偶然看到梅兰芳与俞振飞演出的《牡丹亭》。“原来姹紫嫣红开遍/似这般都付了断井残垣/良辰美景奈何天/赏心乐事谁家院”。这几句优美的唱词和着笙箫笛音，瞬间沁入他的灵魂深处，再也无法拔除。

1987年，白先勇重返上海，恰逢上海昆剧院演出全台本《长生殿》。看到濒临衰亡的昆曲重登舞台，白先勇激动地跳了起来。他开始动心起念，要为昆曲振衰起敝尽文人之力，绝不能让它像元杂剧一样落入消亡的宿命。

2004 年,白先勇携手苏州昆剧院,以一部青春版《牡丹亭》为昆曲“还魂”。当时的昆剧已呈颓势,不仅剧目陈旧老化,演员也是青黄不接。白先勇怀揣兴灭继绝的使命感逆流而上,将古老昆曲带入了 21 世纪的时代风口。

谈到当初为何选定《牡丹亭》,白先勇说:“《牡丹亭》是一则歌颂青春、歌颂爱情、歌颂生命的美丽神话,我想将这一文化瑰宝打捞并重新孵化出来,使之与 21 世纪观众的审美意识对接,用最美的艺术表现中国人最深刻的情感。”

白先勇本着固本开新、不伤筋骨的原则,严格遵守昆曲表演的程式和法则,只在舞美、灯光、服装、音乐等方面进行现代化创新,最终将原剧五十五折的昆曲《牡丹亭》浓缩为二十七折,形成他心目中既有古典美又有现代感的“昆曲新美学”。

然而,昆曲缓慢沉静的节奏与互联网时代年轻观众的快节奏生活形成极大反差,光男女主角“眉来眼去”就要二十分钟,这种极端含蓄浪漫的爱情对年轻人还有吸引力吗?白先勇为此承担了极大的风险和压力。不过他深信,网络时代的年轻观众也是人,但凡是人,心中总潜藏着一则“爱情神话”,只是等待被唤醒而已。

事实证明,青春版《牡丹亭》获得了极大成功。当杜丽娘、柳梦梅以年轻姣好的面容在国内外舞台上绽放光彩时, 观众无不被其“抽象、写意、抒情、诗化”的昆曲美学所震撼,青春版《牡丹亭》一时间被年轻观众竞相追逐,在社会上形成了一波文化热点。之后,白先勇又趁热打铁,陆续推出了《玉簪记》《白罗衫》,并与北京十六所大学联袂推出校园版《牡丹亭》。

在白先勇眼中,昆曲演出,与秦俑、商周青铜器、宋朝汝窑瓷的展览一样,具有重要的文化意义。“为了在舞台上呈现那种精致典雅的古典美,我募集了三千多万元人民币,服装、舞美等都用最好的,十几年为之不惜工本。”对于做“昆曲义工”，白先勇甘之如饴，常常为一些赔本的“买卖”乐此不疲。

为了守护心中那份对古典艺术最纯真的“情”，十几年来，本不热衷旅游、尤畏车马劳顿的白先勇成了“空中飞人”。他自嘲自己像个草台班班主，带着戏班四处闯江湖，为昆曲重获新生不遗余力。

昆曲为白先勇带来的关注度，让他原本擅长的文学创作沦为了“背景”。事实上，白先勇在小说写作上一直有较强的天赋，他不到30岁便写出了《台北人》这种老到的文字，该作品在《亚洲周刊》评选的20世纪中文小说一百强中高居第七位。后来，他陆续创作出小说《寂寞的十七岁》《纽约客》《孽子》，散文集《蓦然回首》《树犹如此》等。近些年，他又推出了《细说红楼梦》等作品。

被问及十几年来将大把时间投入到昆曲上，是否浪费了在写作上的时间和才华，白先勇操着台湾普通话说：“其实小说写好了影响力也蛮大的，之所以转向昆曲，是因为昆曲没落了我着急，它需要抢救，这是很要紧的。”

这些年，白先勇一直为他心中“文艺复兴”的理想而奔波忙碌。除了致力于《红楼梦》的细读和昆曲的新生，他还将改良过的唐装穿在身上，在生活的点滴之间追求古风雅韵。在弘扬传统文化的同时，他自己也成了传统文化的一部分。

（作者：赵凤兰，《中国文化报》高级记者）

金波：从未远去的童年

○ 李笑萌

“拉罗罗　扯罗罗 / 收了麦子蒸馍馍 / 蒸个黑的　揣在盔里 / 蒸个白的　揣在怀里……念到第四句，她会一下子把我拉到怀里抱住，然后就这么抱着我了……每当母亲念起这首童谣，我就迫不及待地在一旁等着第四句出来。”边说着，80 多岁的金波张开双臂，模仿着母亲当年怀抱自己的动作，儿时的欢笑一下子飘回到耳旁。

金波（闫汇芳 摄）

走进著名儿童诗诗人金波在北京城北的寓所，和老人家一起欢迎我们的，还有一只冬蝈蝈，它在阳台的葫芦里慵懒地叫着，让人好像一脚踏进了他用儿童诗搭建的童话世界。

金波曾说，这样一只鸣叫的“百日虫”，能让人听到时光的声音。进入耄耋之年，金波面容上虽留下了岁月的痕迹，却并无沧桑之感。在他的世界里，一花一草，一虫一木，都是连通童年的路标，一路指引就能走回童年。

1935 年出生的金波，1957 年起发表作品，母爱始终是他的儿童诗的主旋律之一。“我对于童年最早的记忆，就是母亲在炕上拉着我的手，给我念童谣，那是母亲和我都非常快乐的时刻。”说到这里，金波从书房拿出一本珍藏的诗歌杂志，重新装订的封面上写着“诗歌季刊创刊号，一九三四年”的字样。“在我很小的时候，父亲离家参加革命，这是他留下的一本杂志，原来的封面早就不见了，里面有个栏目叫《河北童谣一束》，母亲拿着它给我一首一首地念，我就全记住了。”

母亲用浓重的乡音为他念童谣的画面，一直在金波脑海中闪着光。

“拉罗罗　扯罗罗/收了麦子蒸馍馍/蒸个黑的　揣在盔里/蒸个白的　揣在怀里……念到第四句，她会一下子把我拉到怀里抱住，然后就这么抱着我了……每当母亲念起这首童谣，我就迫不及待地在一旁等着第四句出来。”边说着，84 岁的金波张开双臂，模仿着母亲当年怀抱自己的动作，儿时的欢笑一下子飘回到耳旁。

在这本杂志的尾页，金波写下这样一段文字：当我还不会阅读的时候，我曾听到母亲为我读过这本书中不少诗篇，这些诗使我终生难忘，诗的内容给我提供了一幅幅生活的图画，诗的韵律使我感知了一种韵律的美……“诗人是生就的，不是造就的。”金波十分信服别林斯基的这句话，不过在他看来，“生就”的诗人也需要“造就”

的土壤。这里,也许就是金波诗意萌生的地方。

1998 年出版的《我们去看海》,是金波的第一本十四行诗集,也是中国第一部儿童十四行诗集。在这本诗集的压卷之作十四行花环诗《献给母亲的花环》中,金波小心地收藏着母亲的眼神和微笑,十五首格律严谨、首尾衔接、环环相扣的诗,用细腻而浓烈的情感歌颂了质朴、深沉的母爱。

"诗歌如果不押韵,儿童就会很难记忆,还怎么传诵?"金波希望通过自己对十四行诗这种格律严谨的诗体的创作,引起大家对诗的韵律的重视。金波对韵律的要求近乎苛刻。他非常喜欢歌德的一句话:在限制中显示出能手,只有规律能给我自由。在他看来,"韵脚不但不是束缚,反而成为了一种声音的向导,它勾连起词汇,这些词汇聚成了我的'情感之流'"。

人们习惯于说"诗人金波",似乎诗歌是金波创作的全部。其实不然。金波 50 岁开始写童话、散文,80 岁创作了第一篇长篇现实小说《婷婷的树》。无论是哪种体裁,金波始终坚持,要用一种十分审慎的态度为儿童写作。"恩格斯所说的'作者的见解越隐蔽,对艺术作品来说就越好'对于儿童文学一样适用。没有一部作品背后不包含着作者的思维。如何让孩子理解复杂的世界,在他们心中播种美与善的种子?技巧和分寸都很重要。"金波的童话故事里常包裹着深刻的哲理,但他从不担心,也不着急这些道理是否能被小读者剥离出来。"我希望这些故事能首先引发孩子们的兴趣,但愿他们无论是现在还是长大后再读起我的文字,都能从故事里得到些不一样的体会。"金波笑着说。

童年回忆一直跟随着金波,岁月磨砺得越久,它便越发明亮夺目。"我很幸运地找到了自己童年的'对应物',树、昆虫,都会触发我的记忆。一旦进入这种状态,我发现就会有写不完的故事。"这些通向童年的“对应物”，在不同时期给予金波不同的情愫。比如在金波众多文学作品中，萤火虫的出场总能开启一扇通往童话世界的大门，不同的是，萤火虫在诗歌《流萤》中，是父亲为3岁女儿编织的翠绿的梦；在散文《萤火虫》中，则化身为金波想要保护的童年旧梦。

在金波寓所的沙发上、茶几上、书桌上，堆着写满字的笔记本和一沓沓切割整齐的小纸片，上面既有创作中的诗歌手稿，也有许多还在咂摸修改中的片段。“最近我正要写个有关‘一个人的蒲公英’的故事，那是我中学时一个没完成的梦想，想写的东西很多，有个什么细碎的想法就赶紧写在小纸片上。”在这些跳跃的文字间，他是坐在屋檐下看雨滴连成线的孩子，他是把虫盒放在枕边、生怕错过虫鸣的“顽童”，他更是为了一句诗琢磨上一整天的“吟痴”老人。

童年在金波眼中，绝非只是一个年龄概念，它跟随生命进程，不断地被发现着、唤醒着。对金波来说，他的名字后面早已不需要各类奖项来做注脚，他已经走进了“没有年龄的国度”，在这个国度中，记忆的网孔留下的是最美的世界，他只想把心中的美好讲给爱思考的孩子听，讲给葆有童心的爸爸、妈妈听。

正如他的那首十四行诗《草地上的萤火虫》中所写：“妖魔鬼怪的故事早已忘记 / 只记得萤火虫的夜最美丽。”

金波一路沿着岁月的长河，穿过时光的峡谷，虽然路过童年已经很久很久，但只要一提起笔，就仿佛从未离开过一样——他是那个“不老的金波”。

（作者：李笑萌，《光明日报》记者）

黄传会：心中有一片海

○赵玙

他走遍了祖国的万里海疆，用笔记录下人民海军成长的轨迹。同时，他还将笔触伸向社会现实深处，创作出《托起明天的太阳——中国“希望工程”纪实》《中国新生代农民工》等报告文学作品，它们如一面面镜子，映现出历史与当下。他说，报告文学创作是“走”出来的。

黄传会（照片由受访者提供）

清晨，当警卫营官兵的操练声如海浪般从窗外涌进来，黄传会已坐在工作室的电脑前，开始一天的写作。

这是北京海军大院大操场旁的一幢二层小楼。隔着楼前苍翠的青松，能隐约望见阳光下闪烁着的水兵蓝色迷彩，那是海的颜色。工作室不大，书桌、书柜、电脑，与普通书房无二致。醒目的是落地衣架上挂着的那套军装——藏蓝色的海军春秋常服，五排资历章缀在胸前。黄传会说，在这样的环境中写作，踏实。

1969 年入伍，成为福建前线的一名炮兵；1972 年入学南开大学中文系；1975 年毕业后回到部队；1977 年进入海军政治部创作室，从一名创作员，到副主任、主任。多少个日子，黄传会与水兵们相伴，迎着海风起航，枕着波涛入眠，在狭小的舰艇舱室里记录下每天的所见所闻、感动与思索；抑或如此刻，在海军大院里，伴着海军士兵们的操练声，写下一行行文字。

报告文学创作是“走”出来的。初入海政创作室，黄传会便暗下决心走遍祖国一万八千公里的海岸线，踏上每一个有海军官兵驻守的小岛。从旅顺口，到威海、青岛、吴淞口、舟山群岛、三都、厦门、汕头、榆林，再到西沙、南沙……旖旎壮阔的万里海疆，丰富多彩的军旅生活，给了黄传会丰沛的创作源泉。

记录我国海军百年史的“中国海军三部曲”，回顾海军潜艇部队创建史的《潜航——海军第一支潜艇部队追踪》，讲述海军初创时期传奇的《中国海军：1949—1955》，追忆歼-15 舰载机工程总指挥罗阳的《国家的儿子》，记录中国海军也门撤侨的《大国行动》……它们如一面面镜子，映现出历史与当下。“人民海军创建七十多年来最精彩的莫过于‘一头’与‘一尾’。”黄传会说，初创时期五年，在张爱萍、萧劲光等老一辈将领的带领下，人民海军从白马庙起航，艰苦创业，披荆斩棘，那是最出精神力量的五年；近十年，人民海军在强军兴军的征途上，实现了跨越式发展，编队环球航行、亚丁湾护航、辽宁舰入列、也门撤侨，从最初近岸防御型的“黄水”海军、近海游弋的“绿水”海军，发展为具有远洋作战能力的“蓝水”海军。

在黄传会笔下，这道驶向深蓝的航迹纵然是壮丽的，然而它又是由一帧帧温婉动人的风景构成的。那些看似幽渺的细节，在他眼中如“早春的花蕾、盛夏的谷粒、晚秋的红叶”。

他忘不了旅顺口外那个叫圆岛的小岛。岛上没有土，战士们便利用出差、休假的机会带回一袋袋、一箱箱土，修填起一块又一块小小的梯田，种上了蔬菜，被称为“一把土精神”。

他忘不了渤海湾上的小海山岛。那是海军的一个靶场，一名战士孤身在小岛上坚守了十个春秋。正是黄传会的《设有靶标的小岛》，让人们记住了那个为了收听中国女排比赛实况，举着收音机在岛上来回奔跑寻找信号的战士。

他忘不了潜艇老兵宗韵旭。因中风，宗韵旭基本丧失了语言能力。可四十年的潜艇兵生活，让老人在耄耋之年依然每天收看海况预报，关心着舰艇能否出海。

他忘不了曾在“流动的国土”上出现的感人一幕。出访军舰开放日上，一位老华侨坐着轮椅上舰参观。快下舰时，他坚持让亲属把他扶下轮椅，低下头将脸贴在甲板上，双眼噙着泪水：“我这辈子恐怕回不了国了，但今天我已经回国了……”

黄传会走遍了万里海疆，也越过了万水千山。

希望工程的发起人徐永光曾说，希望工程之所以能产生这么广泛的影响，与成功的传播分不开，与黄传会的名字分不开。1990 年，徐永光告诉黄传会，贫困地区有很多孩子读不起书，建议他去写写这些孩子。于是，黄传会以太行山为起点，开始了遍及七个省(区)二十一个贫困县的长途跋涉。他说，这是一次艰难的采访——并非旅途之劳累，而是当那些被贫困阻隔在校园外的花儿般的少年用渴望的眼神望着他时，心中所产生的震颤、悲怆与焦灼。回到都市，为了不被种种喧嚣和欲念所干扰，黄传会在案头上摆放了几张采访时拍摄的照片，写累了就抬起头望上几眼。《托起明天的太阳——中国“希望工程”纪实》出版后引起了强烈的社会反响，冰心深受感动，在《人民日报》上发表了情真意切的文章评介。在贫困地区采访失学儿童的同时，许多乡村教师的故事也深深打动了黄传会。“如果我们用蜡烛来比喻教师的话，那些乡村教师是两头都在燃烧的蜡烛。”他含着热泪，写下了《中国山村教师》。

而后，黄传会一次又一次奔走于偏远山村和城市的角落，《中国贫困警示录》《我的课桌在哪里？——农民工子女教育调查》《中国新生代农民工》等作品相继付梓。其中，获第六届鲁迅文学奖的《中国新生代农民工》将视线投向了农民工，这个为我国经济建设做出了巨大贡献的群体正面临着生存与精神的困境——一边是难以回去的故乡，一边是不愿意接纳他们的城市。作品发表后，政府对农民工政策做出了重大调整，其境况有了很大改观。黄传会说：“我手中既没有权也没有钱，却可以用自己的作品，为这个社会的弱者鼓与呼。”

行走着，书写着，黄传会是幸福的。“因为报告文学，我抵达了自己的人生原本抵达不到的万里海疆、万水千山；因为报告文学，我阅尽了原本无缘得见的人间百态；因为报告文学，我痛并快乐着。”也因为报告文学，他的心中有了一片湛蓝的海。

（作者：赵玙，《光明日报》记者）

马识途：人生百年，初心未改

○黄怡

年过百岁的他，一生为革命工作，无论何时都完全听从党的指挥，党叫干什么就干什么，哪怕牺牲生命，也毫不犹豫。回过头来看，他觉得自己真正做到了“仰不愧于天，俯不怍于人”。

马识途（陈鹏 摄）

采访一位百岁老人，当然有些惶恐，特别是面对一位依然机敏的智慧老人。此前，人们多称他“著名作家马识途”，可当我走近他，试图读懂一二时，却发现“马识途”远非某个单一的称谓可概括。准确一点儿来说，他不仅是一位著名作家，也是著名书法家、著名革命家。

2019 年 6 月，我们如约在马老的书房见面。老人精神矍铄，稳坐在书桌前，招呼我坐在他近旁。和想象中的百岁老人完全不同，他昂昂然的模样和神态，像极了一棵不老青松。沉默时，自带一种飒然的庄严气质；一旦开讲，思维特别清晰，既谦和又明白。越是走近他，越是读其文读其人，越能感受到他身上凝结的除了对文对艺的不懈追求，还有对党对国的无限忠诚。

2019 年第一次见马识途，是在一个明媚的春日。在四川大学文科楼前，当时 105 岁的马识途下车后，一级一级迈上石阶，信步来到二楼会议室。他要为四川大学文学与新闻学院捐款一百零五万元，用于资助成绩优秀但家境贫寒的学生。那一百零五万元是他 105 岁书法展上义卖所得。2014 年 1 月，他就向四川大学捐过二百三十多万元，四川大学为此设立了“马识途文学奖”。

马识途的书斋名为“未悔斋”，取自屈原的“亦余心之所善兮，虽九死其犹未悔”。他的人生观中，“不悔”向来占据重要位置——只要自己看重和喜欢的，怎么做、付出什么都绝不后悔。

那么人生百年，马识途最看重的是什么呢？老人回答得字字分明：最看重的不是别的，而是曾经是一位真正的职业革命家。

马识途一生为革命工作，其间遇到无数艰难，却从不后悔。“无论何时都完全听从党的指挥，党叫干什么就干什么，哪怕牺牲生命，也毫不犹豫。回过头来看，觉得自己真正做到了‘仰不愧于天，俯不怍于人’。”马识途说，“这就是‘不忘初心、牢记使命’吧。”

“不忘初心、牢记使命”这八个字，马识途在整个访谈中提到不下五次，2018 年马识途还写了一幅以此为主题的书法作品。

1938 年入党时，马识途面向党旗宣誓后，把原名“马千木”郑重改为“马识途”，取“觅得正确道路、老马识途”之意。他在自传《百岁拾忆》中曾说：“从入党这天起，我改名了。我以为我已经找到了自己的道路，老马识途了。”

新中国成立前，马识途先后担任鄂西特委书记、川康特委副书记等职，长期从事地下革命工作的他，历经九死一生。新中国成立后，又在组织系统、建设部门、宣传战线、科技领域等担任过不同的行政领导职务，无论在哪个岗位上，他都始终与党同行，为党工作，还在多个领域从无到有地开创了崭新局面。

1985 年离休后，马识途仍担任四川省作协主席。从离休到 100 岁这段时间，他出版了十几本书，在报纸杂志上发表的文章更是不计其数。这与他多年来坚持读书写字、坚持笔耕不辍、坚持关心时事密不可分。

100 岁时，马识途定下了一个“五年计划”，那就是再活五年。2019 年 1 月，迈入 105 岁时，他又许了个愿——向天再借三年，亲眼见证中国共产党成立一百周年。在《寿登百五自寿词》中，他写道：“三年若得兮天假我，党庆百岁兮希能圆。”作为一位有八十余年党龄的老党员，这是他的愿望。

提及传统文化，马识途说：“中华优秀传统文化已经成为我生命中的一部分。没有中华优秀传统文化就没有现在的我。”马识途少时读私塾，先生规定须背诵二十篇《古文观止》中的文章、五十首词、一百首诗，虽不要求篇目长短，刚开始也很烦闷。马识途后来越读越有味道，不仅喜欢阅读、背诵，还自己写诗词。聊到兴起，他从书桌旁顺手拿出一个小铁盒，里面赫然放着的是《唐诗一百首》和《唐宋词一百首》,这是他半年来天天读的。现在马识途用背诵古诗词的方法来抵抗记忆力衰退,把好些遗忘的古诗词,又一一重拾回来。

读古籍买古籍是马识途的习惯和爱好。多年前,他就常去古籍书店淘书,当时工资低,很多书买不了,但能触碰到,就觉得是乐事幸事。2017 年,马识途还向四川省图书馆捐赠了自己珍藏的六十六册古籍。

古文功底颇为深厚的马识途, 酷爱写作,20 岁开始发表作品。在西南联大求学期间,他师从朱自清、沈从文、闻一多等大家名宿。无论是从事地下工作期间,还是在繁忙的建设岗位上,他都笔耕不辍,始终为祖国的命运、社会的进步思考和写作,先后创作出长篇小说《清江壮歌》《夜谭十记》《沧桑十年》,纪实文学《在地下》,短篇小说集《找红军》《马识途讽刺小说集》等。他的《夜谭十记》的表现体例,在借鉴外国文学体式的同时,极具民族形式,其中一篇被姜文改编成了电影《让子弹飞》。

窗外一片青绿,栀子花香满溢。活泼泼的生命力映照着依旧活泼泼的马识途。窗外为纪念爱妻所植的红梅恰绿叶葳蕤,马识途的世界依旧无比广阔。人生百年,跨越山海,初心未改,老马识途。

（作者:黄怡,四川省委宣传部新闻处处长）

谢冕：大时代需要『大诗』

○ 陈海波

年界九旬的他，一直主张宽容，但发现让人感动的诗歌越来越少。他批评一些诗人，“只关注小悲哀和小欢乐，很少触碰社会兴衰”。他说：“诗人应该站在时代的前面，看到正义与邪恶的搏斗。”

谢冕（陈海波 摄）

“退休后做的事,比退休前多。”年界九旬的北京大学中国诗歌研究院院长谢冕,眼神带光,声音铿锵,不似一位耄耋老人,像盛夏里的一棵老树,把烈日搅碎成一片片绿荫。

谢冕很忙。2019 年夏日的一天,我在北京昌平北七家的一栋小楼里见到他时,他刚从西北宁夏回来不久。宁夏的清凉和兴奋,在他身上仍未消散。

2019 年 5 月,谢冕总主编的六卷本、近四百万字的《中国新诗总论》在宁夏发布,这是中国新诗理论批评文献发展百年的集大成之作。中国新诗走过百年,谢冕的“百年工程”终于竣工。“我这一生无憾了。”他对我说。

“一辈子只做文学,文学只做了诗歌,诗歌只做了新诗,新诗只做当代诗”的谢冕,从北京大学退而不休。为了迎接新诗一百年和北大一百二十年校庆,他在近两年里“写了一篇文章,办了一个会,编了一套书”。书即《中国新诗总论》;文章是《前进的和建设的——中国新诗一百年(1916—2016)》;会是中国新诗百年纪念大会。他把同人召集到一起,勉励大家开创中国诗歌纷繁多彩的多元格局。

当然,还有更多。就在 2018 年,他还出版了“极具个人色彩和可读性的一部诗史”——《中国新诗史略》;2016 年,出版了自述文集《花落无声——谢冕自述》。还有一些自谓“可写也可不写的文字”,比如那些谈吃的小文《饺子记盛》《馅饼记俗》《春饼记鲜》……“我喜欢的诗歌是宽泛的,对美食的喜欢也是宽泛的。”他说。

这个被人戏称“二十岁教授”和“老顽童”的老头儿,喜欢和年轻人在一起,不喜欢怀旧。因为,他认为自己“没有青春”。或者,如他在一篇文章里所言:“生活从中年开始,青春属于八十年代。”

出生于 1932 年的谢冕,很早就迷上了文学与诗歌,仰慕五四的精神和传统。1949 年新中国成立前夕,中学生谢冕在报纸上发表了一首题为《见解》的现代诗："泪是对仇恨的报复/锁链会使暴徒叛变/法律原是罪恶的渊薮/冰封中有春来的信息"……带着愤懑，年轻的谢冕"一心一意要通过诗喊出人民的声音"。但他此后更多时间是在"不断的劳动和改造"中度过。这个"诗歌爱好者"最后放弃写诗，转向诗歌研究和批评。

白话代替文言，自由代替格律。作为五四新文化运动的"急先锋"，中国新诗自诞生起便追求自由的表达以及对社会的关切。但经历"文革"等特殊时期的"一个声音""一种写法"，"'五四'的传统断了，我很痛苦。"谢冕说。

那些"古怪"的诗歌，就是后来我们再熟悉不过的"朦胧诗"。1980年，在南宁召开的新诗研讨会上，"朦胧诗"成为焦点，反对者声势浩大，支持者寥若晨星。会后，谢冕应《光明日报》之邀撰写《在新的崛起面前》一文，直斥"我们的新诗，六十年来不是走着越来越宽广的道路，而是走着越来越窄狭的道路"；那些"古怪"的诗歌"让人兴奋，因为在某些方面它的气氛与'五四'当年的气氛酷似"，主张对其"适当的容忍和宽宏"。

文章一经刊出，论战又起。大讨论也意味着，改革开放后的中国正在迎来"新的思想解放"。"尽管当时，我人已中年，但我还是真切地感到了头顶那一轮崭新的太阳的明亮。"40多岁的谢冕重新开始了青春。

同样，中国诗歌也迎来又一个青春。承续着"五四"传统的"朦胧诗"，掀开了新的序幕。此后，从新诗潮到新生代，再到"下半身"写作以及"梨花体"，中国当代诗歌不缺少变化，但也不缺少非议。谢冕认为，多种声音的出现是好事，创作的自由与社会的进步息息相关，这种局面很难得。

他既肯定现状，又不满现状：在这个大时代，没有"大诗"，"小诗”泛滥。创作者们陷入另一个困境：过去，集体主义文化不断高扬，导致“小我”不断被挤压；而当“时间再一次重新开始”，“个人”重又归来，诗人对公共生活、宏大叙事却开始疏远。“不再关心这土地和土地上面的故事”“用似是而非的深奥掩饰浅薄和贫乏”。

尽管谢冕一直主张宽容，但发现让人感动的诗歌越来越少，他没法淡定。“他们只关注小悲哀和小欢乐，很少触碰社会兴衰。”这位老头儿有着孩子似的义愤填膺：“诗人应站在时代的前面，看到正义与邪恶的搏斗。”

“为什么诗人们变得这么‘自私’？”谢冕的不满和不解写在了脸上。他顿了顿，说：“从事诗歌批评的人也有责任。批评家与诗人关系太密切，互相吹捧，没人旗帜鲜明地指出问题。”

他向我吟起了千年前李白的“巴陵无限酒，醉杀洞庭秋”和贾岛的“秋风吹渭水，落叶满长安”，谈起了百年里郭沫若那吞掉日月的“天狗”和艾青的“常含泪水”。他说，这才是有大胸怀、大境界、大气魄的“大诗”。伟大的诗人不会陶醉于自我抚摸而远离人间的大悲哀、大欢乐。

年界九旬的谢冕仍在等待，等待着这个大时代里大胸怀、大境界、大气魄的“大诗”，等待着“面朝大海，春暖花开”那样动情的诗歌。

（作者：陈海波，《光明日报》记者）

谌容：以我笔写我心

○陈慧娟

80 多岁的她，曾写下《人到中年》。巴金、孙犁等一批大家对她的小说交口称赞，黄永玉主动给她的作品插画，但即使在最火的时候她也鲜少将自己暴露在公众视野中。巴金曾说："作者的名字应该署在作品上。"她非常赞同，并严格遵守。

谌容（光明图片）

2019年见面的这天，她深夜2点睡的，起床时已中午12点。起床后，她一边坐在沙发上听古筝曲，一边摆弄着手提电脑看股市行情。见面约在下午3点——股市停盘的时间。这犹如年轻人的作息是时年84岁的谌容"随心所欲"的日常。

谌容曾经写下《人到中年》。中年时，她已是最知名的女作家之一。巴金、孙犁等一批大家对她的小说交口称赞，黄永玉主动给她的作品插画。可即使在最火的时候，她也鲜少将自己暴露在公众视野中，近年来更是近乎消失了。巴金曾说："作者的名字应该署在作品上。"她非常赞同，严格遵守，尽量谢绝采访、上封面、上镜头、介绍写作经验。能见到她，一定与作品有关。

成套的文集她没出过，这一次她的六卷文集也是在老朋友们的大力"鼓动"下，出版社积极联系，才有此一套。"我跟出版社说，出我的文集要赔钱的。"谌容朗声笑说。舒展的面容，利落的短发，看得出年轻时做演员也足够的美貌，而曾经标志一样的黑眼圈看不出了。

黑眼圈很大程度上是因为身体不好。年轻时因为原因不明不时发作的晕厥，她从中央广播事业局被调到教师岗，最后被放了病假。细腻的情致、好胜的性格、对文学的喜爱和因病而来的宽裕时间，将她推到了写作的道路上。

曾经她病到没有力气为自己的选集写一篇不足千字的序言，但这样的身体里蕴含的能量惊人。

在20世纪60年代的特殊岁月，她一边下放劳动一边"秘密"在油灯下忘我地写作。因为家庭出身，写出的长篇小说不允许出版，她愤而为自己争取权利。

20世纪70年代末，社会思潮尚在摇摆，知识分子在文学中还是"被改造者"的形象，她以知识分子的担当写知识分子的处境，敏锐触及了当时十分敏感的知识分子政策问题。对这个群体的“理想、志趣、甘苦和追求”、他们内心深处的感情她理解得透彻、表达得传神。她自认并没有考虑要“揭示一个具有普遍意义的社会问题”，只是根据生活中的感受，“不用刻意体验、收集，身边全是知识分子”。

《人到中年》引起了全社会的大讨论，时而赞誉有加，时而开会批判。掌声和批评，她照单全收，然后继续坚持以我手写我心。

“每走一步都是‘置之死地’而又起死回生。”诚如她所说，年轻人已经难以感受这份坚韧、认真可能会招致怎样的灾难，但不难感受到她对写作的珍视更甚于个人安危。

这份珍视，使得她在那个粗粝的、去个人化的年代，保留着斗争的勇气。同样被保护着的是自己作为人的真心、作为作家的敏感。

如今虽然体力无法满足创作的需要了，可这份敏感仍在。

她随口聊起一部20世纪90年代写的电视连续剧《懒得结婚》，笑称“没什么反响”，可电视剧中的现象如今已经得到印证。

这也许来自于她总是乐于接受新鲜事物。西方哲学思潮传入中国，她研究萨特的思想，写了一本小说叫《杨月月与萨特之研究》；写作的工具1993年就换成了电脑；写书法、画画是她的爱好，可也不耽误她现在玩儿微信、刷朋友圈、吃烧烤、网购。

尽管时光在她身边流逝得似乎慢了下来，但这个身体已经做过三次手术：心脏装了两个支架，胆摘了，脊柱也动了大手术。被改变的还有点其他什么。

曾经，她作为一个作者，“最大的快乐莫过于读者喜爱自己的作品”。如今她也淡然了，“忘了我就忘了吧”。作为一个反映人生和社会问题的作家，她心里很清楚，“社会的问题已经变了，下一代人永远在叛逆上一代人，因为时代在发展，要承认这一点。一代人有一代人的际遇，一代人有一代人的悲欢。我作为一个作者，尽到了自己的责任,非让人家看我的小说,没道理。”

她越来越成了“散淡的人”。

在新文集中,她给自己写了小传。20 世纪 80 年代,她曾写过《并非有趣的自述》,其中被她用“冷峻”概括、几行字带过的童年回忆如今延展成了两页的细节,有看过的水车、吃过的冰激凌;而原本在十二节自述中占据了五节的出书波折,则略为一段话。

时间被放置在更长的刻度上,她在历史的细节里体味悲欢。

书房中新增了一排书柜,里面放着成套的书,以历史书为主,她指指右下角一层放着的字典自嘲:“你看我字典多,因为我不认识的字多,看古书经常要查。我们这一代作家是时势造就的,跟上一代学贯中西的大家比差远了,忝为作家吧。”

她总不忘用幽默消解一些沉重。

少年时她随着风雨飘摇的国家飘摇;中年时“一手拿盾,挡着明枪暗箭,一手握笔,趴在稿纸上”;晚年在一个月内相继失去丈夫与长子。人世间的悲苦她悉数尝尽,而坚强是骨子里的。

聊了四个多小时的天,谌容谈笑风生,烟不离手,看过来的眼神始终坚定有神。

(作者:陈慧娟,《光明日报》记者)

梁晓声：眼睛望向更多他者

○ 陈海波

获得茅盾文学奖的他，已不想向别人证明什么。这位勤勤恳恳地做着“拾遗补阙”之事的老人，早已不关心市场和稿费，甚至“忘掉才华”，直面文学与文化，直击心灵与精神。他说：“70岁了，你还不抱着一种纯粹的态度去写作，从文化角度来看待自己的写作，那太没出息了。”

梁晓声（陈海波 摄）

2019年，长篇小说《人世间》出版并获第十届茅盾文学奖后，梁晓声的手机响得更频繁了。电话那头的声音有男有女，有远有近，但大多有着同样的词汇，比如“讲座”“发布”“分享”，等等。他觉得这个现象“很古怪”，因为他曾答应过这种邀请，但最终面对的多是并非真正爱读书的人。

梁晓声不愿再谈《人世间》，“出了一本书，你老谈它，自己也很烦”。他甚至对着电话“求饶”——“这种事对我来说很痛苦，你要理解我。”

获奖当然是一件高兴的事。“毕竟是一种勉励。”梁晓声打了一个比喻：就像一位开面点铺的老师傅，回头客说，师傅你辛苦，食材很安全，做的东西我们也很爱吃，这对老师傅来说也是一种勉励，他也会高兴。

“人都需要这种勉励，但不能陷入自我陶醉。过去了，就不要谈了。”这位写了一辈子文字的“老师傅”说。

70多岁的梁晓声，他已不想向别人证明什么。“想证明自己是一个绝顶聪明的老头儿？”他皱眉，随之以很快的语速回应了四个字——“回过头来”，回到写作本身，“回到写作最纯粹的价值”。这种纯粹里或许也有沉浸于写作的陶醉成分，但远远不够。“那样的话，你会始终是想让别人认识自己，限制在一个自我的状态里。”

“要摆脱这一点，眼睛得望向更多他者。”他很诚恳。

那就让我们也“回过头来”，回首那个刚成为“写作者”不久的梁晓声。

20世纪80年代，北大荒知青梁晓声开始跻身文坛，写的多是时人时事，如80年代的城市青年和农村生活等，与知青文学没有任何关系。一次，哈尔滨文学刊物《北方文学》准备组一期“北大荒知青”小说专号，向梁晓声约稿。于是，梁晓声写了《这是一片神奇的土地》，反响不错，还获了奖。这不失为一个很好的开始。

不过，梁晓声如今再看，写《这是一片神奇的土地》时的他，“仅仅是为了写一篇小说而已”，写出北大荒的特点，写出兵团知青的特点。而且，还有一些“炫”的成分。为了形容一位女指导员的美，拿很多国外油画做比喻，被人批评“风雅何其多”。显然，那时的梁晓声，多少有些自我证明的想法。

真正的开始，是翌年创作《今夜有暴风雪》，因为梁晓声“有了代言的意识”。他认识很多知青，返回城市后找工作很不顺利，城市对他们缺乏了解和信任。“我想到代言，通过文学作品告诉城市：这一代青年在‘上山下乡’的日子里成熟了很多，变化了好多，大多数成长为好青年。”梁晓声以为这会是一厢情愿，但没想到真的起了作用。他将此视为莫大的光荣，比得奖、比任何称赞要好得多。此后，《雪城》《年轮》等知青文学作品，都是在这种“代言”的意识下创作出来的，梁晓声以知青文学蜚声文坛。

事实上，这种“代言”，早已从知青扩展到更多的群体，为底层小人物代言，为平民代言，为时代代言——“写更多的他者，给更多的人看。尤其要关注那些容易被社会忽视的人，此时的作家应代替更多人的眼，如同社会本身的眼。”

小区保安、送水小哥、家政女工、楼道清洁工……梁晓声遇到任何人，都愿意聊几句，以了解他们的生活和目标，“要对自己的国家有一个准确的判断”。当然，更大的责任是为他们写点什么，他觉得这是自己欠下的“债”。正如被誉为“五十年中国百姓生活史”的《人世间》，创作初衷就是“欠下社会很多文学的债”“要把这众多的人写出来”。

有时候，我们能从梁晓声的笔下感受到一种急切，甚至“听”到一种声音，近乎呐喊的嘶哑声。他倾心于那些有情有义的底层人物，为他们被生活所迫、被人性所折磨的现实感到无奈和愤怒。就如他在一篇文章里疾呼——“我祈祷中国的人间，善待他这一个野草根阶层的精神贵族。凡欺辱他者，我咒他们八辈祖宗！”

有人说，文学是文化温度的延伸。梁晓声认为，这种延伸并非仅仅是向内的只温暖自己，而应该是向外的。“我写文章写书，更多是放在大文化的平台上，即中国需要什么样的大文化，这个大文化平台下哪些元素是缺失的，这种缺失如果时间久了，对于整个社会是一种遗憾。我恐怕要这样考虑，来决定我写什么、怎样去写。”

当他给孩子写绘本、写故事时，也是从大文化的背景出发，希望给孩子的心灵带去营养。“事实上也很简单，比如爱、友善、帮助他人而带来的愉快。”他将这些创作，称作“拾遗补阙”。

这位勤勤恳恳地做着“拾遗补阙”之事的老人，早已不关心市场和稿费，甚至“忘掉才华”，直面文学与文化，直击心灵与精神。“70多岁了你还不抱着一种纯粹的态度去写作，从文化角度来看待自己的写作，那太没出息了。”

（作者：陈海波，《光明日报》记者）

宗璞：什么是小说家的责任

○费祎

90 多岁的她是著名哲学家冯友兰之女。其作品《东藏记》2005 年获得第六届茅盾文学奖。已过鲐背之年的她，因视力衰弱，读书只能"耳读"，先选好篇目，再请人读给她听，而写作更为艰难，先口授，请助手记录下来，再反复修改打磨，直到满意为止。2019 年年初出版的《北归记》就是这样完成的。

宗璞（黄宇 摄）

2019年国庆假期，怀揣敬意，我来到宗璞先生的家。宗璞的新家位于北京远郊的一个安静小区，没有我想象中大。进门右侧是一个隔断书架，书架上摆放着已经泛黄的《鲁迅全集》《莎士比亚全集》等文学经典，书前有一幅宗璞低头沉思的手绘小像。往里是会客厅，茶几上摆放着她的童话集和译著。引人注目的是墙上的对联："高山流水诗千首，明月清风酒一船。"那是冯友兰先生84岁时为爱女手书，字有点歪，难怪宗璞在文章中戏称它为"斜联"。

就在我观赏对联之际，在保姆的搀扶下，90多岁高龄的宗璞笑吟吟地从卧室出来了，棕色衬衣外罩米色背心，清雅洁净，只是没想到她那么高。读《野葫芦引》时，我曾想当然地认为作者也和她笔下的嵋一样，是个身形娇小的人。见我如此惊叹，宗璞乐了："我有一米六六，到老都没有变矮！"落座时，我想坐在宾位的沙发上，她却招呼我坐到她身旁，指指自己的耳朵说："这样说话，听得清楚。"

我带给她一本学术刊物，上面有研究其作品《西征记》的论文。她拿起来，眯着眼睛看了看，点头道："这个题目不错！回头我听听。"很早就得知，因视力衰弱，宗璞读书都是"耳读"，先选好篇目，再请人读给她听，因听力也欠佳，听的时候，还要戴上助听器。而写作更为艰难，先口授，请助手记录下来，再一遍遍读给她听，反复修改打磨，直到满意为止。2019年年初出版的《北归记》就是这样完成的。《北归记》是宗璞系列长篇小说《野葫芦引》的第四部，在此之前，前三部《南渡记》《东藏记》《西征记》广获好评。其中，《东藏记》2005年获得第六届茅盾文学奖。

1957年，宗璞在《人民文学》发表短篇小说《红豆》，在文坛崭露头角。当时甚至有大学生到小说主人公江枚和齐虹的定情处颐和园寻访。此后，宗璞频出佳作，短篇小说《弦上的梦》获1978年"全国优秀短篇小说奖"。近三十多年来，宗璞的主要精力都花在了《野葫芦引》的写作上，完成它成了她的责任，“不然对不起沸腾过随即凝聚在身边的历史”。

《北归记》讲述了以孟樾父女为代表的明仑大学师生在抗战胜利后回到北平重建家园的故事，小说既着力摹写知识分子的报国热忱和家国情怀，也叙写了在时代洪流的裹挟下，明仑大学师生们所遭遇的悲欢离合。相对于《西征记》中的“金戈铁马”，《北归记》并没有正面写新中国成立前夕激烈的革命斗争，而是将其作为背景，通过许多看似“无事”的细节，以极其诗意的笔墨，呈现了一代文化人的生活状态和精神面貌，他们的求学、恋爱、别离等人生的欢喜与创痛被一一付诸纸上，汇成了一部有烟火气和人情味的文化史诗。小说有一定的自传色彩，糅合了当年宗璞北归和校园生活的真实体验。“当年我们也是乘飞机回来的。那是一架货机，没有座椅，我们就坐在小板凳上，一路颠簸着飞回北平，心情非常激动。”但当我问小说中塑造的知识分子是否有现实原型时，她又狡黠地说：“小说写到的人物肯定有作家生活中人的影子，至于主要角色有没有原型，小说家不会回答这个问题，否则就是小说的杀手了。”

写爱情一向是宗璞所长，从早年的《A.K.C》《红豆》到现在的《北归记》，爱情一直是宗璞书写的重要主题。《北归记》写了好几对青年男女的爱情，嵋和无因，峨和吴家穀，玹子和卫葑，写得或婉约，或深沉，或浪漫。构思之精巧，语言之典雅，让人难以相信其出自八九十岁老人之手。宗璞虽然写了不少青年人的爱情，但笔法十分节制。我笑问她：“您写的爱情一直是只牵手的，最多亲一下脸颊，有没有想过突破一下？”宗璞一听也笑了，差一点笑掉了助听器，顿了顿，才认真回答我：“我觉得《西厢记》《牡丹亭》写得很美，但是主人公的大胆举止我是不赞成的，发乎情止乎礼是我们的传统。我喜欢这样的爱情。”

《北归记》出版前，曾在《人民文学》刊发，获得了2017年度中国作家出版集团奖·优秀作家贡献奖和第三届施耐庵文学奖。不过，质疑声亦有。谈到有人批评《北归记》里宗璞借小说人物之口予冯友兰以高评，宗璞正色道："我的父亲是个历史人物，是一个学者，我要写那段历史，就必须要评价我父亲，这是避不开的。我只希望我写的历史向真实靠近。这是我作为小说家的责任。"某种意义上，历经十年之久，于艰难境遇中创作完成《北归记》的宗璞，其顽强、不气不馁之精神和其父可谓一脉相承。"智山慧海传真火，愿随前薪做后薪"，她以自己的行动证明了薪火相传的意义。而这份坚持和对历史的责任感，也让我们看到了宗璞作为一位作家的情怀。

"卷定了一甲子间长画轴"，宗璞说，她要和书中的人物和时代告别了。但不要相信她是真的要告别文坛，因为接下来，她决定集中精力写童话。"我推荐你读一读我的童话。"宗璞指了指茶几上的童话集《总鳍鱼的故事》，笑着说。

（作者：费祎，中国社会科学院文学研究所科研人员）

王火：好的文学作品应是一个国家社会史的佐证

○ 赵凤兰

90 多岁的他从记者转型成为作家，用近半个世纪完成长篇巨著《战争和人》，并获得第四届茅盾文学奖等四个文学大奖。他希望自己全力以赴写出的作品，能让青少年看到苦难中国所经历的悲壮历史，从而懂得过去、知晓未来、明悉责任。

王火（赵凤兰 摄）

记者与作家,常常只有一线之隔,历史上不乏热爱文学的人投身媒体,也有许多记者在见识了社会百态后转型成为作家。90 多岁高龄的王火便是后者。2019 年 11 月 8 日记者节,我如约来到王火的家,拜访了这位曾采访过胡适、于右任等现代史上的知名人物且文学著作等身的记者兼作家。

由于同为新闻记者出身,我与王火一见如故。眼前的他身材高大瘦削,腰杆挺拔,腿脚利索。一阵寒暄后,王火把我领进他的书房,这是一间生活气息浓郁的房间,书桌上杂乱无章地摞满了各类书报杂志,窗外茂密的绿植遮挡了阳光。在昏黄的台灯下,王火拿着他当年采访南京大屠杀的资料和剪报,陷入对往事的回忆中。

20 世纪 20 年代,王火生于上海一个书香门第之家,父亲是政法教育界名人,与章太炎、黎锦晖比邻而居,交往的多是蔡元培、许地山等文化界名流。

童年时,王火目睹了侵华日军的暴行,经历了河南大灾荒,这为他后来的写作生涯积累了宝贵的素材。"我当年的职业理想并不是当一名作家,而是要像萧乾、恩尼·派尔那样,成为一名战地记者,为公平正义鼓与呼。"王火说。

怀揣理想,王火 1942 年考入复旦大学新闻系,师承陈望道、萧乾、储安平、赵敏恒、曹亨闻、舒宗侨等名师。陈望道讲究新闻的写作速度和用词准确,提出记者不仅要写得快、写得好,还要练就在茶馆等嘈杂环境里写作的本领;赵敏恒提出做记者要有格,要有所写有所不写、有所为有所不为;萧乾建议写新闻时要注意加点"防腐剂",即文学价值、政治价值和经济价值,力争使原本只具有短期生命力的新闻,变成价值持久的历史记录。这些教诲令王火深铭于心、终身受益。

凭借出色的文笔,王火在复旦大学读书期间便获得了重庆《时事新报》、上海《现实》杂志社、台湾《新生报》三家媒体挂名记者的头衔，为采访常常奔波于沪宁等地。

1945年，日本战败投降，王火采访了李秀英等南京大屠杀的幸存者，旁听了对日本战犯谷寿夫、冈村宁次的公审，见证了酒井隆、梅思平的伏法。这些不平凡的采访经历，都在王火的笔下转化成文学创作的独特资源，使他成为一个拥有丰富故事的作家。

谈到记者转型为作家的优势，王火说："新闻是文学的一只翅膀，记者有良好的文字训练，且见多识广、阅历丰富，一旦掌握了文学创作规律，转型为作家并非难事。所不同的是，新闻写一笔是一笔，要求真实简练，把事情讲清楚就可以了，不需要情节；而文学像画水墨画一样，需要铺陈晕染，创造出一个与现实同样复杂且余味绵长的世界。"

在文学创作上，王火从来不是一个健忘的人，也不会仅凭资料和经验写小说，他的写作均源于他对真实历史的追忆。在他看来，小说不应该是虚假编织的赝品，它的生命力依赖于生活真实和艺术真实。他给自己立了一个规矩：凡未曾到过的地方不写；凡用真名真姓写的人物，必须认识或者接触过；甚至人物穿的服装，吃的菜，坐的车，都应是自己了解的。

长篇史诗性小说《战争和人》是王火的代表作，也是他付出极大辛劳、失而复得的呕心之作。为了将抗战时期所亲历的悲壮往事以小说的形式诉诸笔端，王火牺牲了休息和娱乐，将腿拴在书桌旁，利用业余时间创作完成了《战争和人》的前身《一去不复返的青春》。不料，所有书稿在"文革"期间付之一炬。

20世纪70年代末，当出版社本着合浦珠还的愿望请他重写时，王火举棋不定，纠结于"它值不值得重写"。经过反复思量，他觉得书中的诸多人物都有原型，许多历史事件都真实可信，有其不可替代的价值，于是下决心重写作品。“虽然困难重重，可想到谈迁花二十余年心血完成的编年体明史《国榷》手稿，在大功告成之际被盗贼窃去，后又用十年时间重写了一百零八卷的《国榷》，我决心重整旗鼓。”王火说。

屋漏偏逢连夜雨。当王火拿着刚写完的第一部书稿的清样去出版社时，碰巧路遇一个小女孩掉进了深沟里。他在救人时头部受伤，造成颅内出血，左眼失明，这对以读书写作为业的作家而言，打击是巨大的。

为了让作品早日重见天日，王火凭借惊人的毅力，克服从生理到心理上的困难，用一只已经花了的右眼坚持创作，终于第二次完成了一百六十余万字的长篇巨著《战争和人》，并一举获得第四届茅盾文学奖等四个文学大奖。

回顾《战争和人》艰难的创作历程，王火感慨万分：“真正写这部作品，十来年也就足够了，可人生的坎坷和遭遇让这部书绵延了近半个世纪，要不然，我该写多少作品啊！”

在王火看来，好的文学作品应是一个国家社会史的佐证，是作家真情实感的倾泻和生活阅历的点染。他希望自己全力以赴写出的作品，能让青少年看到苦难中国所经历的悲壮历史，从而懂得过去、知晓未来、明悉责任。

（作者：赵凤兰，《中国文化报》高级记者）

何冀平：作品是编剧最好的表白

〇李苑　谢正宜　杭斯

作为编剧，她先后创作出电视剧《新白娘子传奇》，电影《新龙门客栈》《明月几时有》《龙门飞甲》《决胜时刻》等脍炙人口的作品。多年来，无论地位如何沉浮，她都坚持自己的原则："在创作的时候，不要想拿奖，不要想为谁而写，不要想请多少明星，不要想怎么加入炫酷的声光电……这些都不去想，就认认真真写出自己的心。"

何冀平（谢正宜 摄）

2019年，大型话剧《德龄与慈禧》在北京、上海轮番上演，场面火爆，一票难求。连一向苛刻的豆瓣网友，也打出了8.3的高分。

《德龄与慈禧》首演于1998年，在过去二十多年中常演不衰，其成功的首要秘诀在于“剧本太好了”。2019年，在《德龄与慈禧》演出现场，记者见到了该剧的编剧何冀平。走进后台，她正被不少记者围着说话。

“您创作的秘诀是什么？”“没有秘诀，不过是发自肺腑，句句真诚。”何冀平一脸真诚地说。正是这种真诚，让她的创作生涯经典频出，从早期的《新龙门客栈》《新白娘子传奇》，到近年来的《明月几时有》《龙门飞甲》《决胜时刻》，她用人生经验告诉后辈：“一个好的作品，能保编剧一世。”

2019年，新版《德龄与慈禧》建组，制作人李东在开演之前，重新恢复了由著名表演艺术家于是之倡导的“编剧中心制”——在所有海报上，何冀平的名字总处在最显眼的位置。

在《德龄与慈禧》创作过程中，编剧享有一票否决权。何冀平一度反对这样的做法，但却被李东的一句话打动了：“何老师，我们有责任强调编剧的地位，这么做是为了正本清源。”

剧本剧本，一剧之本。编剧终于站在了自己应有的位置上。

时间回到1988年，《天下第一楼》首演，37岁的何冀平担任编剧。

演出结束，北京人民艺术剧院（以下简称“北京人艺”）老院长曹禺，第一次也是唯一一次为北京人艺创排的话剧亲笔题名并写长诗。于是之在首演当晚为初露头角的编剧何冀平撰文：“感谢剧作家，这些用笔支撑着剧院的人。”来自各方面的重视与肯定，让《天下第一楼》与《茶馆》并列为北京人艺的保留剧目。

编剧的荣光，一时无两。但让何冀平没料到的是，巅峰之后即是低谷，“在行业里，创意和文本逐渐不受重视，作品被大肆删改，导致优秀的人才逐渐流失”。

眼见着三十余年来，编剧因种种原因在行业中日趋边缘化，何冀平不无心酸：“我们总是第一个被想起，又第一个被忘记。可是，影视作品要讲好中国故事，编剧的工作是基础。”

文艺界急需好编剧的呼声，已经出现多年。很多人让何冀平给编剧同人支着儿，她连忙摆手表示不敢当，只有几句话想嘱咐后辈同行：“年轻人不必着急出名，匆忙出了名，也难免昙花一现，踏踏实实进行磨炼才是关键。”

多年来，无论编剧的行业地位如何变化，何冀平都坚持自己的原则：“在创作的时候，不要想拿奖，不要想为谁而写，不要想请多少明星，不要想怎么加入炫酷的声光电……这些都不去想，就认认真真写出自己的心。”正是这份平静与从容，让何冀平在舞台剧、电影、电视剧之间转换自如，佳作频出。

话剧《德龄与慈禧》是何冀平的心血之作，也随着她一同成长。“每一个人物都是从我心里生出来的，我知道他们的性格、血肉、命运。每一次排演，只要我在剧场，有了新的想法，就会用纸笔记下来，并告诉演员。”让她欣慰的是，演员都非常喜欢这些创意。

在新版《德龄与慈禧》中饰演慈禧的江珊曾多次公开说，何冀平的剧本乍看用词平实，却非常准确，让别人一点“动手脚”的余地都没有。饰演光绪的濮存昕看完剧本说：“我是来找散文的，没想到遇到诗。”

但何冀平没有止步，她一直在探索如何让作品随着时代而行。

2019 年，新版《德龄与慈禧》的演员阵容让人耳目一新：活跃于好莱坞银幕的卢燕，扎根于舞台表演的黄慧慈、濮存昕，闻名于电视荧屏的江珊、郑云龙。中西结合，新老交替，引得观众赞不绝口。

剧中,锐意创新的人物德龄,带有理想主义光芒。历史上,慈禧曾经让德龄的父亲去考察国外的政治体制,以期有所借鉴,德龄曾在回忆录里这样写:“站在慈禧的床边,我想,如果我能利用我的位置,也许我还能多做些什么,但是,我没有做。”德龄没做的,何冀平替她做了——借由德龄,为陈腐的宫廷引入一些新的思维和观念——以此打动当代观众,让剧情更具有现实的代入感。何冀平还努力让慈禧的人物形象更加立体,“我觉得历史人物不应该脸谱化,而应该更加丰满,更有温度”。

何冀平着迷于创新的魅力:“在历史题材的框架中,把作者的希望和想法放进去,让历史产生一种飞跃,这是写历史剧最大的快感。至于有些细节的夸张,也是为飞跃的效果服务,只要人物基础扎实,人物的行为就是意料之外、情理之中的,大家不会挑毛病。”

在文学与历史的分寸中,何冀平小心谨慎又锐意进取,她认为文学作品可以在一定分寸内“更新”历史。“我做到了让别人一个字也改不动,让每一个情节环环相扣、有头有尾。”这是好编剧的骄傲。

（作者:李苑,《光明日报》记者;
谢正宜、杭斯,《光明日报》通讯员）

费振刚：守卫传统学术正道

○赵长征

他参与编写的新中国第一部《中国文学史》，成为几十年中全国高校中文系最流行的教材。担任北大中文系主任期间，面对商业化侵袭，他提出“以不变应万变”，不改系名，不扩招专业，为大学在商业大潮中如何坚守自己的责任树立了标杆。

费振刚（照片由作者提供）

在中国,20 世纪后半叶读中文系的人，大概没有不知道费振刚的。

早在 20 世纪 50 年代上大学期间,费振刚就与北大中文系的同学一起编写出了新中国第一部完整地从上古写到近代的《中国文学史》,因封面是红色的,当时俗称“红皮文学史”。不久,在“红皮文学史”基础上,专家们又编了一本黄皮的《中国文学史》。几年后,国家集中力量,再次对其充实、修改、提高,并于 1963 年出版,因封面是蓝色的,所以俗称“蓝皮文学史”。费振刚亲历了《中国文学史》由“红皮”到“黄皮”再到“蓝皮”的全部修订过程。“一史封皮三易色,此中甘苦费君探”，廖仲安先生的这句诗，形象地概括了费振刚与《中国文学史》的不解之缘。

几经修订的《中国文学史》,理论系统完整,学术根基深厚,文笔深入浅出,出版后在三十多年里发行量逾百万册,哺育了几代学子,成为国内发行量最大、全国高校中文系最流行的一部中国文学史教材,曾获得国家教委优秀教材特别奖。

费振刚与游国恩、王起、萧涤非、季镇淮四位老先生一起并列为“蓝皮文学史”的主编。当时,一些不相识的人以为费振刚是与游、王、萧、季同辈的“老神仙”,有的在书信中甚至以“费老”相称。其实,他当时只有二十七八岁。周围的人知道后,就给他起了个“费老”的外号,一直叫到今天。

自 1955 年进入北大求学,费振刚便一头扎进古典文学的海洋,从《诗经》到汉赋,他在别人视为冷僻艰涩的研究领域一路摸索前行,尤其在汉赋研究中成果颇丰,成为国内汉赋研究的权威专家。

以“铺彩摛文”为特征的汉赋,是两汉四百年间最为流行的文体,成为有汉一代文学的代表,以至有“汉赋”的专名。然而,几千年来,赋类总集历来不多。对汉赋进行“总账式”丛集整理的,则数费振刚等辑校的《全汉赋》。该书收录汉赋八十三家，二百九十三篇，其中完篇或基本完整的约一百篇。由于当时排版等条件所限，《全汉赋》中虽不无“鲁鱼亥豕”之处，但作为一个断代文体总集，其开创之功不可没。之后，费振刚与仇仲谦又合作推出更丰富的《全汉赋校注》，对汉赋研究的进一步深入“导其先路”。

费振刚身上有种“老派的严谨”。每年他的学生一入学，就被要求攻读《毛诗正义》。他说：“我们做古代学问的，都先要从原始典籍入手。要研究《诗经》，就必须先读《毛诗正义》。不过这部书太大了，你们可能读不完，能读多少读多少，这样以后做学问的基础才能牢固。”

他教给学生们的从原始典籍入手的治学路子，虽然艰苦，短期内不容易出成果，却是做好学问的正道。他让学生们明白：学术是没有捷径可以走的，那种浮谈无根、靠卖弄华丽术语和辞藻以哗众取宠的轻薄路数，在学术上是走不远的。

费振刚“老派的严谨”，不仅表现在治学上，也体现在办学上。20世纪90年代中后期，费振刚担任北京大学中文系主任。彼时，正值全国商业风气泛滥，学风浮躁之时，许多大学的中文系都纷纷改名，扩招文秘、旅游等“热门专业”，以增加收入。面对这种局面，费振刚提出“以不变应万变”，不改系名，不扩招专业，守卫学术传统正道，为大学在商业大潮冲击下如何坚守自己的责任树立了一个标杆。

2002年退休后，费振刚并不愿过安逸的老年生活。他与夫人离开北国，远赴西南的广西梧州学院，走上讲台，重操旧业。从北大这样的名牌大学到一个普通的地方院校，环境的改变并未给他带来多少违和感。他跟学生们同住校园里，同在一个食堂用餐，并不时跟学生们谈心，帮助他们解决生活中的难题。

当下一些高校，研究生称导师为“老板”，单纯的师生关系变得不健康甚至庸俗化，让人不免生出“师道不存”的感叹。不管外界环境如何，费振刚都始终待学生以宽厚温和，不管是在北大还是在梧州学院。梧州学院中文系有个学生叫黄寿恒，爱好诗词的他出版了一本诗词选，邀费振刚为其作序，费振刚欣然应允。小黄以“痴儿愿理雩坛草，再沐春风二十年”的诗句来表达对老师的谢意，而费振刚则以“但愿天从你我愿，同修杏林到永远”相和，一时间传为校园佳话。

从纯情少年，到华发满头，从求学到执教，费振刚在燕园度过了六十余载。他把自己回忆在北大求学和执教生涯的书取名“守望”。或许在他看来，在这个变动不居的时代，我们太需要守望了——守望一种价值观念，守望一种精神境界，还有那“以不变应万变”的从容心态。

（作者：赵长征，北京大学对外汉语教育学院副教授）

李致：做出版家，不做出版商

○ 赵凤兰

90多岁的他是巴金的侄儿，叔侄俩亦亲亦友，一生中有三百多封书信往来。在他心里，四爸巴金是鲜活灵魂的精神支撑和人格榜样；而在巴金眼中，侄儿是理解他比较多的人。

李致（赵凤兰 摄）

2020年初，90多岁的作家、出版家李致给我发来一条微信，分享他在《晚霞报》上发表的一篇辞旧迎新的岁末感怀。回首过去的2019年，他获得了中共中央、国务院、中央军委颁发的庆祝中华人民共和国成立七十周年纪念章；这一年，正值他的四爸巴金诞辰一百一十五周年，巴老全身铜像于生日当天矗立于上海武康路的巴金故居；这一年，他的五卷六本《李致文存》由四川人民出版社出版。他在微信中表示：2020年一切将从零开始，无论做人作文，走好人生的每一步……字里行间充盈着一个文化老人在鲐背之年仍不忘初心、砥砺奋进的赤子之心和执着追求。

这位知名的读书人、写书人、出书人、藏书人，是巴金的亲侄儿，曾与诸多老一辈革命家、文艺家过从甚密。在李致位于成都的家中，目之所及的是一排排整齐的书柜，上面放满了各种人文社科类经典读物，其中，鲁迅和巴金的书摆在了最显眼的位置。“我的许多有价值的书都是四爸巴金送给我的。1964年我去上海四爸家，他满屋子的藏书令我羡慕不已，后来我每次去都拖着一纸箱书回来，需要什么书他总买来寄给我。我的确在藏书上‘先富起来’。”李致说。

李致1929年出生于成都一个没落的官宦之家，父亲李尧枚是巴金的大哥，也是巴金名作《家》中高觉新的原型。由于家庭破产，父亲在李致一岁零三个月时自杀，幼年就失去父爱的李致得到巴金的供给和眷爱，也酷爱读书，醉心文学。叔侄俩亦亲亦友，曾有亲密交往和三百多封书信往来。在李致心里，四爸巴金是鲜活灵魂的精神支柱和人格榜样；而在巴金眼中，李致是理解他比较多的人。

“四爸一贯主张说真话。在我12岁那年，他给我写了四句话：读书的时候用功读书，玩耍的时候放心玩耍，说话要说真话，做人要做好人。这四句话不仅影响了我，也影响了我的子孙。后来，这些话成了成都巴金小学的校训，简化为‘说真话做好人’。”李致回忆说。

李致后来从事出版工作，也是受巴金影响。早在20世纪三四十年代，巴金曾任文化生活出版社总编辑，给他树立了榜样。在李致的出版生涯中，最令他欣慰的是抒情诗人冯至送给他的一句话："你不是出版商，不是出版官，而是出版家。"这句话后来成了李致所在的四川人民出版社的出版指南，意在多出书，出有价值的好书。李致将其引申为"做好人出好书"。

在李致主持四川省出版工作时期，中国正遇十年浩劫后的严重"书荒"。为了满足读者如饥似渴的阅读需求，李致大胆破除曾禁锢出版社的"地方化、群众化、通俗化"三化坚冰，实行"立足本省、面向全国"的方针，坚持把社会效益放在首位，提出"君子爱财，取之有道。该赚就赚，该赔就赔。赚，不是越多越好，而是薄利多销；赔，能不赔就不赔，能少赔就不多赔。统一核算，以盈补亏"。本着这一"经济观"，他们陆续出版了《人民的怀念》《走向未来》《在彭总身边》《最后的年月》和关注老作家劫后新作的"现代作家选集"丛书，包括鲁迅、郭沫若、茅盾、老舍、冰心、丁玲、沈从文、萧乾等老作家的选集和巴金、曹禺的系列图书。

谈到出版家和出版商这一字之差，李致说："'要做出版家，不做出版商'是一个形象的比喻，它的实质是把社会效益放在首位，但丝毫不是忽视经济效益。有人指责它不适合商品经济的发展，但我认为，书籍当然是以商品形式进入市场，但它担负着精神文明建设的重任，绝不能把它当成一般商品，更不能以营利为主要目的。"

从领导岗位退下来后，回想自己几十年的风雨人生，李致感到经历的许多难忘的人和事需要倾诉，于是重又提笔，以"往事随笔"为总题，写下了《我的四爸巴金》《终于盼到这一天》《铭记在心的人》《我的人生》《我与出版》《我与川剧》等多部文存和散文集。这些作品真实记录了李致早年在团中央工作时，与杨尚昆、张爱萍等老一辈革命家交往的往事，以及后来担任四川人民出版社总编辑、四川省委宣传部副部长、四川省文联主席期间，与曹禺、沙汀、艾芜、李健吾、叶圣陶、冯至等文化名家往来的细节。文字朴实真挚，不无病呻吟，不哗众取宠，秉承了说真话、抒真情的“巴金精神”。“我信奉巴金所说的‘我写作不是因为我有才华，而是因为我有感情’。当作家就是要写，就像农民种地一样，写出一生经历是我应尽的社会责任。”李致说。

“90后”李致如今仍每天在电脑前笔耕不辍。从1998年学会使用电脑至今，他已是拥有二十多年“脑龄”的E时代人。除了每天写作、发邮件、查资料、看新闻和影视剧，他还时不时发几条微信，在朋友圈点个赞。谈及晚年的快乐生活，李致调侃地说：“虽然老年人在体能上已经不占优势，但在心态上要永葆年轻。如今不要再唱‘跌倒算什么，我们骨头硬’，要唱‘马儿啊，你慢些走，让我把这迷人的景色看个够’。”

（作者：赵凤兰，《中国文化报》高级记者）

傅晓航：对戏曲我有说不完的话

○ 詹怡萍

他是新中国培养的第一代戏曲理论家。他对戏曲音乐理论的研究充满兴趣并颇有建树，由他汇校汇释的《西厢记集解》获原新闻出版总署颁发的全国首届古籍整理图书奖三等奖，撰写的《戏曲理论史述要》被韩国岭南大学译成韩文，作为戏曲理论教材。

傅晓航（照片由受访者提供）

北京红庙北里一号楼，是中国艺术研究院的专家楼，居住着许多艺术界的前辈学者，傅晓航先生就住在这里。2020 年 1 月 16 日，作为“中国戏曲前海学派学术史整理与研究”项目的采访人，我专程登门拜访傅老。

近几年，傅晓航的听力和体力都明显下降，常常听不到敲门声。我来时，他已提前留了门。进屋后，见到傅晓航正坐在“工作室”的电脑前忙碌着，他肤色红润，精神饱满，笑称自己“生就家传的童子面”，不像鲐背之年的老人。

傅晓航口中的“工作室”，是 21 世纪初单位为他补配的一套面积不大的两居室。房间四白落地，陈设也很简陋，占据屋子大半空间的书柜、书箱、书垛，都是他几十年治学研究积攒下来的学术资料。

出生于 1929 年的傅晓航幼年时期在沈阳度过。毕业于国立东北大学文法学院政治系的他，曾立志成为外交家。家庭出身的原因，让他与理想失之交臂。不过，傅晓航自幼爱好音乐，大学业余时间曾跟随白俄罗斯小提琴家斯托洛夫斯基学习小提琴演奏，这为他打开了人生的另一扇门。

1949 年 10 月，傅晓航考入中央戏剧学院普通科，成为新中国培养的第一批戏剧专业学生。毕业留校后，他担任著名戏剧理论家周贻白的助手，成为周贻白的入室弟子。

傅晓航说，在中央戏剧学院学习和工作的十七年，是他人生中一次“得天独厚的历史机遇”。那里汇聚了欧阳予倩、张庚、曹禺、沙可夫、光未然、舒强、戴爱莲等中国顶尖的艺术家，还有列斯里、雷可夫、古里耶夫、库里涅夫等苏联著名的戏剧专家，因此傅晓航得以全面系统地学习中外戏剧史论。

与此同时，他观摩了大量的中国传统戏曲演出。当时诸多戏曲名家,像梅兰芳、谭富英、裘盛戎、李多奎、叶盛兰、李少春等的经典剧目他都看过。特别是 1952 年举办的全国第一次戏曲大会演,集合了京剧、评剧、越剧、川剧、豫剧等二十三个剧种,一千六百多位演员,八十二个剧目,傅晓航从头到尾看了个遍。丰富的观摩实践使傅晓航的思想受到了强烈的震撼,他眼中原本的陈腐旧戏竟然是那样异彩纷呈、魅力无限,从此他与传统戏曲结下了不解之缘。

“文革”结束后,傅晓航主动要求到中国艺术研究院戏曲研究所工作。他从现代戏曲史学科的奠基人王国维入手,探索戏曲艺术表演体系,陆续研究了古代戏曲理论家胡祗遹、潘之恒、汤显祖、沈璟、臧懋循、凌濛初、冯梦龙、李渔、金圣叹等,并对现存大量古代戏曲曲谱、古代戏曲表演理论著作、近代戏曲改良与国剧运动等学术问题进行专题研究,最终汇集成专著《戏曲理论史述要》。这是新中国第一部关于戏曲理论史的著作。

20 世纪 50 年代,全国曾经出现过一次金圣叹研究热潮,但都是围绕他的《第五才子书水浒传》展开的,而对金圣叹另一部重要文艺批评著作《第六才子书西厢记》(简称“金批西厢”),却少有涉及。面对戏曲理论史的这块硬骨头,傅晓航几乎用了一年的时间,查阅了近百种现存的《西厢记》版本,校点整理了《贯华堂第六才子书西厢记》,又用四个月纂集了《西厢记集解》,到完稿时竟累得数次吐血!

傅晓航先生博学多才,擅长思辨。青年时期学习西洋音乐的经历,使得傅晓航对戏曲音乐理论的研究充满兴趣并颇有建树。他曾翻阅大量曲谱和相关著述,对曲谱的形成历史、发展流派、价值意义进行全面研究,并调动了他长期积累的西方音乐知识和理论,最终在《曲谱简论》一文中深入浅出地揭示了戏曲音乐的美学内涵和戏曲曲谱的文献价值。对此,他高兴地说“幸亏我懂西洋音乐”,言语中充满着学者那份自豪。

尽管一生从事近乎枯燥的传统戏曲理论研究，但生活中的傅晓航并不是一位刻板的老学究，在同事和学生的眼里，他是位不折不扣的时尚老人。他爱好音乐，不写作的时候，经常欣赏贝多芬的《英雄》《田园》《欢乐颂》和柴可夫斯基的小夜曲。他喜欢摄影，年轻时拍过上万张花卉、风景的照片；他痴迷运动，打吴式太极拳达到五段段位。早些年身体硬朗的时候，他曾骑车奔走于北京的各大公园。

傅晓航热爱戏曲，矢志不渝。他推崇戏曲艺术中所蕴含的中华民族优秀的传统文化。他曾说："戏曲艺术展现了伟大的中华民族喜、怒、哀、乐醇厚的思想感情、无穷的智慧和骄人的戏剧艺术才华。"但是，他的热爱并不主观盲目，而是富于理性。他主张"两根弦、七个孔的乐器配置不是中国的传家宝，而是'贫困''落后'的产物，合理地引入西方乐器将是戏曲音乐改革的必由之路"。

傅晓航淡泊名利，低调豁达。2018 年 12 月，中国艺术研究院召开了"傅晓航学术成果研讨会"，同时庆祝他的 90 岁寿辰，众多学者齐聚一堂，傅晓航却不肯出席。会后，大家去家中看他，傅晓航自掏腰包委托学生宴请大家，他自己却准时来到工作室，坚持着每天不少于三小时的写作惯例。他说："我停不下来呀，因为对戏曲的好话我还没有说尽哪！"

（作者：詹怡萍，中国艺术研究院戏曲研究所研究员、
硕士生导师）

徐光耀：『慈父』年近百岁，『嘎子』永远少年

○刘平安

90 多岁的他被称为“小兵张嘎之父”，他创作的长篇小说《平原烈火》、中篇小说《小兵张嘎》等持续焕发出强大的生命力，影响了一代又一代读者，他在 2000 年出版的散文集《昨夜西风凋碧树》荣获第二届鲁迅文学奖。

徐光耀（刘晓蓉 摄）

“小兵张嘎”就像童年玩伴一样，早已成为中国数代人的记忆。从小说中的主人公到影视作品中的荧屏形象，“嘎子”都已成为经典，深深地扎在了读者和观众的心中。相比于这位机智少年的传奇色彩，被称为“小兵张嘎之父”的我国著名作家徐光耀则在低调中散发着光辉。

出生于1925年的徐光耀，悠闲地安享晚年。徐光耀不喜欢交际和参加各种活动，读书，读报，看新闻，练书法，写日记，打盹就是他的日常，新冠肺炎疫情暴发，他就更“宅”了。

“疫情是大考，中央出神机。胜利能彻底，世界称神奇。”

这是徐光耀2020年写的小诗。简单的几句话凝结着他对新冠肺炎疫情的关注与战“疫”必胜的决心。徐光耀说，疫情对他最直接的影响就是不能出门了，但他通过报纸和电视新闻持续关注着战“疫”的进展情况。

“那些战斗在一线的医护人员、公安干警和相关工作人员，同心同德，不怕牺牲，为战胜疫情竭尽所能，这是一次民族精神的彰显。每天通过新闻看到越来越多的英雄冲锋在前，我既感动又很受鼓舞，我很想找到他们当面向他们表达敬意和感谢。”徐光耀说，“曾经那么多反抗侵略、反抗压迫的战争我们都打赢了，那么多困难我们都克服了，这场没有硝烟的战役也必将迎来全面的胜利。”

徐光耀的信心与他早年的经历不无关系。他13岁参加八路军，打过一百场左右的仗，亲历了抗日战争、解放战争、抗美援朝以及新中国成立后的各个历史时期，也见证了中华民族一步步从站起来、富起来到强起来的历史性飞跃。丰富的经历既是徐光耀必胜决心的底气所在，也是其成就大量文学经典的源泉。

徐光耀是在抗日战争中成长起来的作家。跟现在的人一样，战争年代的人也会在闲聊中偶尔提到“抗战胜利后，如果再回过头来看今天是什么感觉”“如果把今天这些经历写成书，后人会怎么看”这类问题。这些话不断地刺激着爱写日记的徐光耀，本来就有用文字记录生活和日常见闻习惯的他，渐渐地，创作和发表文学作品的念头也开始生根发芽。

抗战胜利后，徐光耀摸索着写过一些作品，但是反响不大。直到 1947 年，他得到机会前往华北联大文学系进行为期八个月的学习。这次学习除了文学基础知识的集中获取，更重要的是让徐光耀意识到文学作品中人物的重要性。在亲历了绥远战役、平津张战役、太原战役以及解放战争的一步步胜利之后，受到极大鼓舞的徐光耀开始回过头来思考：如何用文学方式表现抗战胜利背后的故事？1949 年夏，徐光耀以亲身经历为素材，经过文学加工完成了自己的第一部长篇小说《平原烈火》。作品一经发表便引起了轰动，至今仍是中国现代军事纪实文学的必读经典。

徐光耀一生创作了长篇小说《平原烈火》，中篇小说《小兵张嘎》《少小灾星》《四百生灵》，电影文学剧本《望日莲》《乡亲们呐……》，短篇小说集《望日莲》《徐光耀小说选》，散文集《昨夜西风凋碧树》《忘不死的河》等大量的作品，其中最为成功的，也是对他本人影响最大的当数《小兵张嘎》。

“‘嘎子’救过我的命。”这是徐光耀常挂在嘴边的一句话。1957 年，因为曾在调查丁玲“丁陈反党小集团”冤案中写了一封实事求是的信，徐光耀被打成了“右派”分子。被连续批斗三四个月之后，他被迫开始长时间的“闭门思过”。

“现在想想仍然后怕。”说到当时的经历，90 多岁的徐光耀声音突然低下来，带着一丝“往事不堪回首”的微颤。面对突如其来的打击，他感觉自己有些恍惚，怀疑自己疯了。好在他不断地尝试着从巨大的压抑中抽离出来，开始大量地读书，但是读完大脑依然空白。后来《平原烈火》中一个未及展开的角色，即后来《小兵张嘎》中的“嘎子”把他“救”了出来，拉着他投入创作，一心扑在“嘎子”身上，他把自己受冤挨整的事情全忘了，身体也恢复得很快。

“我自己比较呆板，不活泼。但是我更喜欢嘎(调皮机灵)一点的性格。写‘嘎子’前，我回想了之前遇到过的很多‘嘎人嘎事’，想一条就在桌子上记一条，记了很长的单子。其实，‘嘎子’没有具体的原型，又有很多原型，他是很多人的集合体。”徐光耀介绍，“我把‘嘎子’放在战争环境中进行排列调整，嘎子的形象在我脑子里活蹦乱跳，后来就有了《小兵张嘎》这本书。”

徐光耀被称为“小兵张嘎之父”，六十多年过去了，“慈父”已近百岁，而“嘎子”却永葆青春，永远少年。徐光耀很感恩读者和观众对“嘎子”的喜爱，白洋淀“嘎子村”、徐光耀文学馆、《小兵张嘎》的连续再版等都是一位“父亲”最自豪的事。他也很知足，携手走过七十年的老伴也已是“90 后”，儿孙悉心呵护着他们的晚年。徐光耀说：“我很满意，很幸福。”

2015 年，徐光耀四百万字的日记整理出版，为后人留下了一笔宝贵的财富。他从十四五岁开始写日记，一直坚持到今天。“养成习惯了，一天不写睡不踏实。有事多写，没事少写，每天都写点。”徐光耀说，“每天写写既能练习写作，积累素材，也能加深对各种事的记忆。”他习惯性地把经历转化成文字，又把文字雕刻在心里，也难怪 90 多岁的老人说起往事，很多细节依然记得清清楚楚。

（作者：刘平安，《光明日报》记者）

曲润海：视戏如命的『梆子厅长』

○ 孔培培

80 多岁的他一生沉浸于戏曲艺术，既看戏、谈戏，又写戏、评戏。正因为对中国戏曲艺术的这份执念以及对山西梆子的巨大贡献，任职山西省文化厅时，他被人称为“梆子厅长”。

曲润海（光明图片）

“中华民族又遇上疫情凶险，党中央令传下战胜妖孽，全中国，亿万人，心心相连……”每年春节，剧作家曲润海都回山西老家过年，不料2020年被疫情阻隔，一个“大家”被分割成几个“小家”。与家乡亲人团聚不得，80多岁的他就在北京为抗疫写起了“助阵歌”。他作词的抗疫主题北路梆子《中华崛起》节奏明快，铿锵有力，受到网友的点赞。

前几年，曲润海基本保持着半年在北京写作，半年在山西指导排戏的生活节奏。在他的指导下，北路梆子《云水松柏续范亭》《宁武关》、吕梁版晋剧《刘胡兰》、蒲剧《甜姑曲》等一批新戏陆续呈现在山西的戏曲舞台之上。近两年，他创作少了，但在戏曲演出现场和各种戏曲研讨会上，我却经常与之相遇。在我的印象中，他满头银发，瘦脸剑眉，目光幽深，精神矍铄，讲起话来语速沉稳，思维敏捷。那天，我采访的电话刚一接通，电话里立刻传来他那熟悉的山西口音——只要是关于戏曲的问题，他总是有求必应，有问必答。

1936年，曲润海出生在山西省定襄县河边镇三村一个手工艺人家庭。20世纪60年代初，他从北京大学中文系毕业后从事文艺评论工作，对“山药蛋派”文学和文学“晋军”现象颇有研究。

1983年6月，曲润海担任山西省文化厅厅长，一干就是八年。众所周知，山西是全国闻名的戏曲大省，戏曲是三晋名片。彼时，戏曲还未从“文革”的摧残中恢复元气，又受到流行艺术的冲击，很多剧团面临着无戏可演、观众流失的艰难局面。“什么样的戏才是好戏？怎么样才能搞出好戏来？”回忆起当年的工作，曲润海说：“我们当时在‘思想性、艺术性’的标准之外，加了个‘观赏性’。为此，我们提出‘综合治理’的口号。就是说，不仅要有好的剧本，还要在二度创作中的导演、表演、音乐、舞台美术诸方面都要做好。”在山西文化厅厅长任上，曲润海在全省主持成立了十多个文化艺术学校、几个艺术研究所，组建了十个戏曲青年剧团，解决了山西表演人才青黄不接的问题，使山西成为梅花奖获奖演员最多的省。

曲润海不仅是一名善于管理的文化官员，还是一位积极参与创作实践的剧作家。担任文化官员那些年，曲润海白天忙于各种行政事务，夜晚便在家里对传统戏曲剧目进行改编创作。他的代表作晋剧《富贵图》便是在这种状态下完成的。

曲润海的女儿回忆道："单位事情多，父亲每天晚上回家都在11点以后。夜深了，别人休息了，他却不知疲倦开始写戏。他写作一般不用钢笔、圆珠笔、铅笔而用毛笔，写的都是小楷，初稿一般都写在废旧文件纸的背面。"曲润海兴趣爱好不多，不抽烟，不喝酒，唯爱喝茶，而且爱喝浓茶。因为喝浓茶提神，脑子清醒就能写作，这是他多年在凌晨4点之前保持创作状态的"法宝"。

岁月荏苒，距离《富贵图》创作上演已过去了三十余年。这部作品，在时间的打磨中历久弥新，已成为晋剧经典，仅山西省晋剧院就演出了两千多场。此外，该剧还获得了我国舞台艺术的最高政府奖"文华新剧目奖"，被成功移植到黄梅戏、京剧、豫剧、蒲剧、昆剧、祁剧、桂剧等剧种，曲润海等主创人员获得了文华单项奖。

从《富贵图》的编创中，曲润海总结出传统戏曲剧目的改编经验。他说："对传统剧目进行改编，要像维修古建筑那样修旧如旧。原来精彩的唱腔、表演技艺要保留下来，内容不适宜的部分要删掉或加以改造。如果删掉以后，留下了空隙，就要新写一块补进去，但要跟原有的部分天衣无缝地衔接起来，这就成了一个新戏。"

曲润海在戏曲领域的成果丰硕，从1985年改编《富贵图》，到2016年改编《宁武关》，他先后改编、创作了近三十部戏，不少剧本已由晋剧、蒲剧、北路梆子、京剧、昆曲、评剧、豫剧、吕剧、祁剧、黄梅戏等剧种上演。在戏曲研究方面，他著有戏曲论文集《论综合治理振兴山西戏曲》《论表演艺术的改革与建设》《沙滩戏语》《王府学步》《前海会心学步浅痕》。

后来，曲润海调任“京官”，任职于文化部艺术局。对于表演艺术的改革，他始终认为，改革不是简单地减机构减编制减人员减经费，而是要出人才出作品出效益。在文化部任职期间，他推动举办了一系列创作演出活动，如稀有剧种“天下第一团”交流演出、京剧青年团队新剧目演出、昆剧青年演员评比演出等。这些活动一概不称“调演”，而改称“交流”，调动了不同层次剧团的积极性。为了推动精品创作，奖掖人才，他还参与创办了我国舞台艺术的最高政府奖“文华奖”。

曲润海一生沉浸于戏曲艺术，既看戏、谈戏，又写戏、评戏。退休后，他写文章、发博客、参加各种会议，基本上全都跟戏曲有关。有人说曲润海视戏如命。此言不虚。正因为对中国戏曲艺术的这份执念以及对山西梆子的巨大贡献，曲润海被人称为“梆子厅长”。采访结束时，电话那头传来曲润海夹杂着山西口音的普通话：“由于重视戏曲工作，我被大家戏称为‘梆子厅长’，我却将这看作是对我和我的同事们工作的肯定，我至今不悔。”

（作者：孔培培，中国艺术研究院戏曲研究所副所长、副研究员）

叶廷芳：单手写人生

○ 赵凤兰

命运借走他一只手臂，却还他以文学的执念。他靠一只手，最早将世界文学巨匠卡夫卡、迪伦马特等人的作品译介到中国，并将艺术的触须伸至中外建筑、戏剧、音乐、造型艺术等多个领域。

叶廷芳（赵凤兰 摄）

2020年夏，在一间空间稍隘但藏书颇富的两居室内，80多岁高龄的德语翻译家叶廷芳，端坐在窗边的沙发上，身着整洁熨帖的蓝条衬衫，目光深邃、面容温慈。一抹夏日的晨光洒落在他饱满睿智的额头上，整个人散发出一种东方君子与西方绅士融合的儒雅气度。他身后的窗台上、书橱内，摆满了上千册中外书籍画册和精美的工艺摆件，彰显着主人艺术上的格调和精神上的富有。

半年前，叶廷芳曾突发心肌梗死，进了重症监护室。术后出院的他，皮肤癌、膀胱癌、结肠癌三癌加身，身体有些孱弱。但这一切，都没能阻挡这位独臂学者对文学和社会的拳拳关切。对话中，虽然戴着口罩，但我能感觉到，他那前沿的审美、睿智的思想，不断冲破口罩朝外流淌，给人以觉醒的力量。左臂那只兀自垂立的空空袖管，则成为他征战世界的猎猎旗帜和挑战生命极限的不屈宣言。

1936年，叶廷芳出生在浙江衢州一个偏远的乡村，9岁时不慎跌伤，失去了左臂。叶廷芳因残疾几度失学，后历经波折考上北京大学西语系德语专业。毕业后，他先是留校任教，后追随冯至调入中国社会科学院，成为该院外国文学研究所的一名德语翻译。

叶廷芳是不幸的，也是幸运的。命运借走他一只手臂，却还他以文学的执念。“如果没有断臂之痛，我很可能就是浙江衢州的一个农民或基层干部；如果不经历不同于常人的生命体验，我就不会有置之死地而后生的坚毅品格。”断臂后，叶廷芳给自己立下了人生的军令状——超越正常人。

在中国文学界，叶廷芳的名字与卡夫卡、迪伦马特紧密相连。他是最早把卡夫卡和迪伦马特译介到中国的翻译家，他们作品的翻译，均由叶廷芳独臂完成。很长一段时间，大多数中国读者对卡夫卡、迪伦马特这两位现代派作家一无所知，他们甚至被视为“颓废派”列入禁区。20世纪70年代，叶廷芳在外文书店清仓时淘得一本

《卡夫卡选集》,读后觉得写法奇特,毅然决定为其“翻案”。通过翻译《变形记》《城堡》《饥饿艺术家》等作品,叶廷芳一步步把卡夫卡及其荒诞美学带进中国读者视野。此外,叶廷芳还译介了剧作家迪伦马特的《老妇还乡》《物理学家》等名作,把迪翁的悲喜剧理论和悖论美学引入中国戏剧界,给当时封闭的中国带来了西方现代主义文学的新鲜空气。看了叶廷芳翻译的卡夫卡荒诞小说和迪伦马特的悲喜剧后,国内的许多作家感叹:“原来小说和戏剧还可以这样写。”

优秀的翻译家最好有国外生活的阅历。1980年,有人以“生活不能自理”为由,阻挠叶廷芳赴德深造,钱锺书为他打抱不平:“新中国成立前,潘光旦一条腿走遍世界,叶廷芳少一条胳膊,为什么不行?”后来,在钱锺书、冯至等人的支持下,叶廷芳多次到德国、瑞士、奥地利参加学术交流,寻访歌德、席勒、卡夫卡的故居,两次到戏剧家迪伦马特家做客,还被瑞士苏黎世大学授予荣誉博士。

除了翻译,叶廷芳还将艺术的触须伸至中外建筑、戏剧、音乐、造型艺术等多个领域。在他看来,好的翻译家应该是个“泡菜坛子”,具有宽阔的视野和完整的知识体系,能将文学、哲学、美学、心理学、社会学、民俗学、人类学、政治学等糅合在一起。为此,叶廷芳身体力行,除了翻译,还写下了众多思想新锐、见解独到的散文、文艺评论、随笔、专著。这些多渠道的艺术灵犀和审美体验,最后都向他的专业集中,构成了他开阔的现代审美意识和世界眼光。

叶廷芳常被建筑界、戏剧界邀为座上宾,为城市规划、建筑设计、戏剧革新等出谋划策。1998年,国家大剧院开始筹建招标,总体设计风格初定为三个“一看”:一看就是个剧院;一看就是中国的;一看就与周围的建筑风格协调。叶廷芳觉得这些看法有些保守,他放眼世界高标,总结出三个新的“一看”:一看是美的现代建筑艺术杰作;一看能与世界建筑潮流相衔接;一看与天安门周边建筑不争不挤、相映生辉。在叶廷芳等人的推动下，国家大剧院最终以具有现代艺术气息的“巨蛋”造型和“反差审美效应”向世界级文艺地标看齐。

叶廷芳经常就重大文化事件积极发声。20世纪末，有人提出重建圆明园，以恢复昔日造园艺术的辉煌。叶廷芳得知后，立即阻止这一“蠢善”行为。他直言：“重修遗址不啻一场文化闹剧，圆明园的废墟是不可触动的，其价值就在于它残破的历史真实性，它是凭吊国耻的历史化石和活的教科书。”为此，他专门撰写了一本名为《废墟之美》的著作，以催生国人文物保护和废墟文化意识的觉醒。

此外，作为全国政协委员，叶廷芳还在两会上就古村落保护、农民子弟上学等问题积极献计献策，尤其对全面放开“二孩”政策的落地发挥了重要作用。只要有益于国家发展和社会文明进步的事情，他都乐此不疲，哪怕影响到学术研究。他认为自己首先是一名合格的公民，其次才是一位学者。

世界以痛吻我，我却报之以歌。虽然天妒英才，跟叶廷芳开了一个大大的玩笑，让他用单手书写人生，但他在思想上从不抱残守缺，在精神上始终追求“全人”人格，并以积极乐观的心态对待人生、回报社会。

让生命在燃烧中耗尽，不让它在衰朽中消亡，这是叶廷芳的人生哲学。即使养病期间，他每天也习惯性地流连于书桌前，以虎的勇气、鹰的视野、牛的精神进行思想创造，追求着一种智性的生活和审美的人生。

（作者：赵凤兰，《中国文化报》高级记者）

莫言：做一个『晚熟的人』

○陈海波

作家艺术家过早地成熟了、定型了，创作之路也就走到了终点。面对“诺奖魔咒”，八年来，他一直坚持创作，希望自己晚熟，使自己艺术的生命力和创造力更长久。

莫言（光明图片）

2020年7月31日，莫言出现在了网络直播里，与网友互动，“发福利”“抽奖”……弹幕里不时蹦出“可爱”这个词。正如他营造的文学世界一样，这一幕让很多人感到一些魔幻。这其实是一场线上的新书发布会。在获得诺贝尔文学奖八年后，莫言终于在众人的翘首以待中，带来了新书《晚熟的人》。

很多时候，读者似乎比作家本人更着急。莫言不着急。不着急动笔，不着急让心里的人物快速成型、成长。他在直播中说，《晚熟的人》里的人物原型，很多都是他的小学同学，“半个多世纪的故事一直延续到现在”“随着社会的发展，在成长，在晚熟”。

这本中短篇小说集由十二个故事组成。书名来自其中一个故事的篇名。在这个故事里，莫言写了一个“在装傻过程当中体会到了很多乐趣”的人。比如，他把几个人聚到一块儿，坐到桥上，挽起裤腿，把脚伸到桥下的水里。大家问他们在干什么，他们说在钓鱼。于是，大家都说他们是傻子。

“我觉得是我们这些看他们的人才是傻子，没有明白人家是在戏耍我们、在嘲笑我们。”在莫言看来，“晚熟”是一个很丰富的概念。在他老家农村，“晚熟”多少有点说某个人“傻”的意思，但“有的人是装傻，到了合适的时候，出现了能让他展现才华的舞台，他会闪光的”。

不着急的莫言也想做一个“晚熟的人”。“一个作家，一个艺术家，过早地成熟了、定型了，创作之路也就走到了终点。但我们都希望自己的作品不断变化，不断超越自我，这是难度很大的。从这个方面来讲，我们希望自己晚熟，使自己艺术的生命力和创造力更长久。”他说。

莫言口中的“晚熟的人”，是“求新求变的人，是不愿过早故步自封的人，是对自己严格要求的人，希望不断超越旧我的人”。我们可以从他的新书中,看到他想要的“超越旧我”。他把自己写进了故事里:一个叫“莫言”的人,荣归故里后,看到的荒诞和现实。

书中的“莫言”获奖后回到“高密东北乡”,发现家乡一夕之间成了旅游胜地,《红高粱》影视城拔地而起,山寨版“土匪窝”和“县衙门”突然涌现。“还有我家那五间摇摇欲倒的破房子,竟然也堂而皇之地挂上了牌子,成为景点,每天有天南海北的游人前来观看”。

“这部小说,我作为一个写作者,同时也是这个作品中的人物,深度地介入到这部书里。小说的视角,就是知识分子还乡。”写作者莫言如是说。

在他的“高密东北乡”,我们看到的不再只有“红高粱”,还有“移动互联网”。在名为《红唇绿嘴》的故事里,他写了一个在网上卖谣言谋生的人,运营两个微信公众号,一个叫红唇,一个叫绿嘴,在网络上掀起滔天巨浪。“我觉得这十二个故事里的每一个人物,都是我过去的小说里面没有出现过的。”他说。

作家莫言,通过故事里的“莫言”,审视他人,也审视自己。

“我跟小说里的莫言是在互相对视,我在看他,他也在看我。”他说,这种关系就像是,“孙悟空拔下一根毫毛,变成了一只猴子”。

直播中,评论家李敬泽分享他阅读莫言新书后的感受:莫言以前的小说没有这样的书写,这是“角度非常新的作品”,书里的那个“莫言”,构成了坐在这里的这个莫言的镜像。

作家毕飞宇从《晚熟的人》中读到了两个不同的莫言。“在这部新作中既看到标准的莫言,很浓烈,油画版的。同时,我也读到了简单、线条版的莫言。莫言以前写小说不用线条,就是大色块往上堆。所以,我很欣喜:在老莫言之外,又跑出一个新莫言。”他说。

写作的变化,“高密东北乡”的变化,源于“回乡”的那个人在变化,在“晚熟”。

“我在高密出生、长大，若干年后回到了这里。变化的地方在于，我这个人有了变化。”莫言说，他和几十年前，甚至八年前都不一样了，“过去我仅仅是个作家，但诺奖为我作家的身份添加了复杂的色彩”。

诺贝尔文学奖带给莫言的不仅仅是荣誉和肯定，还有压力和质疑。获奖后的莫言，曾疲于各种应酬。很多人担心，莫言获诺奖后迟迟不见新作，是否陷入“诺奖魔咒”？文学界流传着“诺奖魔咒”的说法，很多作家获得诺奖后作品急剧减少，很难再持续进行创作。

莫言坦言，“诺奖魔咒”现象确实客观存在，因为获诺奖的作家一般都七老八十了，创作巅峰已过，但也有很多作家获奖后又写出了伟大的作品。“我能否超越自己，能否打破‘诺奖魔咒’，现在不好判断，但八年来我一直在努力，一直在坚持创作，或者在为创作做准备。”

正如李敬泽所说，《晚熟的人》最触动他的，“是那个叫‘莫言’的，贯穿始终。那个人，也获得诺奖，也是一个作家，既享受着盛名，也为此所累”。

这种“累”，更多是来自作家本人，来自莫言对一个“晚熟的人”的追求。他在直播中回答一位年轻网友关于写作的问题时说，他现在写作举步维艰，“比 20 世纪 80 年代初的困难多多了”，因为“自己了解的文学越来越多，了解很多人曾经怎么写，就不该重复别人用过的办法；自己的积累越来越多，就不愿意重复自己已经写过的东西，可要完全做到不重复也很难”。

不过，莫言仍然会坚持写下去，“就像田鼠一样扩大自己的地盘”。

（作者：陈海波，《光明日报》记者）

许渊冲：转换不同语言之美的百岁翻译家

○ 赵凤兰

100 岁的他，毕生致力于中西文化互译工作，已经出版中、英、法文著作一百多部，其中中国古代诗词几乎占到了一半，获得中国翻译协会颁发的“翻译文化终身成就奖”，也是国际翻译界最高奖“北极光”杰出文学翻译奖唯一的亚洲获得者。

许渊冲（赵凤兰 摄）

2020年，走进百岁翻译家许渊冲的家，如同重回几十年前。屋内的简易书桌、老式沙发和挂着蚊帐的单人床，透着满屋旧时光的清辉。一抹秋日的阳光穿过微风扬起的白色窗帘，洒落在倚墙而立的简陋书架上，照亮了许渊冲八十年的翻译积累与成果。书桌和书架旁错落林立的西南联大老照片、青葱岁月的学生照以及温馨家庭瞬间，将历史烟云浓缩在方寸之间，标识着主人百年人生的初心与来路。

听闻我到来，正在阳台上搜罗杂物的许渊冲躬身掀帘而出，寂静的斗室立马欢腾起来。就在这间能感受到岁月流淌的书房里，这位从书架上、从《朗读者》屏幕上走下来的“翻译狂人”，激情澎湃、手舞足蹈地宣扬着他的翻译理念。说到翻译诗词的乐趣，自豪和喜悦之情溢于言表；提及不同的意见，他高声辩驳，言辞中充满批判。翻译工作充塞了许渊冲人生的全部时空，是他一生永无止境的追求和永远解不开的梦。

然而，许渊冲对外语的初体验并不美好。1921年，许渊冲出生于江西南昌，小时候，哥哥放学回家念英文，他也跟着念。上学后由于学习不得法，他常用中文标注发音来背单词，一度对英语产生强烈的憎恶。后来在表叔、著名翻译家熊式一的影响下，他逐渐对英文产生兴趣，并以优异成绩考入西南联大外文系。“我恨英文，但考试第一。”许渊冲为自己竖起了大拇指。

许渊冲的翻译之路是在西南联大开启的。在那里，他不仅与杨振宁、李政道、朱光亚同窗，还亲耳聆听了叶公超、吴宓、钱锺书等名师的教诲。大一时，因为喜欢一名女同学，许渊冲把林徽因悼念徐志摩的新诗《别丢掉》译成韵体英文寄给对方，那是许渊冲第一次翻译诗歌。只不过五十年后，当许渊冲获得国际大奖的消息传出后，才收到那位远在台湾的女同学的“回信”。

作为文学翻译中难度最大的文体,诗词是否可译,是形似还是神似的争论由来已久。20 世纪 80 年代,许渊冲曾多次致信老师钱锺书,与他探讨诗词翻译,谈到美国诗人罗伯特·弗罗斯特给诗下的定义:诗是翻译中失掉的东西。钱锺书表示赞同,他认为无色玻璃(直译)的翻译会得罪诗,有色玻璃(意译)的翻译会得罪译,只能两害相权择其轻。他说,许渊冲的译文虽然戴着音韵和节奏的镣铐跳舞,却灵活自如,“如果李白懂英文并活到今天,定能与许结为知己”。

作为“意译派”的忠实捍卫者,许渊冲一生都在诗歌的“意美、音美、形美”中咀嚼涵泳,力图最大限度发挥译语优势,将一种语言之美转化为另一种语言之美。对毛泽东诗词“不爱红装爱武装”的翻译是许渊冲的得意之作。按照字面意思,英美翻译家将它翻译为 They like uniforms, not gay dresses.(她们喜欢军装,不喜欢花哨的衣服)。许渊冲认为这种译法走了样,于是翻译为“They love to face the powder and not to powder the face”,即“她们敢于面对硝烟,不爱涂脂抹粉”。虽然因“歪曲”原文而挨了一百鞭子,但许渊冲至今仍为自己翻译中的神来之笔而陶醉。

在翻译理论上,许渊冲相当自信,从不畏惧挑战名作名译。傅雷翻译的《约翰·克里斯多夫》堪称译作经典,但许渊冲却认为自己可以在意美上超越他,他以 80 岁高龄重译经典,公开和傅雷展开竞赛。1995 年的《红与黑》汉译大讨论中,以许渊冲为代表的中国翻译“创译派”曾与“等值派”掀起一场不小的论战,他的“优势论”“竞赛论”“创优论”遭到“紧身衣论”者的反对。此外,他与翻译家冯亦代、王佐良等人也有过笔战,不过后来与其中的一些人又化敌为友。

许渊冲是国际翻译界最高奖“北极光”杰出文学翻译奖获得者中唯一的亚洲人。在他看来,文学翻译就是把最美的表达方式放在最好的地方，无论是小说、散文还是诗歌，没有意美不必翻。“翻真不足为奇，翻美却很难，我出版的一百多本书就是为了把他们翻错的纠正过来。”许渊冲指着屋内的两个书架说，“我是‘内科派’，不仅把箭拔出来，还把内部的毒也取出来了，而‘外科派’只把箭掰断，毒还在里面。”

许渊冲认为，翻译是追求两种语言的“双赢”，求真是低标准，求美是高标准；等值的翻译容易失掉诗的精华，并且难以出精品。与其将诗翻译得味同嚼蜡，嘴里像嚼着一大块黄油面包似的，不如在不失真的情况下使其优化和再创，以确保原诗的内蕴和存意不流失，在音形上更熨帖、更醒豁，使读者能从中体味诗词艺术的音韵之美。为了追求译诗艺术的高峰，许渊冲在翻译上遵循孔子提出的“从心所欲不逾矩”的理念，提出“以创补失”“美化之艺术”的中国学派翻译理论，即“意美、音美、形美”三美论、“浅化、等化、深化”三化论和“知之、乐之、好之”三之论，成为翻译理论界的一大成果。

作为语言灵魂的解读者，许渊冲一生都在“绝妙好辞”中挣扎和沉潜。采访那天正值教师节，许渊冲刚品尝完学生送来的巧克力寿桃，突然记起一件事，他一手拄着一根拐杖，颤悠悠地带我到书房，对一本刊登他文章的杂志发起“冲锋”。他说杂志刊发他的署名文章《我译〈诗经〉〈论语〉和〈老子〉》，竟将其中“道可道，非常道”的英译文写错了。他为之痛心疾首，认为传播开去将影响中国文化走向世界。

（作者：赵凤兰，《中国文化报》高级记者）

高洪波：文坛多面手，儿童知心人

○方　莉

他是诗人、评论家、散文家，但他心底最认可的身份始终是儿童文学作家。他与金波、白冰、葛冰、刘丙钧五人组成“男婴笔会”，五个岁数加起来超过300岁的儿童文学作家，以纯真的童心创作了“红袋鼠”“跳跳蛙”“呼噜猪”“火帽子”等系列形象，深受孩子们的喜爱。

高洪波（方莉 摄）

2020年秋日的一天，走进中国作协副主席、儿童文学作家高洪波的家，仿佛置身于童话世界。一黑一白两只狗在屋里来回穿梭，笼子里的小蜜袋鼯慵懒地躺着，阳台上的兰花、发财树在阳光的照射下格外翠绿透亮，树上的蝈蝈发出清脆的鸣叫。

高洪波曾写道，“蝈蝈的叫声好听，有一种悠悠的韵味、秋野的节奏”。在这样一派自然野趣里，高洪波热情洋溢地回忆起半个世纪以来的文学往事。他眼神纯粹，声音温和，动情的讲述如同秋风中的暖阳，将旧时光凝练成一段段颇有趣味的故事，温暖着每个御风前行的人。

1969年早春，一辆从北京出发的闷罐车，载着一群满怀梦想的新兵驶向云南开远，高洪波便是其中一员。在部队，他担任播音员、放映员和图书管理员。借着管理图书之便，他大量阅读了当时被封存的经典文学作品，从《水浒传》到《战争与和平》，从莫泊桑的小说到普希金的诗歌，他如饥似渴地从中汲取养分，尤其喜欢诗歌，对李瑛、张志民、贺敬之等人的诗集爱不释手，还整本手抄了张志民的《西行剪影》。

18岁时，高洪波在云南工农兵诗选《云岭山茶朵朵开》上发表了第一首诗《号兵之歌》，从此一发不可收拾。趴床板上写，坐小马扎上写，艰苦的军营生活阻挡不了创作激情，他写了大量军旅诗，发表在当时的《云南文艺》等报刊上，成为战友中远近闻名的诗人。

从17岁到27岁，高洪波在云南一待就是十年。十年军旅生涯不仅让他养成了规律的生活作息，还深刻地影响了他的诗歌审美。“艾青、李瑛、贺敬之、张志民他们的诗视野宽阔，有着对祖国、对人民特别浓郁的爱，他们将小我放到大我之中，这种大爱精神深深感染了我。”大爱，在年轻的高洪波心里扎根发芽，驱使他在文学领域继续开疆辟土。

1978年，高洪波从部队转业回京，到《文艺报》当记者、编辑，负责诗歌、儿童文学、少数民族文学、民间文学四个文学门类的采编工作。彼时的中国儿童文学正在从凋零走向繁荣。这片生机勃勃的园地里，《朝花》《未来》《巨人》等儿童文学刊物蓄势待发，可当时儿童文学写作者却不多。在李迪等老朋友的鼓励下，高洪波开始涉足儿童文学，创作了大量儿童诗和儿童文学评论。也正是这个时候，女儿出生了，初为人父的高洪波以女儿为观察对象，进入了儿童文学创作的黄金期。

因为工作关系，高洪波与儿童文学界作家们交流密切，尤其与"文坛老祖母"冰心的交往令他受益匪浅。他始终记得第一次去冰心家取稿的情景：当时，年近八旬的冰心应邀给《文艺报》写文章，高洪波骑着自行车来到冰心家中，亲眼看见她在稿纸下压上拓蓝纸就开始写稿，一会儿工夫千字文写就，冰心将原稿留下，复写的文章交给高洪波取走。

冰心下笔千言倚马可待的才华，深深折服了高洪波，更让他感佩的是其人格魅力。有一次，冰心收到一麻袋孩子的来信，发现很多孩子用的是公家的信封信纸。她颇为忧虑地告诉高洪波："小时候我父亲桌上有两种信纸，一种用来写公文，一种是自己买的写私信用。"她关切地问："你女儿用不用你的信纸？"高洪波坦言自己没有注意这个细节。冰心严肃地对他说："一定要注意，要公私分明。"忆起这些往事，高洪波眼里放光。他顿了顿说："冰心先生留给我们很多美好的故事。她强调'给孩子写作一定要有爱心'，是给所有儿童文学作家最重要的启发。"

在冰心"爱心"的基础上，高洪波总结出儿童文学创作的"三心二意"，即童心、诗心、爱心和感恩意识、敬畏意识。凭借这"三心二意"，高洪波畅游在儿童的世界里，以天真孩童的视角看世界，创作了大量简单自然而富有理趣的儿童诗歌、童话故事。其中,《我想》《陀螺》《彩色的梦》等多篇作品被小学语文课本收录,获得全国优秀儿童文学奖、“五个一工程”奖、中国国家图书奖、冰心奖、陈伯吹国际儿童文学奖等众多奖项。从20世纪90年代开始,随着中国作协的工作日渐繁忙,高洪波更多地在成人文学百花园里耕耘。他主编《诗刊》,出版诗歌评论集,撰写文化散文,组织作家到抗击非典、抗震救灾等一线采访……诗人、评论家、散文家、儿童文学家,辛勤创作的高洪波被称为“文坛多面手”,可他心底最认可的身份始终是儿童文学作家。

“儿童文学里最难写的是低幼作品。”高洪波直言,要让连字都不认识的孩子喜欢阅读很难。因为热爱,近二十年来,高洪波将创作重心转到低幼读物上。他与金波、白冰、葛冰、刘丙钧组成“男婴笔会”,两三个月聚在一起开一次笔会,专门为《婴儿画报》《幼儿画报》等低幼刊物写稿。这五个岁数加起来超过300岁的儿童文学作家,以纯真的童心创作了“红袋鼠”“跳跳蛙”“呼噜猪”“火帽子”等系列形象,深受孩子们的喜爱。

2020年7月,高洪波的儿童诗集《一根狗毛一首诗》出版,他以宠物犬拉布拉多狗的视角创作了十八首儿童诗,作为送给疫情后重返校园的孩子们的新学期礼物。在高洪波心里,有一个秘密通道,可以瞬间从现有的生理年龄回到孩童时代,他笑称这是作为儿童文学作家的“特异功能”。正如俄罗斯文学评论家别林斯基所说,“儿童文学作家是生就的,而不是造就的”,高洪波生就了一颗不老的童心,继续在儿童文学的花园里耕耘着,收获着。

（作者:方莉,《光明日报》记者）

严家炎：为学和做人都需要一点『傻子精神』

○方　莉

年近九十的他，被作家宗璞称为北京大学里的“大侠”，率先把金庸的武侠小说搬进北大课堂，秉笔直书为丁玲、萧军等人“翻案”，把鲁迅小说《铸剑》归为武侠小说而与一位学者发生激烈笔战……在一次次文学论战中，他坚守着文学研究者的责任。

严家炎（刘平安 摄）

2020年初冬的北京阴雨绵绵，别有一番历史感。在养老院的文化室里，80多岁的现代文学研究专家、北京大学资深教授严家炎已静候多时。见到记者，他上前一步，热情而有力地和记者握手。落座，耳边传来悠扬的钢琴声，身后是老人们的书画作品。在这样的文化氛围里，严家炎娓娓而谈。

他目光坚定且专注，语速缓慢而清晰，似一株饱经风霜的不老松。忆起幼时读过的《孟子》，老人张口便来"王何必曰利？亦有仁义而已矣"；谈起当年的种种文学争论，他不疾不徐地讲述前因后果；说到现代文学学科的发展成熟，欣慰之情溢于言表。

1933年出生于上海的严家炎，从小喜欢文学，高二时在上海的《淞声报》上发表两篇短篇小说，由此一生与文学结缘。1956年，他考入北京大学中文系，成为文艺理论方向副博士研究生。然而，当时的形势打断了这个求知若渴的青年人的学习梦想。入校不到两年，由于缺乏教师，系领导找严家炎谈话，让他给留学生讲中国现代文学史。就这样，他提前走上了文学教学与研究的道路。

作家宗璞称严家炎为北京大学的"大侠"；学术圈里，严家炎是人如其名的"严上加严"；在夫人卢晓蓉眼中，他是"一名纯粹的学者"。听到这些评价，严家炎淡然一笑，说起一段往事。20世纪60年代初，严家炎参加《中国现代文学史》教材编写时，主编唐弢一再强调，要读原始材料，翻阅期刊，以便了解时代面貌和历史背景，作品要查最初发表的期刊。两年多时间里，严家炎先后阅读了近二十种文学和文化期刊，留下了至今还保存着的十几万字笔记，弄明白了许多纠缠不清的疑难问题。"这对年轻学者的成长极有好处，我后来在教学和研究中也一直坚持这个习惯。"

认真研读，大胆假设，小心求证。在北大，严家炎一边研究，一边学习，在现代文学领域有了不少新的发现和开拓：重新发掘了"新感觉派”和“后期浪漫派”；著作《中国现代小说流派史》填补了小说史研究的空白；发现鲁迅小说以多声部的复调为特点；提出中国现代文学的起点不是“五四”时期，而是晚清时期。

严家炎认为，文学之所以为文学，就在于它是有思想的艺术。真正的文学，总是能通过自己的思想艺术去吸引人、打动人。在他眼里，一些有思想的通俗文学也值得关注和研究。

20 世纪 80 年代，金庸的武侠小说广受欢迎，而当时很多人认为武侠小说“犹如鸦片，使人在兴奋中滑向孱弱”。1992 年，严家炎到香港中文大学做研究期间与金庸结识。初次见面后，金庸就邀请严家炎去他家里小聚，二人无话不谈，从少年时的兴趣爱好到武侠小说再到围棋，聊得格外投机。临别时，金庸送给严家炎三十六册第二版金庸小说。深入阅读金庸作品后，严家炎发现，“金庸小说包含传统文化的丰富底蕴和中华民族的深刻精神，体现了过去武侠小说从未有过的相当高的文化品位”。

1994 年 10 月 24 日，北京大学授予金庸名誉教授。当日，严家炎发表了题为《一场静悄悄的文学革命》的讲话，指出金庸小说的出现，标志着运用中国新文学和西方近代文学的经验来改造通俗文学的努力获得了巨大的成功。“如果说‘五四’文学革命使小说由受人轻视的‘闲书’而登上文学的神圣殿堂，那么，金庸的艺术实践又使近代武侠小说第一次进入文学的宫殿。这是另一场文学革命，是一场静悄悄地进行着的革命。”1995 年春，严家炎在北京大学中文系开设“金庸小说研究”课程，第一次把金庸武侠小说搬进北大课堂。

这样的评价和实践引起了当时文学界的论争。“但事实胜于雄辩，现在，大学课堂研究金庸武侠小说已不是新鲜事，各地的武侠小说研究会也已遍地开花。”严家炎说。

在一个甲子的学术生涯里，严家炎没少和人争论：他因把鲁迅小说《铸剑》归为武侠小说而与一位学者发生激烈笔战，他撰文指出《创业史》中写得最丰满深厚的人物形象是梁三老汉而引起反对者无数，他秉笔直书为丁玲、萧军等人“翻案”……严家炎一次次参与论战，犀利之中坚守着一个文学研究者的责任。

往事如烟。回首那些在跌宕起伏的文学浪潮里摸爬滚打的日子，年近米寿的严家炎这样总结自己：撰写了近四百篇文章，出版了二十二本书，独立或与他人编撰了多本研究文集和教材。他挑选了自己有代表性的文章和书籍整理后交给出版社，十卷本、二百三十万字的《严家炎全集》在2021年8月出版。

如今，严家炎依然有着一副侠肝义胆，面对文学界的乱象不吐不快。听到记者说起当前很多文艺批评变成了“夸夸团”，有些人甚至没有读原作就说好，他顿了顿，说：“文艺批评，一定要实事求是，一切从实际出发。”

“无论为学还是做人，都需要一点‘傻子精神’，即不计利害，脚踏实地，坚守良知，只讲真话。”严家炎为北大中文系建系一百一十周年如此题词，这是他毕生努力的方向，也是对从事文学研究的青年学子们的期望。

（作者：方莉，《光明日报》记者）

罗怀臻：不管时代怎么变迁，我都在现场

○郑荣健

在近四十年的创作历程中，他创作了以淮剧《金龙与蜉蝣》、昆剧《班昭》、甬剧《典妻》为代表的五十多部作品，提出了“传统戏曲现代化”“地方戏曲都市化”“返乡运动”“回归源头”等一系列理论观念和主张，参与组织了覆盖编剧、导演、音乐、评论、舞美几乎全链条的全国青年戏剧人才高级研修班等，培养了一大批戏剧人才。

罗怀臻（光明图片）

在2020年12月举办的中国戏剧家协会（以下简称“中国剧协”)第九次全国代表大会上,著名剧作家罗怀臻卸下了中国剧协副主席的身份而被聘为顾问,这是在他完成四卷本五百万字文集出版之后。一切刚刚好,仿佛劈柴垒起,准备好了添薪续暖、围炉夜话;而薪火鼎盛,他也多了不少从容。

20世纪八九十年代,罗怀臻以明确的现代姿态崛起,在近四十年的创作历程中,创作了以淮剧《金龙与蜉蝣》、昆剧《班昭》、甬剧《典妻》为代表的五十多部作品,提出了“传统戏曲现代化”“地方戏曲都市化”“返乡运动”“回归源头”等一系列理论观念和主张,参与组织了覆盖编剧、导演、音乐、评论、舞美几乎全链条的全国青年戏剧人才高级研修班等,培养了一大批戏剧人才。种种际遇和偶然,不经意又变得沉镌有力,将时间化作年轮。

文艺评论家毛时安称他像堂·吉诃德和赵云，这颇具意象色彩的形象,除了满腔热血、一身孤勇,很多时候也意味着行色匆匆。我到上海采访他,那个午后的对谈犹如秋阳扫叶,片片脉络清晰。罗怀臻谈到了他的职业身份、人格身份和艺术身份,也用“为生存、为文学、为理想”概括了自己在不同阶段的创作追求。他说:“不管时代怎么变迁,我都在现场。”他一直持续地忙碌奔走、授课讲学,也为新的创作投入着精力和热情。

在罗怀臻身上,总是烙着深刻的时代痕迹。从“淮剧三部曲”承载着“地方戏曲都市化”“返乡运动”观念,到《梅龙镇》《一片桃花红》开掘出越剧、昆曲等剧种表达的新向度,再到舞剧《朱鹮》《永不消逝的电波》有关生态叙事、红色叙事的现代感,几乎每一部作品都蕴含着学术探索般的抱负。他的表述很明确:“都市化是路径,再乡土化是手段。真正的创新和转型都是带着回归和复兴色彩的,像西方的文艺复兴、中国唐代的古文运动,都是为了找回我们曾经的生气。”

这跟他“一直在现场”有很大关系。2020年年初，新冠肺炎疫情打断了很多院团正常的创作生产。罗怀臻关注着疫情，同时利用隔离带来的潜蛰时光，陆续创作和改写了六部作品，包括昆剧《国风》《汉宫秋》、淮剧《寒梅》、扬剧《阿莲渡江》、舞剧《大河之源》《AI妈妈》。为了创作舞剧《大河之源》，疫情暴发之前，他和主创团队到有着“中华水塔”之誉的三江源头进行了走访采风。到2020年11月底作品首演之时，那于雪域高原、低垂星空所获得的灵感已化作了远古彩绘与现代摩托车互文叙事的故事，雪豹、藏羚羊等高原生灵与人类的活动交织成的画面，也被赋予了文明生态的内涵。

如果说舞剧《大河之源》是从地理生态的角度去寻找文明源头，有意无意间切合了当前疫情语境下人们对生态保护、文明治理的思考，那么另一部舞剧《AI妈妈》走得更远、更具思辨性——从未来科技的视角，对人之所以为人的哲学源头、对人的定性进行了追问。这部人工智能题材的舞剧，讲述了一个失去母亲的科学家给自己制造了一个人工智能妈妈的故事。罗怀臻介绍：“科学家可以通过记忆中母亲的信息来再造母亲，但毕竟他的记忆是6岁时的记忆，当他来到人生的36岁时，母亲还是当年的形象。这就造成了一种认知的错位，也引起我们的思考：人的定性是什么？人在变化，人工智能是否也会变化？”

罗怀臻并不讳言，希望通过追溯源头，以回归为契机和动力来推动创新，而这源头可能是地理源头、文明源头，也可能是哲学源头、剧种源头。在谈到昆剧《国风》和《汉宫秋》时，他认为尽管魏良辅、梁辰鱼等对水磨腔和昆曲的发展做出了很大贡献，但经过几百年的发展，昆曲的某些审美趣味已逐渐变得“慢腾腾、软绵绵、色眯眯”，需要有所突破。因此，他希望通过回归元杂剧的体制、回归套曲，通过北昆北唱、南昆南唱，回到昆曲最原初的状态、找到最原初的生气，让昆曲更加丰富多元、更加具有个性特质。他说："昆曲应该要有春秋战国时期的慷慨豪迈，也要有勾栏瓦舍的烟火杂色，这才是我理想中的昆曲。"

同样，淮剧《寒梅》和扬剧《阿莲渡江》试图在红色叙事中挖掘信仰、信念背后的源头，让"初心"落脚到人之常情的诉求和对是非善恶的正确判断。其中，《寒梅》讲述了革命者在多种煎熬中的坚守与抉择。罗怀臻说，只有回到那种极端环境下，回到事关人之常情、切肤之痛的原初现场，才能更好地理解信仰信念，感受到早期革命者牺牲奉献的崇高伟大。与之相比，《阿莲渡江》以渡江战役为题材，提出的是"观念渡江"的课题。罗怀臻说："我希望它在形式上走出样板戏的套路，不是再现而是表现历史——它是苦戏，也是悲剧，带着自觉受难的崇高感；它是戏曲，也是多样式的演绎，会有装置艺术，会有象征手法，等等。"

一切似乎不期而至，却都自觉地往不同方向的源头掘进，带着温热思考。罗怀臻说："众生经历了苦难，作家艺术家在经历苦难的同时，还要担起责任，记录苦难、思索苦难甚至超越苦难。"或许，溯源回归以推动创新，更具历史感、未来感，这就是他从当前疫情环境体验到人类文明处境后的一种担当和超越吧。

（作者：郑荣健，媒体人、青年评论家）

冯俐：搞儿童剧创作，要爱孩子，更要懂孩子

○ 韩业庭

不管何种主题的儿童剧，可以天真但不能幼稚，更不能口号化、脸谱化、概念化、说教化。为了避免说教，她给自己立过一个规矩：在主题性创作中，一切主题都要通过舞台形象、戏剧冲突和人物命运来彰显。

冯俐（韩业庭 摄）

“许多家长投入全部的爱，想让孩子成为自己心中的‘最好’，结果不仅扼杀了孩子的天性，甚至也伤害到孩子的感情。”儿童剧编剧冯俐对此有些焦虑，有时候，她甚至想站在高楼上对那些家长大喊一声：你们的做法是错的！

2020年12月，冯俐被任命为中国儿童艺术剧院（以下简称“中国儿艺”）新一任院长。儿童艺术“国家队”的使命感，让痴迷儿童剧创作的她产生了更多冲动——推出更多优秀儿童剧，让孩子们在儿童戏剧中，接受陶冶，享受艺术，获得天性的解放，培养健全的人格。

2021年1月，在中国儿艺的一间小会客室里，这位资深儿童戏剧人向记者吐露了她对当下儿童戏剧创作的所思所想。

中国有三亿多的少年儿童，做儿童剧的人越来越多。虽然儿童剧的主题立意有人把关，但艺术质量却参差不齐，优质作品仍然太少。比如，一些作品主题很好，但艺术手法粗糙，存在着口号化、概念化、脸谱化、说教化的问题。

一些儿童剧作品虽然是主旋律，但艺术质量不过关，无法进剧场，结果却进了校园。对此，冯俐很不解。在她看来，给孩子的就应该是最好的！现在的孩子，课业负担重，渴求文化生活和精神滋养，把艺术质量不过关的作品送进校园，等于让饥饿的孩子吃没有营养的冷饭菜。

把好作品送给孩子是冯俐心中永远的执念。无论是商业演出还是公益演出，无论是出国演出还是下乡演出，她都要求中国儿艺在艺术质量上坚持高标准，不能“看人下菜碟儿”。

为了保证演出质量，在下基层演出中，冯俐曾对演出场地有所要求：儿童剧最好在剧场中演，否则会影响演出效果。可多次下基层后，她在一定程度上放弃了对演出场地的坚持，因为“许多边远地区的孩子从没看过儿童剧，去一些地方演出，经常有几万孩子想看，可剧场容量有限,一场演出,往往只有几百个孩子能看到,真是不忍心”。后来,冯俐找到了既扩大观众面又保证演出质量的办法:出发前对剧目适当调整,让适合几百人看的作品可以适应一两千人观看。

“儿童戏剧其实是戏剧品种中最难创作的一种,要具备优秀戏剧的一切要素,同时还要找到符合孩子心理特点和接受特点的表达方式。因此,做儿童戏剧,既要爱孩子,更要懂孩子。”冯俐说。

什么是好的儿童剧?调入中国儿艺前,冯俐专门请教过很多戏剧大家,答案几乎一致:好的儿童剧应该是孩子喜欢,大人也喜欢。孩子喜欢,说明作品通俗容易接受;大人喜欢,说明作品有深度有厚度。

在冯俐看来,现在的突出问题是,许多作品的出发点是爱孩子的,但创作者却不懂孩子,作品常常居高临下,重说教不重形象,重主题不重手段。

冯俐认为,不管何种主题的儿童剧,可以天真,但不能幼稚,因为天真是可爱的,幼稚是可笑的。同时,儿童剧要贴近儿童,应把孩子的成长过程演给孩子看。比如,中国儿艺《红缨》里的王二小,还不识字的时候,他会拿珍贵的抗战报纸擦屁股,而当他认识到战地记者的英勇,认识到报纸有鼓舞士气、打击敌人的作用时,勇敢地为保卫报社献出了生命。

为了避免说教,冯俐给自己立过一个规矩:在主题性创作中,所有的台词中不出现主题词,一切主题都通过舞台形象、戏剧冲突、人物命运来彰显。比如,现实题材童话剧《萤火虫姐弟历险记》,两个小时的演出,通过萤火虫“小姐姐”和“小弟弟”从城市到乡村的“生命冒险”,带孩子们发现那些被忽略了的小生命,传递了保护环境、尊重生命的理念,“绿水青山就是金山银山”的主题不言自现。

冯俐的儿童剧独角戏《木又寸》则通过一棵被移植的银杏“树妹妹”的经历，从银杏树的视角阐释生命的去处和出路，让孩子们自然领悟到什么是成长。冯俐的这种坚持和自觉，让她的每一部作品都与众不同，不同的观众都能从中咂摸出不同的味道，有业界专家称之为“冯俐现象”。

冯俐认为，幼小的孩子往往比大人有更多的困惑和痛苦，但他们不会表达，这就要求儿童艺术家读懂孩子心里的疑问，帮助他们用艺术的方式表达出来，带着他们去寻找答案。孩子们看了这样的儿童剧，会不孤独，会觉得成人是懂他们的，是可以信任的，这样他们才不会惧怕长大。总之，“搞儿童剧创作，不仅要有一颗爱孩子的心，还要懂得怎么爱孩子”。

为了跟上孩子们的所思所想，如今冯俐每年要看几十本跟儿童有关的书籍，并且始终保持一颗童心。年过半百的她，2020年年底在手机上听了四遍《小王子》，她说还会继续听下去。

（作者：韩业庭，《光明日报》记者）

周大新：把读者拉入小说，与主人公同悲欢

○蒋肖斌

至今难改乡音的他有一个很朴实的想法："我只是想着怎么让故事看上去像真的。因为既然写的是现实，只有让读者觉得故事真的在发生，他才会有兴趣读完一部二十万字以上的长篇小说。"

周大新（光明图片）

有人说周大新是一个“时代书记官”——获得茅盾文学奖的《湖光山色》讲乡村变革，之后以三年一部的速度写着长篇小说，《天黑得很慢》讲老年，2021年出版的《洛城花落》讲离婚……读者读他笔下的故事，却像在观照自己的生活。

听到这个评价，周大新连称“不敢当”。“小说可以把作者的思想埋藏在故事后面，让读者一开始只觉得故事有意思，读完才陷入沉思。”周大新说，“我最初喜欢读小说，也是因为喜欢小说中的故事，这给了我后来创作的兴趣。”

1952年，周大新出生于河南邓州的一个村庄，读到的第一本书是《一千零一夜》，夜夜都是好故事；长大一些后，开始读那个年代最流行的小说：《红岩》《战斗的青春》《红旗谱》……18岁当兵，他第一次接触到托尔斯泰的《复活》，被聂赫留朵夫和玛丝洛娃之间的情感打动，“从那个时候开始，我下决心要写作，也想写一部这样的书”。

从小爱读故事，成为作家的周大新也爱写故事。至今难改乡音的他有一个很朴实的想法：“我只是想着怎么让故事看上去像真的。因为既然写的是现实，只有让读者觉得故事真的在发生，他才会有兴趣读完一部二十万字以上的长篇小说。”

周大新的《洛城花落》讲述了一段婚姻故事中的风花雪月和一地鸡毛，他创造性地采用了离婚案“庭审记录”的写作结构。“一方面，结构为内容服务，只有在法庭上，通过律师和当事人之口，我们才能从各个角度来发表对爱情、对婚姻、对离婚的看法，其他场合很难有这样集中的辩论。”周大新说，“另一方面，小说创新很重要的一点就是结构创新，用新的结构来讲述故事，才能引起读者的阅读新鲜感。小说创作，要求作家自己超越自己。”

除了“庭审记录”，周大新还在《洛城花落》中用到了“宗族史料”——《嘉庆二十四年（己卯）雄氏宗族大事记》等写作形式。周大新说:“如果小说只是讲当下,就容易轻薄。我希望小说能有一种厚重感,不是只讲两个主人公的离婚,而是搭建起一个历史脉络,引导人们去思考关于婚姻的这些问题。”

无论是“庭审记录”还是“宗族史料”,周大新似乎都尝试着在虚构与非虚构之间搭建一座桥梁,让小说与生活同步,把读者拉入小说,和人物一起演绎悲欢离合。

周大新说,写小说,作者得“将心比心”来设计故事的发展。故事从生活中来,那作者首先就要沉入生活,了解这些事。“比如,我写年轻人的爱情,我也是从年轻人过来的,就从大脑的记忆仓库里,调动起年轻时候自己的生活。想让读者看起来是真的,就必须有自己参与,把自己的生活掺进去。”

这在他此前的作品《天黑得很慢》中亦有表现。周大新在这部小说中讲述了“万寿公园黄昏纳凉一周活动”。从周一到周四,养老院、医疗保健机构、“国际健康专家”你方唱罢我登场;从周五到周日,一名陪护员讲述自己陪护一位独居老人的经历,涉及老龄化带来的种种问题:养老、就医、黄昏恋……

“经世界养老权威机构考察评审,进入本养老院生活的老人,寿命有望比那些居家养老的老人平均高出 3 至 5 岁。”“我们的灵奇长寿丸每吃一盒,约可延寿一个月加七天,因为原材料紧缺,每个人只能持身份证购买三盒。”……

小说中的描写简直就像讲座现场的录音记录。周大新说,自己去过很多城市的公园、街头,见过很多以老年人为对象的宣传活动,卖长寿药、教长寿操,所以写起来很熟悉。

古人说“文章合为时而著”。周大新认为,这里的“文章”可能指的是散文,而写小说,应该“为心而著”。

“写小说要忠于内心,听从自己的生活和心理体验。当年我的孩子走了以后,我写了《安魂》;等我慢慢衰老,我就写了《天黑得很慢》。写《洛城花落》,是因为看到现在离婚的人这么多,其中还有我的熟人,给我造成很大的心理冲击。”周大新说。

尽管记录的是“当下”,但周大新并不担心“未来”的读者是否还会读自己的小说。“好的作品能不能经得起时间的考验,能不能走出国家和民族的界限,归根结底是要看它思考的问题、传达的思想寓意,是不是全人类都应该关注的。我写生死、衰老、婚姻……我相信,这是很多年之后人们依然会面临和思考的问题,所以依然会有读者。”

写了四十年小说,因为身体不如从前,周大新宣布以《洛城花落》作为自己长篇小说的封笔之作。但他对文字的热爱依旧,和文字打了一辈子交道,早已和它水乳交融。

“我会接着写散文和随笔,也可能重拾年轻时候就很喜欢写的电影剧本,除非将来彻底失去了拿笔的能力。但就算写不了文章,我也会写书法,如果书法都写不成了,我还会试试能不能画画。”周大新笑着说。

（作者:蒋肖斌,媒体人）

陈彦：今天的写作需要高度整合人类新的生命样貌

○ 刘平安

继《装台》《主角》两部力作之后，他的“舞台三部曲”之《喜剧》如约而至。关于塑造人物，他认为，“一个艺术形象是诸多因素的聚合体，有时不只是‘嘴在浙江，脸在北京，衣服在山西’，甚至鞋在南美，手套在北欧，手串在南非了。越写微小、局部，越需要有在背景上的开疆拓土与张力”。

陈彦（山于军 摄）

2019 年 8 月，陈彦凭借《主角》一书获得第十届茅盾文学奖，“忆秦娥”“胡三元” 等个性鲜明的角色以其纯粹的人格魅力感染了千千万万的读者，《主角》成为越来越多读者的枕边书，也成为众多影视和舞台剧业内人士的倾心之作。

2020 年 11 月，由陈彦作品《装台》改编的同名电视剧甫一开播就引发好评，收视率不断走高。剧中“刁大顺”等人物群像真实接地气，平凡朴实中饱含着喷薄而出的生命力量，这部剧也在一片赞誉声中成为 2020 年的收官大剧之一。

2019—2020 年无疑是作家陈彦收获满满的两年，同时也是其工作转换、举家北迁较为忙碌的两年。然而就是在这样的忙碌中，他依然保持着旺盛的创作力，备受期待的“舞台三部曲”第三部《喜剧》也不负众望，2021 年如约而至。

近年来，陈彦受到越来越多的认可，而由他塑造的一系列鲜活人物比他本人还要发光发亮，感动和激励着万千读者。

作为“文学陕军”的一员，陈彦深受陕西作家现实主义写作传统的影响。“熟悉陕北的路遥写陕北，熟悉关中的陈忠实写关中，熟悉陕南的贾平凹写陕南，而柳青为了深入反映农村实际甚至在皇甫村定居长达十四年之久，作家应该关注现实，做时代的速记员。”陈彦说，“生活是现实主义的基础，双脚踩在大地上，写起来就更加得心应手。我也是在写我熟悉的生活，写身边的人和事，写自己的生命体验。我觉得作家应该守住自己的一口井，不断往深里挖，无数个体的不同侧面，才能汇成整个社会庞大的交响乐。”

陈彦生在乡村，工作后也一直追踪着乡村的变化，见证了改革开放四十年乡村的发展，掌握了大量一手素材。所以他写乡村、农民、进城务工的农民工都能写得入木三分。而关于戏曲人的素材陈彦更是信手拈来。从专业编剧到团长，再到管创作的副院长，又在六百多人的陕西戏曲研究院担任十年院长，他对带有丰富历史信息和民间信息的秦腔，对戏曲从业者早已了如指掌，“写他们不需要再深入生活补充素材”。

“戏曲小舞台与人生大舞台有着千丝万缕的联系，剧场是一个巨大的人性实验室。小说中如果仅仅写几个演员的人生经历或舞台生涯意义并不大，只是讲几个有趣的故事也不是我想要的。”陈彦说，“小说写作要天然地带着对历史、现实、未来与哲学的思考。故事应该既能承载个体生命体验，又能承载时代信息，构成故事的每一个情节、细节，包括语言构件都应是其丰富性的一部分。我所写的这些人是与改革开放四十年的城乡发展同步的，他们经历了物质的匮乏到丰富再到物欲横流，更有贫富悬殊、尊严失衡等问题。这里面都深含着人性的复杂多变与生命的多样性，诸多元素杂烩在一起，有时切开一个小口，看似写演员的戏剧人生，实则折射出整个社会的影像”。

陈彦喜欢长篇小说巨大的荷载量，他说这种文体可以承载足够多的人物，“要表现生命体验、社会生活、人的思想深度、情感深度，离开人物是不可能的，尽管小说要不要塑造人物说法不一，但我个人的小说观仍是把塑造人物作为第一要素。有时需要诸多人物，才能表达出你心中的生命和世界样貌”。陈彦认为，塑造人物既需要生命经验的积累，还需要大量的阅读，“一个艺术形象是诸多因素的聚合体，有时不只是‘嘴在浙江，脸在北京，衣服在山西’，甚至鞋在南美，手套在北欧，手串在南非了。总之，这已是一个需要高度整合人类新的生命样貌的时代。越写微小、局部，越需要有在背景上的开疆拓土与张力”。

关于阅读，陈彦不喜欢临时抱佛脚地查阅某一种书，他说，“写作有时需要逆向思维，发散阅读，仅仅为写作去阅读和思考容易钻进狭小的管子里，从一头就钻到另一头去了，思维、眼界都会受到很大局限。一些反向思维反倒能够激发新的灵感，激活过去生活中的某些经验”。陈彦在写作前后常常会进行集中阅读，写作过程中也不间断，“新的阅读在写作过程中必然带来新的启发”。

陈彦订阅的报刊中多是天文地理读物，这些阅读使他的视野足够开阔，也使他的思维和语言带有更多元的哲思。他的发散阅读甚至反向阅读贯穿在创作过程中，比如在创作《迟开的玫瑰》等现代戏时，大量阅读的反倒是司马迁的作品和故事，写《喜剧》时同时阅读了大量悲剧作品。他不断进行着辩证思考，比如喜剧和悲剧是什么关系？人类为什么需要喜剧，同时又需要悲剧？这样的阅读和思考最终将《喜剧》中贺氏两代丑角的经历升华为人生哲思。

陈彦在《喜剧》题记中写道：“喜剧和悲剧从来都不是孤立上演的。当喜剧开幕时，悲剧就诡秘地躲在侧幕旁窥视了，它随时都会冲上台，把正火爆的喜剧场面搞得哭笑不得，甚至会抬起你的双脚，一阵倒拖，弄得险象环生。我们不可能永远演喜剧，也不可能永远演悲剧，它甚至时常处在一种急速互换中，这就是生活与生命的常态……”一番话道尽贺氏两代丑角的苦辣酸甜，也说出了千千万万读者的心声。一部书中凝结的心血最终会在读者的哭和笑中结晶，陈彦还在阅读，还在前行。

（作者：刘平安，《光明日报》记者）

阿来：做个热爱生活的『驴友』

○ 韩业庭

只有在写作的短暂瞬间，他才会意识到自己在从事文学工作。生活于他，就是一场旅行，文学作品像是旅行中产生表达欲望后的副产品。行走构成了他创作的基础，形成了他创作的源泉，让他创作出《尘埃落定》《格萨尔王》《云中记》等不一样的作品。

阿来（韩业庭 摄）

采访阿来是在一个科技主题峰会的间隙。他是那个峰会的嘉宾。参加会议的还有中国科学院院士韩启德、生物学家饶毅、量子科学家张胜誉……相较于他们，身为作家的阿来有些跨界。不过，他很享受这种文学圈之外的活动。只有在写作的短暂瞬间，他才会意识到自己在从事文学工作。很多时候，他更像个满怀好奇心的“驴友”，热衷行走，喜欢勘探，乐于思考，生活于他，就是一场旅行，文学作品像是旅行中产生表达欲望后的副产品。

几年前，智利一所大学请阿来去讲学，问他对行程有何要求，他打开一本聂鲁达的诗集，把诗中的很多地名圈了出来，“就去这些地方”。读书，然后到现场，不管地方有多远，这就是阿来的“旅行指南”。按照“跟着书本去旅行”的习惯，阿来读了卡彭铁尔去了古巴，读了略萨去了秘鲁，读了帕斯和鲁尔福去了墨西哥，而东南亚国家，他基本没去过，因为没读过那些国家作家的作品。

行走构成了阿来文学创作的重要基础，形成了阿来文学创作的源泉、动力与保障。二十多年前，年轻的阿来就走遍了四川阿坝几万平方公里的土地，翻阅了十八位土司五十余万字的家族史，最后写出长篇小说《尘埃落定》，获得了茅盾文学奖。游历完西藏，他又把旅途中的所看、所想、所感、所闻，倾诉到了散文集《大地的阶梯》中。后来写《空山》，写《格萨尔王》，写《瞻对》，每次动笔前，他都要出去走一走、看一看，行李箱中除了书，还有野外露宿的帐篷、睡袋，行程少则十多天，多则两个月。

采访中，很少听到阿来把到各地游历叫作“采风”。或许，在他的潜意识里，采风多少有些根据预设目标进行撷取选择的意思，而他希望自己的写作随心而动，这个“心”就是想写的冲动、想表达的愿望。正如他自己所言，“有人写作靠灵感，而我写作靠情绪”。不过，他并非有点情绪就下笔。每次有了想写的冲动，阿来都会强制自己放一放，过一段时间，冲动再次来袭，就再抑制一下，最后反复多次，不得不写时，才会动笔。阿来认为，只有这样才能在写作过程中保持真正的艺术风格。

2008 年，“5·12”汶川地震后，阿来作为志愿者参加抗震救灾，每天抬伤员，挖尸体，目睹了大量生死故事。当时，很多刊物跟他约稿，他没写。震后一周年、两周年、三周年……周围的作家发表了大量纪念作品，他仍然没写。一直到十年后 5 月 12 日的下午，成都大街上警报回响、汽笛长鸣，坐在书桌前的阿来突然泪流满面，十年前所见的那些生死场面，又一次清晰地浮现在眼前。那一刻，他觉得“确实到时候了”，随即提笔写出长篇小说《云中记》。

每到一处，阿来除了喜欢听各种故事，还对当地的地理尤其是植物十分感兴趣。他的电脑里存着数万张他拍摄的植物图片，点击进去就仿佛进入了一个丰饶而神奇的世界。迟子建曾这样描写阿来：“当一行人热热闹闹地在风景名胜前留影时，阿来却是独自走向别处，将镜头聚焦在花朵上。花儿在阳光和风中千姿百态，赏花和拍花的阿来，也是千姿百态。这时的花儿成了隐秘的河流，而阿来是自由的鱼儿。印象最深的是他屈膝拍花的姿态，就像是向花儿求爱。”让人吃惊的是，阿来不仅可以辨认出数千种植物，还能准确讲出每种植物的归类、习性、用途。“青藏高原上 80%的植物我都认识，在这方面，我甚至比大学里植物学方面的学者知道的都多。”他颇为得意地说，“写小说不仅是简单地写个精彩的故事，还是深入生活、了解历史、了解地理、提升自己、丰富自己的过程，我非常享受这个过程。”阿来像个月下散步的诗人，走走停停，不疾不徐，他出发不是为了到达彼岸，在意的是路边的风景和那份怡然自得。

如今年逾六旬的阿来，对很多事情看得更开、更明白。被问及如何看待他的那个突然走红的四川老乡丁真，他两手一摊说道：“我们乐此不疲地讨论这些事情干什么?一个普通人因为一个表情突然走红网络,本就莫名其妙。再加上引发一帮人支持、另一帮人反对的全民大讨论,这本身就是一种反讽,最高兴的唯有资本。”阿来觉得,现在对很多所谓“网络热点”的讨论陷入了“意义的空转”,本想远离喧嚣的他,最后竟然也被迫加入讨论,对此他只能报以一声叹息、一丝苦笑。

谈到当下热闹的网络文学以及大众文化消费内容的浅薄化、娱乐化等话题,阿来说:“当我们觉得读的文字比较浅薄的时候,有些人连文字都不想看了,而是去看视频了,甚至想直接进入游戏扮演故事中的角色,这种由技术和资本推动的时代趋势,少数像我一样的知识分子想阻止是不可能的。”不过,就像梭罗远离城市隐居于瓦尔登湖畔,阿来也在用他的方式,与“时代趋势”保持着一种疏离,那就是坚持自我,继续自己的旅途——读书、游历、观察、思考、写作,同时仍对这个世界抱有善意和希望。

(作者:韩业庭,《光明日报》记者)

刘庆邦：生活是座富矿，就看你怎么挖

○ 张鹏禹

他当过农民、矿工和记者。他是国内写矿工生活最多的作家，年近70岁时，又相继推出《女工绘》和《堂叔堂》。他认为，写小说是打矿井，而不是地质勘探。勘探是到处打孔，而打矿井，是选准一个井位，就要持续不断地打下去，直到打进煤层，采出煤来，还要一层、二层、三层继续打。

刘庆邦（刘江伟 摄）

多数作家不喜欢被人贴标签，刘庆邦也是这样。但人们提起他的时候，难免和两个称号挂钩，一个是“短篇小说之王”，另一个是“写煤矿最多的作家”。对于前者，他在多个场合说过，这顶“桂冠”戴在自己头上不合适，“写短篇小说的高手那么多，哪里就轮得上我‘称王’呢？这也容易让人忽略我的中长篇作品”。而对于第二个称呼，他觉得当之无愧。“虽然说写得多不等于写得好，但质变是在量变的基础上产生的，没有量变，哪里会有质变呢！”在国内，刘庆邦是写矿工生活最多的作家；在国外，把左拉、劳伦斯、戈尔巴托夫等作家所写的煤矿题材作品加一块儿，恐怕也没刘庆邦一个人写得多。

从1972年开始写作，刘庆邦始终在煤矿题材上掘进，创作蔚为大观。择其要者有中短篇小说《走窑汉》《血劲》《神木》《哑炮》等，长篇小说《断层》《红煤》《黑白男女》《女工绘》等。对于一位长期在一个领域深耕的老作家来说，创作中会不会遇到自我重复的问题？当我把这个疑问坦露给刘庆邦时，他没有直接回答，而是打了个比方——“写小说是打矿井，而不是地质勘探。勘探是到处打孔，通过打孔探到地层深处有煤，就算完成任务，换一个地方再干。而写小说好比打矿井，选准一个井位，就持续不断地打下去，直到打进煤层，采出煤来。采到第一层不算完，还要打，采到第二层、第三层。”他对自己的做法很有信心：“这么干看起来像重复劳动，其实每次都有新进度、新收获。而且据说，越往深里打，采到的煤质量就越好。”

这矿井，刘庆邦钻探得很深。从早期的《走窑汉》在极端境遇下拷问矿工的人性，到影响巨大、被翻译成六种外语的《神木》，再到近年来聚焦一代女矿工生活的《女工绘》，刘庆邦不仅采到了“煤”，还采到了“火”。

“艾青在《煤的对话》里说：‘死？不，不，我还活着——请给我以火，给我以火！’在我看来，煤是实的，火是虚的；煤是客观存在，火是看法、是思想、是灵魂。只有挖到了煤,又采到了火,用火把煤点燃,煤才会熊熊燃烧,为人间带来光明与温暖。”刘庆邦说。

他的创作始终瞄准人(尤其是矿工群体),在展现人的生存与境遇中探寻人性或幽微或明亮的火光。

刘庆邦曾在河南的一座煤矿工作生活过九年,在井下打巷道、挖煤、开运输机是他那时候的日常工作,后来还在煤矿娶妻生子。“我的写作离不开自己的生活经验。我觉得自己比较笨,想象力不够,对经验依赖较多,好像离开了自身经验就无从想象似的。有朋友建议我写写这几年新一代矿工的生活,我写不了。一方面,这些年煤矿变化很大,井下掘进、采煤基本实现了机械化,甚至用机器人采煤,还有的用上了5G和VR等先进技术。我对这些不了解。另一方面,在劳动中,机器成了主体,矿工成了客体,留给我们写人的余地越来越小,这是一个新课题。”刘庆邦说。

超越固有经验之外的东西如何写?其实,刘庆邦早已用自己的创作回答了。在煤矿题材之外,他这几年不断给文坛带来惊喜。比如长篇小说《家长》,从煤矿出发,勾连起城市与乡村,写出了城市化进程中“中国式家长”的焦虑,小说中的王国慧让我们联想到“鸡娃”的家长们。2020年12月出版的长篇小说《堂叔堂》以“我”为贯穿始终的线索,写故乡十五位堂叔,其中有回乡寻根的大叔刘本德,作为台湾老兵,他对故土割舍不断的情结令人动容;还有堂叔刘本一,这位乡野间的大力士堪称乡土奇人。通过他们,刘庆邦写出了人生的苦辣酸甜,写出了人性的丰富多面,写出了个体生命起伏跌宕的轨迹和时代打在他们心灵上的深深烙印。

刘庆邦说:“有段时间我觉得,自己的写作资源用得差不多了,几乎到了山穷水尽的地步。蓦然回首,突然发现,我在我们老家的村子里曾有过一百多位堂叔,我还没有正儿八经地写过他们。每位堂叔的人生都是一本书，都值得写。我突然意识到，这不是守着泉水嚷口渴嘛！”

诚然，每个人的写作资源都或多或少来自于生活经验，而生活经验总是有限的。不断向生活的深处钻探，同时开掘出生活的不同侧面和无限可能，是近半个世纪刘庆邦走过的创作道路。写得越多，他越清楚生活这座富矿怎么挖。如果说现实经验是治愈写作资源枯竭的良药，那么，对经验的认识和升华才是“药引子”。

“我越来越意识到，每个人的人生经验构成了文学想象最初生发的基础，但比经验更重要的是如何认识经验，超越经验。这是因为，文学作品不是让读者通过阅读重回经验世界，而是让读者超越经验世界，得到审美享受和思想启迪。”刘庆邦说。

在他眼中，经验为作家提供的是日常生活常识的逻辑，是感性的、具体的、形而下的逻辑，而对经验的认识，提供的是理性的、抽象的、形而上的逻辑。“我把前者称为‘小逻辑’，后者称为‘大逻辑’。有了大逻辑，我们的作品才能广阔、深邃、飞扬；有了小逻辑，我们的作品才会真实、饱满、动人。两种逻辑相辅相成是写作的秘方。”

刘庆邦这代50后作家的人生阅历与成长道路今天很难复制。对于青年作家而言，能否写出生活独一无二的样子，刘庆邦信心满满。他说：“一代人有一代人的生活。现在的写作没有了‘题材决定论’，‘人民’又是一个非常广泛的概念，青年作家们所拥有的生活更新、更丰富、更精彩，他们才是中国文学的希望所在。”而刘庆邦还将“以我之心，紧贴人物之心，在塑造一个个立体人物的同时，再造一个心灵世界”。

（作者：张鹏禹，《人民日报》海外版记者）

吴岩：儿童科幻文学不是『小儿科』

○党文婷　严圣禾

他率先在国内高校开设科幻文学课程，是目前我国唯一的科幻文学方向博士生导师，也是首位荣获世界科幻文学领域重要奖项托马斯·D·克拉里森奖的中国人。2021 年 8 月，他的儿童科幻小说《中国轨道号》又摘得第十一届全国优秀儿童文学奖。近四十年来，他始终在“科幻作家”和“科幻文学研究者”两个身份间自如切换。

吴岩（光明图片）

2021 年 8 月 6 日，第十一届全国优秀儿童文学奖揭晓，这是中国儿童文学领域的最高荣誉。十八部（篇）获奖作品中，有两部科幻文学，其中一部为科幻作家、南方科技大学人文科学中心教授吴岩创作的《中国轨道号》。这是继 2020 年托马斯·D·克拉里森奖后，吴岩获得的又一重要奖项。

吴岩不仅是一位科幻作家——他的作品七八成都是儿童科幻文学，还是目前我国唯一的科幻文学方向博士生导师——率先在国内高校开设科幻文学课程。近四十年来，吴岩始终在“科幻作家”和“科幻文学研究者”两个身份间自如切换。

“我开始科幻文学创作是 1978 年，说起来和《光明日报》还有着一段因缘。”2021 年 8 月，在南方科技大学附近的咖啡馆里，吴岩向记者娓娓讲述起他创作研究科幻文学的历程和《中国轨道号》背后的创作故事。

“20 世纪七八十年代，国家发起向科学技术进军的号召，随后涌现出一批科幻作家，在社会上掀起‘科幻热’。我小时候正是看了郑文光、童恩正、叶永烈、萧建亨等科幻作家的作品，才喜欢上了科幻文学。”1978 年，正在读初二的吴岩，因为特别喜欢叶永烈的作品，就鼓起勇气给他写了一封信。让吴岩没想到的是，叶永烈很快认真地回了信。

“收到回信我很激动，就写了一篇叶永烈作品读后感，寄给了《光明日报》编辑部。几个月后，报社文艺部的编辑专程来学校给我送校样，请我再好好修改一下。几天后，文章见报了，在全校引起了不小的轰动。”第一次发表文章就登上《光明日报》，少年吴岩深受鼓舞。后来，叶永烈得知此事，还与这位“小粉丝”见了面，并带他认识了许多科幻作家，吴岩由此开始了自己的科幻文学之旅。

这些年，吴岩心中始终在琢磨一个问题：如何写出优秀的儿童科幻文学作品。“像《中国轨道号》,是在科幻的背景当中,用隽永的故事、神秘的元素抓住孩子们的心,而实质上是在探讨小朋友如何成长、家长如何处理亲子关系等教育问题,这也是我采用的新创作手法。”吴岩说,二十多年前,他就开始酝酿一部关于中国航天员成功上天的故事,但未能成行。他这次重新提笔,将生物计算机、红微子、新的卫星观测技术等科学幻想作为背景,从儿童的视角出发,讲述了 1972 年某部队大院的小朋友们怎样融入伟大的航天事业,作品中有和父母的温情与顶撞,有和死党的密约与冲突,有对偶像的追崇和效仿,也有对未来的憧憬与不安。

创作过程是艰辛的。尽管经历了长期的学术研究,阅读了大量中外科幻作品,《中国轨道号》仍然花费了吴岩三年多时间。“书里有很多我自己对童年的回忆，这让里面很多故事看起来特别真实，有很多人甚至打电话来问我书里写的是真是假——其实是虚构的。”吴岩说。

目前,受市场影响,不少人准备进入儿童科幻领域,希望从中“大赚一笔”。在吴岩看来,儿童科幻文学不是“小儿科”,更不是“摇钱树”,需要创作者秉持一颗真诚的心严肃对待。

创作《中国轨道号》过程中,有时候情节的过渡弄不好,吴岩就特别紧张,经常去大沙河岸边来回遛弯,并和太太反复琢磨,精心设计每个环节。他还特别看重儿童读者的反馈。《中国轨道号》出版后,吴岩有些担心书中的故事背景离当下太过遥远,为此专门去北京景山学校参加了一场青少年读者座谈会,最后孩子们的高度评价让他舒了一口气。

科幻作家之外,吴岩的另一个身份是科幻文学研究者。“20 世纪 80 年代中后期,我国的科幻文学一度式微,而那时我仍然特喜欢科幻,一直想从理论上证明科幻文学是优秀的。1991 年,我还在北京师范大学开设了科幻文学课。”随着研究的深入，吴岩发现科幻不仅是文学圈的事情，还关涉国家软实力的建构。

吴岩说，在美国科幻文学的黄金年代(20世纪四五十年代)，很多科幻创作的背后都有国家资助，其目的当然不是为了推出几部科幻文学作品，而是为了吸引更多人才投身科学研究，推动本国科学事业发展。最近国内的一个研究也认为，科幻事关未来定义权，实际上就是对未来的一种文化影响力。我们中国想要发展，是否也应通过文化去影响未来，这一点应该认真考虑。

颇让吴岩欣慰的是，从北京师范大学到南方科技大学，他开设的科幻大课始终深受欢迎，每堂课都有上百学生。除了开设科幻课程，他还在南方科技大学创办了科学与人类想象力研究中心，研究怎样以不同的方式激发人们的想象力。这个中心除了创作科幻小说，研发科幻文化产品，还进行了一系列想象力和科幻方面的基础研究。

在吴岩看来，中国的科幻文学现在处在很好的发展机遇期，从政府、知识精英到读者都非常支持，平均每年有几百种新作品出版，但像《三体》一样优秀的作品还是偏少。针对这个现象，他认为应该让孩子们从小就认识到，科幻文学艺术领域是无限宽广的，道路也是多样的。为了培养青少年的想象力和创新能力，他和团队编制了一套《科学幻想：青少年想象力与科学创新培养教程》，他相信人的想象力是可以慢慢培养的。

（作者：党文婷、严圣禾，《光明日报》记者）

尹学芸：只有默默耕耘，作品才能熠熠发光

○ 刘平安

与其说她“大器晚成”，不如说“是金子早晚会发光”。默默耕耘数十载，直到 2014 年，她的作品《士别十年》等逐渐在文坛大放异彩，继而迎来了佳作井喷期。2018 年凭借中篇小说《李海叔叔》获得鲁迅文学奖之后，她的小说《青霉素》等仍在不断为文坛带来惊喜。有人说她的成功让基层创作者看到了光。

尹学芸（刘平安 摄）

2021年9月，作家莫言在其公众号上更新了一篇题为《我小时候都读什么书》的文章。文中分享的关于读书的童年往事令人印象深刻。

莫言说，那时候既没有电影更没有电视，连收音机都没有，在那样的文化环境下，看“闲书”便成为最大乐趣，看的第一本书《封神演义》是为同学拉了半天磨才换来的半天读书权。他还在文中分享了因为痴迷读书把羊饿得狂叫，头发被火烧焦而浑然不觉，兄弟之间争书看等细节以及《青春之歌》《破晓记》《三家巷》《钢铁是怎样炼成的》等书籍带给他的影响。

似乎每个成名作家或文学爱好者都有相似的“书虫”童年。天津市作协主席、作家尹学芸同样经历过儿时的书海漂流。

“我们小时候能看到的书非常有限，当时也不知文学为何物，反正就是对文字有种与生俱来的痴迷，只要看到书就想着赶紧把它读了。”尹学芸说，“那时候读了很多故事，但是真正能读懂、能记住的却是有限的，不过是多一些在小伙伴面前炫耀的谈资罢了。至于海量阅读对自己在创作和人生走向方面的影响，可能更多是潜移默化的。”

尹学芸出生在天津蓟县（现为蓟州区）一个偏远村庄，似乎与文学隔着不小的距离，但是小村与小城的经历恰恰成了她文学上独有的、标签式的宝贵财富。

一般人关于童年的记忆往往是碎片化的，很难连贯到一起。尹学芸说，如果没人问起，有些记忆甚至很难被激活。因为采访，尹学芸又一次回到记忆深处，重新审视童年时期能和文学搭上边儿的印迹。爱唱戏、会看话本、会喊夯号的爷爷；爱听收音机、重教育、常把“只要想读书，读到哪，我就供到哪”挂嘴边的父亲；常带书回家的哥哥姐姐。这是尹学芸能够想到的为数不多的“家学渊源”。

尹学芸喜欢故事，对爷爷的话本和父亲的收音机总是兴趣浓厚，但是更吸引她的还是哥哥姐姐从外面带回来的书。有一次姐姐带回来一本说是“少儿不宜”的书，藏起来不给她看，她就跟姐姐斗智斗勇，翻箱倒柜，最后在一只旧棉鞋里翻出了《青春之歌》。书本的“臭”盖不住故事的香，尹学芸偷偷摸摸读得津津有味。哥哥从城里带回来一本名叫《沸腾的群山》的书，因为天明就要带走，姐姐前半夜看，她后半夜看，把厚厚的一部书囫囵吞枣地看完，“也不知道能记住啥，只要见到文字，就想看进眼睛里”。就这样，一本接着一本读，尹学芸的童年时光被文字和故事充溢，让她显得不同。

尹学芸的创作大概从小学就开始了。她每天要给小几岁的弟弟讲故事，哄他睡觉，把听来的读来的故事杂糅在一起讲得绘声绘色，故事不够了，她就天南海北地编，书里的张三，道听途说的李四，脑子里突然蹦出来的王五，组合在一起就有了新的故事。这样的故事一次次把弟弟带进了梦乡，也让尹学芸从编故事中获得了一种令人着迷的成就感。学校开始要求写作文之后，老师布置一篇，她经常收不住能写上三篇，而且写着写着就“跑偏了”，编起了故事。

对文字着迷的人通常也会对周遭的事物充满好奇。很难想象一个花季少女会对农村生产队的农业劳动满怀憧憬。而刚刚高中毕业的尹学芸撒了欢儿地冲向了农村生产队。“玉米熟了，掰下来要用筐背上车，一个比我大三岁的女孩累得哇哇大哭，我也累得不行，但是咬牙坚持了下来。”这样的经历带给尹学芸的不只是生活经验，更重要的是，它锻造了尹学芸面对困难和处于低谷时绝不轻言放弃的毅力。

工作后的尹学芸曾辗转蓟县多个部门，还曾下乡挂过职，最终留在了县文化馆。她用几十年的时间，从不同角度，用脚步丈量、用文字“解剖”一座城和一座村庄，在一个小型的政治经济文化中心，看着形形色色的人，听着各种各样的事。她的笔沿着她的足迹刻下有血有肉的小说主人公和鲜活的故事。尽管经历了很多年的默默耕耘，但她一旦破茧起舞，展现出的就是夏花般的绚烂。

2014 年，她的作品《士别十年》等逐渐在文坛大放异彩，继而迎来了佳作井喷期。2018 年凭借中篇小说《李海叔叔》获得鲁迅文学奖之后，她的小说《青霉素》等仍在不断为文坛带来惊喜。有人说她的成功让基层创作者看到了光。她说，只有让作品发光才能反过来把自己照亮。

文学评论界注意到尹学芸的小说中常出现“罕村”和“埙城”，“这两个地名几乎构建起一个完全的、自足的尹学芸文学世界”。她的小说跨越乡村与城市，涉及底层疾苦、体制生态与知识分子纷争，是典型的“社会小说”。在看似不算宏大的篇幅中，于日常中见真知，刻画了生存环境中的世道人心。尹学芸写的都是她熟悉的人和事，她在塑造人物，人物也在陪伴她前行。

“写完一部作品很长一段时间，笔下的人物在感觉中挥之不去。他们就像生活中的某个人，让你惦记，让你心心念念。会在散步时如影相随，有与他对话的欲望。他们也在跟着时代一起成长。”尹学芸已经习惯了与笔下的人物共处，甚至在心情不好的时候，还会从他们那里寻求心理慰藉。近几年，尹学芸时常会翻看过往的一些没有写完的残篇，有些气韵尚存，人物和故事能够被重新激活；有些人物在电脑里“躺”了许久，拿出来已经随着时代变了模样。“写作是一件辛苦的差事，同时又有它令人着迷的地方。”尹学芸留心着“罕村”和“埙城”以及外面的世界，持续创作出新的发光的作品。

（作者：刘平安，《光明日报》记者）

范小青：生活扑面而来，你想躲也躲不开

○ 张鹏禹

她被称为文坛“劳模”，自25岁发表处女作后，四十多年里写了二十多部长篇，四百多部中短篇。她从苏州小巷出发，不断拓展小说创作的边界，给当代文坛带来《城市表情》《城乡简史》《灭籍记》等产生广泛影响的作品。从开始写作，她就一直聚焦现实、关注底层，总有写不完的东西。问其原因，她说：“因为我就是他们，他们就是我。”

范小青（光明图片）

提起范小青的名字,很难和“如雷贯耳”这样的形容词联系在一起。带着苏州女性特有的温婉气质,她擅于用细腻的笔触从生活的末梢入手,发酵出现实背后的本质。如苏州城里那些交错纵横、蜿蜒纠缠的小巷般,她带领读者在文本的丛林中探秘生活的边边角角,却总能于转角处与真实重逢。

从早期的知青小说《上弦月》、写小巷生活的系列小说,到写官场的《女同志》、写乡村医生的《赤脚医生万泉和》、写小人物的《我的名字叫王村》,再到写居委会干部的《桂香街》和长篇小说《灭籍记》,范小青触及的生活面不断扩大,美学风格几番“变法”,但她却觉得自己有一以贯之的东西,那就是观照现实、体验生活的方式。

“从20世纪80年代初开始写作,我的目光一直聚焦现实、关注底层。因为我就是他们,他们就是我。与其说是我主动观察他们、走近他们,深入他们的世界,不如用另一句话来表达,那就是‘生活扑面而来,你想躲也躲不开’。”范小青说,小说里那些鲜活的人物并非刻意观察所得,他们的原型和作家生活在同一屋檐下。

“比如21世纪以来我写农民工的小说,别人觉得,你是一个作家,和他们的生活隔得远,怎么想到写他们?怎么能写好?回想起来,我不是刻意为之,因为在某一个时间段,这个群体扑上门来了,急切而全面地扑上来了,我们生活的方方面面都无法跟他们分开了,甚至城市的方言都变得杂糅了。”范小青说,“只要不是有意闭上眼,你就会注意到他们,就自然会去关心他们,想深入了解他们,这也吻合我一直以来的写作习惯:从生活中来。”

在范小青笔下,她着力展现了新一代农民工和父辈们的不同——不仅渴望安放身体,更渴望安放灵魂。拾荒者王才(《城乡简史》)住在城市闷热的地下车库里,却有自己的爱好,生活得有滋有味;保安班长王大栓(《这鸟,像人一样说话》)为了不让人觉得是外地人，买来美白霜用。除了赚钱，范小青笔下的主人公更强烈地渴望平等、尊重，渴望融入都市，渴望被接受，他们有自己的精神世界，而这正是作者努力开掘的。

2016年，范小青写了一部名为《桂香街》的长篇小说，被人称作“讲述百姓故事的世情书”。和她以往的创作一样，《桂香街》没有轰轰烈烈的故事，更多的是邻里生活的家长里短、喜怒哀乐。居委会主任林又红、神神道道的居民夏老太、面店老板齐三有、丁大强等来自外乡的小摊贩们，各色人物轮番登场，故事背后有对食品安全这一社会问题的严肃探讨，更立体展现了基层社区工作者的辛酸苦辣。

范小青说：“我写街道干部，是因为他们平时就在我身边，和他们接触的机会随时会出现，灵感随时会产生。比如我曾听一名街道干部说，她几十年中都没有近距离接触过离世的人，当了居委会主任后，街道上有个孤老去世，又恰好是大过年的时候，她就一个人去给孤老料理后事。擦身换衣服，等等，心里非常害怕，却还是硬着头皮做了。像这种虽然普通平凡却十分感人的事例，在生活中比比皆是。”

正如范小青所说，生活中可写的东西太多了，可当它扑面而来的时候，又怎么去分辨哪些是吉光片羽，哪些是一地鸡毛？“其实我们作家写的，既是生活，又不是生活，要从生活中提炼出生活之外、之上的意义。这就需要锻炼我们敏锐的直觉。”在她看来，提炼生活第一需要我们判断什么样的生活实例，进入文学作品能够“提升”起来，什么样的生活实例，仅仅只是生活而已；第二还要学会从生活出发进行虚构，“这个虚构是有方向的，这个方向，就是你所提炼出来的作品的意义。一旦对生活，即便是最平凡最普通的生活，有了哲学的感悟，你的写作就有了方向感，日常的琐碎的东西，都成为精华了”。

她从日常琐碎里提炼出的精华,可以概括为“寻找”。从20世纪80年代的成名作《裤裆巷风流记》,到现在的小说《灭籍记》,人对物的寻找,人对人的寻找,人对梦想、情感、价值、信仰等精神层面的寻找,构成了范小青创作的主题特色。

“寻找不是为了寻找而寻找,而恰恰是从生活中感受到了混乱、荒诞、不确定,由此困惑渐生,于是开始寻找。比如现在我们从微信朋友圈或各种群里,可以看到无数不知真假的消息和文章。”范小青说,“在真假难辨甚至黑白颠倒的混杂环境中,我们怎么办?亲身去经历、去寻找,寻找真相、寻找真理。”

在《灭籍记》中,范小青为读者讲述了一个主人公吴正好“寻找”自己身份——“籍”的故事。“《灭籍记》的故事有些荒诞:活生生的人,需要一纸身份证明自己的存在,而一个不存在的人,却一直依靠身份‘活’在世间。现实生活中的种种荒诞奇事,是新旧交替过程中必然发生的。旧的规则正在打破,但尚未完全消亡,新的秩序正在建立,却尚未完成,这中间会有缝隙,缝隙里就有文学的种子。”范小青说。

这些关于“寻找”的故事恰恰反映出她对文学功能的思考——文学不提供“答案”,和书中人一样,读者也需要亲身去作品中“寻找”。“作家可以把所见所闻所思所想,编织成一个好看的故事呈现给读者,读者会读出其中的真实和虚幻,或者既真实又虚幻,或者既不真实也不虚幻——这样的感悟,就是文学传递的新的观念。”范小青说。

(作者:张鹏禹,《人民日报》海外版编辑)

贺敬之：为人民写诗，为时代放歌

○吴志菲　余果

年近百岁的他是一位充满革命激情和生活热情的浪漫主义诗人，20岁时与丁毅合作执笔写出民族歌剧的经典之作《白毛女》，并通过《南泥湾》《回延安》《雷锋之歌》等经典作品，实现了“与时代同步，与人民同心”。他以敏锐的目光去抓取时代的强音，而不去咏唱那些与时代大潮无关的小悲伤、小欢喜。

贺敬之（资料图片）

2021 年 12 月 14 日，中国文联十一大、中国作协十大在京召开。会议开幕式上，习近平总书记发表重要讲话，他强调“源于人民、为了人民、属于人民，是社会主义文艺的根本立场”，“希望广大文艺工作者坚守人民立场，书写生生不息的人民史诗”。

对此，曾出席首次文代会的贺敬之老人深有感触。他深情地说：“我是吃延安的小米，喝延河水成长起来的，是延安人民培养了我。”言语中流露出他对第二故乡人民的感念。至今，贺敬之家里的书架上仍挂着一块小手绢，那是一件旅游纪念品，手绢上印的是延安宝塔山。

1940 年 4 月，不满 16 岁的贺敬之与三位同学相约到延安投考鲁迅艺术学院（以下简称“鲁艺”）。“我不知道当时的想法怎么那么强烈，走，到延安去，一定要到延安去！”

奔赴延安途中，贺敬之写下了组诗《跃进》：“黑色的森林/漫天的大幕/猎人跃进在深处/猎枪像愤怒的大蛇/吐着爆炸的火舌/而我们四个/喘息着/摸索向前方……”

到延安后，贺敬之吃到了人生中第一顿饱饭，感觉一切都是新的，“尽管生活比较艰苦，学习也比较紧张，可总觉得充实，有使不完的劲儿”。

1942 年 5 月，中共中央在延安召开文艺座谈会，毛泽东发表重要讲话。座谈会后，毛泽东又到鲁艺做了一个演讲。“毛主席站在篮球场中央，身穿带补丁的旧军装，脚穿与战士一样的布鞋，面前摆放着一张小桌，开始对鲁艺师生讲话。”谈到这个话题，贺敬之的思绪仿佛又飘回到那个激情燃烧的年代，“我搬个小马扎坐在人群第一排，离毛主席很近。”

听了毛主席的讲话，贺敬之对“人民的文艺”“革命的文艺”有了系统的认识，而“文艺为什么人”的问题让他感触最深。接着，他下农村，进部队，如饥似渴地吸吮着民间文艺的甘露，尤其对陕北一带的民间秧歌、民间小戏和民间歌舞等进行了系统的学习和研究。大生产运动期间，贺敬之被抗日根据地军民的生产热情深深感动，仅用一天时间便写出了脍炙人口的《南泥湾》的歌词，《南泥湾》深深地鼓舞了抗战中的全国军民。

当时，晋察冀抗日根据地关于“白毛仙姑”的传说传到了延安。鲁艺打算将其创作成剧目，鲁艺戏剧系主任张庚让当时才20岁的贺敬之负责剧本写作。“我太年轻了，当时不太敢接这活儿，担心写不好。”

贺敬之出生于山东峄县一个贫苦农民家庭。或许白毛女故事的有些情节与个人的身世契合，在执笔写《白毛女》剧本的时候，他的情感也随戏剧高潮迭起，喜儿的悲惨命运变成密密麻麻的汉字挤在他的稿纸上。贺敬之每写完一幕，作曲就开始谱曲，接着导演和演员试排试演。由于连夜苦战，身心俱疲的贺敬之累倒了，住进医院。丁毅接过笔杆，写完了最后一幕“斗争会”。

歌剧《白毛女》在延安中央党校礼堂首演时，正值中共七大召开。毛泽东、周恩来、朱德、刘少奇等中央首长都来了。贺敬之对首演时的盛况记忆犹新：“演出时，我负责拉大幕，演到高潮，喜儿被救出山洞，后台唱出‘旧社会把人逼成鬼，新社会把鬼变成人’时，中央领导人和观众一起起立鼓掌，现场哭声一片。”

《白毛女》把西方歌剧艺术与中国革命历史题材融合，在歌剧中国化的道路上迈出了坚实的一步，被誉为“民族歌剧的里程碑”。当年，延安的大街小巷到处都飘荡着《白毛女》中的《北风吹》《扎红头绳儿》等经典唱段的旋律。后来，歌剧《白毛女》被改编成电影、芭蕾舞等不同形式的艺术作品，影响了几代人。如今再次谈及《白毛女》，贺敬之总是反复强调那是“集体创作”，他本人只是其中“普通一兵”。

新中国成立后，贺敬之多次回到第二故乡延安。1956年3月，贺敬之回延安参加西北五省青年工人造林大会。为了抒发当时的心情，他用信天游的方式写下长诗《回延安》，一边流泪写一边吟唱，一夜无眠。后来，《回延安》传遍大江南北。1982年冬，贺敬之第二次回延安，看到延安拨乱反正后的新气象，心里甚是激动，创作出新古体诗《登延安清凉山》："我心久印月，万里千回肠。劫后定痴水，一饮更清凉。"

除了上述诗歌，他还创作出《又回南泥湾》《放声歌唱》《十年颂歌》《雷锋之歌》《三门峡歌》《桂林山水歌》《西去列车的窗口》等人们耳熟能详的作品，这些作品反映了人民心声，又具有鲜明的艺术个性，在读者中引起强烈共鸣。

从中宣部、文化部（今文旅部）领导岗位上退下来后，贺敬之转以短小的旧体诗抒发自己抚今追昔之思、忧国忧民之情，并整理出版了《贺敬之诗选》《贺敬之诗书集》《贺敬之文集》。他的诗歌从广阔的角度反映了时代生活的重大问题，以敏锐的目光去抓取时代的强音，而不去咏唱那些与时代大潮无关的小悲伤、小欢喜。

1949年7月，25岁的贺敬之参加首次文代会。那次会议，把旧社会很多人瞧不起的艺人看作人民艺术家。从此，在中国这片土地上，文艺工作者的地位越来越高，待遇越来越好。不过，近些年其中一些人忘记了初心使命，离人民越来越远。中国文联十一大、中国作协十大开幕式上，习近平总书记向文艺工作者发出"要坚持以人民为中心的创作导向"的号召。年近百岁的贺敬之老人，希望广大文艺工作者能将这殷殷嘱托听得进去、记在心头，在创作中真正"与时代同步，与人民同心"。

（作者：吴志菲、余果，均系报告文学作家）

书画

靳尚谊：背对市场创作

○ 赵凤兰

80 多岁的他，在别人眼中已是大师，可他却无情地否定和剖析自己。尽管他的画作在市场上屡飙高价，可他总背对市场创作，坦言自己画不了商品画和应酬之作，只会顺着自己内心的指引一点一点朝前走。

靳尚谊（赵凤兰 摄）

2019年，在一个秋日的午后，记者如约来到油画家靳尚谊家。开门的是靳老，他身着一件淡蓝色衬衣，和蔼的脸上架着一副眼镜，举手投足间透着一股沉稳内敛的艺术气质，整个人的“画风”一如他笔下的人物般沉静、淡雅。

采访是在靳尚谊的书房进行的。狭长的房间被堆积如山的书报环绕，墙上没悬挂一幅油画作品，挂着的是一幅倪瓒的中国水墨画。我们的对话便在西方油画与中国水墨画中延展开来。

靳尚谊的童年和少年是在兵荒马乱的抗日战争中度过的。12岁那年父亲去世，他被迫离开家乡河南，投靠北平的外婆。在“男学工、女学医，花花公子学文艺”的潮流下，寒门出身的靳尚谊本不该有学艺术的奢念。仅仅因为北平国立艺专(中央美院前身)“公费管饭”，15岁的他毅然报考，就这样阴差阳错地走上了艺术道路。

20世纪50年代，靳尚谊就读的中央美院开办了由苏联专家马西克莫夫主持教学的油画训练班，21岁的靳尚谊是其中年龄最小的学员。回忆起当年“油训班”的时光，靳尚谊感慨地说：“由于当时可资借鉴和教学的油画原作匮乏，马西克莫夫经常和我们一起深入到田间地头作画，通过示范让我们了解油画的物理性能和表现技法。每次他画画，我们就停下笔，高低错落地围挤在他的身后，随着他画笔的转动，人群中不时传来阵阵赞叹。”

新中国成立初期，国内油画家对于欧洲油画的了解，主要借助一些粗糙的印刷品。为了追本溯源，吃透欧洲油画的本质，从20世纪70年代开始，靳尚谊遍览欧洲各国油画经典原作。他从伦勃朗、维米尔、安格尔等大师的画作中意外地感受到欧洲古典作品的美，一改往日对古典作品的印象。同时，他还惊愕地发现，自己画了三十多年油画，原来体积一直没有做到位，色彩也存在问题。只画了形体可见的部分，那不可见的隐现的形体却草草带过，导致画面简单、单薄。

这与其说是他个人的问题，毋宁说是东西方不同的观赏习惯所致。中国人学油画就好比外国人学唱京剧，需要克服许多天生的弱点。“中国人看本色、固有色；西方人看条件色、光源色。中国人要画好油画，必须改变平面化观察形体和画固有色的习惯。”靳尚谊说。

回国后，认识到缺陷的靳尚谊一头扎进画室搞起研究。他将创作重心缩小到肖像画这一品类，用从西方学到的古典法和分面法反复进行艺术试验，创作了《塔吉克新娘》《青年歌手》《蓝衣少女》《瞿秋白》《孙中山》等一系列颇具中国风的都市女性和历史人物肖像。同事和朋友顿觉他的画风变了，变得丰盈厚实了。

《塔吉克新娘》是靳尚谊实践西方强明暗体系的一幅实验性作品。它理性吸收了西方古典主义的典雅、静穆、柔和，彻底摆脱了中国“土油画”的黯淡、粗糙面目，甫一问世，立即惊艳了国内油画界，被誉为中国油画新古典主义的开山之作，填补了中国油画古典主义的空白。

但靳尚谊却并不因此而满足。为了在中国元素的回归里找到自身独特的语言，创造出与其他民族油画艺术不同的精神风貌，他大胆尝试，在《黄宾虹》《八大山人》《髡残》等作品中，他一手伸向西方，一手伸向中国传统，对中西两种文化进行异质同构，成为在油画与水墨画结合上第一个“吃螃蟹”的人。

在靳尚谊七十年的油画生涯中，“打基础”三个字是他提及最多的高频词。在他看来，地基没打好就架高楼，是经不起推敲和时间检验的。他一生都在夯实视觉基础，努力摆脱中国人的线性思维，即便在耄耋之年，还在研究用光用色用笔这些基本的问题。“不重视基础，水平就上不去、达不到高度。”靳尚谊坦言，现在的年轻人没有经过现代主义启蒙就直接跳到了后现代，而他不行，他是老一辈人，骨子里传统的东西比较多,不仅要补上"古典主义"这堂课,还要补上"现代主义"这堂课。这也是为什么别人都朝前走,他却总"往回走"的原因。

靳尚谊的这种清醒和睿智来自他比一般人阅览了更多的欧洲油画经典原作。用他的话说,他"知道什么是好画,好画在于表现的高度"。他反对美术界不以作品质量论高低,而将风格个性凌驾于一切之上。

他直言,我国油画在整体上进步很快,创作能力也很强,但许多画都存在基础缺失的问题,素描在整体上没过关,这与改革开放后不重视基础、反传统、强调"创新"的思潮有关。"我国油画目前是夹生饭,想要西方人承认中国人的油画画得不错,尚需要时间。"在靳尚谊看来,艺术家可以也应该进行创新,但一个优秀的艺术家要有扎实的基本功,要能分辨出画得好赖。

尽管靳尚谊的画作在市场上屡飙高价,可他总背对市场创作。对他而言,画画不是为了卖钱,而是为享受创作的乐趣,更是为创新作品的研发。他坦言自己画不了商品画和应酬之作,只能顺着自己内心的指引一点一点朝前走。至于社会上流行和推崇什么,自己画价的涨跌,他从不关注。他认为,美术馆才是自己作品的最好归宿。2019 年 4 月,他再次将自己研发出来的一系列作品捐赠给了中国美术馆。

如今,靳尚谊在别人眼中已是大师,可他却不断否定和剖析自己,"我的水平不行,造型和色彩有问题""越画越觉得自己差很远""我算勉强掌握了油画"。真诚而朴实,内敛而低调,丰富而单纯,古典而写实,这是我给靳尚谊画的像。

(作者:赵凤兰,《中国文化报》高级记者)

孙鹤：『文人书法』道路上的行吟歌者

〇 刘江伟

她以书法为专业，却又游离于书法圈之外，不希望别人称她“书法家”。她担心一味地强调技术至上、日渐脱离文化的书法，会变成平面几何，徒具点面、空余虚壳，也担心当今学者以键盘代替书写，不再染翰，文人书卷气会在书法中消亡。

孙鹤（照片由受访者提供）

人如其名，字如其人——形容中国政法大学教授孙鹤，再合适不过。

闲云野鹤，宁静致远。接触过孙鹤教授的人都会惊叹，她犹如从历史中翩翩走来，带着古典女子的风范，优雅、安静、沉着，脱俗超凡。南京大学人文社科资深教授莫砺锋就曾感叹她，“于举世奔竞，熙来攘往之时，一位天寒翠袖，自倚修竹者”。

孙鹤教授还是一位笔墨纯熟的学者。她做文字学研究，追溯汉字形态的渊源与嬗变；她从事书法教学与研究，尤重清代刘熙载所论书法的“士气”品位，于草书体会颇多，却写得清淡超然。

但，她并不希望别人称她是“书法家”。

孙鹤看重学识，身处当世，尊奉的却是一千三百年前唐代裴行俭的那则“士之致远，先器识而后文艺也”的传统文人理念。

“纵观中国历史中书法的生成及发展，有一条明确的主线，这就是它生长于传统文人之中，依靠传统学问来滋养。当书法变得专业化和职业化时，开始更多地讲究技巧与造型，与传统学术的训练与养成关涉不深，且渐行渐远。”

孙鹤开始忧心忡忡。她担心一味地强调技术至上、日渐脱离文化的书法，会变成平面几何，徒具点面、空余虚壳；她担心当今学者以键盘代替书写，不再染翰，文人书卷气会在书法中消亡。“当文人与书法如同井水和河水时，伤害的都是书法本身。”

常有一些书法活动，令她很吃惊。有几次，应主办方之约，要围绕一些主题，挥毫泼墨以表露彼时心迹。孙鹤有感于彼时情景，自撰诗句以抒胸臆，而更多的人只是照抄已有的诗作。

“文人书法之所以品位独特，主要原因在于其内容必有文人一己之情思，文必己出，不拾人牙慧，不鹦鹉学舌，不妄染翰墨。你看，历代伟大的书法家同时也是伟大的文学家。”孙鹤列举了王羲之《兰亭序》、颜真卿的《祭侄文稿》以及苏轼的《黄州寒食诗帖》。

一篇即兴手稿，一篇亡者悼文，一篇自书诗文，却成了书法史上的盖世华章，原因何在？

“答案只有一个：情动难耐之刻，书于必书之时。”孙鹤回答得很笃定。

王羲之的《兰亭序》书于逸气满怀、兴味酣浓之时，其胸中快意与淡淡的伤感倾泻淋漓；颜真卿的《祭侄文稿》书于满腔悲愤、声泪俱下之时，其胸中失去亲人之痛与对叛匪逆贼之恨交织奔涌；苏轼的《黄州寒食诗帖》书于人生失意凄苦、生死难测之时，其胸中孤寂绝望的悲观与难卜未来的抑郁，从深沉低吟到放声倾诉，痛彻心扉。

“文人书法”，这个从传统文化中凝练出的金科玉律，对于今天的书法界，依然适用，依然迫切。“‘文人书法’是国学素养的体现，其要素在于学人的人格理想、学识积淀、才华禀赋、精神境界的综合与升华。如今正大力推动中华优秀传统文化的创造性转化和创新性发展，迫切需要复兴‘文人书法’。”

孙鹤柔弱的外表下浸透着一股坚定。文人书法的缺失已然难返，她觉得现在所能做的，除了瞻仰前辈，目送落花流水，也还有另一种选择——踵步先贤，勉力躬行。

采访中，孙鹤不断提起不久前的一次活动——郑诵先先生墨迹展暨文人书法的现状与思考学术研讨会。而活动的背后，是一次温暖的邂逅。

2017 年的一天，学者董琨展示了郑诵先写给自己的手札墨迹原件，孙鹤当时就被震撼住了。这些札记，或长者累幅，或短者盈尺，尤其是有些书长言多，情真意深，洒洒落落。

孙鹤当即决定以中国政法大学汉字书法与中国文化研究中心的名义，联合人文学院艺术教研室，举办一次专题展览与研讨，“一感其为人真诚，二感其为艺术求新，三感文人士大夫风范所存”。展览现场令人动容：观读手札，学者和观众皆叹服于郑先生的从容与沉凝、谦逊与真诚。

读书、写字、弹琴，涵盖了孙鹤所有的日常生活。治学之余，以书寄情；写字之余，抚琴养性。她这样解释：“古琴和其他乐器不一样，它更文人化，而且古琴是弹给自己听。一旦坐在古琴前，就是在规范和约束自己，这是一个人自修内省的方式。”

孙鹤的个人书法展开幕式上，她的古琴老师——当代著名古琴家吴钊先生每每到场抚琴祝贺。高山流水，天籁清音，书法精神与古琴雅韵在这里汇聚、融合，一幅古代文人雅集之景徐徐铺展。

在学校里，孙鹤的书法技法课、书法作品欣赏课很受学生欢迎。教室里经常要加桌子、加椅子。她尽自己的全部力量，满足学生对艺术教育的需要，启发他们对艺术的热爱，以及对文化的向往。

有学者把孙鹤的人生况味、学术况味比作美国小说家保罗·加利科笔下的雪雁，它坚守在英格兰北边一个人迹罕至之地，“不走了——因为，这是它自己选择的家”。孙鹤将自己的内心纯化为如浴火后的雪莲般干净，以接近她所期许的崇高目标。

“书者，如也，如其学，如其才，如其志，总之曰如其人而已。”在倡导“文人书法”的道路上，孙鹤犹如一个行吟歌者，不遗余力地践行着自己的理念，感染着越来越多有共同向往的人。

（作者：刘江伟，《光明日报》记者）

赵振川：作品的味道是在生活里『泡』出来的

○王钊

他的父亲是长安画派的奠基人，他是长安画派的“扛旗人”，父子俩演绎了中国艺术史上的一段佳话。他说，到生活中去犹如泡酸菜，三番五次地体验，才能谈得上对一个地方的了解，才有可能画出这个地方的味道。

赵振川（照片由受访者提供）

“到生活中去犹如泡酸菜，菜需要浸泡在菜坛中一段时间方可变为酸菜。如果只是在酸汤中蘸一下就拿出来，菜是不会酸的。深入生活也是这个道理，到一个地方去写生，也需要待一段时间并尽可能再次下去，三番五次地体验，才能谈得上对一个地方的了解，才有可能画出这个地方的味道。”满头银发的赵振川，在艺海中摸爬滚打了半个多世纪，写下了上述艺术箴言。

赵振川生长在一个艺术之家，其父赵望云是长安画派的奠基人，其弟赵季平是著名作曲家。孩提时代，赵振川曾一度住在西安碑林的院子里，石刻、碑文、造像，秦汉唐宋的古老遗存在一群孩子的嬉戏与吵闹声中显得格外宁静。1962 年，中专毕业后的赵振川决定学画，师从著名画家石鲁。

赵氏父子对“长安画派”相继做出突出贡献，成为中国艺术史上的一段佳话。贾平凹曾经这样评价赵望云、赵振川父子对中国画艺术和长安画派的贡献：“仰着望云，一喊震川。”

一幅泛黄的画作已摆放在赵振川画案上多年，这是父亲赵望云20 世纪 30 年代创作的《农村写生集》系列作品中的一幅。在这幅题为《为衣食之奔忙者》的作品中，手推独轮车、肩扛重物的一路行人佝偻着脊背，蹒跚向前，加上寥寥几笔枯树矮屋，勾画出那个年代的劳苦大众为了生计而奔波操劳的场景。赵望云长期致力于“农村写生”，一直实践中国画革新，关注民间疾苦，“从不画不劳动者”。

父亲的经历和教诲深深影响了赵振川。不到 20 岁，赵振川就跟随父亲到甘肃等地写生。1964 年，赵振川在父亲的支持下，到陕甘交界的陇县下乡。八年间，赵振川把乡间的农活都干遍了，而且都干得还不错。不变的是，担水拉煤、种菜养鸡之余仍坚持写生。

经过八年的“生活浸泡”，赵振川磨炼了意志，提纯了灵魂，也真正理解了“生活”二字对于一个艺术家的重要性。此后的岁月中，他始终秉承父亲“面向大西北”的创作理念，并用画笔追逐着父亲的脚步。从陕北的安塞、延川到陕南的西乡、紫阳；从兰州、敦煌到乌鲁木齐、伊犁，半个多世纪的时间里，赵振川在大西北的山川中留下了艺术的足迹，先后创作出《戈壁春居》《天山牧歌》《黄河之滨多枣林》《祁连山放牧》等一大批饱含着充沛的生活气韵和活力的中国画精品。

赵振川曾送给作家陈忠实一幅国画，也取名《白鹿原》。“从他的画里似可嗅出民间生活烟火气味，感知世道与人心。这一点不仅超凡脱俗，而且注定了画作的生命活力，也呈现出独禀的个性气质。”陈忠实这样评价赵振川的作品。前者写出了小说《白鹿原》，用文字记录下了关中生活的烟火气，而后者用绘画的方式实现了同样的目的。殊途同归，画家与作家在心灵层面上完成了一次激情的碰撞。

赵振川常跟学生讲，作为画家，读书少不行，对中国哲学思想的了解少不行，但最要紧的还是生活的积淀，对山川不了解，对黄土高坡不了解，没有在生活里“泡”，再有思想也不行，即所谓“笼天地于形内，挫万物于笔端”。张萍跟随赵振川学画多年，她介绍说，跟赵振川去写生，他不仅要求学生去看去画，还要跟他一起到农民家里去，跟农民交谈，了解他们的收成和生活状态，甚至到马厩、牛栏里去看看。

王归光也是赵振川的弟子。赵振川曾跟他说，绘画是艰苦的职业，既要勤奋，还要能耐得住寂寞，是谓“寂寞之道”。有一次，他去看望赵振川，一进门就进入了一个“画”的世界。床底下压着厚厚的一层作品，足有一二百幅，画案上还有百余幅，另外还有一大摞未完成的墨稿在画案的另一端。“赵先生出身名门却从不懈怠，他现在的艺术造诣之深绝非偶然，实为勤奋的结果。”王归光感慨地说。

作为当代长安画派的“扛旗人”和灵魂人物，赵振川重担在肩思己任，经年累月笔耕勤，不仅潜心塑造了西北山水新容，更致力于带领众多弟子不断发扬长安画派精神。为了发展壮大这一事业，赵振川积极培养长安画派接班人，就连从事设计工作的儿子赵森都被他拉来“入伙”，一起“泡”在艺海中。“最难忘的是他没有周六周日，平时都在画画，甚至大年初一也在画画，并且要求我也如此。在不得已的情况下，我只给自己留了个周日。”赵森无奈地笑着说。

刘勰在《文心雕龙》中多处讲到，作家、诗人要以自己的艺术个性进行创新。齐白石曾说“学我者生，似我者死”。赵振川认为，中国的艺术家要“守住笔墨的底线”，创新不能远离民族传统艺术的本体，试验更不能离开生活的土壤，这也是长安画派“一手伸向传统，一手伸向生活”的艺术方法论。

由于成就斐然，赵振川被评为陕西省“德艺双馨文艺工作者”。近 80 岁高龄的他，担任陕西省美术家协会名誉主席及北京大学等多所大学的兼职教授。虽然职务很多，工作繁重，但赵振川仍不忘父亲“到民间去”的嘱托，一有空闲，他就会到秦岭、渭北和陇山一带去转一转，去“泡一泡”，寻找新的创作灵感。

（作者：王钊，清华大学新闻与传播学院博士生）

梁世雄：走遍世界，最美仍是中华锦绣

○王忠耀

近90岁的他，是一个标准的学院派。几十年来，他在创作和教学上齐头并进，成为岭南画坛现代转型期的代表人物之一。他的作品被海内外博物馆及收藏家收藏，其中《珠江春晓》《云峰叠嶂映松涛》等作品被人民大会堂、中国美术馆、广东美术馆收藏。

梁世雄（王忠耀 摄）

说起位于广州市海珠区的东晓南路，当地人的第一印象就是“大学”。以这条南北向的主干道为界,路东是中山大学广州校区南校园，路西不远处就是自 1958 年建校起便扎根于此的广州美术学院(以下简称“广美”)。2020 年,在广美家属院,记者见到了梁世雄及其夫人容璞。清茶一杯,梁世雄向记者讲述起他创作的一生。

“我们村很漂亮，小桥流水，竹林荷花，有很多画家去那里写生。我从五六岁起,就整天看人家画画,渐渐对绘画产生了兴趣。”上学后,梁世雄遇到了自己的美术老师何湛机,“每到周六日,都会到他家学画画”。讲起自己的美术启蒙,梁世雄觉得何湛机对自己的影响最大。从小学到初中，梁世雄一直跟着这位何老师学习绘画。“几十年后，我成为美院教授，他还是美术教员，但我仍称他‘老师’,他在我心中的位置一直没有变。”梁世雄回忆说。

在华南人民文艺学院和中南美术专科学校的求学和工作经历，对梁世雄影响深远。在那里，他遇到了两位影响了自己一生的恩师——岭南画派的代表人物关山月和黎雄才,由此他确定将绘画作为自己一生的志业。

绘画之外,梁世雄不是没有别的选择。“1956 年,我从中南美专毕业后,国家要派我去波兰学习陶瓷工艺。我当时已下决心将来要从事国画创作,于是婉拒了这个安排,选择跟关山月和黎雄才学国画。那时候,很多人都认为学国画是没有出路的,但我坚持了自己的想法。”梁世雄坦陈选择了就不会后悔。

谈及关山月、黎雄才两位大家对自己的影响,梁世雄认为一是勤奋,二是开放。“关、黎两位常跟我讲,不出去是没有画的。一次跟随黎老去井冈山写生,突降大雨,但他照画不误,他这点被我继承下来了。”梁世雄笑着说,他的代表作《阿里山之魂》的诞生,就是得益于那股风雨无阻的劲头。

“关、黎没有门户之见，思想很开放。当时凡有北方的绘画名家来到广州，大都会被他们想办法请到美院讲课，我们学生从中获益匪浅。”想起当时刘海粟、叶浅予、黄胄、潘天寿、娄师白、李可染、李苦禅、程十发等大家的音容笑貌，梁世雄望了望天花板，告诉记者让他印象最深的是叶浅予。

“叶浅予来广美讲课，有几个要求：去一次大排档，吃一次早茶，穿木屐走一次石板路。他就喜欢茶楼那种嘈杂的声音。”梁世雄回忆着，好像回到了过去。这段经历，也融进了梁世雄的画风当中，他的画既有北方各派的宏大气势，也有岭南画派的细腻笔触，因此被外界评价为“巧融南与北，秀丽复雄强”。

除了关、黎二人，梁世雄的岳父——我国著名古文学家和收藏家容庚先生，对他的影响也十分深远。“容老曾经十分直接地同我讲，古今绘画大家没有一个字写不好的，字写不好成不了大家。这对我影响很大。”在岳父的提点下，梁世雄先临李北海，后学文征明，自言练到手臂酸痛不已，补上了书法这一课。

说起艺术创作，梁世雄提到最多的两个字是“写生”。有人说，梁世雄可能是山水画家中采风、写生去过地方最多的。新疆、西藏、黄山、衡山、泰山、峨眉、桂林、庐山、长江三峡……直到台湾的“阿里山神木林”，每个地方都留下了他大量的速写稿。

“我到海拔四千多米的拉萨没有高原反应，去西沙碰到10级风浪也不晕船，能够去到各地写生创作，这也算个有利条件吧。”梁世雄笑着讲述着。

众多经历中，描画胡杨林的作品《雄风岁月》的创作过程，最为梁世雄所津津乐道。2003年，年过七旬的梁世雄赴新疆慰问，提出想画胡杨林。胡杨林所在的地方位于中蒙边境，手机没有信号，当地领导劝他别去。但梁世雄的坚决，还是让采风成行。

“一棵棵已经生长了千年的胡杨屹立在沙漠中,像雕塑一样,非常雄伟壮观。”梁世雄提起那次采风,至今仍十分激动。一晚上加一早上的写生成果,就是长达 9 米的《雄风岁月》,表现了胡杨从日出到日落的雄伟场景。

在广州美术学院教了一辈子书的梁世雄,认为自己与一般画家最大的不同在于更加全面的修养。“绘画创作讲究取景立意,这都是依样画葫芦得不来的,要靠个人修养的积累。”作为师者的梁世雄,对后人的影响是实实在在的。

“既兼容并蓄又坚守地域文化特色，让梁世雄在全国美术教育领域别具一格，他是学院式的新国画教育培养出来的第一代老师。他既是学习者,也是实践者,算是新中国美术教育史上的承上启下者。”中国美协副主席、广东省文联主席、广州美术学院院长李劲堃这样评价自己的老师。

“过去常听一些华人华侨讲,走遍世界,才觉得祖国的锦绣风光是最美的。前些年我去过国外很多地方,觉得他们的话很有道理。祖国的名山大川、锦绣风光是独一无二的,是最美的。”采访中,梁世雄在讲述时大多带着讨论的语气,唯有这段话,他向记者强调多次,语气十分坚定。

（作者:王忠耀,《光明日报》记者）

史国良：艺术家还是应纯粹一点

○方 莉

他将中国传统水墨技巧与西方透视、素描等造型手段融为一体，在写实与写意之间架构出全新的笔墨技法，成为中国当代人物画坛的代表画家，四十多年里创作了近万件作品。他非常反感“逢画便问价格”的现象，在他看来，老百姓一说起画就问值多少钱，说明我们的美育还比较欠缺。

史国良（韩业庭 摄）

走进画家史国良的画室，仿佛置身于民俗博物馆。古色古香的门窗家具展露岁月的痕迹，趣味盎然的文物摆件遍布各个角落，齐白石的虾、徐悲鸿的马等画作静挂墙上，悠悠诉说着主人的艺术追求。

史国良说，在这间传统气息扑面而来的画室里，他感到自在。然而，他并不是一个完全传统的人。1980 年毕业于中央美术学院国画系研究生班的史国良，师从蒋兆和、黄胄和周思聪诸先生。和老师们一样，他将中国传统水墨技巧与西方透视、素描等造型手段融为一体，在写实与写意之间架构出了全新的笔墨技法，成为中国当代人物画坛的代表画家。

1989 年，他的作品《刻经》荣获第二十三届蒙特卡罗国际现代艺术大奖赛“联合国教科文组织大奖”。而在此之前，从未有过中国画家获此殊荣。《刻经》以厚重的笔墨、简练的线条和鲜活的色彩描绘了藏族老人虔诚地雕刻玛尼石经文的场景。此次获奖，得益于他常年在西藏的写生生活。从 20 多岁开始，史国良几乎每年都要到西藏生活一段时间，观察当地的风土人情，这给予他很多创作养分，也让他有了“终生画西藏”的创作冲动。

每次到西藏，史国良总会到拉萨大昭寺里的文成公主像前，向文成公主倾诉心事。渐渐地，他眼里的文成公主不再是寺庙里供奉着的塑像，而是有灵气的生命，是一位伟大的女性，是远离故土的汉家姐姐。她给这位远道而来的艺术家带来了如血脉亲情般的感动和抚慰。她的寂寞、她的艰辛、她对故乡的思念，史国良都感同身受。他在心底暗暗许下诺言：“我一定要从你的老家带点家乡的土来供养你。”2018 年 10 月的一天，史国良从北京乘坐最早的列车到达西安，前往大明宫遗址将两抔黄土装入缝好的红口袋，便飞去拉萨，将故乡的土奉到文成公主像前。

三个月后，一幅长 4.63 米、宽 1.64 米的巨幅水墨重彩画《文成公主故乡土》问世。这幅构思五年、搜集素材二百多页、连续高强度工作近一百天、用掉颜料数公斤创作的作品，呈现的是大昭寺松赞干布殿外的情景：信徒排队等着进去朝拜，背着画板的画家手里捧着圆鼓鼓的一包土也在队伍里。史国良将自己献土的情节画进作品，成为故事的一部分。这样大胆浪漫的艺术创作一经问世，就备受青睐，美术界称其为“新浪漫主义”。中国文联副主席、中央文史研究馆副馆长冯远如此评价：“这幅画不光是当代藏族题材艺术表现中的一件代表性作品，也是史国良艺术生涯中的重要代表作品。”

对史国良而言，这幅画为他的创作打开了一个新的思路，“今后再画西藏题材，可以更浪漫些，甚至可以穿越，没有什么不可以”。他认为，只要坚持艺术创作的主旋律，把思路打开，在创作的道路上总能有新收获。

而他一直坚守的主旋律，便是人文主义，“强调写实，强调生活，有故事有情节，用作品展示人性的、美好的、阳光的东西”。在他看来，真正的艺术家就要保持艺术创作的纯粹性，不要自我设限，要坚持人文主义情怀，多创作有人情味、给人以力量的作品。他特别推崇四川版画家吴凡创作于 1958 年的水印木刻版画《蒲公英》，这幅画描绘了一个小女孩吹散蒲公英的生动画面，充满诗情和童趣，是那个年代最经典的视觉记忆。“这幅流传了六十多年的经典作品，至今依然人见人爱，魅力便在于它从细微处表现生活的真谛，传达出普通人的情愫，给观众以亲切感，充满情趣美与意境美。”史国良说。

在人文主义情怀的创作驱动下，四十多年的艺术生涯里，史国良创作了近万件画作。从早期的《买猪图》《八个壮劳力》《刻经》，到后来的《礼佛图》《大昭寺门前》《文成公主故乡土》等，这些广受好评的作品洋溢着浓厚的生活气息，以生动写实的笔触和新颖巧妙的创意，精准诠释着不同人物丰富多彩的内心世界。其中，一些作品被各地博物馆、美术馆、院校收藏，还有相当一部分作品流向了书画市场。

提及市场，史国良有些话不吐不快。他告诉记者，世界美术史上的很多经典作品，比如《蒙娜丽莎》《伏尔加河上的纤夫》等都是艺术家按照市场标准创作的。他眼中的“市场”其实是经过时间淘洗和岁月检验所形成的客观的审美标准。他说：“从长远来看，艺术作品的市场价值和艺术价值是成正比的。”

尽管史国良的作品是艺术市场上的“抢手货”，但他非常反感“逢画便问价格”的现象。“一幅画背后有好多故事，作品本身的故事、艺术家的故事、艺术家和社会的故事等等，都值得关注和解读。老百姓一说起画就问值多少钱，这说明我们的美育还比较欠缺。”他语重心长地说，“我们要从根上抓起，从小孩抓起，让孩子们从小就有对美的辨别和欣赏能力。”

现在，60多岁的史国良除了日常创作，还经常出现在中央电视台书画频道、北京电视台《我爱书画》栏目等节目上，教学生画画、向老百姓普及美术知识。“这些工作挤占了我大量创作的时间，但这也是我的作品，这是一部大作品——面向全社会普及文化的大作品。”说着，史国良望向窗外，冬日的阳光普照，画室也变得格外温暖透亮起来。

（作者：方莉，《光明日报》记者）

陈征：寂寞书相伴，淡然画相守

○陈　雪

年过八旬的他，是书画界的一个“谜团”：艺术造诣极高，书画界也赞誉有加，可他却不是书协、美协会员，在网上甚至也找不到关于他的百科词条。有大企业慕名来收藏他的画作，他问对方是否知道自己画的是什么，对方答不出，他便反问：“那你为什么要买？”

陈征（林凯摄）

关于画家陈征，有两种迥异的认知。在书画界，他是得到普遍赞誉的艺术家，书画界的晚辈尊称他为“衲子先生”，年近百岁的黄永玉等老一辈书画家都叫他“大龙”。然而，一旦跳出这个圈子，他的名字便鲜为人知。

围绕着年过八旬的陈征，还有很多“谜团”。比如，有人赞他为“京城国画第一人”“当代中国花鸟画翘楚”，画家何海霞曾不吝褒奖，评他有“萧条淡泊闲和严静趣远之心，此乃中国山水画的极顶”。可艺术造诣极高的他，至今还不是中国书协、中国美协会员，在网上甚至也找不到他的百科词条。再比如，据说有人在京郊给陈征提供了一个很大的画室，他去过一次，但面对奢华的环境，却全然失去了画画的兴致，之后就再也不去了。

北京北四环一处老旧公寓房里，陈征看起来与寻常老人别无二致。近几年身体有恙，陈征很少外出了。在家里，他总是拿一根竹棍当拐杖拄着，据说是在老家的林子里挑的。不大的客厅里，一幅元代画家倪瓒的复制画和许许多多生活用品融在一起，倪瓒的清冷气被烟火气环绕着。

就像他所有的艺术理论都会用些大白话表达出来——欣赏一幅中国画，从神情看起。一幅画有它的精神，专业的人看了，很快会转到品评笔墨、味道，“就跟吃饭差不多”“小菜做得好，也好；大菜混合得当，也好”。

一旦步入陈征的画室，便滑进了写着他的谜底的另一个世界。据说，人对时间的认知是主观可控的，在陈征不足二十平方米的画室里，时间变慢了。“我经历的老师不少——跟北京画院的汪慎生、王雪涛学画，跟书法家张慧中学字……后来到北京市工艺美术学校教授中国画和书法。”陈征平淡地回忆着这些过往。

陈征的画室挂着三幅画。当画室主人在桌前作画时，他背后还有他的另一座老屋。这是一幅写意画，在有形与无形之间，一处茅屋被郁郁葱葱的草木环绕，屋内仿佛有人伏案创作，笔墨中充满了淋漓的生气与逸气。“画的是我以前在东四的老房子。”提到这幅画，陈征露出他标志性的微笑，好像有人正中了他的得意之处，识破了他安排在家中的艺术游戏。

其实，北京的胡同里是没有茅屋的，陈征画的是脱胎于老屋的“心中之屋”。清代画家郑板桥说，“胸中之竹，并不是眼中之竹……手中之竹又不是胸中之竹也”。中国画不讲究写生，文人画更不推崇临摹自然，而是目识心记，由天人合一的思想出发描绘自己的内心，陈征说这是“把眼见的东西‘打烂’了，脱开稿，重新组织章法”。

2019年，陈征出过一本画册，这个老屋画正是开篇第一幅。几乎每个人都搬过家，而陈征能把自己的老家“搬”到新家里，也连同搬来了对过往岁月的回忆。将生命体验保鲜在一幅画的气韵与笔墨中，或许这就是艺术家的“人生特权”。

对面的墙上挂着两幅画，其中一幅是黄永玉送他的。画中，一位老翁面对一丛菊花眯眼笑着，一旁题词“待到重阳日，还来就菊花”，落款“黄大”。20世纪80年代，陈征在当时的文化部创作组接触了许多老画家，黄永玉便是其中之一。陈征家里挂着黄永玉的画，黄永玉家中挂着陈征的字，这或许就是艺术家之间的互相欣赏。

2019年春天，“衲子2019近作展”在北京展出，当时95岁的黄永玉来看80岁的陈征。“大龙开画展我特高兴，当年‘万荷堂’三个字苗子(漫画家黄苗子)写了两遍，丁聪看了说‘小孩写的’。”黄永玉向陈征竖起大拇指，“大龙来了，提笔就写！”陈征笑着答：“初生牛犊不怕虎。”

陈征画室的门把手上还挂着一幅黄永玉2020年创作的挂历，画中胖胖的牛顿被苹果砸中，上书四字“大可开怀”。黄永玉放达自在的人生态度时时刻刻感染着陈征，黄永玉写过一副对子，“开心过日子，努力读好书”，陈征印象很深。他说，做中国画，技巧和文化都不能偏废，书是一定要读的。

画家郭增瑜说，陈征年轻时就喜欢下“黑”功夫，看画展，人都走了，他一个人还在那里看呢。陈征还有个巴掌大的小本子，看书学艺，每有钟爱之处便抄录下来，“溪风灵幻”“云驰月晕”……从诗意文字到笔墨造境，勤奋的功夫，十几岁学艺时就养成了。“这张画是我从垃圾桶里捡出来的！”谈到陈征画室里的第三张画，他的夫人张秀梅笑着说。

这张墨荷并不是陈征最有代表性的画作，也确实是老伴儿随意翻到便装裱起来的。陈征的生活里还有很多这样的“随意”：前些年，有人说要包装他，他有一搭没一搭地让此事不了了之。有大企业慕名来收藏他的画作，陈征问对方是否知道自己画的是什么，对方答不出，他便反问：“那你为什么要买？”在他看来，字画首先是给自己看的，然后才是给别人看，作品呈现尽在内心。

关于陈征，其实，这并不是一个隐于市的故事。“衲子先生就是寂寞的坚守者。”陈征的学生林凯如是评价他。就像人们说陶潜的诗并不是归隐诗，而是田园诗，因为文字里有的是山水之乐却无归隐之苦，这也像奥地利诗人里尔克所说的，“艺术品都是源于无穷的寂寞”，他甚至说过，“你要爱你的寂寞”。

陈征的画室总有友朋后生造访，或闲谈品茗，或求字问画。无论几人在旁，陈征都神情散淡地枯坐在桌前。常有人问：有什么经验可以分享给年轻人？“专注就是了，学而思。”陈征说。

（作者：陈雪，《光明日报》记者）

孙立新：心中有英雄，笔下有烽火

○ 于园媛

一面是军人的庄严稳健，一面是艺术家的诗意格调，两种不同的特质交织在他身上，让其作品同时具有宏大辽阔的品格和人文关切的色彩。他的作品连续入选第七、八、九、十、十一届全国美展及多个国家重大美术工程，但面对新的创作，他依然保持敬畏之心，总希望“每件作品都能有一些新的拓展”。

孙立新（于园媛 摄）

进入2021年9月,孙立新稍感放松了一点儿。北京秋天明亮的阳光里,他将我迎进画室,那是另一个斑斓世界。

屋子宽敞、简朴,里面摆放着不少画作,颜料在调色盘里堆放着。“为了画‘大画’专门换到这儿的。”他指着高高的墙壁说。2021年上半年是紧锣密鼓的一段时间,为建党百年创作的油画使他倾注了很大的精力,作品相继被中国共产党历史展览馆和浙江嘉兴南湖革命纪念馆收藏。“我是一名军人,也是一名老党员,觉得为建党百年创作非常骄傲。”孙立新个子高高的,身材笔挺,有着神采奕奕的军人风貌,说起话来,谦和沉稳,真诚温厚。

所谓“大画”,一是体量大,二是题材大,既考验功力,也考验学养。

他的油画《人民的公仆孔繁森》入选了“不忘初心　继续前进——庆祝中国共产党成立一百周年大型美术创作工程”,画作高3米,长7米,刻画了二十多个人物,工作量非常大,同时,孔繁森是模范共产党员、优秀领导干部的重要代表,在老百姓心中分量很重,要画出人物风采,让作品有感染力,很难。

“先感动自己,然后才能感动观众。”孔繁森是人民心中的英雄,但孙立新不愿把孔繁森画成一个高高在上的英雄,他希望表现出孔繁森的可亲可近可敬,让英雄和人民站在一起。经过一次次的采风和构思,一个典型形象和场景渐渐在画家的心中形成:在圣洁的雪山、耀眼的阳光下,孔繁森骑马来到交通不便的西藏阿里地区,与藏族群众簇拥在一起。

雪景是出生于辽宁的孙立新所熟悉的,他爱雪,也喜欢画雪,《朦胧故乡雪》系列曾在中国美术馆展出,长征题材绘画《走过岷山》《雪山壮歌》也都是以雪山为背景的“大画”。

“2019年岁末,北京下了一场大雪,我赶紧驱车前往北京山区的一个村子去写生。”孙立新说。“您画过那么多雪景,已经驾轻就熟,何必那么辛苦跑去看实景?”面对记者的疑问,孙立新说:“对于熟悉的题材,想快速画出来是一件很容易的事儿,外行可能也看不出不同,但心灵的鲜活感触流淌在笔端,所释放出来的那种灵动感,表现在画面上的气息是截然不同的。因此,要画好雪景,就要先亲自感受一下脚底踩雪的咯吱咯吱的声音。”

创作一件巨幅人物作品,必须有构建大作品的意识,还要有掌控全局的能力,否则会显得散乱。孙立新曾经多次到藏区写生,特别喜欢观察天上云彩投到地上的阴影移动的痕迹,依据这种经验,他在油画《人民的公仆孔繁森》中,把群像大部分放在云彩下的阴影里面,避免了过于琐碎的细节描绘。中间选取典型形象,一位藏族老奶奶正向远方来客作揖,孔繁森弯腰伸手搀扶老人,形成了视觉上的动势。远山辽阔苍莽,近处人物情节丰富,整张画作仿佛在诉说那从未远去的故事。

1972年,17岁的孙立新进入解放军总政军乐团,学习演奏巴松,八年后到八一电影制片厂任电影美术师,后考取解放军艺术学院、中央美术学院。军事博物馆原创作室主任高泉评价他“似乎在红橙黄绿青蓝紫这七色斑斓的色域中,能听到悦耳的音阶一样”。

另一部“重头戏”《百团大战》,孙立新画了大半年时间。那段时间,他每天早上起来就进画室,到了饭点就在楼下食堂随便吃一口,继续钻进画室,一直到晚上10点多才回家,爬楼梯时还琢磨着画面细节。

其实,军事和战争题材绘画是孙立新的老本行。四十多年来,他画过《平津战役·会师金汤桥》《激战松骨峰》《杨靖宇》等大型战役和革命人物。“《百团大战》的场景更宏大,纵深更开阔,要在一幅连贯的画面里集中展现不同的战斗场景”,孙立新给自己的创作增加了难度系数。不同于常见的冲锋、胜利、昂扬场面，他选择了肉搏战作为画面中心，战士们正拼尽全力与敌人厮杀在一起，凝固成血与火交织的悲壮景象。在布局上，他将画面分为前景、中景、远景，用几组烈火与硝烟贯通全场，使气脉不断。这部作品延续了他硬朗、肯定、明确的油画语言风格，画面沉郁中交织着豪迈之情，透露着英雄主义的感染力。

写生贯穿了孙立新整个绘画人生，他的军旅亦是行旅，多年来，在大型主题性创作之余，风景油画是他的另一个追求。孙立新的导师、中央美术学院教授朱乃正先生曾评价说："作为一个军人，立新长期受到军旅生涯的历练，养成了坚韧不拔的精神，不辞劳苦，不计寒暑，行万里路，踏遍大江南北。"

画室里放着一幅刚刚创作完成的《太行晨曦》，巍巍太行山莽莽苍苍，山下林泉潺潺，郁郁葱葱，一派静谧的场景。另一幅《黄河从塬间流过》，千沟万壑的黄土高原中间，一脉雄浑的黄河水缓缓流淌。墙上还挂着几幅对景写生的小品，都是他从田间地头、山乡原野采撷来的灵感，或许是妙手偶得，或许有神来之笔。"总在旅途，他获得的不只是艺术兴味，还是一种人生境界。"中国美术家协会主席范迪安如此评价。

一面是军人的庄严稳健、阳刚硬朗，一面是艺术家的敏锐情怀、诗意格调，两种不同的特质交织在孙立新的身上，宏大辽阔的品格和人文关切的色彩也同时渗透在他的油画作品中。在艺术的"爬坡路"上，孙立新还在不断攀登。

（作者：于园媛，《光明日报》记者）

王铁牛：为历史留影像，为世界传递美

○ 于园媛

当今的艺术流派纷繁多元，王铁牛坚定地走在现实主义道路之上，坚持从生活中发现美、表现美，把美传递给世界。大量的写生是现实主义画家必备的功课。他说："一个成熟的画家必须是写生高手。很多人走'捷径'，画照片，实际上在艺术上走不远。"

王铁牛（于园媛 摄）

中国共产党历史展览馆里，陈列着几百幅展现革命历史和时代成就的画作。顺着流淌的历史长河行走，熟悉共和国美术史的人会发现，其中有一对父子的画作同时入选，令人瞩目。

“父亲王盛烈的《八女投江》和我的《1959——大庆石油会战》《上甘岭战役》同时出现在建党百年的一个时空中，是一种历史的缘分。”清华大学美术学院教授、画家王铁牛说。

深秋的北京天高云淡，阳光倾泻在室外的水泥地上，一切显得安静极了。宽敞的画室里，王铁牛忆起往事，仿佛能听到历史的回响。

王盛烈，1923 年出生于东北，是一位杰出的现实主义艺术家，曾任鲁迅美术学院院长、教授。王盛烈在青少年时期深切地感受过亡国之痛，有着强烈的民族忧患意识。他早年习油画，20 世纪五六十年代，响应改造中国画的时代需要，转向中国画创作，开启“以西润中”的创作之路。

《八女投江》创作于 1957 年，刻画了八位抗联女战士形象，她们为掩护主力部队突围，宁死不屈投入滚滚浪涛之中。画作宽 1.54 米，长近 4 米，画面中的人物处于苍茫巨浪与天石之间，充满了悲怆的氛围。在用传统中国笔墨创作革命题材这个课题上，《八女投江》取得了突破性成就。

“父亲高尚的艺术品质和广阔的胸怀格局，一直是我的榜样。”提及父亲一生的际遇，王铁牛几次红了眼眶。

出生于 1950 年的王铁牛，继承了父母的艺术基因，从小就爱画画。父亲的画室是他最爱去玩的地方，在那里他常看到父亲为了一幅作品而进行大量素描和写生。“文革”中，王铁牛下乡当知青，随身带着的，除了简单的生活用品，就是一把小提琴以及一卷图画纸、一个速写本、母亲用过的铝质水彩盒。

勤勉刻苦让王铁牛的绘画技艺不断提升，而“会画画”也在悄悄改变他的命运。在农村，画宣传画、写美术字、给村民写对联，让他可以短暂脱离枯燥繁重的体力劳动；回城进了工厂，他成为活跃的文艺宣传能手、远近闻名的工人画家。

“写生使我可以沉浸在大自然的阳光、草地、树木、蓝天和白云给予我的美好感觉中，画画渐渐成为我的生活习惯，成为我生命中不可缺少的精神支点。”王铁牛说。

后来，王铁牛参军入伍，在军区文工团从事舞台美术工作，1984年考入解放军艺术学院美术系。自此，绘画成为王铁牛终身的职业，他先后在鲁迅美术学院、清华大学美术学院任教，曾赴俄罗斯列宾美术学院留学，师从油画大家安·梅尔尼科夫。现在，年逾七旬的他，担任清华美院教学督导，是中国美术家协会国家重大题材创作艺委会委员。三十余年来，王铁牛完成了《忆秦娥·娄山关》《庆祝东北光复》《清川江畔围歼战》等各类历史题材主题创作近四十余件，作品散布于各大博物馆、纪念馆。

王铁牛擅长画全景画。全景画不好掌控，比如一幅军事题材全景画作，需要众多群像人物的铺排、繁杂现场环境的渲染和真实生动的神情刻画，要让数以千计的人物形象不雷同，画家得对战场上真实的将士形象非常熟悉。有时为了画好一个战士形象，有过从军经历的王铁牛穿上旧军装，脸上抹着泥巴，找个旧工地的土坑，摆造型，找角度，“大太阳下一身臭汗”。

油画《上甘岭战役》长6.75米，高3米，用宽阔的场景表现志愿军战士的英雄形象和战役的宏大空间环境。人物多，画得太小会削弱画面的视觉冲击力，画太大又不利于空间的布局。考虑到上甘岭战役是以阵地争夺战、坑道战为特征，画家设计了壕沟沿山坡蜿蜒向远方的多层次布局，利用烟火渲染气氛，努力营造出宏大的、惨烈的战争场景。

《1959——大庆石油会战》长 6.8 米,高 3 米。作品中,北方冰雪荒原上的小火车站旁,八方而来的创业大军聚在一起,鲜红的旗帜在寒风中舞动,蒸汽机车冒着粗气,身后是压低的、阴沉的天空,天际上有一道曙色,象征着那个充满困难而又热情洋溢的时代。王铁牛说,艺术家要善于从浩瀚的历史事件中提炼出可用于视觉创作的形象素材,要像优秀的厨师一样,把原材料转化成动人的、有感染力的艺术形象。

大量的写生是现实主义画家的必备功课。王铁牛说:“一个画家真正的水准体现在写生上,一个成熟的画家必须是写生高手。很多人走‘捷径’,画照片,实际上在艺术上走不远。”

王铁牛酷爱写生。2020 年疫情期间居家不能外出,他就把居所的阳台作为“写生地”,把目力所及的一小块风景作为写生对象。虽然街景是不变的,但晨昏交割的时光还是一如既往地变换着,不同角度、不同景深框取的风景不同,同样的景致在清晨、中午、傍晚各种不同光线条件下亦变幻着不同的色彩。他的夫人陈雪敏用细腻的文字记录下画家的创作:“一天以后,在这同一个位置,铁牛又画一张。昨天有阳光,有白云,今天整个天空薄云覆盖,光线没有前一天强烈了,眼前建筑的颜色也没有那么冷了,天空都是蓝灰色的,整个画面呈现的高级灰,非常协调。”

王铁牛有着画家的敏锐专注,也有着传道授业者的热情诚挚。有人说,他和其父职业相同,在长相和气质上都很像。他身后书架上方,有一尊王盛烈的青铜头像,当已经有了花白头发的儿子娓娓道来时,父亲似乎也在静静聆听。

(作者:于园媛,《光明日报》记者)

工 艺

姚惠芬：无画不成绣的人生

○陈 童

从懵懂女童到卓有成就的苏绣艺术家，对于姚惠芬来说，刺绣已经不仅是一种职业，更是自己选定的生活方式。姚惠芬属于苦学一派，不善交际、不事张扬，冬去春来，她几十年如一日耕耘于无止境的刺绣艺术天地里，在当今绣坛独树一帜。她既很好地传承了传统刺绣技艺，又创造了属于自己的刺绣语言，并由此绣出了自己的亮丽人生。

姚惠芬（光明图片）

2019年1月中旬，苏绣国家级代表性传承人姚慧芬，获评2018年度“中国非遗年度人物”。她与冯骥才等十位非遗工作者，成为业界年度致敬的对象。

有人说，中国的绣娘有很多，但姚慧芬却只有一个。“中国非遗年度人物”的颁奖词也称其为“中华巧女”。这到底是一位怎样的奇女子？一个午后，我有幸踏进姚慧芬位于苏州的绣庄，跟这位苏绣传人进行了面对面的交流。

一脚踏进绣庄，我第一感觉是走错了地方。我原以为，绣庄里应该堆满了针线布料，可我眼前分明是一幅幅摄影、水墨、油画、书法、人物素描作品，整个房子倒像是一座美术馆。可走近一看，才在那些作品上，发现细细密密的针脚。

“我用了自己独创的‘简针绣’，不用‘简针绣’根本达不到这样的效果。”姚慧芬笑着答道，同时打开了自己的苏绣记忆。

生长于太湖边上的姚惠芬，祖父是绘制绣稿的高手，父亲曾担任乡刺绣站站长。姚惠芬和妹妹姚惠琴，七八岁就跟着妈妈和奶奶拿起针线绣花。“小时候，我们一放学回家，就支起棚架绣花，傍晚天黑下来了，我就会到院子里，在暮色中和大树、花草、鸟儿说说话。”姚惠芬关于苏绣的回忆，伴着一些细小、甜蜜的往事。

当然，少时的姚慧芬，并非整日埋头于针线中，闲暇时，她也和弟弟妹妹一起下湖游水，上墙爬树。与大自然的亲密接触，赋予了她对艺术丰富的感知力，使得她在刺绣之路上非常得心应手，十几岁时，在方圆几十里，已小有名气。

虽然成名早，可姚慧芬还是有些“另类”，有人称她为“三不”绣娘：不喜欢绣重复内容；不想为绣而绣；不相信死绣能绣出好东西。

不喜欢重复自己的姚慧芬，像婴儿一样，贪婪地从各处吸收营养，为日后绣出“不一样的作品”积蓄着能量。姚惠芬姐妹先是跟随

“仿真绣”创始人沈寿的第三代传人牟志红学习“仿真绣”。扎扎实实学习六年后，她们又拜被誉为“中国乱针绣肖像第一人”的任彗闲为师，学习“乱针绣”。十多年寒来暑往，姚惠芬大多数时间与绷架为伴，针飞不辍，绣中作乐。熟练掌握各种技艺后，姚惠芬开始从对“技”的追求转向对“艺”的探索。

2006 年，姚惠芬到法国里昂参访三位法国绣娘的工作坊。下榻宾馆的拐角处，一幅小小的少女素描像吸引了她的目光，她将素描像重新构图，做成了绣稿。为了使作品更加简洁生动，她尝试着把传统苏绣针法技艺与西方的素描技艺相融合，经过几个月的创作，完成了她的第一幅“简针绣”作品，由此开创了她的独门技艺“简针绣”。

“简针绣”是一种适合表现素描人物肖像的新刺绣方法。这种刺绣方法与传统刺绣方法相比，在更深、更广的层面上弃繁从简，以少胜多，使作品的表现形式更简单、更清晰、更彻底，体现了一种简洁而纯粹的审美内涵。

因为更符合现代人的审美，“简针绣”为中国传统工艺与西方艺术架起了沟通的桥梁。2013 年 3 月，姚惠芬的“简针绣”作品《四美图》，在英国参加“世界生态纤维艺术展——中国文化周”活动。大英博物馆的研究人员多次观赏《四美图》后，向姚惠芬提出收藏这套作品的愿望。《四美图》成为大英博物馆收藏的第一件当代中国刺绣作品。

2017 年，苏绣第一次作为当代艺术作品进入世界顶级艺术大展——威尼斯双年展。那次双年展，姚惠芬共有三十四幅苏绣作品参展。在这些作品中，最让她满意的是以南宋名画为蓝本绣制的《骷髅幻戏图》。在创作过程中，姚惠芬突破传统刺绣技法，重新挖掘苏绣传统针法资源，把五十多种传统刺绣针法集中呈现在一幅作品上，并且每一幅作品的每一个局部，都采用不同的针法，让不同的针法之间形成了矛盾和冲突的艺术效果。《骷髅幻戏图》是继沈寿“仿真绣”、杨守玉“乱针绣”、任彗闲“虚实乱针绣”之后，苏绣的又一次创新实践，是传统苏绣在重新回归本体性创作过程中全新的创造与升华，是反映当代苏绣表现形式与审美内涵的标志之一。

跟很多非遗一样，苏绣传承至今，面临的最大问题是年轻人不肯学这门手艺了。为此，姚惠芬把培养苏绣传人作为自己义不容辞的责任。她和苏州几个大学合作开设了刺绣兴趣班，并定期免费去教大学生刺绣技艺。

从创作到教学，姚惠芬都以耐心的态度默默耕耘，她把这一过程称为“种下苏绣的种子”。“一次展览中，我碰到一位二十年前的学生，她说正是因为当年听过我的课，在心中埋下了一颗种子，才慢慢走上传承苏绣的道路。”那位学生的话，让姚慧芬十分感慨，也坚定了她培养年轻传承人的信心：“传承苏绣，要让年轻人先了解，由了解到喜欢再到热爱，我相信会有越来越多的年轻人加入到传承苏绣的队伍。”

从 1991 年至今，姚惠芬的苏绣作品，先后几十次荣获国家级工艺美术大奖及中国民间工艺最高奖——“山花奖”，其中一些作品还被大英博物馆、伦敦大学美术馆、美国波士顿儿童博物馆、苏州博物馆等国内外多家博物馆、艺术馆及美国前总统小布什、建筑设计大师贝聿铭等人收藏。而姚慧芬本人，也先后荣获“首届中国刺绣艺术大师”“全国非物质文化遗产保护工作先进个人”等荣誉称号，被誉为“当代苏绣传人”。

（作者：陈童，中国社会科学院研究生）

吴为山：丹心铸魂，写意人生

〇李　晓

从孔子、老子到杜甫、李白，从齐白石、黄宾虹到冯友兰、匡亚明……他为一系列历史文化人物重新塑像。他说，每一位文化巨人都是一部历史。

吴为山（照片由受访者提供）

2019 年 7 月在国家博物馆举办的“丹心铸魂”雕塑展上，一尊张仲景的青铜像尤为传神。但见他面容清癯，头颈前倾，右手自然搭于膝间，左手三指微微翘起，身着宽袍大袖，静坐于榻中。凑近看，依稀可见作者拍、削、切、揉的手法纹路。这是雕塑家、中国美术馆馆长吴为山的作品。

2019 年，见到吴为山时，已近晌午。他中等身材，古铜肤色，波浪式鬈发稍稍齐肩，谈笑间有种浑厚与纯粹洋溢于眉宇之间。

谈及《张仲景》这部作品，“感动”二字脱口而出。“你看他望闻问切时凝神静气，这是大夫与病人之间的交流，有一种尊重在里面。”说话间，他也额头微倾，目光专注而凝重，一只手轻轻拈起。想必，这样一个形象已千万遍回荡于他心中。

将近一千八百年前，医圣张仲景是个什么样子？创作之初，带着思考，吴为山来到南京中医药大学与专家交流，并翻阅了大量医书。找到了！这是一位既对中医理论有系统研究，又懂得尊重病人、敬畏生命的儒医。“我感动于张仲景在望闻问切中，对病人的体恤、呵护与尊重，而这种感动转化为敬重又渗透进我的作品中。”

吴为山的雕塑艺术中，“写意”二字一以贯之。他把中国传统文化中的书法、绘画、哲学、文学所包含的审美融入其中，在抽象与写实之间捕捉到创作的灵感。“写意，要抓住人物的精神，要表达出人物留给你的最深刻印象。”

在国家博物馆展厅里，一对来自河北邯郸的母子在杜甫雕像前站了很久。母亲出神地望着，儿子一句一句地与母亲搭话。他们说：“杜甫人生的不同阶段，处境不同，他脸上的表情也不同，实在太像了！”年轻的杜甫，昂首拂袖，身侧的骏马跨出前蹄；中年的杜甫，则俯首垂头，马儿瘦骨嶙峋，艰难迈步……一举手，一投足，一沉吟，一叹咏之间，确实有一种人物的特质直抵人心，有种敬重在心中激荡。

正如吴为山在《塑者何为》一书中所提:“这暗合,是心通了。”

1979年无锡工艺美术学校迎来了17岁的吴为山,他在那里学习绘画、泥塑。其间,他完成了《我所认识的惠山泥人》一文。四十年前的吴为山还不懂得小小的泥人与中华文化有着怎样的渊源,但艺术的种子已在他心底埋下。“在艺术的道路上,那是我最早吮吸的乳汁,这份恩泽时时让我明智。”

话匣子打开,那些感动涌了出来。早年间,吴为山一家人挤在十三平方米的屋子里,白天母亲为他和泥、锤泥,晚上就睡在沙发上给他腾出雕塑的空间。他借着台灯的光慢慢地塑,母亲就躺在沙发上看着他。还有很多翻模工,他们忍着呛鼻的化学物质味道工作,把很多作品中微妙的地方还原好。“我们都是普通劳动者,懂得感恩,才能以好作品打动人。”

从无锡惠山脚下走出,吴为山来到南京师范大学,后来又相继在欧洲陶艺中心、美国华盛顿大学深造。20世纪90年代的吴为山,一边经历了多元文化艺术的熏陶,领略了世界艺术前沿的风光;一边又心生叹息,“我看到不少亚洲人的作品基本都被美国当代艺术同化了”。这种疑惑久久不能平复,直到他1998年在美国旧金山遇见了一位98岁的德裔美籍艺术家。

“听说你是从中国来的,你去过巴黎吗?在那待了多久?”老人问。

“在巴黎待了三个月。”吴为山答。

“巴黎充满了艺术气息,你应该待三年,但是不要太长。美国到处都是商业的味道,更不能留下。赶紧回到你的祖国,那里有伟大的艺术。”老人说。

一语点醒梦中人。吴为山心中的块垒释怀了,他好几次放弃了拿美国绿卡的机会,回到了祖国。

彼时的中国，经济大发展，人们的荷包鼓了，精神上却略显单薄。同时期欧洲的肖像雕塑正逐步被抽象艺术所取代，呈现暗淡态势。吴为山感觉需要用艺术为社会提供一些有营养的精神食粮，于是“为中外历史文化人物塑像”的想法涌上他心头。

从孔子、老子到杜甫、李白，从齐白石、黄宾虹到冯友兰、匡亚明……“每一个文化巨人都是一部历史，他们的塑像所传递出的精神感动了国人，也在对外交流中把中国故事、中国精神、中国文化传播给了世界。”

在巴西库里提巴市，一尊总高 4.46 米、青铜铸造的孔子雕像矗立在“中国广场”中央，它的作者就是吴为山。雕像送达的那天，自称为“孔子粉丝”的库里提巴市市长亲自去迎接，箱子打开的一刹那，他与“孔子”紧紧拥抱。

在德国特里尔市，马克思诞辰二百周年之际，城市公共广场立起了一尊身着风衣、手握书本、迎风前行的马克思铜像，它的作者也是吴为山。特里尔市市长为此写下这样一句话：卡尔·马克思塑像将是中国与德国之间的一座金桥。

在联合国总部纽约，时任联合国秘书长的潘基文在参观完吴为山雕塑展之后，挥笔写下了“上善若水”四个字，他说：“这些雕塑不仅表现了一个国家的灵魂，更是全人类的灵魂。”

“一生做一件事情很不容易，你要把一代知识分子的精神风貌塑造出来。”社会学家费孝通先生的叮嘱声犹在耳畔。吴为山不仅塑造出大量中外知识分子的精神风貌，他还把这种精神传递给了世界。

（作者：李晓，《光明日报》记者）

洪建华：用刻刀赋予竹子另一种生命

○ 常 河

他是国家级非遗徽州竹雕代表性传承人，用了十几年时间，凭着一腔热情和无限执着，将几近失传的徽派竹雕技艺“找”了回来。在他的刻刀下，随处可见的竹子被赋予了另外一种生命。

洪建华（曹晓东 摄）

“坚强的她在等我！”2021 年 2 月的一日上午，洪建华在朋友圈晒出一张图，一根趴着长在石缝中的毛竹鞭。到了下午，这节竹鞭被他截成两寸长短的几段，他称这个过程为“断竹、续竹”，令他惊喜的是“有几段实心的，太棒了，实心的竹子可以雕刻动物、人物”。

虽然惊喜不是每天都有，但洪建华的日常几乎总是这样度过：闲时在徽州的山上转悠，看到适合的竹材做上记号，付了定金，然后等种植户挖了送来。

更多的时候，他坐在自己的徽派雕刻博物馆里，看书，雕刻，辅导学生。他未必渴望面朝大海，却也期待春暖花开。

期待源于儿时的生活。安徽省黄山市徽州区洪坑村是皖南著名的“进士村”，小小的村落先后出过十八名进士和一个状元。洪建华家就在一座石牌坊边，“小时候，我夏天经常躺在牌坊的青石条上乘凉，抬眼看到的是徽派民居的马头墙，最吸引我的还是牌坊上精美的石雕和古民居上的木雕”。从那时起，少年洪建华立下了志向：学雕刻。

徽州给了洪建华独特的生命记忆，而“卖田卖地不卖手艺”的徽州古训让他确立了人生梦想。

中学毕业后，洪建华跟着舅舅学了三年木工，并相继拜当地的石匠和木匠为师学习砖雕和木雕。后来想拜竹雕艺术家王金生为师，可王金生却对洪建华说：“雕刻不能养家，学它干啥？”

王金生泼来的“冷水”，未能打消洪建华对竹雕的执念。“一生痴绝处，无梦到徽州。”徽州漫山遍野的竹林蕴含着无限生机，他想把这种力量用竹雕艺术表现出来。

一次，在黄山屯溪老街，洪建华偶然看到文物鉴赏大家王世襄著的《竹刻》，这本书仿佛给他打开了一个全新的世界。《竹刻》深入浅出地对中国竹雕技艺的脉络、名家、名作进行了梳理。“读了我才知道竹雕艺术这么复杂,文化内涵这么丰富。”更让他激动的是,王世襄介绍的明末竹刻“嘉定四先生”中徽州人占了两位,嘉定竹雕的创始人朱松邻也是徽州人。“徽州有这样一门古老手艺,我们怎么忍心看着它轻易消失?”

买下《竹刻》,洪建华如获至宝。在十八平方米的出租屋里,他拿起书放下刀,又拿起刀放下书,对着书中的插图自学雕刻技艺,如醉如痴。“那时候没有任何收入,后来把一件竹雕作品《八仙图》试着拿去卖给商户,我的心理价位是一百元,但人家只愿意给六十元。”后来另一位商户出价三百元收购了,这让洪建华重拾自信。

此后十多年,洪建华全身心沉浸在竹雕艺术中,凭着执着竟然将几近失传的徽派竹雕技艺“找”了回来。

2006 年,洪建华的竹雕笔筒《竹林七贤》被故宫博物院永久收藏,这是 20 世纪 50 年代以来故宫收藏的第一件现代竹雕艺术品。

也是在这一年,他终于见到了王世襄老人。“王老家里几乎没有什么家具,根本不像个收藏大家。”后来,洪建华才知道老人家把价值连城的藏品全都捐了出去。“王老很亲切,肯定了我的基本功,鼓励我多读书,多做创造性作品,要形成自己的风格。”王世襄的鼓励,让洪建华明白,要成为大家,不但“每天要和竹子对话”,更要多借鉴别的艺术,“精湛的技艺就是艺术和智慧的总结,要靠作品传承下去”。

2008 年,洪建华的竹雕笔筒《松鹤延年》被中国工艺美术馆收藏;2009 年,黄杨木笔筒《农家乐》与竹刻《徽乡行》四条屏两件作品被中国工艺美术馆有偿收藏;2018 年,竹雕笔筒《圣人泛舟》被国家博物馆收藏。他本人也成为国家级非遗徽州竹雕代表性传承人、国务院特殊津贴获得者。

“在古代,竹雕笔筒是文房清供的大件,但今天,如何把这项非遗技术和文创结合起来，是必须认真思考的问题。”洪建华说，竹雕技法强调在原材料造型基础上进行巧做，即所谓“材美、工巧之结合”。与木雕不同，木材实心，材质由里到外相对均匀，工匠在材料上受限较少。“竹子表皮硬、内部软，表皮纤维光滑、内部纤维粗糙，展现了丰富的纤维层次美，同时也增加了竹雕匠人构思和雕刻的难度。”

在洪建华的徽派雕刻博物馆里，他给记者展示了一个笔筒：竹皮长成了双层，叠合处形成一道竖起的缝隙，洪建华雕刻成了“山中访友图”，那道本为异形的缝隙，被他巧妙地处理成了山谷，访友的两位古人骑着毛驴从山谷中飘然而出，神态栩栩如生。“光这个作品，就用到了留青雕、线刻、浅浮雕刻、深浮雕刻四种技法，所以才有层次感，才能化腐朽为神奇。”洪建华说，“异形竹反而会给创作者更大的想象空间，竹子的智慧加上人的智慧，才能成为艺术品。”

2013年，洪建华和身为省级竹雕非遗传人的妻子张红云投资建设了一万多平方米的徽派雕刻博物馆，既用来陈列作品，又用作传习场所。在那里，洪建华和他的五十多名徒弟以刀为笔，以竹为纸，传承着最传统的竹雕技艺。在他们的刻刀下，随处可见的竹子被赋予了另外一种生命。

（作者：常河，《光明日报》记者）

文 物

谢辰生：文物就像家门前的老松树

○刘江伟

他是新中国一系列文物保护法规的起草者，被老一辈文物工作者称为"文物一支笔"；他多次挺身而出挽救文化遗迹，又被称为"祖国文物的守护人"。他经常说："我一辈子都在从事文物工作，可以说一辈子就只做这一件事。"

谢辰生（郭红松 摄）

2019 年初春的一个下午，记者敲开了著名文物保护专家谢辰生家的门。客厅不大,陈设简单,落地窗前,两盆蝴蝶兰欣然怒放。

不多时,谢辰生坐着轮椅,面带微笑,来到客厅。连续生了几个月的病,谢辰生脸庞更显清癯。眼睛已看不清楚近处的物体,听力却依然灵敏。躺在床上时,他经常让保姆给他读手机上的信息。只要听到文物,谢辰生就立马有了精神。

2019 年 2 月,故宫博物院办元宵节灯会,有人打电话请谢辰生去看。谢辰生听了以后,心里咯噔一下:“在城墙上装灯,会不会损坏城墙？晚上那么多人去看灯,有人趁机偷文物怎么办？”他赶快跟当时的故宫博物院院长单霁翔打电话,谈了自己的担忧。

谢辰生一生都装着文物。他是新中国一系列文物保护法规的起草者,被老一辈文物工作者称为“文物一支笔”;他为文物保护事业奔走七十余年,多次挺身而出挽救文化遗迹,又被称为“祖国文物的守护人”。他经常说:“我一辈子都在从事文物工作，可以说一辈子就只做这一件事。”

新中国成立后,中央人民政府设立文化部文物局,郑振铎任局长。郑振铎征求谢辰生的意见,问他准备去哪儿干。谢辰生已做了几年文物资料整理,一心想去搞研究。郑振铎告诉他:“文物保护是第一位的,没有保护就没有研究。就在文物局干吧。”简单的几句话伴随了谢辰生的一生,“我一直记着郑振铎的话,‘保护是第一位的’”。

1950 年,由谢辰生起草的《禁止珍贵文物图书出口暂行办法》《古文化遗址及古墓葬之调查发掘暂行办法》《中央人民政府政务院关于保护古文物建筑的指示》等新中国首批文物法令正式颁布,让文物保护有法可依。

1977 年,谢辰生再次受命起草《中华人民共和国文物保护法》。起草一部法律,岂是易事？经过五年时间的征求意见,反复论证,几易其稿，新中国第一部文物保护法终于在1982年实施。《中华人民共和国文物保护法》规定，“文物保护单位在进行修缮、保养、迁移的时候，必须遵守不改变文物原状的原则”，还提出“具有重大历史价值和革命意义的城市，由国务院公布为历史文化名城加以保护”。这部法律成为改革开放以后国家文物工作的根本大法。每当别人提起来，谢辰生都会郑重其事地说：“文物保护法出台，归功于王冶秋、任质斌两位局长。”

忧虑经常写在谢辰生的脸上。“对一个民族而言，文物是一棵家门前的老松树，是一棵扎根于民族文明沃壤的文化之树，不是一些人眼里废弃无用的‘枯树’，也不是一些人眼里可随意摆弄支配的‘摇钱树’。”令谢辰生懊恼的是，一些人把文物当成“摇钱树”“绊脚石”，当城市建设的推土机轰鸣驶过，大量文物遭到毁坏。

20世纪90年代开始，很多城市开始拆旧建新，大量古建筑遭到破坏，北京城也难逃厄运。“那几年，拆得太厉害了，一年要消失六百条胡同啊！”谢辰生现在想起来，仍感痛心，“位于中国美术馆后街22号的四合院，是著名学者赵紫宸的故居，院子很完整，还有罕见的‘象眼’砖雕。可是为了搞房地产，后来还是给拆了。”

2003年，谢辰生按捺不住，给当时的北京市委领导写信，请求停止拆除四合院行为。“我不惜付出任何代价，并已做好以身殉城的准备，八旬老朽，死何惧哉！故再冒昧陈词，作舆榇之谏，如蒙考虑，则民族幸甚、国家幸甚、名城幸甚也！”北京市委领导看到后，立即停止了拆旧盖“新”行为，要求今后拆四合院必须经市领导批准。

事情一波三折。市里领导的意见，区里执行不到位。没过多久，危房改造又卷土重来了。谢辰生又连续写了几封信，市里领导批示几次，但还是摁不住。谢辰生又给党中央和国务院主要领导写信，请求支持北京市关于保护古城的正确决策。中央领导批示后，北京市在修编《城市总体规划》时,开始提出整体保护。

“惯迎风暴难偕俗,垂老犹能作壮兵。”听到北京城保护出现转折,谢辰生欣然写下此诗。单霁翔曾这样评价谢辰生:“在一次次呼吁、一封封上书中,许多文化遗迹、名城街区得以存世保全、传承后代,许多错误做法得以及时纠正。”

即使到了耄耋之年,谢辰生仍奔走在文物保护一线。2016 年 3 月,他和其他三位专家再次给中央写信,建议良渚古城遗址申报世界文化遗产。2019 年,“良渚古城遗址”正式获准列入世界遗产名录。

平生只做一件事,热血丹心护古城。中国史学会原会长金冲及记得谢辰生在 93 岁的时候,刚做完化疗就参加一次会议,会间神情十分疲惫。过了半个月,金冲及再打电话,谢辰生竟刚从杭州回来。“我以为他是去杭州休养的,他回了一句‘我到杭州郊区看明清民居’。”

谢辰生很欣赏孟浩然的两句诗:“江山留胜迹,我辈复登临。”“守护民族文化精魂,为江山、为后人留得胜迹在,这是我们这个古老民族走向复兴进程中必须迈好的重要一步。”

(作者:刘江伟,《光明日报》记者)

李云鹤：匠心躬耕在沙漠

○李婕

以心为笔，以血为墨，六十二载潜心修复，80多岁耕耘不歇。被誉为“壁画医生”的他，六十多年中，修复的壁画达四千余平方米，并开拓出“空间平移”“整体揭取”“挂壁画”等众多国内首创的壁画修复技法。

李云鹤（资料图片）

万里敦煌道，度迹迷沙远。在那片被三危山、鸣沙山怀抱在宕泉河谷地带的小小绿洲上，敦煌莫高窟与她的守望者们，相互召唤，彼此守候。80多岁的李云鹤是那群守望者之一，他一守就是六十多年。

由中华全国总工会、中央广播电视总台共同举办的2018年度“大国工匠年度人物”评选，被誉为“壁画医生”的敦煌研究院著名文物修复师李云鹤，成为甘肃省唯一的入选者。

1956年，为响应国家建设大西北的号召，正读高二的李云鹤从山东出发，踏上了西去新疆的漫漫征程。因中途探望在敦煌工作的舅舅，李云鹤在当地逗留了几日，未承想，这一留，竟是一辈子。

时任敦煌文物研究所所长的常书鸿，一眼就相中了眼前这位“大高个”，邀请李云鹤留下来。

大漠深处的莫高窟，荒凉满目，草木难生，许多人受不了寂苦黯然离开。可李云鹤有自己的想法，他的心就像宕泉河里的一粒沙，安静地沉到最底部，决定拥抱所有的充盈与贫瘠。

在夹杂着沙尘的凛冽寒风中，李云鹤从打扫洞窟卫生做起。即使三九寒冬，这个拉着牛车一趟趟来回清理积沙的山东小伙也经常满头大汗。三个月后，李云鹤成为当年全所唯一公投转正的新人。

转正第二天，常书鸿把李云鹤叫到办公室：“小李，我要安排你做壁画彩塑的保护工作。虽然你不会，但目前咱们国家也没有会的，你愿不愿意干？”

“我什么都不会，我什么都愿意学着干！”李云鹤高声回答。

1957年，捷克专家戈尔到敦煌474窟做修复实验，李云鹤得知消息，主动请缨做戈尔的助手。他步步紧跟戈尔，仔细留意他操作的每一个细节。然而，戈尔修复壁画所用的技艺和材料始终对中国人保密。

"偷师艺"未成,李云鹤暗下决心:"为了中华文物,自力更生!"

资金匮乏,材料紧缺,李云鹤和同事决定就地取材。他们去窟区树丛寻找死红柳木做骨架,将宕泉河的淤泥晒干,加水和成"敦煌泥巴"。

怎样才能有效控制胶量?李云鹤将戈尔修复壁画用过的注射器随身携带,没事儿就琢磨。有一天,看到同事的孩子捏着血压计上的打气囊玩,他突然茅塞顿开,用糖果换来了小孩手里的气囊,并安装在注射器上。他欣喜地发现修复剂可以酌量控制了。困扰他们许久的胶水外渗难题,在不经意间求得了正解。

李云鹤还找来布料细腻、吸水性强的白纺绸做按压辅助材料。他不断研究摸索,将自主合成的修复材料放炉子上烤,在外面吹晒。洞窟里没有灯光,他就用镜子将阳光"引进"进洞窟,再"借光"修复壁画。时至今日,经李云鹤用"土办法"改良过的修复工具,依然是敦煌文物保护界的"王牌兵器"。

为将文物复原工作做精做透,李云鹤跟着敦煌的"活字典"史苇湘学线描临摹,跟文研所第一位雕塑家孙继元学塑像雕刻。学了就要用,用中反复学。秉承如此朴实的信念,李云鹤迎来了人生中的第一个修复任务。

1961年,161窟墙皮严重起甲,一旦空气流动,窟顶和四壁上的壁画就纷纷往下落。常书鸿对李云鹤说:"161窟倘若再不抢救,就会全部脱落。你试试看,死马当成活马医吧……"

"我要救好它!"已将文物挚情融入骨子里的李云鹤钻进洞窟,废寝忘食,孜孜求索。

吸耳球、软毛刷、硬毛刷、特制黏结剂、镜头纸、木刀、棉花球、胶滚、喷壶……李云鹤把所有能找到的工具反复琢磨。表面除尘、二次除尘、粘接滴注、三次注射、柔和垫付、均匀衬平、四处受力、二次滚压、分散喷洒、重复滚压、再次筛查……喜欢跟自己较劲的李云鹤,硬是凭着自己的努力摸索出了一整套完善的修复工艺!

三年后,这座濒临毁灭的唐代洞窟在李云鹤手中“起死回生”。“我做的工作可值了,壁画上的菩萨虽然不会说话,但天天对我笑眯眯的啊!”凝神对望,感动无言,李云鹤只希望抓住时间,多修一点……

技术越做越精,思路越练越明。李云鹤在他的工匠道路上,不断求新求变。几十年中,他开拓出“空间平移”“整体揭取”“挂壁画”等众多国内首创的壁画修复技法。

220窟甬道壁画重叠,曾有人为看色彩鲜艳的晚唐五代壁画,故意将表层宋代壁画剥毁丢弃。“文物也是有生命的啊,它要是会说话,非去法院告你不可!”对破坏文物的行为,李云鹤总是气愤痛斥。他常常这样教导学生:“对文物工作要有感情,要爱护她,珍惜她,知道她的可贵,才能用心去保护她。”

六十多年来,李云鹤走访了全国十一个省市,先后为国内二十六家文物单位进行一线修复和技术指导,修复过的壁画达四千余平方米。这位80多岁的老人,直到2018年“大国工匠”颁奖前一天,才从四川新津县观音寺5米多高的脚手架上撤下来。

匠心呵护遗产,一代代人接续奋斗。李云鹤的孙子李晓洋曾在澳洲留学五年,毕业后,李晓洋放弃了留在国外的机会,选择回到敦煌,回到爷爷身边。如今,他也从事文物保护工作。

(作者:李婕,中共甘肃省委《党的建设》杂志社记者)

傅熹年：看画里光阴

○ 靳晓燕

他是建筑历史学家、文物鉴定专家，还是中国工程院院士。他家和启功的住所只有一巷之隔，在工余、假日之时便常在启功家闲谈。这样一种无拘无束的“精神会餐”让他受益匪浅。他称自己为启功先生的私淑弟子。

傅熹年（郭红松 摄）

傅熹年是建筑历史学家、文物鉴定专家，还是中国工程院院士。如果不出差，将近90岁的他，每天9点到中国建筑技术研究院建筑历史研究所的办公室。中午，休息一会儿。下午，1:30上班，5点下班。

办公室也是工作室。桌子上《中国古代宫殿》样本显示写作进入最后阶段。电脑旁散落的是各种制图工具：形状不一的尺子、放大镜、橡皮。执着于手绘，书稿里的各种建筑示意图，都是他一笔一笔画出来的。

2019年出版的《古建撷英》一书，就遴选了一百七十幅他从事建筑史研究所绘制的建筑史资料图和相关写生画。就读清华大学营建系之时，他就把主要精力倾注在专业课中的建筑设计、建筑历史和基础课中的素描、水彩画之中。李宗津、吴冠中、关广智，这些大家当时教授素描、水彩，由此也为他打下了扎实的绘画功底。“速写和水彩主要学习梁思成先生的风格，较多的渲染和钢笔绘鸟瞰图则吸收一些中国古画的构图，树石景物也尽可能吸收中国山水画的特点。”傅熹年说。

由建筑而步入绘画、鉴赏古画，这样一条道路，大抵是傅熹年的不同之处。

傅熹年说：“我的父亲当年在文化部文物局工作。父亲的同事周末常常到我家中来聚会闲谈，其中有张珩先生、徐邦达先生和家中世交启功先生等，他们都是精研古代书画的权威专家。我旁听他们的议论，极有收获。他们见我有兴趣，有时也耐心为我讲解。我也常常以家中的图录向他们请教孰好孰坏、孰真孰伪。”

傅熹年家和启功的住所只有一巷之隔，在工余、假日之时便常在启功家闲谈。这样一种无拘无束的“精神会餐”让他受益匪浅。启功先生鼓励他多少要学一点书法、绘画，这样可以更进一步了解古书画。“为此他特别选了一册唐人沈弘写经的日本印本要我临摹学习小楷。又因我喜欢南宋马远、夏圭画派，他给我一册旧印的夏圭《溪山清远图卷》，并给我纸笔供我临摹。”傅熹年说。因之，傅熹年称自己为启功先生的私淑弟子。

20 世纪 60 年代，在协助刘敦桢先生编写《中国古代建筑史》时，为了在建筑史中引用中国古代绘画中的建筑史资料以补充实物资料之不足，傅熹年开始用研究古建筑所用的比较分析法和古建筑断代知识对一些拟收入建筑史中的重要古代名画的时代进行探讨。这样，在古建筑研究和古画研究中间，他找到了结合点—— 一方面，对王希孟《千里江山图》中所绘民居的摹写、对赵伯驹《江山秋色图》中所绘民居的摹写，被收入《中国古代建筑史》；另一方面，《关于"展子虔〈游春图〉"年代的探讨》《〈韩熙载夜宴图〉年代的探讨》《王希孟〈千里江山图〉中的北宋建筑》《宋赵佶〈瑞鹤图〉和它所表现出的北宋汴梁宫城正门宣德门》就是他那个时期所著的研究论文。

记者感兴趣的是，在那个年代，他对王希孟《千里江山图》中所绘民居的摹写和分析。"目前所看到的古代住宅最早的建于明前期，再早的住宅迄今尚未发现。要了解明以前的住宅只能求之于文献、绘画等资料，其中绘画是形象资料，尤为重要。现存宋元绘画中保存古代住宅资料最多、内容最丰富的当推张择端《清明上河图》和王希孟《千里江山图》。《清明上河图》中所提供的住宅全景和布局的资料不是很多的。在这方面《千里江山图》有其优点，它是宋画中表现住宅和村落全景最多的一幅。"

怎么画下来呢？那时用相机拍照还是件很奢侈的事，傅熹年就在故宫展出时去对照原作速写，然后分类绘成图片，这也得到刘敦桢先生的赞许。

1983 年国家文物局成立全国书画鉴定小组。在启功、徐邦达和谢辰生的推荐下，傅熹年参加了这个小组。全组七人，有六人是七十上下的老专家，只有他五十来岁。书画鉴定由此几近于傅熹年的第二专业。

20 世纪 90 年代初，傅熹年曾在故宫博物院介绍书画鉴定经验，并在此基础上撰成《浅谈做好书画鉴定工作的体会》一文。他提出：一、书画鉴定工作要建立在坚实的书法史、绘画史的基础上；二、有目的地利用比较分析的方法建立起书画鉴定所需要的微观的标准系列和宏观的综合概念；三、要有一定的文献史料基础和考证能力。

书画鉴定就是鉴别真伪？

“不止于此。《游春图》传为隋代绘画，但我发现它所画屋顶上的鸱尾和兽头与出土于隋代的石屋、陶屋和敦煌壁画所示不同，更近于北宋特点。再进一步看所画人物的服饰，头上所戴幞头已是固定的帽子而非用头巾裹成，也不符合隋及初唐特点而更近于唐后期形制。据此二条对图中所绘建筑是否为隋代建筑产生疑问。”傅熹年解释。

说《游春图》是摹本，是否就贬低了它的文物价值呢？

“不然。古书画由于自然损坏，传世品历时千年以上者实在寥寥无几，绝大多数要靠不断传摹，才能流传下来。在原作不存的情况下，这些有一定来历的古代复制品是极为宝贵的。如最负盛名的顾恺之《女史箴图》，目前中外美术史界已公认款为后加，题字为隋或唐初人所书，是件隋唐时摹本。又如王羲之、王献之父子的法书，现在传世诸帖，鉴定家们也都公认是唐或唐以后摹本，但是我们今天了解和评价顾恺之画和二王法书仍然要依靠这些文物。顾画王书，过去都曾被认为是真迹的，现在经过研究，澄清真相，就可以更确切更恰当地理解和利用它。这样，作为历史文物，它的科学性不是减弱反而是增强了。提出《游春图》的绘制年代问题来探讨，目的也是这样。”

和傅熹年交谈，你能感受到他的那种专一。比如，对古代建筑，无论是古画鉴定，还是建筑史。正谈着，他会起身找到相关书籍，翻到某页，讲起某事。

（作者：靳晓燕，《光明日报》记者）

李纯一：宁慢爬，勿稍歇

○ 刘平安

他曾参与马王堆汉墓出土音乐文物的研究整理，是中国音乐考古学的主要创建者。他在先秦音乐史和音乐考古学方面的开拓性研究，取得了海内外瞩目的奠基性成就，获得“中国音乐金钟奖”终身荣誉勋章，代表作《先秦音乐史》曾获第九届中国图书奖。

李纯一（刘平安 摄）

2019 年 12 月 29 日中午，记者按照约定的时间走进了疗养病房，当时 101 岁的李纯一老人，正背对着门静静地坐在窗前，似乎已经等了许久。

李纯一的女儿李青说父亲听力不好。为了表明身份，同行的编辑弯腰递过去一张名片。老人拿到名片，摆正了放在轮椅的小桌板上，一字一顿且有力地读出了“光明日报”四个字，脸上洋溢着慈祥的笑容。读完他又把名片翻到背面，旁边的护工开玩笑似的指着上面的英文问：“这个认识吗？” 老人声音洪亮地读道“GUANGMING DAILY”，大家一时惊得呆在那里，老人指指前面的沙发说：“坐，坐。”

在女儿和护工的眼里，年逾百岁的李纯一就像个孩子。采访的间隙，李青和护工多次轻轻抚摸着老人的头，老人则静静地乐享爱抚，就像回到了一百年前，生命刚开始的时候。

1920 年 2 月 12 日(农历腊月二十三)，李纯一在天津一个轮船水手家中呱呱坠地，父母为他取名李春霖。1946 年，因为一个契机，周恩来为其改一字，由“春”到“纯”，之后他自己又将“霖”改为“一”，就有了后来“李纯一”这个名字。李纯一曾经历过私塾、小学、中学的系统学习。“七七事变”爆发时，李纯一正在天津工商学院经济系就读，国难当头，他毅然弃学奔赴鄂北一带，投身抗日救亡运动。

1949 年，得益于早年在国立歌剧学校理论作曲组的学习及战争年代的教学经验，李纯一被调至东北鲁迅文艺学院音乐部；1953 年，开始任职东北音专(即前鲁艺音乐系，现沈阳音乐学院)；1956 年，被调往中央音乐学院民族音乐研究所(现中国艺术研究院音乐研究所)。大量的积累使李纯一在不同的岗位上发光发热。在他的主持下，中国艺术研究院音乐研究所积极开展对音乐考古文献资料的搜集整理，并对北京文博考古单位收藏的出土乐器进行考察测音，获得不少新的古代音乐史料，同时发表若干有关中国音乐史及音乐考古的论述。

“文革”期间，李纯一饱尝艰辛，身体状况不好，可他从未停止学术研究的脚步。1972 年，受国务院指派，李纯一参与了长沙马王堆一号汉墓出土乐器的考察研究及相关发掘报告的编写工作。尤其在平反之后，李纯一更是一头扎进了对出土音乐文物的考察研究中，即便离休多年，也依然频赴考古发掘一线，笔耕不辍。

李纯一重视实地考察，强调“目验”，同时也尤重文献阅读。“家里的书很多，两间屋子堆满也放不下。父亲很爱买书，即使在吃不饱饭的时候也要买。”李青告诉记者，“记忆中，父亲常常把自己埋在书堆里。没有电脑、电话、打印机的年代，为搞清楚某一个问题，他经常与中外学者往来数十封信。为了查找资料，他还自学了英文、法文、俄文，年届 70 岁又开始学习日文。”从读文献的角度讲，正如中国艺术研究院音乐研究所研究员项阳所说，李纯一是“一位‘不下楼’的音乐史学家”。

功夫不负有心人。经过多年的潜心研究，李纯一在音乐考古方面逐渐形成了自身的体系与方法，并完成了长达四十五万字的综合性论著《中国上古出土乐器综论》。该论著以远古至秦汉的出土乐器为主要研究对象，通过类型学、层位学、年代学、模拟与复原实验以及声学测定等方法，分析古代乐器的形制、体系、年代及性能，继而探究它们发生、演变及发展的序列与规律。学界给予如此评论：这是一部中国古乐器学开创性的专著，亦为中国音乐考古研究一次较全面的总结，是中国音乐考古学趋于成熟的一项重要标志。

此外，李纯一的学生秦序介绍，“先生曾担任曾侯乙墓音乐文物调查组顾问，到现场进行细致入微的调查研究。先后发表了《曾侯乙编钟铭文考索》《曾侯乙墓编磬铭文初研》等论著，提出了对铭文、钟磬乐律及内部组织的许多独到看法，并首次提出曾侯钟编组悬挂及用乐等级性质，对学界具有重要的启迪意义”。

李纯一的贡献远不止于此，他将数十年的研究成果充实于上古音乐史研究，并以文化人类学等有关资料作为参证撰成《先秦音乐史》，在获得第九届中国图书奖的同时，也为中国古代音乐史和中国音乐考古学增添了浓墨重彩的一笔。李纯一的开拓性贡献为他赢得了“中国音乐金钟奖”终身荣誉勋章等一系列荣誉。

在李纯一 95 岁华诞学术研讨会上，山东师范大学教授刘再生首次提出了“乐史三公”的概念。他指出：“历史常常会患‘失忆症’。音乐界中青年一代甚至不知道李纯一为何人。历史学家却被历史遗忘，似乎是不应该出现的时代文化现象。但是，半个世纪以前，李纯一著《我国原始时期音乐试探》《中国古代音乐史稿·第一分册》，廖辅叔编著《中国古代音乐简史》，杨荫浏著《中国古代音乐史稿》，这是在音乐界影响最大的几部史学著作。所以，提出‘乐史三公’概念，实质是为了还原历史的真相，学术界只知‘定于一尊’之杨公而淡忘或遗忘李公、廖公的史学贡献，不利于音乐史学事业的繁荣与发展。”

与学界的高度评价形成鲜明对比的是，李纯一自己却认为做得还远远不够。2019 年 9 月，文化和旅游部党组书记、部长雒树刚上门为其颁发“庆祝中华人民共和国成立七十周年”纪念章，对他给予高度评价，他却一直说：“我很惭愧，我真的没有为祖国做多大的贡献。”

李纯一曾谦虚地说：“我天生愚笨，涉猎狭窄，因而以‘宁慢爬，勿稍歇’为座右铭，做事、做学问等就像做人一样要老老实实。”他是这么说的，也是这么做的。

（作者：刘平安，《光明日报》记者）

李伯谦：和古人对话，与历史交流

○ 刘平安

他曾任北京大学考古文博学院院长，参加和主持了河南偃师二里头、安阳殷墟等多处重要遗址的考古发掘，其著作《中国青铜文化结构体系研究》标志着中国青铜时代考古进入一个新阶段，《文明探源与三代考古论集》为深入探索中华文明起源奠定了坚实基础。

李伯谦（刘平安 摄）

2020年5月13日，“夏商周断代工程”首席科学家、北京大学考古文博学院教授李伯谦刚从距今约五千三百年的“河洛古国”回到北京。5月23日，他又重整行装前往距今三千五百多年的吴城商代遗址。耄耋之年的李伯谦，依然乐此不疲地穿梭于璀璨的历史长河，为他深爱的考古工作往返奔波。

2020年5月20日下午，记者赶在李老开启江西吴城遗址之行前如约登门采访。老人虽已满头银发，却不失矍铄之精神、安然之神态、温和之细语，一本记录中国文明史、中国考古史的“百科全书”徐徐打开，似乎每一个过往篇章都不曾因时过境迁而被淡忘，每一个新的章目又开始熠熠闪光。

2020年5月7日，在河南省文物考古学会举行的“双槐树古国时代都邑遗址考古重大发现发布会”上，李伯谦骄傲地向大家宣布：“河洛古国”这个都邑性遗址的发现，关系到我们中国古代文明的发展历程。从后来历代都城的建设往上推测，可以看出来是一脉相承发展下来的，我们找到了华夏文明的源头，就是距今五千三百年前后的双槐树遗址。

说起这次郑州巩义的“河洛古国”之行，李伯谦用了两个词形容自己的感受：“很激动”“很振奋”。虽然双槐树遗址从2013年发掘至今，他已经往返了七八次，参与了发掘、调查、研讨等一系列重要考古工作，也见证了大批珍贵遗迹的出土和几经研讨论证后重大成果的确定，但是当这些重大发现被公之于世时，作为一名考古人，李伯谦依然难掩兴奋之情。

“这个遗址比较大，残存面积达到一百一十七万平方米。”李伯谦特意找出了遗址示意图，打开灯，一边指着图比画，一边娓娓道来，“你看，这有三圈环壕，有些地方不太规则，凸出来了，有些地方，比如北边这一块就是被黄河侵蚀掉了，每一圈环壕都有对外通道，这是外壕东南门、中壕北门、内壕东门……”仰韶文化中晚阶段三重大型环壕、具有最早瓮城结构的围墙、封闭式排状布局的大型中心居址、大型夯土基址、三处共一千七百余座经过严格规划的大型公共墓地、三处夯土祭祀台遗迹、用九个陶罐模拟的北斗九星天文遗迹、最早的蚕形牙雕艺术品等，遗址中大大小小的文物遗存，他都如数家珍。“环壕的严密防御设施及北斗九星图案反映出的是礼制与‘天地之中’宇宙观”，“蚕形牙雕证明此处是中国农桑文明最早的代表”，“祭坛遗迹是黄河流域古人祭坛最早的实物”，“仰韶文化、黄河文化佐证了中华文明之生生不息、延续不断”，分析起文物的价值，他更是严谨而缜密。

耄耋之年的李伯谦忙碌而充实，田野考古，发掘研讨，以修国史为己任，他享受着与古人的对话、与历史的交流，在时光隧道中阅读和探索久远的往事，也把自己的足迹留在了时光中。

2020 年 5 月 23 日的吴城商代遗址之行是他在四十六年前结下的缘分。“吴城考古遗址公园要进行升级，请我过去参与研讨，我觉得我得去，一是我比较了解吴城的情况，另外，吴城遗址对我也有着特殊的意义。”李伯谦说。

1974 年，李伯谦带学生参与江西樟树吴城商代遗址的发掘工作，当时出土的文物中既有属于几何形印纹陶文化的几何形印纹陶片，又有类似郑州商文化遗址出土的鬲、盆、豆、罐、大口尊等器物，这种情况无疑给遗址定性增加了难度，李伯谦翻阅大量资料，进行了反复思考。1977 年，他在《试论吴城文化》一文中首次运用了文化因素分析方法，将出土文物按照文化因素的不同分为甲组、乙组，再根据数量多寡等定性，最终将吴城遗址命名为受到商文化影响的“吴城文化”，这一主张打破了当时难以定性的困局，很快得到了学界的认可。可以说，吴城遗址启发了他在考古学方法上的探索与思考，也促使他提出了“文化因素分析方法”。

1988年，李伯谦发表了《论文化因素分析方法》一文，系统阐述文化因素分析方法并指出，它是从考古学研究过渡到历史学研究的桥梁，这一考古学理论逐渐成为与地层学、标型学等并行的考古学基本方法之一，为考古界提供了重要理论指导，也为他日后的考古研究提供了理论支撑。尤其是在红山文化、良渚文化和仰韶文化的对比研究中，通过文化因素分析，李伯谦发现了三者在文明演进模式上的区别，进而提出了中国古代文明演进的两种模式（王权和神权），为学术界打开了另一扇门。

“有时候甚至觉得一旦离开文化因素分析方法，我可能一篇文章都写不出来。”李伯谦说，“文化因素分析方法对我来说很重要，吴城遗址也同样重要。”20世纪80年代开始，李伯谦在积累了大量的田野考察经验之后，迎来了自己的创作高峰，《中国青铜文化结构体系研究》《文明探源与三代考古论集》《感悟考古》等著作在考古界产生了深远影响，他本人也在“夏商周断代工程”“中华文明探源工程”中持续散发着光和热。

六十多年前，李伯谦因一句“考古就是游山玩水”步入了考古界。如今，再提及此事，李伯谦往后靠了靠，倚在沙发上欣然一笑。“当时还是年轻，对考古不太了解。了解之后，便会知道所谓的游山玩水其实就是野外考察。”然后他话锋一转说道，“考古当然有辛苦的一面，但是你在这个过程中既能看到自然风光，也能看到人文之美，更重要的是能够与古人对话，为修国史贡献力量。其实，只要是真心喜欢考古，完全可以获得游山玩水的乐趣。”

（作者：刘平安，《光明日报》记者）

马萧林：让文物『下凡』，游走人间

○ 王胜昔　汪俊杰

他曾参与《国家宝藏》《唐宫夜宴》《元宵奇妙夜》的制作，开发“考古盲盒”。作为河南博物院院长，他对如何让文物真正“活”起来有独到见解。他认为，群众对考古和文物始终保持“神秘仰望”的姿态肯定不行，必须让文物“下凡”，游走人间，让文物“说话”，多些人间烟火气。

马萧林（牛爱红　摄）

从《唐宫夜宴》《元宵奇妙夜》的相继出圈，到博物馆文创产品"考古盲盒"的火爆全网，河南博物院频上热搜。河南掀起"考古热"，离不开河南博物院院长马萧林的执着坚守。"文物不再是尘封的古董，让文物'下凡'，游走人间，让文物'说话'，多些人间烟火气，让老百姓看得懂、感兴趣、想参与、有收获"，这是他对文物"活"起来的朴实解读。

如何让考古与文物不再是"神秘仰望"，是马萧林一直思考的事情，这或许和他近二十年的考古经历密切相关。20 世纪 90 年代，马萧林踏入考古行业，多年的田野考古，加上国外留学访学的阅历，让他静气沉心解读历史的同时，也在苦苦思索如何让更多人认识和了解老祖宗留下来的宝贵遗产。

如何让文物活起来？马萧林认为，这个"活"字有两层含义：一是让文物走出"深闺"，只有动起来，才能更多地走近群众；二是让文物走进百姓生活，把"文物"带回家。"想让文物火起来，必须吃透两头。"马萧林告诉笔者，既要吃透文物背后尘封千年的历史，解读深厚的文化意蕴，做到胸有丘壑、眼有星辰，又要吃透群众的心理，精准分析百姓的喜好，找准结合点，激活兴奋点。

拿着迷你版"洛阳铲"，小心翼翼地把土块挖开，将表面的浮尘一一扫去，你可能会见到青铜器、印章、玉佩等文物仿制品。"考古盲盒"使"文物"走进了寻常百姓家，也成功勾起了大批年轻人走近考古的兴趣。马萧林认为，每个考古人都是中国故事的讲述者，吸引百姓围观，让公众参与和了解，让社会共享共用，是考古者的本分。

"每一件文物，绝不是静止的古董，而是活着的历史；每一件文物，都是一个记载民族血脉的基因密码。"马萧林深知，考古文博人的使命和担当就是解读历史，破译密码，"文博人在研究藏品、解读藏品时，要以文物为支点，精准定位文物背后关于中华文明包容多元一脉相承的历史与时代价值,发现更多祖国大地上的丰沛遗存与文化记忆。”

编钟、骨笛依次奏响,一群彩绘陶俑逐渐从博物馆中“走出来”,幻化成唐宫少女,鲜活又生动。“这是科技赋能创新文化产品。”马萧林说,科技赋能不仅能让文物会说话、动起来、活起来,也能让厚重的历史文化穿越时空,更好地彰显传统文化的魅力。

创新表达方式,让文物流行起来。马萧林认为,《国家宝藏》的热播、“考古盲盒”的走红、《唐宫夜宴》和《元宵奇妙夜》的出圈,都离不开技术的支撑。因此要及时、有效利用虚拟现实、增强现实等数字“黑科技”,开发沉浸式展览和体验。同时还要借助短视频和社交平台等传播领域的新技术,让文化产品能够以更快的速度、更强的力度迅速传播并维持热度。

文物要真正“活”在当代,离开了具体的生活场景,离开了地域文化的浸润,作为游客浅尝辄止,很难领会其精粹。“考古成果是青少年认识历史、传承文化的鲜活教材。”马萧林提出,对传统文化内核的精准认识,在表现形式上融合好科技力量,充分调动传播推广的途径,是让文物“活”起来、让传统文化“潮”起来的有效路径。他认为,在打造社教活动、沉浸式体验、文创产品等品牌体系的同时,必须坚守底线思维,避免过度娱乐化、媚俗化,一味追求所谓的关注度、流量和出圈。“文物活起来,并不是简单地走进生活。要把文物凝结的文化信息推向社会,这有助于我们更清楚地认识自身的文化本源。”马萧林说。

2021 年,三星堆相关话题频上热搜。“要让文物活起来,就要吸引年轻人的关注。”在马萧林看来,“物无定味,适口者珍”,对了自己的胃口,就是真正地道的文化大餐。这也充分说明,优秀文化产品在多元文化盛行的今天并非曲高和寡,更不是无人问津。博物馆要真正放下包袱，与年轻人进行真诚的交流和对话，在内容和形式上进行有趣的创新。他认为，作为文物考古工作者，要正视和顺应公众的多元需求，以更加包容和开放的心态“开门办考古”，“不仅让世界看得到，也能让世界看得懂，从而增进世界对中国的认知和理解”。

马萧林对文物活起来有其深入思考和广泛实践，同时也持续关注着文物保护的进展。针对2021年3月三游客在长城墙体上刻字留念的事件，马萧林指出，文物破坏违法成本低，让违法者有恃无恐。他认为，在加强宣传引导的同时，必须让文物保护长出“铁齿钢牙”，设立文物违法行为“黑名单”，让违法者寸步难行。为此，作为全国政协委员的马萧林在近几年的全国两会上，先后提交了“加强文物保护执法队伍建设”“推进实施文物安全直接责任人公告公示制度”“进一步发挥文物保护员作用”等提案。马萧林表示：“加强文物保护，可以采取‘人防+技防’的措施，利用无人机等科技手段提高防护能力，建立起文物保护志愿者队伍和组织网络。”

“文化自信是更基础、更广泛、更深厚的自信。”马萧林说，文物，被人记在心中，被关注和保护，才不会默默无闻。火起来的不仅仅是文物，更是文化自信、民族自信。

（作者：王胜昔，《光明日报》记者；
汪俊杰，《光明日报》通讯员）

曲艺

刘兰芳：俯下身子六十载，为百姓评古说今

○朱蒂尼

她与袁阔成、单田芳、田连元并称为“评书四大家”。她创作的长篇评书《岳飞传》，曾在全国百余家电台播出，轰动全国，影响海外。在六十多年的艺术生涯中，她的足迹遍布偏僻的村落、热闹的集市以及矿山、油田、边防哨卡……她从出师那天起，就立志做一个为老百姓演出的人。

刘兰芳（光明图片）

衣着典雅，台风稳健，一拍手中醒木，“话说……”一个个跌宕起伏的故事，从她那豪迈雄浑、颇具声韵美感的声音中流淌而出。

从茶楼、书场到春晚舞台，从一位普通的评书演员到中国文联副主席，70 多岁的刘兰芳，在评书的道路上一直前行，从未停歇。2019 年，已逾古稀之年的她，带着自己的评书全集入驻某音乐平台，开始用“互联网+”的形式推广传统曲艺文化。

刘兰芳是 20 世纪 70 年代末以来评书艺术的代表性人物，与袁阔成、单田芳、田连元并称为“评书四大家”。1979 年 9 月 1 日，刘兰芳的长篇评书《岳飞传》在鞍山人民广播电台首播，一时间，“万人空巷听岳飞”。《岳飞传》是刘兰芳的成名作，先后在全国上百家电台播出，出版发行的相关图书一百余万册。这部作品奠定了刘兰芳的艺术地位，也确立了她的艺术风格。

《岳飞传》之后，刘兰芳又整理改编广播了评书《杨家将》《呼家将》《包公巧断螃蟹三》《三打乌龙镇》《白牡丹行动》《赵匡胤演义》《刘金定大战南唐》《小将岳云》等几十部作品。

2019 年是《岳飞传》播出四十周年。时至今日，在出租车的广播中，在公园遛弯儿人的收音机里，还能听到《岳飞传》“精忠报国今何在？评书一曲传扬！”的开场白。2019 年 5 月，中国文联、中国曲协为刘兰芳举办了从艺六十周年暨《岳飞传》播出四十周年座谈会。刘兰芳在致答谢辞时数度哽咽，她感慨地说：“因为改革开放的各项政策，让文艺迎来了繁荣发展的机会，让我的声音走进千家万户，让我成了名人，对于各种荣誉头衔我是真的不敢当。”

1944 年，刘兰芳出生在辽宁省辽阳市一个普通人家。童年艰辛的生活经历，除了磨炼了她坚忍不拔的性格，更让她对老百姓的酸甜苦辣感同身受。所以，从出师那一天起，她就励志做一个为老百姓演出的人。在六十多年的演艺生涯中，偏僻的村落、热闹的集市以及矿山、油田、边防哨卡、老少边区都留下了她演出的足迹。

20世纪80年代，在《岳飞传》火遍神州大地的时候，一天，刘兰芳收到一封信，上面写着：

刘老师：

我们是常年生活在黑龙江苇河深山老林里的伐木工人，这里几乎与世隔绝。我们每天都听您的《岳飞传》，这大大地减轻了我们一天的疲劳。大家知道您很忙，只想要一张您的照片，这就相当于听您现场说了书。

信末，是一百多位工人师傅的签名。

看着这封信，刘兰芳的眼睛瞬间湿润了，她既心疼又着急。坐立不安中，她很快便做出一个决定——信和照片都不回寄了，直接去现场为伐木工人们说书！“当时，我恨不得马上飞进深山密林。”刘兰芳回忆道。

还有十几天就过年了，演出安排又特别满，刘兰芳只有年前那几天有时间。于是，临近年关，她不顾家人和朋友的劝阻，先坐大火车，再转乘小火车，带着一肚子故事就冲进了大雪封山的密林。在冰天雪地里跋涉了几天，刘兰芳终于到达祖国北陲苇河。

“车还没停稳，透过车窗我就看见好多人在站台上翘首以盼。车一停下，站台上的人都呼喊起我的名字，虽然气温零下三十几摄氏度，可我心里暖烘烘的。”刘兰芳回忆道。

下了火车，去伐木场还要蹚过一段过膝的大雪。没有犹豫，刘兰芳迈开步子就往雪里扎。到了伐木场，她爬上一棵被伐倒的大树，亮开嗓子就为工人们说起了《岳飞传》。“在冰天雪地里，大伙儿的热情也点燃了我的激情，几位女工当场流下了眼泪，我也哽咽了。”

刘兰芳微笑着、缓慢地回忆着说道。

于滴水中能见阳光七彩，在小事中能见高贤大德。还有一次，刘兰芳在山东东明演出，一位50多岁的农民为了听她说书，追了她一百多里地，还驮来一袋子苹果要为她润嗓子。“能说会道”的刘兰芳捧着苹果，竟一个词也说不出，只好回送他二斤当地最好的点心，并招待他多住了几日，邀他每晚都来听书。那位农民被这样的“待遇”感动得泣不成声，刘兰芳也哭了，她觉得自己难以承受百姓如此的厚爱。

“真正的大腕儿不能倨傲无礼，而要俯下身子，贴近百姓。谁是真正的大腕儿？刘兰芳老师就是。”在刘兰芳从艺六十周年暨《岳飞传》播出四十周年座谈会上，中国曲协顾问、宁夏曲协名誉主席郭刚如是说。

刘兰芳不讳言曲艺发展已不如当年“说岳”时火爆。她说，曲艺讲“继承传统，改革创新”，继承传统就是练好基本功，创新则是做到让观众爱听。

2019年3月，刘兰芳在湖北武汉黄鹤楼下为观众表演了一段评书，内容为岳飞和金兀术交战的一段。表演中，刘兰芳融入了很多现代网络用语，说到岳飞大战金兀术用的武器，还幽默了一把：“古代的钢好，是咱们的武钢出产的。”在她看来，评书艺术必须创新，只有古为今用、洋为中用，不断创新，更新观念，才能跟得上现代观众的审美需求。

（作者：朱蒂尼，《光明日报》记者）

姜昆：用诗句向抗疫英雄致敬

○ 刘平安

他连续十一年登上央视春晚舞台，其相声作品《如此照相》《虎口遐想》等是很多人的青春记忆。如今年届七旬的他，第一时间创作出长诗《我在你们的面前泪崩》，向战斗在抗疫一线的英雄们致敬。

姜昆（图片由受访者提供）

“这里有白衣天使，这里有建筑公司的员工……我们甚至不知道他们的姓名。在祖国召唤的面前，义无反顾，在人民需要的时候，陷阵冲锋……”

2020年新年伊始，新冠肺炎疫情牵动着全国人民的心。年届七旬的相声表演艺术家姜昆第一时间创作出题为《我在你们的面前泪崩》的长诗，深情满满地向战斗在抗疫一线的英雄们致敬。

用文艺作品讴歌真善美，抨击假恶丑，用演出为大家带去笑声和欢乐，是姜昆作为一名相声演员的初衷和信仰。

似乎是一眨眼的工夫，姜昆已经70多岁了，虽然岁月在他的脸上没有留下太多的痕迹，但那些从小听他相声长大的孩子，很多都已为人父为人母，他的《如此照相》《虎口遐想》《着急》等经典相声作品也成了很多人的青春记忆。

“我一个凡夫俗子也没什么更大的抱负，只觉得我生就个欢乐的性格，喜欢自己高兴，也乐意瞧人家开怀。”早在1997年的自传《笑面人生》中，姜昆就用看似云淡风轻的语言表达了对相声的热爱与敬畏，以及对人生境遇、周遭言论的坦然，“既然选定了幽默事业为终生职业，就应该不遗余力地为这个世界寻找和创造欢乐。至于别人说什么，咱们就认命，不太往心里去就是了”。

记者第一次见到姜昆是在一场晚会的现场，他与夫人李静民坐在台下看演出。中场休息时，现场亮了灯，有人发现姜昆在现场，一会儿工夫，他的边上就围满了人。很多人表达敬意或请求合影，这位老艺术家全程面带微笑，一边回应着别人的寒暄，一边配合着拍照，毫无距离感。兴许是性格使然，加上相声职业带来的亲和感，简短的几句话，他笑了，周围的人也开心地笑了。

如今，姜昆在相声界的影响有目共睹，然而，他一路走来并不容易。

1950年10月，姜昆出生在一个不太富裕的家庭。他从小的梦想就是能够“穿上漂亮的衣服，和伙伴们在水彩般的生活中玩耍、歌唱、欢舞”。但是家里“弟弟妹妹多，爸爸工资低，妈妈没工作”，姜昆的童年并没有想象中那么美好和顺利，既没有漂亮的衣服，水彩笔也都是最廉价的。他羡慕在少年宫学习乐器和表演的同龄人，经常扒着门缝往里看，每次都被人轰走。进入少年宫学习的执念，促使年少的姜昆绞尽脑汁跟父母软磨硬泡，斗智斗勇，最终如愿考入了少年宫笛子组。后因买不起乐器，他又考入了“不用花钱买这买那”的戏剧组，由此开始了在文艺道路上的摸爬滚打。

年轻的姜昆总有使不完的劲儿。尽管因为出身问题（爷爷是资本家）挫折不断，但他靠着一股韧劲，不断创作剧本，登台表演，逐渐在文艺舞台上找到了方向。

1968年，在知识青年“上山下乡”的大潮中，18岁的姜昆报名去了“北大荒”。深入生活、扎根人民，使他的创作热情异常高涨，尽管经历了一些风浪，但文艺之火在他的心中从未熄灭。姜昆在连队取得过不少成绩，也跌过很多跟头，这些都成了他日后的宝贵财富。

1973年，一次偶然的机会，姜昆现场观看了郝爱民与李文华的相声，观众忘我的大笑让他深受触动。于是，他开始模仿和创作演出，后经马季和唐杰忠发掘引荐，由此与相声结下了不解之缘。

1979年，姜昆与李文华合作的相声《如此照相》在相对保守的大环境下横空出世，作品通过在照相馆的见闻对“四人帮”大搞形式主义的丑恶本质进行了严厉批判，“正常人没照这种相的”“形式主义就是害人不浅”等语出惊人，说出了当时人们想说又不敢说的话，让人眼前一亮，姜昆也由此走进了大众的视野，逐渐有了一定的名气。

从1983年开始，他连续十一年登上央视春晚，连续八年主持央视春晚。2017 年，他与搭档戴志诚登上央视春晚，为观众奉献了相声作品《新虎口遐想》。有人评价说：姜昆撑起了中国 20 世纪 80 年代春晚相声的一片天，创造了中国相声最辉煌的时代。

曾经的辉煌，姜昆已很少提及，作为中国曲艺家协会主席和中国文艺志愿者协会名誉主席，他有很多事要做：以“你离人民有多近人民与你有多亲”为题，开展“崇德尚艺做有信仰有情怀有担当的新时代文艺工作者巡回宣讲”；组织老中青演员一起创作演出大型曲艺节目《姜昆“说”相声》；走进曲艺培训班、高校、艺术团体，分享从艺做人心得，言传身教带新人，培养新人，推出新人；创设“送欢笑到基层”演出活动，带领广大文艺志愿者深入基层一线，为广大人民群众送去欢声笑语和祝福。

如今，70 多岁的姜昆依然充满激情，埋头做事，不计得失，他说，唯有这样才对得起德艺双馨艺术家、优秀共产党员、全国离退休干部先进个人等荣誉称号，才对得起党和人民的信任。

（作者：刘平安，《光明日报》记者）

田连元：一人撑起一台戏

○ 赵凤兰

80多岁的他，是一代评书大家，将评书这门“半身艺术”变成了“全身艺术”，并首次把评书搬上电视，其电视评书作品《杨家将》曾引发收视狂潮。他说，评书要说出味道，重在一个“评”字，拿着人家的书照本宣科讲故事，那是朗读者，不是评书家，真正的评书家要做学问。

田连元（赵凤兰 摄）

采访评书表演艺术家田连元是件“养眼”的事，他不光说，还带着表演，同时夹杂着一连串绕口令和贯口词，神情和肢体语言极为丰富。每每说到动情处，他还嫌坐着要不开，总要站起来手舞足蹈，时不时来个身姿矫健的戏曲身手和武打动作，有一种为了艺术奋不顾身想要表达的冲劲，完全不像80多岁的老人。

然而，曲艺世家出身的田连元起初并不愿说书。为了养家糊口，他不得不辍学从艺。在一块醒木、一把折扇、一块方巾的陪伴下，他从天津杨柳青的“灯花儿”书场说到辽宁本溪彩屯书场；从辽宁广播电台说到中央电视台；从中国北京说到中国香港、中国台湾以及加拿大多伦多、俄罗斯圣彼得堡，足足说了六十五年。评书表演中，他集编导演于一身，通常几分钟内，一人分饰好几个角色，曾被媒体誉为一人演百的“立体评书王”。

“我当过皇帝、宰相、元帅、使臣、平民、乞丐，但都是假的，追求说书人的境界和艺术真谛却是真的。”谈起自己的评书生涯，田连元机智地抖着包袱。

如何将评书说得扣人心弦？对此，田连元直言：“会说书的说人物，不会说书的说故事。评书的真谛是把人物说活说透，用过去老艺人的话说，要说得让观众拔不出耳朵来。”在他看来，评书创作与小说创作有共通之处，只有人物鲜活、立意深刻、情节合理、矛盾凸显，对人有启发并使人信服，观众才会跟着你哭，跟着你笑，跟着你紧张，否则就是白开水。

看戏看轴，听书听扣。不过，在田连元看来，说书光靠制造悬念的扣子吸引观众远远不够，更重要的是人物情节的矛盾纠葛，不同心理的复杂碰撞，以及说书人对人情事理的独特评述。“评书要说出味道，重在一个‘评’字。拿着人家的书照本宣科讲故事，那是朗读者，不是评书家。真正的评书家要做学问，要本着唯物主义史观，对所说书目进行考证、撰写、汇编，向观众传递真实的历史经验和知识。”

“说书人的肚子，杂货铺子”，这是过去老艺人常挂在嘴边的一句话。在田连元看来，评书演员的涉猎面应该“多广杂”，这样才配得上“说书先生”的称谓。为此，他身体力行，常年习武练功，博览群书，还弹三弦、唱样板戏、做导演、习诗文、写剧本，甚至专门研读了斯坦尼斯拉夫斯基、布莱希特表演体系和希区柯克的悬念推理。这些“诗外功夫”为田氏评书注入了鲜明特色。“曲艺界很多人囿于界内，这是这门艺术不能充分发展的原因。受公孙大娘舞剑启发，张旭将书法写出了舞剑的感觉。话剧的语言、歌剧的形体、卓别林的默片、戏曲的唱念做打都应成为评书演员借鉴的对象。”他说。

很多人认为评书是听觉艺术，田连元对此并不认可。“难道听书的都是盲人吗？评书其实是一门声情并茂、说表同步的视听艺术，必须动起来，有听有看。它对观众的诱惑力和吸引力，主要来自评书家用声音造型和形体表现所营造的舞台魅力。”田连元说，言出色动，色随形动，评书艺术中手眼身法步神应达到完美统一。为了让自己的评书好听又好看，他常对着镜子设计形体动作，还一个人在公园挤眉弄眼练表情。有专家评论说，田连元将评书这门“半身艺术”变成了“全身艺术”，他的评书不能只听，必须得看。

当前，面对影视等艺术的冲击，许多曲艺人自惭形秽，觉得评书只是小玩意儿，无法跟大的艺术门类相提并论。对此，田连元反驳说：“评书的艺术价值是不可估量的，它是一门很有文化、很了不起的艺术，就像微型原子弹——体积虽小但杀伤力大，仅一个人就能征服亿万观众。”他认为，评书最大的魔力在于，既无华丽的戏装、闪烁的灯光，也无特别的音响，完全以纯虚拟的表演形式，一个人撑起一台戏，搅动江湖风云，弄得满堂生辉，这是一种酣畅淋漓的艺术创造和自我挖掘的审美表达。“电影、话剧等体验派艺术都要抛掉自我，刻画人物；而评书艺术始终自我跳进跳出，虽一人多角，但不失本我，营造的是一种想象的表演艺术体系，能在有限的空间中创造出无限的人物故事，带领观众进入自由驰骋的艺术时空和审美境界。”基于此，田连元准备撰写一部曲艺表演理论体系的书，把评书不同于斯坦尼斯拉夫斯基、布莱希特和梅兰芳表演体系的精妙之处阐述出来。

20 世纪 80 年代，田连元的电视评书作品《杨家将》曾引发收视狂潮。如今，评书的影响力虽不及当年，但也开始与新媒体结合，衍生出诸如网络评书、动漫评书等新业态。“虽然有的作品只取我的声音，弄个动漫小人儿替我表演，但我并不反对，因为它是评书适应时代的一种生存方式。”田连元说。

虽然早已成为评书名家，但田连元丝毫没有停歇脚步，他的长篇评书《话说党史》，用评书的形式向今天的人们讲述中国共产党的百年故事。被问到如何才能成为语言大师和大说书家，田连元呷了一口茶，眯起笑眼打趣地说：“那就看到头昏脑涨，写到晕头转向，练到吃喝不香，想到不如改行。”

（作者：赵凤兰，《中国文化报》高级记者）

王保合：生活甜了，练杂技仍然要下苦功夫

◎耿建扩　陈元秋　哈聪杰

他出生在杂技世家，6岁开始跟着父亲撂地卖艺，从艺七十余载，依靠“三仙归洞”“缩骨术”“深喉纫针术”等多项绝活，在国宴上征服各国外宾，在大小舞台上让老少观众瞠目结舌，凭借出神入化的高超技艺赢得“鬼手”之名。作为吴桥杂技国家级非遗传承人，他希望绝活可以得到传承，更希望吃得苦中苦、不断超越的杂技精神得以传扬。

王保合（窦松尚　摄）

一根木棍、两个碗、三个海绵球，别无其他道具辅助。70多岁的王保合手握“魔法棒”，“指挥”三个海绵球在扣着的碗里随意进出，碗下几个球？观众永远猜不透。

这个令观众瞠目结舌的戏法名叫“三仙归洞”，凭这一手绝技，王保合赢得“鬼手”之名。从艺七十余载，他练就了一身绝艺，被评为国家级非物质文化遗产项目吴桥杂技代表性传承人。

“不管做什么事，没有苦，难得甜。”在王保合看来，练杂技尤其要下苦功夫，“进入新时代，可以不再吃生活的苦，但一定要吃艺术的苦”。

王保合身材瘦小，但是精神矍铄，腰杆像旗杆一样笔直，走路轻似燕。1944年，他出生在河北吴桥县聂庄村一个杂技世家，6岁学艺，8岁登台，坚守至今。

王保合的曾祖父王玉林，是当年著名的北京“天桥八大怪”之一，人称“卸锁大王”，靠着一手绝活“缩骨术”走南闯北，留下赫赫声名。

王保合的父亲王福寿除了精通“缩骨术”，还会“中翻”“水流星”“三仙归洞”“深喉纫针术”……节目不断丰富，演出也越来越受欢迎，王保合自幼跟着父辈撂地卖艺讨生活。

“那时四海卖艺全靠两条腿，肩挑担、手推车，带着简单道具，沿着大运河边走边演。”王保合现在仍时常哼唱当时卖艺的“锣歌”：小小铜锣圆悠悠，学套把戏江湖走，南京收了南京去，北京收了北京游，南北二京都不收，条河两岸度春秋……

王保合跟着大人们练功学艺，在颠沛流离中尝尽苦头。“那时都是露天练功，冬天手脚冻伤了，肿起来了，仍然要翻跟斗、耍流星……一会儿也不能懈怠，稍一偷懒就要受罚，再亲的亲人在传艺时也变得格外严厉。”王保合说，特别是在练“缩骨术”和“深喉纫针术”这两项家传绝技时，长辈们督促得更严更紧。

“缩骨术”，就是尽力拉伸骨骼，尤其是肩膀附近的骨关节，使各个关节错位收紧，从而缩小身体。这时要把宽腰带用力扎紧，防止内脏下移受伤。“深喉纫针术”，就是口内含针，通过肌肉运动，把针纫上线，具有一定危险性，一不小心就被扎伤。两项绝技，王保合前后用时七年才算练成，“在那个年代，没有点真本事，根本混不饱肚皮”。

“三仙归洞”是王保合在30多岁时才正式学习的，由他父亲传授。有人不看好这个“小戏法”，认为上不得大台面，但王保合不这样想。他认为手艺没有大小之分，只要肯下苦功夫，练到绝顶必有收获。

“三仙归洞”首先是个“快”字。超乎常人的勤奋和悟性，成就了王保合快得让人眼花缭乱的“鬼手神功”。在央视《欢聚一堂》节目表演时，摄制组用三台摄像机从不同角度拍摄王保合手法后，依次慢放，仍然没能看出其中玄机。

其次是“卖口”，就是把话说到点子上，抓住观众心理，随时应对大家提出的各种“难题”。把观众请到方桌旁，凑到碗边，甚至斜着头盯住碗底，乃至于把球交到观众手上用力握紧，王保合都能把三个小球变来变去。“我每天在吴桥杂技大世界演出，总计不下数千场，每场演出都不一样。”简单道具下演绎出的变化多端，让王保合的演出贴近观众、妙趣横生。

再有是“救戏”，就是收回无意或故意露出的马脚。它要求表演者手法运用灵活，头脑反应迅速，语言表达机智。节目看似小戏法，实则真功夫。“有些观众会提出脱离实际的要求，演员不能被难住，既要能圆场，又不能冷场。”王保合对这一技艺驾轻就熟，到了炉火纯青的地步。

现在，70多岁的王保合常驻吴桥杂技大世界，在“鬼手居”演出，除展示绝活，还将“劝人戒赌”等融入其中，寓教于乐。“三仙归洞”技艺得到了传承，他的后代和徒弟已能独立担纲演出。王保合坚持开门授艺，只要有担保人保证学生人品等，他都坦诚相授。此外，他四处寻访民间艺人，收集散失的民间绝活，让杂技这一中华传统艺术瑰宝不断得到丰富和传承。

和以前相比，杂技创新的步伐在加快。灯光、音乐、服装、科技……在各种现代手段辅助下，杂技观赏性、艺术性得到不断提升。王保合认为，无论怎样演变，杂技的手艺不能丢、功法不能减，“演员不能糊弄自己，更不能糊弄观众”。他经常给在吴桥杂技艺术学校学习杂技的孩子们讲，练功不要怕吃苦，不下苦功夫，难得真功夫。

“过去艺人就是‘要饭的’，四处‘散筷子’‘敛饼子’，现在成了受人尊敬的演员，人们都喊我‘艺术家’，享受国务院特殊津贴，演员地位真是提高了。”王保合说。有一次到西藏慰问演出，十公里一个道班，藏民拉起手跳起舞拦着不让走，非让演几个节目才放行，王保合深受感动。他说，人民欢迎艺术，需要艺术，演员就更加不能给艺术抹黑，要舍得吃苦，练出真本事，只有这样，才能把杂技发扬光大，造福于民。

进入新时代，过去一些以伤害身体等招揽观众的节目逐渐消失，包括“缩骨术”“深喉纫针术”等，因为寻不到传人也面临失传。王保合认为：“现在生活好了，日子甜了，有些苦可以不吃了，有些绝活可以留存在书籍上，记录在历史中。但是吃得苦中苦、勤学苦练、不断超越、孜孜以求的杂技精神依然要传扬下去，这是我们的真正财富。”

（作者：耿建扩、陈元秋，《光明日报》记者；

哈聪杰，《光明日报》通讯员）

走近文艺家

光明日报文艺部 编

（下）

天津出版传媒集团
百花文艺出版社

音乐

王立平：妙乐演红楼

〇郭　超

他是20世纪80年代青年作曲家中的“三驾马车”之一；他作曲的《少林少林》《牧羊曲》让少林寺享誉海内外，《驼铃》《大海啊，故乡》早已成为经典。但最令人难忘的是，他为电视连续剧《红楼梦》的作曲，用音乐为“红楼梦”注入了灵魂。有人说，他的音乐将林黛玉的“葬花”提升到“问天”的高度。

王立平（郭红松　摄）

步入作曲家王立平家中，迎面一方屏风，右侧悬数副自书对联，文与字皆具意趣。客厅中横卧一架钢琴，透露出主人志业所在。王立平颔首微笑，形容装束，与三十多年前做电视剧《红楼梦》音乐时相比，几无二致，除了满头青丝已成银发。

2019乙亥农历新年前，《百年乐府——中国近现代歌词歌曲编年选》“歌词编年选”付梓。这部由王立平主编的大书，囊括了中国百余年间八百余位作者的一千五百余首歌词作品，我们的谈话也就此展开。

“百年乐府接续的是中华传统文化的一个重要脉络。秦朝就有乐府，汉乐府和唐的新乐府更是影响深远。官府收集整理音乐已经成为一个传统。”作为主编，王立平确立了两个原则，作品介绍中不写获奖经历，作者介绍中不写与音乐无关的职务。王立平说，为后人留下一份有艺术性、史料性、欣赏性、实用性的文化遗产，是我们六年来诚惶诚恐、奋力为之、孜孜以求的目的。

很自然，我们的话题转到《红楼梦》上。时间倒回1983年，王立平42岁，这大约也是曹雪芹创作《红楼梦》的年纪。当导演王扶林的夫人王芝芙问王立平，是否有兴趣为《红楼梦》谱曲时，后者脱口而出“我有兴趣，极有兴趣”。

20世纪80年代可谓中国影视音乐大爆发的年代，当时王立平与施光南、王酩并称青年作曲家中的“三驾马车”。

为电视剧《红楼梦》作曲前，王立平就创作了多首广为传唱的歌曲。其中，《太阳岛上》(1979）让哈尔滨成为旅游胜地，《少林少林》(1982）和《牧羊曲》(1982）让嵩山少林寺享誉海内外，《驼铃》《大海啊，故乡》等也都成为经典。

在艺术上，王立平从不保守。在纪录片《潜海姑娘》中，他较早引入了电吉他。王立平也从来不为了时髦而赶时髦。在为影片《戴手铐的旅客》创作音乐时，日本电影《追捕》正风靡，但王立平没有把主题歌写成《杜丘之歌》那样节奏感强烈的音乐，而是选择了民族化的音乐风格。在他看来，这种音乐风格虽然不时髦，却最适合表达影片内容。

《红楼梦》的音乐怎么写，有人跟王立平讲："你小子别傻，就写一首漂漂亮亮的主题曲，满大街都唱，你就成功了。"王立平说，我们要借写《红楼梦》音乐，把传统经典变成现代人的精神食粮。写个漂漂亮亮的主题曲，满街都唱，王立平不要这种成功。

导演拿来十几首歌词让王立平谱曲，这让他很为难。一般影片一首主题曲，一首插曲。十几首歌曲，人们能记住几首呢？

作为作曲家，如果平常的作品写得不好，影响还不算大，如果《红楼梦》写砸了，饭碗保不住不说，还成了文化瑰宝的"罪人"。

最终《枉凝眉》被确定为主题曲。王立平说，这是极佳的歌词，一唱三叹，表达主题思想到位，但弱点是缺少亮色。他在写的时候，在末尾增加个"啊"，"啊"虽是虚词，却是全曲的两次高潮，满腔惆怅，都倾注在"啊"中了。

《题帕三绝》开头"眼空蓄泪泪空垂"是大调式，看起来很明亮，但细听，好像是含着眼泪带着微笑。王立平说，那种哀婉惆怅是深刻的内心体验。

"滴不尽相思血泪抛红豆"，王立平一边唱，一边用手打着拍子。太奇怪了，他说，那么多的切分，作曲课老师都说切分两回就行了，怎么切分起来没完没了。但王立平觉得，非这样不可。王扶林给了王立平莫大的支持，他的许多尝试性写作都得到王扶林的首肯。但《红楼梦》的序曲王立平写了 2 分 42 秒，王扶林提出了不同意见。多年来，片头曲长度都在 1 分 50 秒到 2 分钟之间，这是规矩。王立平却说，这是《红楼梦》，要像歌剧一样，把主题内容在这段音乐中全表现出来，"减一分则太短"。王立平说服了王扶林。

《葬花吟》写了一年零九个月。前面“花谢花飞花满天”的音乐王立平很早就写出来了。但他始终不理解曹雪芹为何对林黛玉情有独钟。孤高自许、目无下尘,“态生两靥之愁,娇袭一身之病”的林黛玉让王立平怎么也爱不起来。逐渐地,王立平感到,这个女子不简单,她极聪明,对社会看得极透彻,痛苦也极深。有一天,王立平对着看了一年多的《葬花吟》出神,突然一句“天尽头,何处有香丘”跳进他眼中。王立平在中央音乐学院学习时,曾听文怀沙讲过屈原的《天问》,印象深刻。这句“天尽头,何处有香丘”,不就是林黛玉的《天问》吗?

王立平马上把几位红学家请到家中,用钢琴为他们弹奏了刚谱成的曲子,并请教能不能把《葬花吟》写成《天问》。红学家商量后,觉得这是特别好的理解。曹雪芹在思想上受屈原影响很深,这是红学界的共识。那段悲鸣的抗争,成为《葬花吟》的高潮,为音乐注入了灵魂。有人说,王立平将“葬花”提升到“问天”的高度。他在历史与现实间架起一座天籁之桥,为当代人解读《红楼梦》提供了听觉意义上的范本。

有人认为《红楼梦》的音乐很古典。不过,王立平说《红楼梦》的音乐很现代。当时他就有一个观念,就是音乐必须要现代化。他要创造的是“现代人心目中的古曲”。要了解今天人们的审美,不但要知道今天的人喜欢什么,而且要预知人们还会喜欢什么,还应该喜欢什么。艺术家的创见,一定要走在人们前面。

王立平回忆起小时候父亲经常说的一段话。你得 99 分,如果没有尽力,我也不会表扬你,你得 59 分,如果已经尽力了,我也不会批评你。王立平不确定爸爸会给《红楼梦》音乐打多少分。不过有一点他是确定的,那就是他为这部作品倾尽了全力。“岂能尽如人意,但求无愧我心。”王立平说。

(作者:郭超,《光明日报》记者)

单秀荣：一头扎进黄土地的歌者

○ 尚文超

她原唱的《雁南飞》，20世纪七八十年代风靡大江南北，成为那个时代的标签之一。面对流行歌曲的时尚潮流，她没有迎合，而是一头扎进黄土地，全身心投入民歌的搜集整理研究工作中，录制了五百多首歌曲，获得了中国金唱片奖。

单秀荣（刘嘉丽 摄）

第一次听《雁南飞》，心差点被"揉碎"。"雁南飞，雁南飞，雁叫声声心欲碎，不等今日去，已盼春来归……"

四十多年前，这首影视金曲曾传唱大江南北。2019年4月26日，记者见到了这首歌的原唱者——女高音歌唱家单秀荣，并近距离听她清唱。歌声悠扬，配合着一丝不苟的表情、手势，单秀荣浑身散发着歌者的光芒。

单秀荣从小爱听歌，爱唱歌。在广播中听郭兰英的歌长大的她，把郭兰英当作偶像，少年时曾有一个愿望：将来能跟偶像见上一面。单秀荣没想到的是，她后来不仅见到了偶像，还跟她成了中国歌剧舞剧院的同事。

回想起自己的音乐生涯，单秀荣觉得"何其有幸"，她说："那时没有捷径可走，对歌手的选择不看脸蛋、钱袋和背景，而是听声音。"

1965年，单秀荣19岁，是山西一电厂的一名工人。天生有一副好嗓子的她，被中国音乐学院的老师偶然发现。那位老师建议她报考中国音乐学院。经过一番过关斩将，单秀荣以工人身份，考入中国音乐学院歌剧系。四年苦学，她找到了适合自己的声乐道路——中西结合，学习西方的气息、发声方法等技巧，来为民族声乐艺术服务。

1972年，单秀荣演唱了芭蕾舞剧《沂蒙颂》插曲《愿亲人早日养好伤》。她声音圆润，感情充沛，将声音、旋律、情感、舞蹈和故事情节完美地结合在一起，奠定了她演绎抒情歌曲的风格基础。

1979年，电影《归心似箭》拍摄完成，导演李俊总觉得最后几个镜头表现力不够饱满，应该加上一首抒情歌曲。拿到歌谱时，单秀荣被优美的旋律、抒情的曲风以及歌曲中传递出的真挚情感所打动。

演唱时，单秀荣把自己当作女主人公，在唱雁南飞的"飞"字和春来归的"归"字时，尽力表现不忍分别，却又强忍感情，目送心上人渐渐远去时的矛盾心情；在处理"心欲碎"三个字时，则进一步表达了女主人公肝肠寸断的痛苦。单秀荣从唱情、唱意出发，对歌曲意趣、主题、思想情感进行构思，注意咬字的分寸，控制好声音的强弱，准确表达了女主人公质朴而高尚的情操。

电影上映之后，《雁南飞》的歌声随玉贞大嫂和魏得胜连长的故事传入千家万户，打动了无数观众。这首歌也成为那个时代的标签之一。

20 世纪 80 年代以来，流行歌曲、通俗唱法开始对民族声乐造成很大冲击，同台演出时，流行歌手往往能赢得更多掌声，民族声乐则备受冷落。不少民族唱法歌手调转方向，采取迎合的态度。出于与生俱来的对民歌的喜爱，单秀荣毅然一头扎进黄土地，去探寻民歌原始的魅力。

在晋中、晋西北的田间地头，单秀荣多次寻访用歌声表现生活的农民，他们有求必应，信口唱来，仿佛生活本身就是一首首民歌，而民歌是他们的语言。走出三晋大地，单秀荣又走进河北、山东，走进宁夏、青海，走进新疆、西藏，走进两广云贵，走进白山黑水。

越是深入，越是热爱。“一个简单的绣荷包题材，山西民歌婉转悠扬、如泣如诉；云南民歌欢快流畅；辽宁的歌词和曲调则直白质朴，像极了二人转。”单秀荣挖掘民歌的魅力，并用自己的天赋和技巧把这种魅力生动地表现了出来。20 世纪 80 年代，年届不惑的单秀荣因对民歌的广泛涉猎而变得坚定、执着。她先后整理录制了“绣荷包”“放风筝”“摇篮曲”等系列民歌。经过十几年的积累，单秀荣无形中传承了民族文化，为喜爱民歌的人们留下了一笔宝贵财富。

从中国歌剧舞剧院退休后，单秀荣依然把传承传统民歌当成自己的事业，她奔赴各地讲学，讲述重点内容依然是“传统民歌的魅力”。

艺术家有自己对艺术的理解和天然的鉴赏力，由这种鉴赏力生发出一种极强烈的使命感，这使命感促使单秀荣夙兴夜寐，不辞劳苦。民歌之外，她还潜心研究古曲，录制了专辑《胡笳十八拍》《南宋姜白石歌曲十七首》、合集《杏花天影——中国古典音乐欣赏》等。从长远看，不随波逐流的单秀荣为社会留下了宝贵的民族文化遗产。

2010 年，中国唱片总公司为单秀荣出版了一套歌唱艺术全集，单秀荣从自己曾经录制的五百多首歌曲中，精选出九十首不同风格的曲目，分别纳入《放风筝——九州风筝篇》《开花调——山西民歌篇》《送情郎——中国民歌篇》《扬州慢——古代诗词篇》《雁南飞——影视创作篇》五个专辑。这些歌曲仿佛是她人生的影集，记录了她前半生对声乐艺术的理想、追求，“我终于可以对喜爱民族声乐的听众有所交代，也对自己的歌唱生涯有所交代”。专辑后来获得了有“中国格莱美奖”之称的中国金唱片奖。

“从走上歌唱这条道路时，我逐渐明白，自己别无所长，生来只是一名歌者。”一路走来，单秀荣觉得，歌者就是对自己的准确称谓：“歌唱，使我感到幸福，是我生存的价值所在，是我一生的荣幸。”

（作者：尚文超，《光明日报》记者）

杜鸣心：生命不息，创作不止

○ 班丽霞

作为音乐家，他曾用两个钟头就为芭蕾舞剧《红色娘子军》谱出了家喻户晓的曲子《快乐的女战士》。作为音乐教育家，其门下众多弟子已成长为当今音乐界翘楚，如王立平、赵季平、叶小纲、徐沛东、王黎光。如今90多岁的他，依然伏在钢琴边潜心创作。

杜鸣心（孙楠 摄）

1939 年，重庆保育院一个不满 11 岁的小男孩，站在板凳上动情高歌了一曲《松花江上》，从此被选入陶行知创办的育才学校，正式踏上音乐之路；1954 年，在莫斯科音乐学院的入学考试中，一位因迷路而迟到的中国考生，以优异成绩通过了听音记谱的测试，成为作曲专业的学生；1959 年，在为新中国成立十周年献礼的舞剧《鱼美人》中，由他创作的《水草舞》至今仍是中国钢琴曲库中的珍品；1964 年，在为芭蕾舞剧《红色娘子军》谱曲时，他只用了两个钟头就写出了家喻户晓的《快乐的女战士》；1986 年，在第八届中国交响乐比赛中，他的第一钢琴协奏曲《春之采》一举获得了一等奖；2016 年，在中央音乐学院明亮的教室里，一位白发苍苍的教授，还在为作曲系学生传授旋律创作的真谛。

这位谱写了八十多年音乐人生的作曲家就是杜鸣心。

杜鸣心的居所，坐落于北京醇亲王府大院一角，屋外古树参天，屋内清雅幽静，书房里的一架古朴的德式钢琴，几乎与其主人同龄。距 2018 年访谈刚好一年，还是那间整洁的书房，90 多岁的杜鸣心还是那样神采奕奕，同我们愉快地聊起这一年的生活与创作。

很难相信，杜先生平日的生活作息居然比年轻人还“任性”，晚上熬夜创作很晚才睡，早晨日上三竿“赖床”不起，早餐午饭只能合二为一。但老人家有一招厉害的长寿秘诀，多年来乐此不疲地与人分享，那就是晨醒之后做一套名叫“床上八段锦”的按摩操，每天一小时，数十年坚持不懈。这套神奇的按摩操让鲐背之年的杜鸣心气血通畅、精神饱满，他甚至经常骑着自行车去开会。

作为一名作曲家，音乐已与杜鸣心的生命融为一体。生命不息，创作不止。那些高高低低、长长短短的音符，终日在他的脑海中翻滚跳跃，他必须在每一个夜深人静的时刻把它们一一安顿在乐谱上。短短一年中，他先是完成了一部大型器乐作品《布达拉宫之梦》

的修订，而后又写出了平生第一部歌剧的钢琴缩谱。对于一位 90 多岁高龄的音乐家来说，每一部作品都是他燃烧的生命，每一个音符都饱含他的深情。

《布达拉宫之梦》的前身是一首室内乐钢琴五重奏，后在作曲家叶小纲的建议下，扩展成一部为钢琴与弦乐队而作的交响乐曲，并于 2019 年 5 月在“2019 北京现代音乐节交响音乐会”上成功演出。杜鸣心介绍说，自己虽未到过西藏，但在电视上常常看到布达拉宫，庄严巍峨的宫殿给他留下了深刻印象。藏传佛教的信徒们离开家乡，不远千里赴拉萨朝圣，他们在漫漫途中风餐露宿，三步一磕头，用自己的身体丈量大地，那份朴实与虔敬足令天地动容。正是怀着这样的感触，杜鸣心采用自由的泛调性风格，天马行空地用音乐做了一场朝圣之梦。笔者有幸聆听了现场演出，观众们热烈的掌声与叫好声犹在耳边。这首乐曲既有杜鸣心一贯清晰凝练的风格，也有不拘一格、自由抒怀的现代气息，与他过去创作的钢琴协奏曲《春之采》、交响序曲《黄河颂》等作品相比，明显能听出他在音乐语言上的突破及对于作曲技艺的得心应手。

为“人民音乐家”冼星海创作一部歌剧，是杜鸣心多年的夙愿。2018 年采访他时，该歌剧尚处在脚本撰写阶段，但 2019 整部歌剧的钢琴谱已近完成。杜鸣心随手从书架上取下几页乐谱手稿，上面写着“歌剧序曲（第四方案）”，并在钢琴上为我们完整演奏了一遍。这部歌剧主要讲述了“二战”期间冼星海被困苏联，在异常艰难的岁月中带病坚持创作，用音乐表达对祖国亲人的思念之情，但最终客死他乡的悲剧。每每讲到冼星海在苏联生活的艰辛，杜鸣心都十分感慨。作为作曲家的杜鸣心，向另一位作曲家冼星海致敬的最好方式，或许就是用音乐谱写他的故事，用旋律唱出他的心声。

当代中国的作曲家，无论老中青，都处在古、今、东、西的交叉点上，面临多种选择的同时也存在诸多困惑。但从事作曲已近七十多年的杜鸣心对此有特别理性的认识，无论现代音乐的技术与观念如何多元，他始终坚信音乐是一种表达情感的艺术，音乐创作只有先打动自己，才有可能与听众产生共鸣。明确了这个目标，就可以广泛吸收和运用各种技术手段，古典的、现代的，西方的、民族的，只要符合音乐情感表现的需要，完全可以兼收并蓄、融会贯通。杜鸣心特别提到他的作曲同行吴少雄的观点："西方思维强调二元论，音乐往往分主部与副部，中国则是演绎式思维，音乐主题多蕴藏在细节中，通过各种变体表现。"他非常赞同对中西方音乐的这一比较，但同时强调这两种思维都要认真去学，不然就难以写出能被全世界人民广泛认可的中国原创音乐。

每次与杜鸣心交谈都有意犹未尽之感，他说等关于冼星海的歌剧首演时，一定邀请我们去看。美国当代作曲家中也有一位长寿翁名叫卡特，也是在 90 岁高龄时写出了自己的第一部歌剧，并故意取了一个幽默的名字《接下来是什么？》。我们也很想知道，接下来，杜鸣心的下一部作品是什么。

（作者：班丽霞，中央音乐学院教授）

贠恩凤：人民的喜爱是最好的回报

○ 刘平安

80 多岁的她始终牢记周恩来、习仲勋的嘱托，把群众喜欢的民歌唱遍三秦大地，直到今天仍坚持义务为基层群众演出。她希望疫情早日过去，早点到群众中为他们歌唱。她想一直唱下去，唱到不能唱为止。

贠恩凤（图片由受访者提供）

2020鼠年新冠肺炎疫情来袭,一时间,“大门不出,二门不迈”成了特殊时期的一种美德。著名女高音歌唱家贠恩凤与老伴儿孙韶也积极响应号召,与他们热爱的人民群众“小别离”,暂时“宅”在了家中。

非常时期,记者电话采访了贠恩凤。从铿锵有力的吐字发声中,听得出80多岁的老艺术家风采与气力均不减当年,岁月带给她的阅历与感动早已深植于内心。

电话拨通后,贠恩凤首先聊到了《光明日报》之前的几篇报道,表达感谢的同时,看着报纸上的文字,很多记忆和画面涌上心头:台下长时间站立敬礼的80岁老兵、心疼她连唱十八首歌没喝一口水的90后小伙儿、握着她的手嘘寒问暖的农村老人、监狱中听完歌痛哭流涕下跪的女犯人……想到这些,贠恩凤已经泣不成声,泪水里满是感恩和激动。“我从11岁开始歌唱祖国、歌唱党、歌唱人民,为人民歌唱,几十年从未离开过人民,人民教育我、感动我、成就我,给了我无穷的力量。”她说,“每当想到这些,我就控制不住。”

聊起往事,贠恩凤在普通话与陕西话间来回自由切换着。说到某些歌,她张口就能哼唱,听着她的讲述,记者仿佛看到了过往的一个又一个生动的画面。

1939年12月14日,贠恩凤出生在古都西安,她从小就在唱歌方面展现出过人的天赋,声音清脆得像银铃声。读小学时,学校里大大小小的活动都会让贠恩凤登台唱歌。她喜欢唱,也不怯场,对她来说,唱歌就像玩儿一样,但玩着玩着,就把唱歌“玩”成了一生的职业。

1951年“六一”儿童节,还是小学生的贠恩凤参加了一场演出,她的演唱引起了延安新华广播电台一位记者的注意。那位记者将这个天赋异禀的女娃推荐给了台里的文工团团长余景儒。不久后,贠恩凤参加了西安市举办的中小学歌咏比赛。她的演唱赢得了现场观众的肯定，也让评委席上的余景儒“坐不住了”。演唱刚结束，他就跑到后台找到贠恩凤的老师说：“这个女娃俺们收了。”

11 岁的贠恩凤不懂什么叫“把她收了”，回到家告诉母亲后，母亲直感叹：“俺们娃好福气。”不久后，余景儒代表文工团来接贠恩凤，而她正像往常一样坐在家门口的大树上唱歌。来到大树下，余景儒抬头问：“贠恩凤家在哪？”“在这呢。”贠恩凤说着从树上跳下来就往家跑，大老远就冲母亲喊：“妈，人家来了，人家来了……”

刚被接到团里的贠恩凤初生牛犊不怕虎，人家让她唱，她就一首接着一首地唱。贠恩凤以为是来玩的，一连唱了五六首歌之后说：“我回了。”人家说：“娃，你不能回了，你参加革命了。”她问：“啥叫参加革命？”人家说：“参加革命就是为人民服务。”她又问：“啥叫为人民服务？”人家说：“你声音好，咱们单位就挑了你一个，这就是参加革命了。以后大哥哥大姐姐和团长教你，到各地为人民群众演出，这就是为人民服务。记下了吗？”她点点头说：“记下了。”从那时起，“为人民服务”成了贠恩凤一辈子的坚守。

贠恩凤先后师从郭兰英和王昆两位著名歌唱家，她们的悉心指导成就了今天的贠恩凤，尤其是郭兰英，对这个学生有着特殊的感情。1958 年，18 岁的贠恩凤在一场音乐会上演唱《翻身道情》，当时已经凭借《我的祖国》红遍大江南北的郭兰英被深深打动，直接冲上舞台一把抱住她，赞不绝口，由此成就了“山陕组合”的佳话，成就了《山丹丹开花红艳艳》《信天游唱给毛主席听》等经典作品，也成就了“黄土高原上的银铃”。

除了两位恩师在艺术上的帮助，另外两位“老师”的话也深刻影响了贠恩凤的一生。周恩来总理曾鼓励她：“以后要多唱民歌，人民是喜欢民歌的。”习仲勋同志则希望她坚持“唱群众喜爱的歌曲，做群众喜爱的歌手”。

贠恩凤牢记周恩来和习仲勋的嘱托。几十年来，她不畏艰险辛劳，走进社区、田间、矿山、监狱，把群众喜爱的民歌唱遍三秦大地。她不要钱，也不收礼品，人民需要她，她就毫无保留地唱，人民的喜欢对她来说就是最好的回报。她不摆架子，也不挑地方，即便在火车上被人认出来，大家想听她唱歌，她也能给大家唱一路。

贠恩凤曾无数次地义演和捐款，但她过得却比普通百姓还要节俭。她以前经常穿一件八十块钱的风衣和一双二十五块钱的鞋，别人问她多少钱，她都照实回答。有人劝她穿贵点的衣服或者把价格说高一些，她说：“我觉得这样挺好，衣服穿得再好，没有观众的喜爱和支持也没啥用。”

像贠恩凤一样精神追求远高于物质追求的还有她的老伴儿孙韶，他们是别人羡慕的神仙眷侣，是年轻人神往的“执子之手，与子偕老”的模范。他们在团里相识相知相爱。直到现在，说起老伴儿，贠恩凤仍然赞不绝口：“孙老师谱曲好，演奏好，画画好，写字好，几乎没有他不擅长的。”声音中满是自豪、爱慕与幸福。他们一起排练，一起演出，一个伴奏，一个唱，有时唱男女对唱的歌，孙韶也会搭几句，每当这个时候，台下都会欢呼声不断。

2018年，贠恩凤经历了一场车祸，她被铲飞到空中然后重重摔下，过了一趟鬼门关，又回来了。老话说：大难不死，必有后福。贠恩凤希望把福带给她热爱的人民，她想一直为人民歌唱，唱到不能唱为止。

（作者：刘平安，《光明日报》记者）

吕远：用音符记录时代风云

○刘平安

90多岁的他一生都在为中国音乐事业奋斗，创作的《克拉玛依之歌》《我们的生活充满阳光》以及翻译的作品《北国之春》至今仍广为传唱，曾获金唱片奖、金钟奖终身成就奖。

吕远（光明图片）

2020年2月，为支援中国人民战“疫”，日本政府和人民捐赠了大量物资，并附上“山川异域，风月同天”等诗句，感动了无数国人。而当日本的疫情日趋严重时，我国政府、企业和人民，也“投我以木桃，报之以琼瑶”，向日方捐赠了物资，与日本人民携手共克时艰。

中日两国之间的友好互动让在家休养的我国著名词曲作家吕远深受触动。“我认为世界上最聪明的事就是朋友越多越好，敌人越少越好。”吕远说，“患难见真情，疫情期间两国间暖心的相互驰援，引发全网刷屏，说明中日两国人民都是爱好和平的，和谐最得民心。”

1929年9月11日出生于辽宁丹东的吕远，曾经历过日本帝国主义长期的残暴统治。“在自己的土地上被欺压、被侮辱”和“当亡国奴”的经历使得吕远从童年开始就立志要为祖国的强大而奋斗。这也是他一生都在用音乐讴歌中国军人、讴歌建设者、讴歌美好生活的原动力。

早年的经历并没有让吕远一直活在仇恨中。他认为，“应该把日本军国主义与日本人民区分开”，和平友好既是民心所向，也是大势所趋。只是这种心理的变化经历了一个过程。

吕远从小就喜欢音乐，13岁考入临江矿山学校，学习采矿、冶金等专业技术的同时还系统学习了西洋音乐。1945年秋天，共产党接收了他们学校并带来了革命文艺作品《兄妹开荒》《夫妻识字》等。刚开始，吕远觉得这些作品又俗又土，不过他的观念很快就发生了改变。

1946年，吕远参加了学校组织的宣传队，演出时，他们自信满满地上台演奏自以为高级的西洋乐曲，台下的老百姓和战士不仅没人鼓掌，还开始无聊地交头接耳。而接地气的民族音乐一响起，台下立马就热闹起来，掌声叫好声不断。这样的落差让吕远意识到，无论什么音乐,人民喜欢、人民需要才是最重要的。1948 年在辽东省(解放区)林业局职工宣传队的积累,加上 1950 年之后在东北大学(后改名为“东北师范大学”)的深造,使吕远系统掌握了音乐知识以及革命文艺理论,从而奠定了他的音乐观和创作观。直到今天吕远仍反复强调一句话:“歌曲是为时代和人民服务的,歌曲经典不经典,人民群众说了算。”

1954 年,吕远被分配到中央建政文工团做创作员,为表现新中国建设战线的感人事迹而创作。“新中国第一批现代化工业基地的建设者,都是从战场上走下来的转业军人。战争结束后,党中央一声令下,几十万军人脱下军装,交回武器,拿起瓦刀和铁锹,走向无尽的原野,开始新的战斗。”吕远说,“从祖国的东北、西北到祖国的东南、西南,他们开辟了一个又一个工地,修建起一座又一座城市,直到两鬓渐白。”吕远在他们中间奔走,在风雨和尘土中创作出《建设者之歌》《克拉玛依之歌》《走上这高高的兴安岭》《再见吧,第八个故乡》等经典作品。

1963 年吕远被调到海军政治部歌舞团任艺术指导,开始创作反映祖国海防建设和军人品德的歌曲,他又跑遍祖国万里海疆,采访了无数英雄,创作出《八月十五月儿明》《钢铁战士麦贤德》《毛主席来到军舰上》等歌曲。

“文革”结束后,新的文化生活开始了,吕远的作品也开始反映新时期人们的生活,《泉水叮咚响》《牡丹之歌》《有一个美丽的传说》等相继涌现。吕远的作品不仅成了中国各个发展时期的时代强音,同时也在传唱中持续带给人无穷的力量。比如,《泉水叮咚响》如破冰船般开创了爱情歌曲的先河,影响了几代人。

很多人知道吕远是著名词曲作家,创作了大量优秀作品,他的音乐成就了蒋大为等一大批优秀歌唱家,但是知道他做过二十多年中日文化交流工作的人却相对较少。

吕远早期曾协助中国音协翻译过日本的群众歌曲。改革开放初期,中日两国开始进行一些文化交流时,他被派去接待日本音乐团体。他促成了两国艺术家共同演出中日文化交流史上合作的第一部大型歌剧《歌仙——小野小町》。随着交流与合作的深入,吕远更意识到睦邻友好的重要性。

三十多年来,吕远为促进中日文化交流不懈努力。他将《北国之春》等三十多首日本歌曲译配、介绍到中国,他创作的《世界之爱》《永远要憧憬》《人人心中花盛开》《东京湾——扬子江》《北京——琉球友好之歌》等作品在日本广为流传。此外,吕远还曾邀请中日两国艺术家在八达岭、山海关等地连续举行十届“长城之春”音乐会,推出了大量中外友好、世界和平、环境保护等公益题材的音乐新作。

记者曾因一次采访走进油城克拉玛依,当时对一个细节留下了极其深刻的印象:克拉玛依市区广场、文化馆、学校等随处可见《克拉玛依之歌》的“踪迹”——曲谱和到处飘荡的歌声。与他的音乐如此“高调”形成鲜明对比的是,吕远本人却极其低调。他常说:“我只是一名文艺战士,只是在尽自己所能完成党和人民交给我的任务。从我个人来说,是没什么成就可言的。”

90多岁的吕远把一生都奉献给了音乐事业。虽然岁月不饶人,体力不如以前,但只要国家和人民需要他,他都时刻准备着。

(作者:刘平安,《光明日报》记者)

李光羲：一到舞台就撒欢，把歌唱到人心坎

◎赵凤兰

他从20多岁一直唱到如今90多岁，演唱的《祝酒歌》《北京颂歌》《周总理，您在哪里》等成为无数人的时代记忆。他说，只有对事业保持高度的专注力和为之献身的热情，才能不断创造奇迹。

李光羲（赵凤兰 摄）

一件红格衬衫，扎在卡其色的长裤里，鼻梁上戴着副黑框眼镜，骑着一辆时尚的灰色电动车，远远望去像个小伙子，全然没有鲐背老人的老态龙钟。

“歌坛常青树”李光羲，完全颠覆了我对九十翁的想象。2020年夏日的一天下午，我们坐在他家小区花园的六角亭里，这位昔日“歌剧王子”丰富跌宕的人生故事和着他那金属质感的磁性嗓音飘过我耳边，散发出一种沉静温润而又气势豪迈的感染力。

六十六年前，李光羲凭借新中国首部西洋歌剧《茶花女》一炮走红。如今，当年《茶花女》中的演员大都已谢世，但他凭借一曲历久弥新的《祝酒歌》打破了时光的魔咒，至今仍在舞台上“豪情胜过长江水”。2020年年初，北京音乐厅举办音乐会，现场仅一台钢琴伴奏，不允许使用话筒，“90后”李光羲原声演唱了多首曲目，现场观众反应热烈。“那天我特别兴奋，仿佛回到六十六年前。”谈起舞台，李光羲两眼放光，神采飞扬。

1929年，李光羲生于天津，自幼热爱音乐，小时候经常看《茶花女》《乱世佳人》《飘》等外国电影，艺术的种子就此在他内心埋下。17岁那年父亲去世，他接班到矿务局当起了职员，早早挑起了养家糊口的重担。不过，他心中那颗艺术的种子一直被小心呵护着，等待着破土而出的时刻。那些年，他边工作边利用业余时间学习音乐和唱歌，还经常参加演出，几乎唱遍了天津所有剧场，渐渐成为小有名气的业余歌手。

一次，中央歌剧院到天津演出，摇人心旌的歌剧艺术让李光羲为之惊叹，他随即报考了中央歌剧院并被录取。进入中央歌剧院不久，李光羲迅速脱颖而出，成为西洋古典歌剧《茶花女》《货郎与小姐》的男主角，曾创下连演三十场换场不换人的纪录，赢得了“歌剧王子”的美誉。

李光羲年纪轻轻便成为台柱子，但他在剧院一直干着男一号的工作，领着跑龙套的工资。剧院里一些“喝过洋墨水”的专业演员，认为他只是有些天分，没有基本功，唱两年就完了，艺术生涯不会长久。李光羲心里不服，私底下苦练基本功，加强理论学习，想看看自己到底能唱多少年。他自己也没想到，这一唱就是七十多年，并且还在继续唱。

李光羲的歌唱事业与周恩来总理有着不解之缘。1955 年，李光羲在北京饭店演唱《延安颂》，第一次见到周总理。此后十九年间，李光羲经常被调去参加重大演出，其中不少是周总理“钦点”。“1964 年，我在音乐舞蹈史诗《东方红》中演唱《松花江上》，周总理亲临现场并帮助修改歌词，他建议将最后那句‘爹娘啊，什么时候才能欢聚一堂’中的‘爹娘’二字改为‘同胞’，以扩大呼唤的面儿。‘文革’中，我被下放到农场劳动，又是周总理一纸调令，让我重返舞台，使我的演唱事业得以复苏。”李光羲深情地回忆道。

1979 年央视迎新春文艺晚会上，50 岁的李光羲演唱了《祝酒歌》，随后央视收到观众十六万多封赞美信。1980 年，李光羲推出《祝酒歌》唱片不到一周，就卖出了一百多万张，获得了首届“金唱片奖”。这首散发着兴奋和热情的歌，唱响了改革开放的时代号角，被誉为 20 世纪 70 年代末 80 年代初“第一流行金曲”。除了《祝酒歌》，李光羲先后演唱的《何日再相会》《太阳出来喜洋洋》《北京颂歌》《牧马之歌》《延安颂》《红日照在草原上》《周总理，您在哪里》《鼓浪屿之波》《远航》等，几乎都成为时代金曲。

中国歌坛唱将云集，为何有人昙花一现，有人艺术长青？一个艺术家在舞台上究竟能走多远？对此，李光羲坦言：“文艺界的沉浮很残酷，我身边有许多歌唱天才，有些还获得了世界级的殊荣，但由于种种原因，有些半途而废了，最后能坚持唱下来的凤毛麟角。”在他看来，艺术家的天赋固然重要，但后天的努力更重要。一个人成名后，往往不容易驾驭自己的思想，抵御各种欲望，只有对事业保持高度的专注力和为之献身的热情，才能不断创造奇迹。

如今，90多岁的李光羲依然在舞台上放歌。2019年、2020年，他连续两年登上央视春晚舞台，分别演唱了《我和我的祖国》和《亲爱的中国》。此外，他每年接到各类评选、演出、讲座的邀约多达三百多个，真正从青春唱到了白头。

为了保持嗓子的弹性和力度，时刻以最好的状态出现在观众面前，李光羲几十年如一日坚持游泳、举哑铃、走长路。他不抽烟不喝酒，每天按时在家"开嗓"唱十几首歌，相当于开一场独唱音乐会，而观众只有与他相濡以沫的爱人王紫薇。

在李光羲心中，唱歌是他的生命，舞台是他的天堂。虽然他半路出家，但只要往舞台的聚光灯下一站，立马精神百倍，雄姿英发，嗓音通透明亮。作家冰心曾为李光羲题词：走自己的路，唱自己的歌。几十年来，李光羲正是这样一路走来，赢得了"歌坛常青树"的赞誉。谈到成为"歌坛常青树"的秘诀，他诗意地总结："一到舞台就撒欢，把歌唱到人心坎。千锤百炼成大业，以德保艺真功夫。"

（作者：赵凤兰，《中国文化报》高级记者）

才旦卓玛：爱党是一支唱不完的歌

○康胜利

80 多岁的她，从农奴的女儿成长为人民艺术家。她一生用心歌唱，用情歌唱，把对党对社会主义的感情，完全融进了血液，这让她演唱的《翻身农奴把歌唱》《唱支山歌给党听》《在北京的金山上》《毛主席的光辉》等歌曲，流进了无数人的内心。

才旦卓玛（光明图片）

2020年6月15日，著名藏族歌唱家才旦卓玛受邀回到母校上海音乐学院参加专题座谈会，为母校深入开展教育教学思想大讨论和“四史”学习教育贡献力量。80多岁的才旦卓玛依然保持着良好的精神状态，发言中，她对西藏音乐文化和歌唱艺术的特点进行了阐述和示范，并对党和国家的培养、母校的重视表达了感恩之情。

这位中国歌坛的标志性人物，曾挣扎在旧西藏的最底层，目睹过农奴主残害农奴的人皮鼓、骷髅灯，深知新旧西藏两重天。在党的生日前夕，我拨通了她的电话，电话那头的声音温暖而亲切。演唱《翻身农奴把歌唱》《唱支山歌给党听》等歌曲的那些难忘往事，再次涌上才旦卓玛的心头。

1937年，才旦卓玛出生在西藏日喀则一个农奴家庭。1951年西藏和平解放，解放军来到日喀则，爱唱歌的才旦卓玛，命运随之发生改变。1958年，她加入文工团，成为一名歌唱演员。不久，她被上海音乐学院声乐系录取，师从声乐教育家王品素教授。

从农奴的女儿到大学生，从西藏农村来到大城市上海，才旦卓玛内心的喜悦、兴奋，都流露在了她首唱的那首《翻身农奴把歌唱》中。

和平解放后，西藏发生了翻天覆地的变化。中央新闻纪录电影制片厂拍摄了一部反映西藏巨变的纪录片《今日西藏》。影片编导李堃与作曲家阎飞合作为影片写了一首主题歌，取名《翻身农奴把歌唱》。农奴情、高原风、糌粑味，请一位藏族歌手来唱最好，可上哪找歌手，他们一时犯了难。

李堃听说上海音乐学院有个藏族女学生叫才旦卓玛，就赶紧与学校联系。王品素把才旦卓玛叫到跟前，对她讲了这件事，并鼓励道：“你大胆唱，我来帮助你。”十几天后，才旦卓玛带着这首歌踏上了进京的列车。一路上，她心里忐忑不安，汉语还讲不好的她，担心唱不好。不过，当乐团各就各位开始正式录音的那一刻，才旦卓玛心里只有一个念头：翻身农奴的女儿感谢党。她从心底里放歌："雪山啊闪银光，雅鲁藏布江翻波浪。驱散乌云见太阳，翻身农奴把歌唱。"审看样片时，余音未落而掌声四起。影片上映后，这首歌迅速风靡海内外，才旦卓玛也一曲成名。

1963 年初的一个早晨，仍在上海音乐学院学习的才旦卓玛，从广播里听到一首歌《唱支山歌给党听》。回想起自己经历的苦难和幸福，她找到老师王品素，请求演唱这支歌。王品素担心她会丢掉藏族歌曲的风格，心有疑虑。看学生急得要落泪，王品素便请这首歌的曲作者践耳来校听才旦卓玛试唱。践耳听了，连连说"唱得还不错"。后来，才旦卓玛参加"上海之春音乐节"演唱了这首歌，由此赢得了广大听众的喜爱。

也是在 1963 年，国家要排演大型音乐舞蹈史诗《东方红》。周恩来总理在上海听过才旦卓玛的演唱，对其极为欣赏。他说，《东方红》中最好要有各民族的演员，在各地的一定要调来。于是，才旦卓玛立刻进京。

1964 年国庆前夕，《东方红》在人民大会堂首演。才旦卓玛以翻身农奴女儿优美的歌声，再一次打动了全国人民的心。周总理接见时对她说："毕业后先回去。西藏现在需要你这样的人才。"当时，有不少各地的演员留在了北京，才旦卓玛也有些心动。可想到周总理的嘱托，她谢绝了各方的好意并表示："我要回西藏！"从此，才旦卓玛的歌声与西藏的发展"并肩同行"。

才旦卓玛的歌声像时代的血液，流淌在时代的脉搏里，也牢牢地扎根在每个人的心中。除了《翻身农奴把歌唱》《唱支山歌给党听》，她还演唱了《在北京的金山上》《毛主席的光辉》等歌曲，每一首都那样动听，那样感人，因为她一直在用心歌唱，用情歌唱，她把对党的爱、对社会主义的感情,完全融进了歌声里。

2017年,中国文联、中国音协授予才旦卓玛“终身成就音乐艺术家”称号。此外,她还曾获得全国首届“金唱片奖”“五洲杯金曲奖”“中华艺文奖”、西藏自治区首届“珠穆朗玛文学艺术基金奖”等。

高原上的藏族人,一般到六七十岁就不太出远门了。可耄耋之年的才旦卓玛,则越发神采奕奕,一直歌唱在舞台上。前些年,她和藏族女歌手索朗旺姆共同演唱的新歌《再唱山歌给党听》,既为党的生日献上了一份精心的礼物,也再次让观众感到了惊喜。

2020年6月,我给才旦卓玛打电话时,她刚从母校回到家中。接到我电话,她既意外又高兴。多年未见,听说我都退休了,她直感叹“时间过得可真快啊”。才旦卓玛的老伴儿南加多吉身体不好,正在成都住院,才旦卓玛伴其左右,无微不至地照顾着。

聊到疫情,才旦卓玛在电话中反复叮嘱我照顾好自己。道别时,我祝愿南加多吉老人早日康复,也希望她注意身体,她的回答让我很感动:“2021年是中国共产党百年华诞,又是西藏和平解放七十周年,演出活动更忙了。共产党的恩情唱不完,我要继续唱下去。不是‘再唱’,而是要永唱山歌给党听!”

(作者:康胜利,中国作家协会会员、
中国石油文联原副秘书长)

赵季平：影视配乐不是『嫁鸡随鸡，嫁狗随狗』的艺术

○王钊

有人说，为影视作品配乐是“嫁鸡随鸡，嫁狗随狗”的艺术，意思是音乐进入影视作品后，会受到很多限制。可著名作曲家王立平评价赵季平说，“他通过自己的长期积累，突破了这些限制，善于在‘随’字上做文章，有了好的音乐，‘鸡’也能成为‘金鸡’，甚至会变成‘凤凰’”。

赵季平（光明图片）

“我不远千里来追寻……我寻祖,我问宗……捧一把黄土,诉不尽的情……放飞中国龙。”2020 年 11 月,一首《风从千年来》的 MV 火遍网络。这首用来谒祭华夏先祖的歌,跟赵季平其他的作品一样都很“钻心”,既有“庙堂之音”的高雅,又兼“江湖之风”的韵味。

赵季平的音乐作品既是高雅的、民族的,又是通俗的、无国界的。时间倒回几十年,那些人们听到前奏就能跟着哼唱起来的影视金曲,几乎都出自赵季平之手,比如,姜文吼的“妹妹你大胆地往前走”,刘欢喊的“路见不平一声吼哇,该出手时就出手哇”。有人说,赵季平激活了中国的民族音乐。

1945 年,赵季平生于黄土塬上的甘肃平凉,其父是长安画派创始人赵望云。赵季平从小就趴在画案旁看父亲作画,但他更着迷的还是音乐,一听见钢琴声就走不动,一听到秦腔或是京剧演出的锣鼓声,心里就有种莫名的冲动。

1970 年夏,赵季平从西安音乐学院毕业,被分配到陕西戏曲研究院。当时,他不是很满意。作曲系毕业的他,更渴望去交响乐团或歌舞剧院。赵望云反而很高兴,他对儿子说:“你学校里学的都是西洋技法,现在到民族音乐的老窝子里继续学习,这对你未来的创作会有巨大帮助。”

赵季平在陕西戏曲研究院一待就是二十一年。在那里,他花了大量时间研究秦腔、碗碗腔、眉户剧等地方戏及民间音乐,不断从“土得掉渣”的东西中吮吸着营养。

1983 年冬,陈凯歌准备去陕北拍摄电影《黄土地》,找熟悉地方风情的赵季平为影片作曲。“陕北那片大地,外表苍凉,内里却是热的。你去看陕北民歌的歌词,很细腻、很生动、很火辣。”在《黄土地》的插曲《酒歌》中,赵季平采用了陕北安塞民歌元素,那种粗犷的原始感,打动了不少人。

《黄土地》让赵季平从此跟影视结缘，也开启了他将民族民间音乐元素融入现代音乐创作的漫长旅程。在给电影《红高粱》配乐时，他借鉴榆林地区的“打夯歌”，并加入花腔的唱法，创作出《妹妹曲》；吸收豫剧和民歌《抬花轿》的音乐元素，创作出《颠轿曲》。在给《水浒传》作曲时，他将山东地方小调《锯大缸》加以改造，写成了《好汉歌》。在《秋菊打官司》中，他让老艺人们弹月琴，并配上碗碗腔，与电影的整体氛围极为贴合。1984 年至今，赵季平已为近百部电影和数百部(集)电视剧作曲，塑造了众多生动的音乐形象。每写一部新作品，他都会根据作品特点，寻找适配的民间音乐和地域性乐器。

有人说，为影视作品配乐是“嫁鸡随鸡，嫁狗随狗”的艺术，意思是音乐进入影视作品后，会受到很多限制。可正如著名作曲家王立平评价赵季平所说的那样，“他通过自己的长期积累，突破了这些限制，善于在‘随’字上做文章，有了好的音乐，‘鸡’也能成为‘金鸡’，甚至会变成‘凤凰’”。

赵季平将中国传统音乐语言与当代作曲技巧巧妙结合，写出了人人都能听懂的音乐，“他是当代作曲家中，把音乐写得‘好听’的典范”。很多人问他“创作的秘诀是什么”。

“深入生活，扎根人民。”这是赵季平眼中最朴素、最成功的“创作秘诀”。为《黄土地》配乐时，他和陈凯歌在陕北农村待了一个多月；为给电视剧《乔家大院》配乐，他三下山西；为创作《大秦岭》，70 岁高龄的他钻入秦岭深处，寻访民间艺人。近六十年来，到民间采风，成了赵季平生活的常态。在田间地头跟老乡聊天，在山坡上听民间艺人唱歌，向来是他津津乐道的美好回忆。

赵季平说，到生活中去，是一辈子要做的基本功。广袤的中华大地有无尽的音乐养料，这些流淌于中国老百姓血液中的音符，这些行走在民间的旋律，都会在一首首民族音乐创作中，凝聚成时代的声音。

也有一些年轻的音乐人抱怨：我也去采风了，怎么还是写不出来？对此，赵季平说："采风，你要会采，耳朵要好，要善于发现好的东西。有些人去了回来还是写不出来，那是敏感性不够。"

赵季平的作品风格各异，阅览其作品名录，给人的感觉就是浩如烟海。无论是汉唐礼乐还是京剧民谣，无论是古琴笙箫还是胡琴杂鼓，他都能轻松驾驭，因此他被外国同行誉为"最具东方色彩和中国风格的作曲家"。

赵季平曾两度获得电影"金鸡奖"最佳作曲奖、四度获得电视"金鹰奖"，还获得了"飞天奖"、"五个一工程"奖、"中国金唱片奖"等。

成绩多了，名气大了，创作之外的事情也就多了。无论多忙，赵季平每天上午都关掉手机，坚持音乐创作。他说，忙于应酬，人就浮躁了，而创作是需要静下心来的。如今，满头银发的赵季平，最惬意的事情仍是一个人在书房里写谱，用音符捕捉关于人的灵魂的微妙之音。

（作者：王钊，清华大学新闻与传播学院博士生）

张殿英：民乐就是要留住民族的群体记忆

◎ 韩江雪

80多岁的他是半个多世纪以来中国民族管弦乐发展的参与者、见证者、引导者，创作了民族交响诗《岳飞》、二胡协奏曲《母亲》、琵琶协奏曲《民族》等脍炙人口的民族音乐佳作，并为《南京长江大桥》《大庆新貌》《坦赞铁路》等多部影视作品配乐。

张殿英（光明图片）

2020年受疫情影响，我采访张殿英的时间一改再改。后来，我提议采用电话采访的方式，张殿英却建议采用微信："把你的问题通过微信发给我，我会用文字一一作答。这样做，我也有个思考的时间，可以更慎重、更准确些。电话采访，说话都是即兴的，往往不够慎重、不够准确。"

就这一点而言，他像个严谨的科学家而非随性的艺术家。收到我的问题后，老人精心地把答案一个字一个字地敲出来，然后用书信的格式逐条发送给我。有时是清晨，有时是夜晚，我会收到他发来的大段回答。看得出，每一个字、每一个标点都经过了反复斟酌。文如其人，一个严谨的老艺术家形象跃然眼前。

作为半个多世纪以来中国民族管弦乐发展的参与者、见证者、引导者，张殿英的个人职业生涯与时代紧紧联系在一起。1939年，张殿英出生在革命老区山东临沂的东北园村。幼时的他，表现出对音乐的浓厚兴趣，整天跟在大哥哥大姐姐屁股后面，有模有样地学唱《解放区的天》《天空出彩霞》等歌曲。除了唱歌，张殿英还自幼学习民间器乐、柳琴戏。声音从胸腔中发出，在大山中回荡。很多时候，唱累了，他就往柔软的草地上一躺，望着蓝蓝的天空发呆。那时，他不知道那些音乐的旋律会穿越时空，多年后在他的笔下重现。

1959年，张殿英正式踏上专业音乐之路，先后求学于中央音乐学院、中国音乐学院，专攻民族音乐作曲。毕业后，他先后担任中国音乐学院作曲系教师、中央新闻纪录电影制片厂作曲人、中国电影乐团作曲人。

聆听张殿英的作品，会发现旋律极富画面感。音乐中展现的形象，或许与他的影视音乐创作经历有关。无论是纪录电影《大庆新貌》，还是纪录片《南京长江大桥》，为这些作品配乐之前，张殿英总要先到工人中间体验生活。创作时，工人们热火朝天的工作场景会浮现在他眼前，工地上的打夯声，工人们的号子声，还有那些机器的轰鸣声，都成了他的创作元素。最后，他用音符呈现了一个个战天斗地的劳动场面，与影视画面相得益彰。在几十年的作曲生涯中，张殿英创作了《华山自古一条路》《坦赞铁路》《新来的女售货员》《战歌没有消逝》等多部影视音乐及其他二百余首声乐、器乐曲。

张殿英说，民族音乐创作要有“神韵”。他的代表作二胡协奏曲《母亲》创作于1986年，大概花了半年时间写完。他写的是自己的母亲，可听众又能从中看到千千万万个中国母亲的身影。这个作品充满了山东临沂地方音乐的风格和韵味，“不以难、涩、离奇的技法而炫耀，更不用媚俗的情调迷人，而是让音乐自己说话，平易近人地说话，让纯真优美的旋律去打动人们的心”。这大概就是他所讲的民族音乐的神韵，这种神韵是民族之河河床上无法磨灭的印迹，是一份属于群体的记忆。张殿英的音乐真挚动人，还因为他对乡土的深情与敬畏让他以庄重之心对待写给人民群众的音乐，这令人想到艾青的那句诗：“为什么我的眼里常含泪水/因为我对这土地爱得深沉。”

20世纪80年代，张殿英当选为中国民族管弦乐学会副会长兼秘书长，开始为民族音乐的传播推广积极奔走。他说：“民乐的出路就在中国民乐人的脚下。中国的民乐工作者，既然干了这一行，那就要树立事业心，练好基本功，办好自己的事情。”这一时期，他灌制了唱片《华魂》，收录了二胡协奏曲《母亲》、古筝协奏曲《心》、琵琶协奏曲《民族》、管子独奏曲《魂》、民族交响诗《岳飞》等个人代表作。

张殿英认为，中国社会始终存在一种不正常、不健康的现象，那就是“欧美文化中心论”在中国大地上阴魂不散，不少人总认为欧美文化才是先进的、科学的、高尚的，瞧不起自己的民族文化。他举了个例子，现在很多城市都在花重金创办西洋交响乐团。“我从不反对办西洋交响乐团。但我的观点是，如果你确实有钱，应当先办一个民族乐团。接着，可以再办一个西洋交响乐团。这个先后顺序不能颠倒。如果颠倒了，就是对自己民族文化的不珍惜、不尊重。”

张殿英年逾八旬，可仍然对新事物保持着浓厚兴趣，经常上网浏览民乐方面的内容。让他遗憾的是，“各大网站上的音乐节目，绝大部分都在传播流行歌曲，跟民族音乐有关的难得一见”。

张殿英认为，民族音乐的传播离不开新媒体，所以他经常“以乐会友”，在微信朋友圈分享各类民乐作品。为他点赞的那些“乐友”，既有专业的作曲家、演奏家，也有普通的音乐爱好者。张殿英相信，民族音乐文化的广泛传播一定能让民乐中的乡土感在人民群众中蔓延开来，从而将流淌于国人血脉中的文化基因传承下去，最终汇成坚不可摧的文化自信的力量。

（作者：韩江雪，北京体育大学艺术学院教师）

王宏伟：饰演黄继光就得绷住劲

○方 莉

作为一个有着三十六年军旅生涯的老兵，他打心底崇尚英雄，把心目中的英雄通过自己的演绎立在舞台上是他的夙愿。他说："塑造好黄继光这样的角色很难。难，源于对英雄的敬畏。只有抱着敬畏之心、景仰之情才能把英雄演好。"

王宏伟（光明图片）

2020年10月26日晚，国家大剧院歌剧院里，豪迈壮烈的音乐敲打着观众心田。“为了祖国，为了朝鲜，为了天下受苦人，粉身碎骨心也甘……亲爱的祖国，再见！”声光电营造出硝烟弥漫的上甘岭高地，志愿军战士黄继光顽强地爬向火力点，向着敌军狂喷火舌的枪口，挺起胸膛，张开双臂，扑了上去。

这是根据黄继光的故事复排的歌剧《同心结》里的经典一幕。演出结束，饰演黄继光的歌唱家王宏伟向观众深深鞠躬，台下掌声雷动。

“黄继光很难演！”面对记者，有着十二年歌剧表演经验、二十多年歌唱经历、三十六年军旅生涯的老兵王宏伟袒露心声。

难，源于对英雄的敬畏。2020年8月底，王宏伟接到文旅部的电话，邀请他在《同心结》这部歌剧里饰演黄继光。王宏伟一听就很兴奋，作为军人的他崇尚英雄，把心目中的英雄通过自己的演绎立在舞台上是他的夙愿。接到任务后，他立马找来关于黄继光和抗美援朝的书籍、回忆录、口述史等各种文字和影像资料进行研究。后来，他又和剧组一起前往四川德阳中江县的黄继光故里、黄继光纪念馆参观学习，与黄继光家人交流，深挖黄继光的故事。9月12日进组后，一个多月时间里，他几乎每天都泡在舞台上。他对黄继光的生活经历熟稔于心，一遍遍揣摩人物的衣着打扮、生活习惯、语言表达方式等，“在生活里把自己变成黄继光”。他说：“黄继光是家喻户晓的英雄，塑造这样的角色必须抱着敬畏之心才能把英雄演好。”

难，源于对艺术的更高追求。歌剧《同心结》1981年由中国人民解放军原总政治部歌剧团创作首演，该剧编剧田川、作曲人黄庆和都是从战场上走来。“前辈艺术家在战火纷飞的朝鲜战场上，于血与火的浸染中完成了艺术创作。”王宏伟说，复排这部红色经典，对每一位主创而言都意义重大。总导演宫晓东是知名话剧导演，他反对以歌剧程式化的表演模式将人物舞台化，倡导用生活化的表演还原真实人物形象。这对有着多年歌剧表演习惯的王宏伟来说，是个不小的挑战。

不仅如此，《同心结》的舞台上搭建了一个6米多高的斜坡，演员们所有的表演都在四十个台阶上完成。身着厚重的棉服、手握沉重的钢枪，王宏伟在6米多高的斜坡上跑、跳、翻滚，体力消耗极大，一场戏下来就浑身湿透，挥汗如雨。“满脸全是汗，汗水迷离了双眼，几乎看不见指挥，这种情况下还要跟乐队分毫不差地合唱，和对手把戏搭好，大脑始终处于高度亢奋和紧张状态。”说到这里，王宏伟马上话锋一转，铿锵有力地说：“你饰演的角色是黄继光，你是一名战士，在战场上就得绷住劲儿。”

从10月16日、17日在四川首演，到10月26日、27日在北京成功演出，在纪念中国人民志愿军抗美援朝出国作战七十周年之际，《同心结》这部复排歌剧带我们回到那段气壮山河的峥嵘岁月，在黄继光等英雄人物身上，人们读懂了跨越时空、历久弥新的抗美援朝精神。

因为饰演黄继光，王宏伟忍不住思考，为什么黄继光会舍命堵枪眼？为什么我们的战士在战场上不怕死？在他看来，堵枪眼是一刹那发生的事，容不得有太多思考，黄继光早已做好了在战场上牺牲的准备，他身上流淌着舍生忘死、向死而生的民族血液。“我们看抗美援朝那段历史，每天都会有黄继光似的英雄牺牲，他们对死没有任何畏惧。朝鲜战场牺牲了近二十万志愿军战士，他们和黄继光一样平凡，也一样伟大。”王宏伟坚定地说：“那个时代的军人个个都是英雄，值得我们这代人去书写、传唱。”

英雄从来不是抽象的。在王宏伟的演绎下，英雄是《悲怆的黎明》里的解放军战士田园，是《长征》里的红军战士平伢子，是《小二黑结婚》里的青年队长小二黑……自2008年出演第一部歌剧以来，王宏伟饰演了很多角色，都是那样鲜活生动、那样真实可信，这正是来自他三十六年军旅生活的积累沉淀，来自他二十多年基层舞台实践的反复磨炼。

1968年出生于新疆温泉县的王宏伟，16岁入伍当兵。2000年，一曲《西部放歌》让他捧回第九届全国青年电视歌手大奖赛专业组民族唱法金奖奖杯，也彻底改变了他的命运——他从一名默默无闻的基层文艺战士成为闻名全国的军旅歌唱演员。无论是在新疆军区时的基层演出，还是随原总政歌舞团赴全国各地的慰问演出，二十多年来，他始终保持“在路上”的姿态，奔赴天南海北演了几千场，唱了近万首歌。“舞台是最好的导师，当生活积累、舞台实践多了，对作品的驾驭就会更轻松，对角色的表现就会更丰满。”

现在，王宏伟还是湖南师范大学音乐学院的教授，指导学生从事民族声乐演唱。他常告诫学生：演唱者不能没有生活积累，同时要了解时代，在舞台上反复锤炼。他努力把自己的舞台经验传授给学生，给学生们创造各种实践机会，为的是“让他们找到艺术的方向，成为真正的歌唱家”。

（作者：方莉，《光明日报》记者）

安志顺：一生打遍各种鼓，唯一不打『退堂鼓』

○ 赵凤兰

意大利作曲家维拉德称他为“中国打击乐的贝多芬”，中国人则称他为“鼓神”“鼓王”。他将陕北硬汉的豪情担当和一辈子的生命体验全敲在了鼓上，用鼓声讲述民间故事，传递人间的喜怒哀乐，将原本单调的鼓乐演奏得有声色、有灵性、有情味。

安志顺（赵凤兰 摄）

一个九旬的长者与你并排而坐，操着一口陕北口音不经意流露出他对打击乐的一片深情，你会不由得被他写满故事的眼睛和幽默风趣的言谈深深吸引。这位长者就是人称“东方鼓神”的中国打击乐演奏家、作曲家安志顺。

2020 年见到安志顺是在北京民族乐团，他正指导儿孙和团队成员排练其代表作《老虎磨牙》，为一场音乐会做最后准备。安志顺身着深灰色高领毛衫，外披黑色外套，头戴一顶细格纹上海滩爵士帽，手捧薄荷绿的茶杯，坐镇现场督导排练，队员们演奏中的每一处小瑕疵，都逃不过他的眼耳。教导之余，他还时不时甩开外套，撸起袖管亲自示范。只要大锣一响，他整个人立马精神抖擞、活力四射，几分钟前还和颜悦色的面庞顿时变得严肃起来，那凌厉的眼神，伴随着急促的鼓点声，恰似一只猛虎踏着枝叶步步逼近。末了，鼓停曲终，“老顽童”安志顺仍高举鼓槌面露虎威，迟迟不肯放下，眼神中还冒着寒光，逗得身后的儿孙和队员们哈哈大笑。

1932 年，安志顺出生于陕西绥德，受关中文化和黄土高原丰富的鼓乐艺术熏陶，自幼便对鼓有着忘情的热爱，每次逢年过节或红白喜事，只要村里一来秧歌鼓乐队，他便追着鼓声跑，有时候还会“失踪”——抬着锣鼓跟着鼓乐队走了，四五天后才会自己回来。1947 年，由于战乱，15 岁的安志顺被迫终止学业，扛着铺盖卷，提着洗脸盆加入绥德军分区文工团（现陕西省歌舞剧院），从此开启了七十余年的鼓乐人生。

安志顺十分珍惜这碗“艺术饭”，他秉持“艺多不压身、艺高人胆大”的理念，如饥似渴地学习大提琴、小提琴、贝斯、板胡、唢呐、鼓、镲等各种乐器，几乎干遍了文工团的所有工种，“同一场演出，常常上一个节目满身抹着油彩打鼓，一结束，赶紧洗净又在下一个节目中拉大提琴”。

尽管熟稔不同乐器，但安志顺对鼓情有独钟。“为什么古代祭祀活动、民间祈求神灵全用鼓，因为鼓里有路，路上有鼓，鼓能与天对话。怒而击之，则武！喜而击之，则乐！悲而击之，则忧！人世间一切喜怒哀乐尽在鼓中，鼓的精神力量是其他乐器无法取代的。”他说。

掺着千年黄土风沙的质朴，攒着多年积累焕发的活力，安志顺将陕北硬汉的豪情担当和一辈子的生命体验全敲在了鼓上。他擅长从民间艺术和历史故事中汲取养分，模拟一切大自然中的美妙声音，开发并运用新的演奏技法，用鼓声讲述民间故事、刻画人物性格，传递人间的喜怒哀乐。在打击乐《老两口比干劲》《鸭子拌嘴》《老虎磨牙》《黄河激浪》《大唐六骏》《秦王点兵》等作品中，安志顺凭借对生活的敏锐感悟力和参透力，创造性地采用“拟声、拟人、拟形”的节奏音型，将原本单调的鼓乐演奏得有声色、有灵性、有情味，使其塑造的音乐形象与人心相连，与灵魂相通。

“鼓是最容易也是最难的一种乐器。说它容易，是因为谁都能打响；说它难，是因为它既没有歌词，又没有音高，只能通过演奏的力度、速度和节奏来表达情绪，表现力十分局限。仅靠两根挥舞的鼓槌，让台下成千上万的观众听懂你的音乐语言，并为之动心动情，并不是一件容易的事，为此我不知积累了多少年，参悟了多少次，尝试以一种能‘看见的声音’，让演奏出来的鼓点声被观众看得见、摸得到。”安志顺说。

20 世纪 90 年代，安志顺从陕西歌舞剧院离休。心中怀着对打击乐的那团火，他拿出一生积蓄，创办了中国第一个民办打击乐艺术团——陕西安志顺打击乐艺术团，而且全家老少齐上阵，致力于鼓乐的传承发展。有一次在加拿大温哥华中心会场演出《鸭子拌嘴》《老虎磨牙》时，安志顺因为激动和投入，粗大的鼓槌不知怎么就被打折了，他坚持用半根鼓槌演完两个节目。演出结束，一万多名观众从草坪上站起来，跺着脚把手举过头顶，鼓掌欢呼。意大利著名作曲家维拉德称他为“中国打击乐的贝多芬”，加拿大媒体刊文评价称：“中国的打击乐把加拿大人打得灵魂出窍。”

“中华鼓乐文化太有生命力了。我们五十六个民族都有各自的打击乐，从演奏技法到音色变化各具特色，有站着打的、坐着打的、躺着打的，也有挎着打的、背着打的、夹着打的，这是其他国家的打击乐无法比的。”安志顺动情地说。

安志顺一生打遍各种鼓，唯一不打“退堂鼓”。在1997年香港回归的大型庆典巡游中，安志顺率自己的打击乐团和香港其他艺术团体一道行走在香港油麻地、尖沙咀、旺角的大街上，突遇天公变脸，大雨直泻，许多团体的演奏员纷纷跑向马路两边避雨，但安志顺和他的团员依然一边步履铿锵地行进在雨中，一边舞动着鼓槌，那飞溅着水花的激情“水鼓”，演绎出炎黄子孙勇往直前的浩然正气和龙的传人的铮铮铁骨。

生命不息，击鼓不止。如今，90岁的安志顺仍在与鼓“对话”，浑身跃动着跳动的音符。“我一天不打鼓就跟害了病似的，一打就浑身酣畅淋漓。”他说，“鼓是有灵性有生命的，你对它好、亲近它，它就听你的话，给你带来无穷的力量和快乐。”

有人称安志顺是“天上下来的鼓通”“鼓王”，对此，安志顺幽默地说：“我一辈子做事不敢称王，谁称王谁完蛋，正所谓人外有人天外有天，我打了一辈子鼓还‘蒙在鼓里’呢。”

（作者：赵凤兰，《中国文化报》高级记者）

傅庚辰：搞创作要有『钻地道』精神

○赵凤兰

80多岁的他是著名的红色经典作曲家，不到30岁便以《雷锋，我们的战友》成名，之后又创作出《地道战》《闪闪的红星》《红星照我去战斗》《映山红》《歌唱大别山》等大量脍炙人口的电影音乐，至今仍创作不断。他说，搞创作要有“钻地道”精神，多走村串乡，广泛学习，从生活中寻找灵感。

傅庚辰（赵凤兰 摄）

走进80多岁高龄的作曲家傅庚辰的家，一眼就看到老人及其身后那尊颇具英雄气概的黑色雕像，雕像底座上赫然写着“人民音乐家傅庚辰”，落款是“抚顺市委市政府赠”。雕塑后面的墙上悬挂着一幅《中国梦》竖轴歌词书法；旁边电视柜上的镜框里装裱着《映山红》歌词。屋内葱茏绽放的绿植、自由游弋的小鱼儿和造型精美的工艺品恰到好处地点缀其间，营造出舒适温馨、清新优雅的艺术生活氛围。

“平时来客人我一般坐这儿。”傅庚辰指了指客厅内的酒红色沙发，缓慢落座。他身着大方得体的开衫毛衣和咖啡色休闲西装，花白的头发整齐地朝后梳拢着，没有一丝乱发。由于一次出门取快递时摔了一跤，傅庚辰看起来有些虚弱，说话也成了“男低音”，但他仍保持着军人的庄重和艺术家的自持，其严谨与严肃早已融在举止里。

傅庚辰出生于1935年，12岁时，在松江鲁艺文工团工作的大姐带他报考了东北音乐工作团，由此开启了他的音乐人生。“我这辈子共经历了解放战争、抗美援朝、边境反击作战三次战争，目睹和倾听了无数英模流血牺牲的故事，他们深深影响了我的人生观和世界观，使我明白做人要做什么样的人。”傅庚辰说。由于受过多次战争的洗礼，傅庚辰的人生似乎总有沉甸甸的“压舱石”，他对人生、对艺术审慎认真，从不草率嬉戏。在他看来，音乐创作是件严肃的事，容不得半点马虎。对待作品，为了达到要求，宁可推翻重做也不可敷衍了事。

《雷锋，我们的战友》既是傅庚辰的成名曲，也是其代表作，创作这首歌时，他还不到30岁。当时，傅庚辰还是八一电影制片厂一名初出茅庐的年轻作曲，组织上原本安排他为电影《岸边激浪》作曲，但导演嫌他年轻没经验，临时把他调换到《雷锋》剧组，为主题曲《高岩之松》谱曲。傅庚辰通过到“雷锋班”体验生活发现，仅突出立场坚定、高大挺拔的“高岩之松”并不符合雷锋形象，与英勇壮烈的董存瑞、黄继光有所不同，雷锋精神的实质是伟大寓于平凡，于是他果断推翻已谱好的曲调，自己作词作曲写出《雷锋，我们的战友》，一时红遍大江南北。

《映山红》的创作也经历了类似的打破重来。1973 年，为了让音乐与电影《闪闪的红星》基调相配，“不能只有战斗性而没有抒情性”，傅庚辰顶着“抒情歌曲很容易被视为毒草”的压力，舍弃了两首写好的曲子，重新创作了后来广为人知的《映山红》。回首往事，傅庚辰庆幸当时的选择，他说：“人要真诚地对待人生、对待艺术，该怎么写就怎么写，只要是真善美的事物都值得奋勇追求。”

在音乐创作上，傅庚辰最钦佩贝多芬、柴可夫斯基等既能写出气势宏伟的交响乐章，又能写出动听旋律和乐曲的音乐家。为此，他本人也广泛涉猎交响乐、管弦乐、歌曲、歌剧等多个题材，在呈现万千气象的同时自成体系。傅庚辰认为搞创作要有“钻地道”精神，不钻地道写得就很水，一钻地道就灵光乍现。为此，他常跟农民戏曲队走村串乡，学习老调、丝弦、哈哈腔及新疆十二木卡姆等民间音乐，使之与西洋技法巧妙融合，形成新的音乐织体并焕发异彩。傅庚辰不断从生活中寻找灵感，所创作的《地道战》《闪闪的红星》《毛主席的话儿记心上》《红星照我去战斗》等无一不是对生活的真实记录和艺术再现，这也是作品传唱至今的秘诀所在。

傅庚辰是个勤勉高产的作曲家，一生写下了七百多首曲子，他用音乐见证和记录历史，在各个重要历史时刻从未缺席，体现出“缘事而发”的现实主义精神。2014 年，傅庚辰二十二次易其稿，完成了《中国梦》的创作，他用一首歌“歌颂人民，歌颂伟大的中国梦”。作为从炮火中摸爬滚打出来的将军作曲家，他目睹了国家的沧桑巨变，深知这一路走得艰辛。为了深刻体现“中国梦”的内涵和外延，他写了改改了写，有时为了一个词或一段旋律，常常半夜爬起来挑灯夜战；有时心事重重半天不说话或跟人聊天时突然走神，都是在构思作品。“‘为了这个梦’，唱到这儿时要捂一下胸口，因为是发自内心的声音。后面的音乐变节奏了，由抒情变为进行曲节奏。”傅庚辰边说边唱，他认为优美动听的旋律胜过千言万语。

晚年的傅庚辰仍保持着对时事的敏感和旺盛的创作能力。2019年7月，他创作了《五谷香》《丰收歌》两首“三农”题材作品；2020年又推出抗疫作品《有大爱生生不息》。

时光改变了容颜，不变的是流淌在音符中的爱国情怀。看着眼前这位处变不惊的长者，我终于明白，为何外表沉静内敛的他竟能谱写出色彩鲜明、洋溢勇气与热血的时代赞歌，原来，他将自己的大喜大悲都藏在了歌声里。采访最后，谈及时代与作品的关系，傅庚辰感慨地说：“与其说作品歌颂了时代，不如说时代选择了作品。”在他看来，反映时代的音乐很多，时代也从浩如烟海的作品中筛选出那些最能彰显时代潮流、人文精神和群众心声的作品。他期待能有更多与时代碰撞出灿烂火花的作品，成为让历史铭记的听觉记忆。

（作者：赵凤兰，《中国文化报》高级记者）

齐·宝力高：真正的演奏家能把音符送到观众的神经里

○褚诗雨

70多岁的他一辈子只干了一件事情——拉马头琴，并创下多个“第一”：出版了历史上第一部蒙汉双语马头琴演奏法的书籍、创建了世界上第一支马头琴乐团，创作了马头琴史上第一首齐奏曲目《鄂尔多斯高原》，第一次把马头琴演奏从草原带进奥运会开幕式现场。他说，只会拉琴的是琴匠，真正的艺术家能用音乐传递思想。

齐·宝力高（光明图片）

眼前这位近80岁的蒙古族老人说，他这辈子只干了一件事情——拉马头琴。六十多年来，白天拉，夜晚拉，国内拉，国外拉，拉马头琴是他的生活，也是他的习惯。这位老人就是著名马头琴演奏家齐·宝力高。

1944年农历二月初二，民间俗称“龙抬头”的日子，科尔沁草原上一个蒙古族人家添了个男孩。男孩的父亲当时53岁，遂为儿子取名“五十三”。小五十三从小便对音乐产生浓厚兴趣。路边的电线被风一吹嗖嗖作响，夏天温度高，线伸长，音就变低；冬天温度低，线缩短，音就升高。小五十三经常一个人靠着电线杆，聆听风与电线合奏的“曲子”并沉醉其中。

7岁那年，五十三想要一把乐器，父亲请人给他做了一把“潮尔”（类似马头琴的一种乐器）。那时，民间艺人经常在村子里拉马头琴、弹三弦。五十三整天围着艺人们转，晚上看演出，第二天就凭记忆模仿着演奏。8岁时，他已经可以跟民间艺人合奏几十首曲子。14岁时，五十三加入内蒙古实验剧团。团长给他起了个新名“宝力高”，意为“泉水”，希望他的艺术才华像泉水一样不停喷涌。

齐·五十三成为齐·宝力高，不仅是改个名，更意味着一个乡间业余马头琴爱好者向专业演奏员的进阶。

马头琴是蒙古族民间传统乐器。有人曾说，对于草原的描述，马头琴的旋律远比画家的色彩和诗人的语言更加传神。但这种诗意的描述，并不能掩盖传统马头琴的缺陷——材质受环境影响太大，潮湿、高温等都可能使马头琴在演出过程中“掉链子”。16岁时，齐·宝力高被选送到中央音乐学院进修，学习中，他认识到马头琴制作上的落后，明白“传统的马头琴难登大雅之堂”，当时便萌生了改造马头琴制作技艺的想法。

十几年后，齐·宝力高分三次对马头琴进行改造，先把马头琴的蒙面由牛皮改为蟒皮，后来干脆像小提琴一样改为木面，既扩大了音量，又拓宽了音域。他还改变传统马头琴的形制，出版了历史上第一部蒙汉双语马头琴演奏法的书籍，统一了马头琴的弓法和指法；将马头琴的马尾弦改为尼龙弦，解决了容易断弦的问题。此外，齐·宝力高将小提琴的演奏技巧融入马头琴的演奏之中，大力提倡使用五线谱进行马头琴曲目创作。在他的努力下，古老的马头琴不再是那个只能拉有限几首民族曲调、不同部落拉法各不相同的古老乐器，而成为音色更加饱满、可以演奏高难度作品、能与其他乐器合作演奏的“现代乐器”。

除了对乐器的改革，齐·宝力高还创作了一系列经典马头琴曲目，如《万马奔腾》《鄂尔多斯高原》《初升的太阳》《苏和的白马》《草原连着北京》。他的创作灵感都来源于草原生活。一次参加那达慕大会，看到一百多匹马参加耐力跑比赛，大多数马陆续到达终点，可有两匹马却迟迟不见踪影。过了很久，人们才看到它们吃力地走向终点，然后轰然倒下，壮烈“牺牲”。骑手哭了，牧民哭了，齐·宝力高也哭了。“那一瞬间，我感受到了马儿的伟大。后来，便创作出《万马奔腾》。”齐·宝力高说，文化的传承离不开它所在的环境，我们不能坐在教室里学琴，而应深入生活、深入群众，多从民间艺人那里汲取营养。齐·宝力高在多年的音乐生涯中深深体会到这一点的重要性，他幽默地称自己是“社会音乐学院”的学生。

齐·宝力高家的墙上，挂着一幅他自己写的书法作品：“祖先成吉思汗把世界看成自己的草原，作为他的后代，我把世界看成马头琴的舞台。”为了让悠扬的琴声跨越民族和地域的界限，传遍世界每一个角落，齐·宝力高创建了世界上第一支马头琴乐队——野马马头琴乐队，并先后登上国家大剧院、维也纳金色大厅等国内外艺术殿堂，还把马头琴演奏带到了北京奥运会开幕式现场，一定程度上让马头琴走向了世界。

为了培养马头琴人才，齐·宝力高推动成立了世界上第一所公立高等马头琴艺术院校。他希望学生们不仅能学以谋生，还能成为文化使者，将悠扬的琴声送到远方的世界。对于学习马头琴，齐·宝力高说过这样一段意味深长的话："艺术家和琴匠有很大的区别。一个艺术家要懂一些哲学、历史学、人类学、文学，甚至还要懂一点医学。如果有了不同学科的知识做铺垫，你的艺术之路就会越走越远、越走越宽，否则可能昙花一现。只会拉琴的是琴匠，并不能称作艺术家。真正的艺术家能把每一个音符都送到观众的神经里，用音乐来传递思想，让不同文化背景的观众都能从你的作品中感受到美。"

齐·宝力高总爱说，他一生只做了一件事，那就是拉马头琴。直至今日，他的人生计划表上，还有一项项跟马头琴有关的工作等着他去完成。"我起码要活到108岁，"齐·宝力高笑声朗朗，"马头琴的乐声传遍世界的那一刻，我才能放手离去。"

（作者：褚诗雨，北京大学硕士研究生）

黄定山：让红色歌剧既好『听』又好『看』

○许莹

从事艺术工作四十多年，“红色”构成了他大部分歌剧作品的底色。他不认为红色题材具有年代的局限性。他用“时尚”打破了红色歌剧与今天观众的隔阂，让一些红色歌剧看起来像电影大片。他说，民族歌剧要想形成自己的特色，要深扎于民族文化的土壤，关键是如何活用、化用本民族的文化。

黄定山（光明图片）

历时四年、集近四百人之力打造的民族歌剧《红船》于2021年4月首演。演出结束,台下掌声雷动,谢幕长达十余分钟。观众陆续离场,一位老人坐在台下迟迟不肯离去。她是民族歌剧《小二黑结婚》中第一位“小芹”的扮演者、原解放军艺术学院政委、歌剧表演艺术家乔佩娟。台上《红船》的导演黄定山与台下的乔佩娟四目相视。无言的交流中,黄定山感受到了歌剧前辈的肯定与鼓励。

把时间回拨到2016年。在有关部门的指导下,中国歌剧舞剧院复排民族歌剧《小二黑结婚》,黄定山任导演,乔佩娟被聘为艺术顾问。被寄予民族歌剧振兴厚望的那次复排,不仅是对民族经典歌剧的致敬,也是在发展民族新歌剧道路上的一次成功探索。

从老一辈歌剧人手中接过民族歌剧传承的接力棒,黄定山开始在民族新歌剧创作的道路上大踏步前行。《英·雄》《马向阳下乡记》《沂蒙山》《银杏树下》《红船》……他执导的这些作品,几乎构成了一幅当代中国民族歌剧的微缩图。值得一提的是,上述多部作品入选“庆祝中国共产党成立一百周年优秀舞台艺术作品展演”剧目。

黄定山是湖南长沙人,最崇拜伟人毛泽东,他说自己骨子里有红色基因。从事艺术工作四十多年,“红色”构成了他大部分歌剧作品的底色,比如《沂蒙山》反映沂蒙精神,《银杏树下》讴歌大别山精神,《红船》再现红船初心,《英·雄》讲述我国第一位女共产党员的故事。

硝烟弥漫的战争年代已经远去,红色文艺作品如何吸引年轻观众成为当今文艺界一直在思考的“时代之问”。

黄定山不认为红色题材具有年代的局限性,因为“一切历史都是当代史”,说历史就是在说今天。在方法论上,他提出用“时尚”打破红色歌剧与今天观众的隔阂。

在《英·雄》中,他植入偶像剧中最常见的爱情元素,并让其贯穿全剧。“初恋·俚歌”“热恋·酒歌”“苦恋·离歌”“生死恋·长歌”，仅从每一幕的名字就能看出这是个凄美的爱情故事。这的确是个爱情故事——两位共产党员的爱情故事。当理想和信仰遇见爱情和亲情，会生发出多少纠葛与矛盾，这些纠葛与矛盾就是最抓人的东西。在红色歌剧创作中，黄定山让英模人物走下“神坛”，让观众走进他们的内心，在双方的彼此走近中，今天的观众与红色历史人物实现了共情。

过去，观众走进剧场闭着眼睛“听”歌剧；现在，观众走进剧场睁大眼睛“看”歌剧。黄定山认为，从听到看的变化，折射出当下观众审美方式的转变。“但这不意味着听不重要，而是在听之余也要满足观众看的需求，因此歌剧要打造全方位的视听体验。”

为了让民族新歌剧好看又好听，黄定山在作品中加入大量民间小调、地方戏曲等音乐元素。例如，《马向阳下乡记》融入了吕剧唱段、山东快书以及胶东方言，乐队加入了坠胡、唢呐、笛子、梆子等地域色彩浓厚的乐器；《沂蒙山》将山东民间音乐《沂蒙山小调》中的音乐元素融入其中；《英·雄》加入湘东民歌、花鼓戏元素，还在配器时大胆使用大筒、唢呐等民族乐器。

黄定山说，民族歌剧向戏曲与民间音乐学习，并不是为了带上“民族”二字才这样去做。歌剧作为舶来品，其音乐创作本就同各民族文化、音乐形态息息相关，俄罗斯歌剧、意大利歌剧、英国歌剧等都具有各国独特的美学风貌。中国民族歌剧要想发展，要想形成自己的特色，自然要深扎于民族文化的土壤，关键是如何活用、化用本民族的文化。

在互联网时代，多媒体传播带来的感官刺激正强力改变观众的欣赏习惯。作为一名传统的舞台艺术工作者，黄定山对观众的这种欣赏习惯，不是抗拒而是尊重。

在《红船》中，黄定山在两个半小时的舞台体量里设置了近五十个场景，十八块巨幅大板不断切割舞台空间，大小两个转台行云流水般地展现了时代变迁。在《英·雄》中，他使舞台突破了90度的观赏限制，达到180度的广角，全场设置六十多组音箱，实现声音的360度立体环绕，同时配备了绚丽的多媒体光效。因此，观赏黄定山的红色歌剧，总有一种观赏电影大片的感觉。他说，所有这一切，都是“为了让红色歌剧时尚、好看”。黄定山在业界率先提出“整体的戏剧观”——今天观众看民族歌剧，不是看乐谱、读剧本，而是进行艺术欣赏，因此舞台的综合呈现要精美。

歌剧被称作“舞台艺术皇冠上的明珠”，其创作往往要耗费不菲的人力、物力、财力。可现实中，歌剧是小众艺术，一部歌剧，一般也就有两万粉丝观看。当下民族歌剧的票房主要由两部分组成：一部分是市场上的售票，另一部分是公共文化服务中的政府采购。如何让创作进入良性循环，使投入、产出成正比，这是黄定山近年来一直在思考的问题。不过，他也明白，这件事急不得，得慢慢来。

（作者：许莹，《文艺报》艺术评论部编辑、
北京文艺评论家协会会员）

腾格尔：『百变萌叔』也有流量困惑

○多米

他的作品风格多变，横跨草原歌曲、影视配乐、摇滚乐甚至二次元等多领域，在中国乐坛独树一帜。一首《天堂》，奠定了他在中国音乐界的地位。如今，在综艺舞台上，他又成为“百变萌叔”。不过，他也陷入了被流量裹挟的两难境地，但遭遇这种尴尬的又何止他一人？

腾格尔（光明图片）

年逾六旬在乐坛浸淫大半生的歌唱家腾格尔近来陷入了困惑。

事情得从他 2021 年 4 月发布的新歌《下马拜草原》说起。“那真是一首很好的歌。”创作中，腾格尔调动了自己最好的状态，对作品的质量充满信心。

作品发布后，他兴冲冲地把歌曲的 MV 发到微博上，结果只有 99 个转发、86 条评论。而他转发的王俊凯模仿他唱《丑八怪》的视频，却有 1.9 万个转发、2 万条评论。

面对反差如此之大的流量对比，腾格尔有些自嘲地说：“我凭借自己专业的音乐素养，已经无法推测哪些歌能火，哪些歌火不了。”

腾格尔也曾是“流量大咖”。“蓝蓝的天空，清清的湖水……我爱你，我的家，我的家，我的天堂……”一曲高亢、深沉、铿锵有力的《天堂》让他吸粉无数。时至今日，每当耳边响起这首歌的旋律，很多人脑海中依然会浮现出腾格尔演唱《天堂》时沉醉的样子。

其实，歌唱并非腾格尔原本的专业，跳舞才是。当年，艺校去牧区招人，要求学生会说蒙语，还要长得漂亮，一眼就相中了身材高挑的腾格尔。不过那时他既不会唱歌，也不会乐器，更不会跳舞。

误打误撞学起了舞蹈专业，每天早晨 5 点起床练功，压腿下腰。没几天腾格尔就坚持不住了，改学三弦演奏。三年时间，他把三弦学通了，还留校当了三弦教师。

由舞蹈到三弦，算是腾格尔第一次“跨界”。在此后的人生中，他在不同舞台上不断转换角色，似乎要将“跨界”进行到底。

三弦教师没当多久，腾格尔又去天津音乐学院学习作曲。在学校期间，他自己作词、作曲创作出《蒙古人》，赚了一千块钱的稿费。1986 年，在东方歌舞团主办的第一届“孔雀杯”青年歌手大赛上，腾格尔演唱了《蒙古人》。不过，歌红了，人却没红。一次在火车上，腾格尔睡着了,被身边的人叫醒,那人兴奋地问:“你是不是唱《蒙古人》的那个人?”腾格尔答是,那人更激动了:“我想起来了,你叫巴特尔!”腾格尔当场僵在那里。此后,他在谢飞的电影《黑骏马》中饰演男一号,又在《双城计中计》《飞驰人生》《大赢家》等影片中饰演不同角色。

很多人说2013年是腾格尔的一个分水岭,是“放飞自我”的开始。那年他写了首叫作《桃花源》的歌,还录了MV。《桃花源》火了,很多人将其与《爱情买卖》《法海你不懂爱》并称为“三大神曲”。

但质疑声也随之而来。有人问腾格尔:“为什么改变风格,是不是要迎合大众?是不是要颠覆自己?是不是在解构艺术?是不是自甘堕落?”

面对这些问题,腾格尔显得很无奈,感觉自己像是“猪八戒进了盘丝洞”。“我不知道别人是怎么想的,我创作时动机很单纯,有想法就写下来。”当时,腾格尔去重庆旅游,去了个叫桃花源的景区,感觉不错,回来就写了,“根本没想过作品能怎么样,更没想过要解构什么、颠覆什么”。

艺术创作很多时候是一种无意识的冲动表达,但结果可能“无心插柳柳成荫”。腾格尔写《天堂》也是这样。《天堂》火了后,大量报道和评论纷纷涌来,有的说作品表达了腾格尔对草原故土和亲人的思念,有的说作品是对环保的呼唤,体现了作者的环保理念。“我当时真没想那么多,就是为了写一首好听的歌。”后来媒体记者在采访中总会问“你是不是要表达这个主题,是不是要表达那个思想”,腾格尔一琢磨也是那么回事,就回答“嗯,是吧”。

过去几年,腾格尔成功跨界成为“综艺咖”。参加综艺节目,最初他还能唱自己的歌,但后来节目组为了节目效果,让歌手们翻唱彼此的歌。腾格尔第一次翻唱的是张韶涵的《隐形的翅膀》,在那之前，他甚至不知道张韶涵是谁，选择这首歌，只不过觉得作品简单。

随着“硬核翻唱”之路越走越顺，腾格尔得了个“乐坛灭霸”的诨号，粉丝给他建个人网页、设微博超话，还跑去机场举横幅接机，阵容丝毫不输流量明星。腾格尔成功“放飞自我”，在网生代受众的记忆里，那个唱《天堂》的老艺术家已经被综艺舞台上的“百变萌叔”所取代。

很多老歌迷在微博上开骂，说腾格尔迷失了自我，掉进了流量和金钱的陷阱里。“刚开始我挺难过，有负罪感，觉得让歌迷失望了，后来慢慢看淡了，因为我心里清楚，上综艺只是维持生活的方式，而不是生活的全部。”腾格尔平静地说。

其实，腾格尔一直在坚持创作，只不过年轻观众对此似乎并不关心，只紧盯着他“百变萌叔”的形象。正如有评论所言，一方面他翻唱别人的歌曲，享受流量带来的红利；另一方面他自己推出的新歌，被流量冲刷、过滤，最终淹没在网络浪潮中。腾格尔陷入了被流量裹挟的两难境地，但遭遇这种尴尬的又何止他一人？

腾格尔一开始还有些想不通，但如今渐渐释然了。“年轻人喜欢在短视频平台上听三十秒的歌曲片段，而不愿花三分钟去听一首完整的歌，这就是现实。社会在发展，人们的审美也在变化，互联网时代，人们喜欢短视频这样的东西是很自然的事。我估计《天堂》要是现在创作的，可能也没人听。”腾格尔说。

（作者：多米，资深媒体人）

肖剑声：推动三弦发展为独奏乐器

○ 刘平安

90多岁的他毕生致力于三弦艺术的普及、发展和传承，参与和见证了高校三弦专业的建立和开枝散叶，培养了一代代优秀的三弦人才，推出《梅花调》《椰林鼓声》和协奏曲《刘胡兰》《红梅》等优秀三弦作品。他在三弦教学、科研和创作上倾注了大量心血，如今他的最大愿望是三弦艺术后继有人，一代更比一代强。

肖剑声（刘平安 摄）

90多岁的三弦演奏家、教育家肖剑声与三弦结缘虽没什么传奇色彩,但是一次偶遇也足以成为一生的坚守。

1949年8月,长沙解放,解放军进长沙受到了广大人民群众的热烈欢迎,正在中学读书的肖剑声就在迎接队伍中。见识了如此大的场面,肖剑声当即和几位同学商量:"咱们去参军吧,做解放军多光荣啊。"是年,肖剑声如愿参军,随军到武汉被分配到文工团,并在当时的中南部队艺术学院进行了学习。学三弦原是组织根据需要分配的任务,肖剑声服从命令接下光荣使命,一直到白了头还在学习。

2020年6月8日,记者到肖剑声家中采访,一进门老人就笑呵呵地迎过来,握手时可以明显感觉到手上的力量。老人戴着一顶针织小圆帽,帽檐下两条白色的浓眉格外醒目,倔强地彰显着"90后"的精气神。记者跟随老人走进客厅,几个老物件、新物件映入眼帘:一把三弦,两幅国画,几张旧照片,桌上还放着几份报纸和一台平板电脑,记录和书写着老人的"昨天""今天"和"明天"。

客厅墙壁上挂着的三弦曾陪伴肖剑声登舞台、上讲台,遍历乐器"手术台",见证了肖剑声求学、演出、研究、教学和创新改革的种种经历。

采访中,肖剑声似乎忘却了自己的年龄,说到动情处多次麻利地起身走到三弦边上,抚着三弦回忆往事。"以前的人认为学三弦没出息,"肖剑声说,"我立志用三弦表达现实生活,歌唱人民事业,把三弦改革发展成可以合奏、伴奏、独奏的全能乐器,努力把三弦艺术推到新的高度。"

1954年前后,随着原总政歌舞团的成立,肖剑声被调到北京,这次调动让他眼界大开,"进京有一个很大的好处,弹三弦的多。京韵大鼓、梅花大鼓等诸多大鼓书民间艺人都有自己的特色和绝活"。"民间艺术来自民间",无论是在原总政歌舞团还是后来转业到中国音乐学院，肖剑声在工作之余一头扎进民间，足迹遍布北京、天津、陕西、河南、广东多地，通过寻访各路高人，学习并收集整理了大量民间乐曲。至今，他仍保留着一摞泛黄的20世纪七八十年代的资料，里面详细记录着不同地方不同艺人的乐谱歌词并配有解读分析，上面写着“白凤岩演奏，肖剑声记录”“曹东扶演奏，肖剑声整理”等。

肖剑声在向民间艺人求学的过程中也曾碰过壁。民间艺人跟他说，“我们都是从小开始学的，连睡觉时都把手举在半空比画着练习手法”。他们不相信肖剑声能弹好，能学好。但是肖剑声用实力和努力打动了他们，他深入民间，又跳出民间，通过虚心讨教、博采众长，把对三弦的研究提高到理论层面，把三弦艺术带向更大的舞台，带上专业的讲台。

作为中国音乐学院最早的一批民族音乐专家，肖剑声从舞台走向讲台，从集百家之长的积累转向传道受业解惑的教学，在传承与创新的深耕与探索中，不仅培养了大批优秀三弦人才，更在音乐创编、乐器改革方面取得了重大突破。

肖剑声书桌上的玻璃下面压着几张旧照片，其中一张是他的演出照，照片中的三弦弦身明显较短，这是肖剑声改革三弦的其中一项成果。

“这把三弦改革完成后，试演效果非常好，观众给予了积极反馈。但这是一次失败的改革。”肖剑声用手指轻点着桌面说，“演出结束后，我反复想了很多遍，最后自己否定了这项成果。原因是弦身由长改短把三弦最独特的音色改丢了，这是不能接受的，不能因为观众鼓掌就迷失自我。”正是因为对自己的高要求，肖剑声对三弦做的每一次“手术”都力求尽善尽美。大到研发人造皮代替蟒皮，解决蟒皮怕潮、质量参差不齐等问题，通过微调内部构件改善三弦音色使其更加厚亮，小到一个三弦支架的设计，肖剑声及其部分学生都经历了无数次的试验和探索。如今，三弦历次更新换代后，更精美、精致且高级实用，肖剑声功不可没。

肖剑声最大的愿望是三弦艺术后继有人，所以他持续推动着三弦改革以适应时代之变，并通过移植、改编和创作推出《梅花调》《椰林鼓声》和协奏曲《刘胡兰》(与张肖虎、刘振华、王加伦合作)、《红梅》(与黄晓飞合作)等优秀三弦作品，推动三弦发展为独奏乐器。直到离休后，肖剑声还说服学校开设"免费业余三弦小学班"，亲自到小学宣传招生，并和赵承伟、刘晓英等老师一起授课，推动三弦普及，组织数十人的三弦齐奏队演出，引发业内业外的广泛关注。肖剑声的"昨天"几乎全部交给了三弦。如今，三弦得到普及，三弦地位逐步提高，他的学生赵承伟等已经扛起了三弦传承与发展的重担，培养出新一代的三弦人才，他的"徒孙"、赵承伟的学生商钟元等也已经在专业领域崭露头角，受到年轻观众的欢迎。

因为听力、体力不同程度退化，肖剑声已经很多年没有弹过三弦了，离休后学习的国画也很少再动笔。但在采访的尾声，或许是为"今天"三弦的人才辈出感到欣慰和开心，肖剑声即兴弹了一段曲子。90多岁白眉老人弹起三弦风采依旧，十指灵活跳动，神情自若，弹完哈哈一笑。这一幕堪称彩蛋，而另一个彩蛋也让人备感欣慰。商钟元现场演奏了肖剑声代表作《梅花调》中的一个片段，两位"90后"用作品话传承，老人忍不住鼓掌称赞。

临近分别时，记者问肖剑声对"明天"的年轻人有没有什么寄语，他握紧拳头坚定地说："当然有。我希望年轻人把三弦艺术传承得更好，更有出息，一代更比一代强。"

（作者：刘平安，《光明日报》记者）

刘月宁：艺术家应该关心社会、关心国家

○ 刘平安

她曾是中国最年轻的扬琴教授，国际扬琴赛事中第一位中国评委，她以扬琴为媒持续推动中国民乐传承发展和中外文化交流，以艺术为依托助力青少年美育和社会公益。她的终极理想是做学者型的演奏家、教育家，德艺双馨的艺术家，热心公益的社会活动家。她说，对人民、国家和世界心怀大爱，这应是文艺工作者的使命。

刘月宁（刘平安 摄）

2021年8月14日上午10点，2021年第二届“点亮心灯”盲人青年艺术家空中音乐会在多个平台同步直播，在国内外引发了广泛关注。作为两届公益音乐会的艺术指导，全国政协委员、九三学社中央委员、中央音乐学院扬琴教授刘月宁全程参与其中并乐在其中。

审节目、联系录音棚、带着视障艺术家一遍遍排练……这对于他人来说或许是件苦差事，可刘月宁不觉得。她的手机上保存了很多视障艺术家排练和演出的视频，讲起一个个视频背后的故事，刘月宁难掩激动、眼里放光，这个音乐家弹琴多厉害，那个歌手唱歌多动人，残疾人艺术多有力量，大家在一起多融洽、多欢乐，听着她那极富感染力的分享，录音棚、排练室里温馨和谐的画面如在眼前。

初见刘月宁，很难不被她的热情、激情和真性情感染。有的人为事业而生，适合一生做好一件事；有的人则为时代而生，时代需要他做什么，他就义无反顾地扑上去。刘月宁属于后者，她把自己的专业做到了极致，又把时代赋予她的使命逐一付诸实践，满腔热血地向着高峰迈进。

刘月宁成名很早。在她家的墙上，挂着一份装裱起来的、泛黄的《光明日报》，日期是1978年2月7日，内容是《春满音苑　蓓蕾盛开——记中央音乐学院一九七七年考生汇报演出音乐会》的整版报道，右侧配了五张小乐手演出的剧照，第一张就是刘月宁。这篇报道写道：“十二岁的小扬琴手刘月宁，演奏了缅怀革命先烈的扬琴独奏曲《映山红》，她时而重击如雷霆，时而轻击如春风，把‘火映红星星更亮，血洒红旗旗更红’的革命气节，把‘夜半三更盼天明，寒冬腊月盼春风’那种思念红军的深情，刻画得非常成功。”

这是粉碎“四人帮”之后中央音乐学院及其附中招收的首批学生，刘月宁从中脱颖而出，后来还参与了中央新闻纪录电影制片厂专门为此拍摄的纪录片《春蕾》。这朵春天的花蕾，正如国家、社会和学校所期待的那样，很快就在扬琴事业上怒放了。刘月宁用辛勤耕耘“种”出了一大批专辑专著、百余首扬琴独奏和重奏作品。38 岁那年，她成为中国最年轻的扬琴专业教授，从青涩的小扬琴乐手成长为成熟的演奏家、教育家。

对于一些人来说，教授评上了，接下来搞搞研究、教教课，就可以“安享晚年”了，可刘月宁说“我的人生才刚刚开始”，随即又踏上了新的征程。

熟悉刘月宁的人也许会发现一个有趣的现象，“经历丰富”和“想法简单”两个看似有些违和的形容词，却在她的身上奇妙地共存着。她喜欢随心做事，又力求用心做好，“总觉得有种使命感在推动向前”。世界很精彩，她想去看看。2005 年，刘月宁开始了“仗琴走天涯”的欧洲游学、采风之旅。她先是在匈牙利李斯特音乐学院做访问学者，后在匈牙利罗兰大学文学院攻读博士学位，几年间走遍了匈牙利周边国家。其间，刘月宁在李斯特音乐学院基什音乐厅举办了个人专场音乐会，这使她成为第一位在匈牙利举办独奏音乐会的中国音乐家，而且直接促成了李斯特音乐学院钦巴龙（匈牙利扬琴）专业在中断六十余年之后，又重新回归专业教学课堂。

欧洲行结束后，又有了亚洲行（印度、伊朗）、美洲行，刘月宁的视野随着阅历的增长不断变得开阔。使命感、责任感像一种无形的力量推动着她关心社会、关心国家，并把目光投向更广阔的空间，关心世界。她从未离开过扬琴，又跳出了专业的局限，以琴为媒推动中国民乐传承发展和中外文化交流，以艺术为依托助力青少年美育和社会公益。

作为中央音乐学院民乐系扬琴教授、博士生导师，她对学生倾囊相授，她的三名研究生入围了“第七届全国青少年民族器乐教育教学成果展示活动”（我国民族乐器唯一且水平最高的国家级政府奖项)，这让她备感欣慰；作为全国政协委员、九三学社中央委员，她从培养青少年美育到中国民族音乐的传承发展，再到文化强国建设，不断在实践中摸索和总结经验，并积极建言咨政；作为欧美同学会·中国留学人员联谊会中东欧分会会长、中央音乐学院中外音乐文化交流与体验基地主任、亚洲扬琴协会创会会长等，她以推动中国音乐海外传播、讲好中国故事为己任，带领“茉莉花”扬琴重奏团和“小茉莉”扬琴艺术团开展国内国际交流和巡演，推动了欧美音乐学院开设中国音乐选修课，扩大中国音乐的海外受众群；作为一名文艺工作者，她坚持用文艺为人民服务，为时代服务，连续九年出任“科学与艺术——相约国际妇女节”主题音乐会的艺术总监，致敬女科学家，又连续两年为“点亮心灯”盲人青年艺术家空中音乐会忙前忙后，在脱贫攻坚战和抗疫中也都有她的身影，2020 年策划推出的抗疫主题中外音乐家“云合乐”MV《风和日丽》还在全球多地引发了广泛关注。

刘月宁总是在忙碌，有人问她：“累吗？值得吗？过点安逸的小日子不好吗？”甚至有人觉得致力于文化传播、社会公益等是在浪费时间。刘月宁自嘲说：“我好像缺了根弦，常在做别人觉得浪费时间的事，但这就是我的人生意义所在，总是和一群可爱的人共同完成伟大的事，快乐远大于疲累。”

刘月宁看似随心随性，但又有明确目标，她的终极理想是做学者型的演奏家、教育家，德艺双馨的艺术家，热心公益的社会活动家。她说，对人民、国家和世界心怀大爱，这应是文艺工作者的使命。

（作者：刘平安，《光明日报》记者）

杨燕迪：音乐不只是娱乐方式，更是文化宝库

○ 张士英

他是音乐史、音乐理论研究专家，又是擅长从听众视角审视音乐的“专业乐迷”，一边从事音乐专业研究和教学，一边受邀在各类报刊和媒体撰文普及音乐知识、音乐文化。他曾发表著述和译著三百五十余万字，在业界影响广泛。他重视音乐的“人文性”，认为音乐是人类的精神文化财富，不仅仅是一门手艺，或是一种用来消遣的娱乐方式。

杨燕迪（光明图片）

“仅仅感受音乐而不思索音乐会失去音乐的真髓，仅仅思索音乐而不感受音乐便丢掉了音乐的灵魂。”2021年冬日的一天，在哈尔滨音乐学院的排练厅里，记者如约采访到音乐学家、哈尔滨音乐学院院长杨燕迪教授。坐在硕大的黑色钢琴旁，他向记者分享了自己的音乐体悟，其中既有爱乐者对音乐的感性热爱，也有作为学者的理性思考。

“音乐是门感性的艺术，对于大众来说，任何人都可以通过听音乐得到享受和愉悦。但同时，音乐又是一个博大精深的文化宝库，它与整个社会，包括文学、美术、哲学、思想、宗教在内的精神文化都有千丝万缕的联系，这些是音乐的‘文化泛音’。对于专业的音乐工作者和爱乐者来说，想要听到这些泛音，要付出艰苦的努力，做很多文化准备。”因此，杨燕迪不认同有些人仅把音乐当成技术层面的操练或一般性的娱乐消遣。

为此，杨燕迪一直倡导弘扬音乐的人文价值，即音乐不仅是感官层面的娱乐消遣，更是集感性、理性、悟性以及灵性于一体，具有文化厚度和历史积淀的艺术。他认为，仅仅从技术的角度看待音乐，是对音乐的歪曲；而仅仅从娱乐的层面感受音乐，则是对音乐的降格，“音乐之所以令人陶醉、让人神往，其根本缘由正在于此——它与每个人的生命体验紧密相连，并在最深刻的意义上让听者重新洞察世界和自己。”

杨燕迪长期从事西方音乐史研究，阅读了大量西方音乐学的经典原著，这种积累帮他打开了透视音乐的大门。提起音乐类名著，杨燕迪如数家珍：“保罗·亨利·朗的音乐文化史杰作《西方文明中的音乐》，把音乐放置在整个西方的文化背景中去考察，对我如何看待音乐、理解音乐中的文化含量，产生了终身影响。而钢琴家兼学者查尔斯·罗森的名著《古典音乐》，不仅帮助我理解海顿、莫扎特、贝多芬这三位作曲家,更启发我如何用文字述说对音乐的理解。"

杨燕迪从经典中获益，他希望通过翻译将这些杰作“原汁原味”地推荐给国人。多年来,他先后发表著述和译著三百五十余万字,涉及音乐学方法论、西方音乐史、音乐美学、歌剧研究、音乐批评与分析、音乐学术翻译等诸多领域,他的译著《古典风格》《西方文明中的音乐》等曾连续多年占据同类畅销作品排行榜前列。

为使大众了解音乐的文化背景,杨燕迪通过写专栏、做节目、开讲座等做了大量的线上线下普及工作。即便公务缠身,他仍对音乐普及工作乐此不疲。他说,这是自己作为一个“专业乐迷”的责任。《何谓懂音乐》《让钢琴说中国话》《用有文化的耳朵听音乐》《人生必听的十大交响曲》……这些饶有趣味又富含深刻思想的文章、主题讲座和短视频节目,既受到业界同行的认可又受到广大乐迷的欢迎。

杨燕迪擅长从经典音乐中提炼文化内涵与精神力量。2020 年初,新冠肺炎疫情肆虐,居家隔离期间,杨燕迪重听贝多芬晚期弦乐四重奏“大病初愈者献给上帝的感恩之歌”,思考音乐在对抗病魔中的作用,撰写发表了《病愈重生——贝多芬的音乐记录》,为抗疫中的人们带去力量,引发了广泛共鸣。“这是音乐的魅力,也是以文字述说音乐的魅力。音乐中的文化内涵,共性的生命体验,可以超越时空,在当下引发共鸣,正是因为优秀的创作者抓住了社会最本质和人性最深处的东西。”杨燕迪说。

作为一名研究西方音乐的中国学者,杨燕迪坚持全球视野、中国关怀。著名国际政治与欧洲学专家陈乐民坚持“站在东方看西方”,著名钢琴家傅聪以中国古典文化的底蕴来理解西方音乐,杨燕迪从中得到重要启示。他说:“我研究西方音乐,是带着一颗中国心的。在中西方不同文化语境下,我们应该从中国视角思索自己的音乐道路。在借鉴和吸收外来文化的同时与本土文化进行有机融合。用古典音乐的滋养促进中国的文化自信，让西方乐器发出中国人的声音。”

有段时间，杨燕迪重新思考和审视20世纪的音乐道路，他肯定了改革开放以来，现代音乐理念和技法的深刻影响以及取得的显著成绩，同时也看到了一些问题的存在，“生涩、怪诞和难听的音乐不仅遭到普通听众的抵制，而且也在音乐界引发困惑和争议”。

“与听众的隔阂，这是现代音乐所遭遇的世界性‘老大难’问题。”杨燕迪说，“应该说人类在20世纪走了很多弯路，两次世界大战、冷战等带来的影响是多方面的，也会影响艺术的走向。受此影响，现代音乐主张标新立异、打破一切传统准则，作曲家们追求新音源、新音响、新技法，音乐作品离普通听众越来越远。随着时代发展，尤其是在中国不断崛起的当下，我们更应该从人类命运共同体的高度，重新审视如何用音乐为人民大众服务，这是广大音乐工作者的责任。”

2020年，杨燕迪从生活了数十年的上海北上到哈尔滨，任哈尔滨音乐学院院长，新的岗位、新的工作环境以及新的音乐研究土壤，让他充满干劲，尤其对近邻俄罗斯音乐燃起浓厚兴趣。音乐批评家、音乐翻译家、院长、教授……杨燕迪游刃有余地在不同角色之间转换，但他格外偏爱老师这个角色，教书育人、普及音乐文化，他一直在路上。

（作者：张士英，《光明日报》记者）

舞蹈

蒋祖慧：足尖上的风采

○孟　梦

她是著名作家丁玲的女儿，也是蜚声中外的经典芭蕾舞剧《红色娘子军》的编导之一、中国舞蹈界最高奖“荷花奖”终身成就奖获得者。她说：“一些创作者老是想出新，但没有根基是没法出新的，应该多看一些经典作品，站在前人的肩膀上先吸收他们的成果，然后再往前走。一步登天是登不上去的。”

蒋祖慧（光明图片）

头发花白，脸上也爬满了皱纹，但80多岁的蒋祖慧依然容光焕发，神采奕奕。

因为拍摄《舞者述说——中国舞蹈人物传记口述史》，2019年笔者拜访了蒋祖慧老人。

圈外人对“蒋祖慧”这个名字可能并不熟悉，但芭蕾经典《红色娘子军》恐怕无人不知。它是中国芭蕾史上一座傲人的里程碑，成就了中西文化在芭蕾艺术领域完美融合的世界奇迹。蒋祖慧便是《红色娘子军》的三位编导之一。

新中国成立前夕，蒋祖慧和周围很多同学一样希望学理工科，她甚至选好了化学作为志向，“因为国家百废待兴，需要大力发展工业”。可蒋祖慧的母亲丁玲看了苏联芭蕾舞剧《泪泉》《彼得大帝》后，深深为足尖上的艺术着迷，极力动员女儿学芭蕾，理由是“将来我们国家也需要有这种艺术”。于是，15岁的蒋祖慧被送到朝鲜崔承喜舞蹈研究所学习舞蹈，回国后进入北京舞蹈学校继续学习。舞蹈学校还没毕业，她又被公派到苏联主攻芭蕾舞剧编导。从此，蒋祖慧离她“工业报国”的愿望越来越远，却在另一条道路上，舞出了精彩人生。

1964年，中央芭蕾舞团决定把电影《红色娘子军》改编成芭蕾舞剧，蒋祖慧与李承祥、王希贤共同担任编导。那一年，她30岁。

接到任务后，蒋祖慧与其他主创一起去海南岛体验生活。“体验生活为后来的舞剧结构和动作设计起到了很好的作用。”蒋祖慧回忆道，“第一站是椰林寨，我看到一棵椰树，树干先是向上长了几十厘米，又向水平方向长了一段，最后又向上顽强地立起来。我想大概是椰树小时候被强风吹倒所致，椰树那种拼命向上生长的韧劲儿不正是琼花精神的写照吗？”

这一细节后来被蒋祖慧用到了《红色娘子军》中，舞台上远处是一望无际的密密“椰林”，近处是那棵不屈的“椰树”。琼花在“逃跑”段落的第一个造型就是“琼花先蹲在那棵树后察看环境，然后迅速从树后闪出，到树前做了一个‘跑’的造型，即右手在右下侧扶着树，右腿向前弓，脚尖立起，左腿向后伸直，脚尖立在地面，身体向右斜，左手在右肩下方握住长辫”。这组设计灵感来自椰林，表现了琼花不屈不挠的人物性格。

当时，《红色娘子军》“芭蕾的腿、古典舞的身体、战士的形象”，曾引起激烈争论。“《红色娘子军》里的琼花是个性格强悍的粗丫头，动作要有爆发力，而传统芭蕾的动作又太过柔和，于是我加入了一些中国舞蹈的舞姿来增强动作的力度。”蒋祖慧认为，舞蹈语汇应为塑造人物服务，不用太在乎用什么语汇。说到动情处，蒋祖慧情不自禁地从座位上站起来，用她习惯了的舞台动作，向我们展示剧中人物的思想情绪。

除了琼花的独舞，蒋祖慧在第一场琼花与老四的双人舞中，还运用了大量中国古典舞的动作，如“乌龙角柱”“扫堂腿”“串翻身”等。在创作双人舞的时候，蒋祖慧突破了古典芭蕾中“大双人舞”的固定模式，借助京剧“对打”的表现形式并融入民族舞蹈元素，完美表现了琼花与老四格斗时的激烈场面，凸显了琼花誓死反抗的革命者形象。

《红色娘子军》取得了巨大的成功。当时，来华访问的古巴舞蹈家阿丽西亚·阿隆索看后连连称赞：“在芭蕾历史上第一次出现拿刀枪的足尖舞，你们太了不起了。”在随后的国外演出中，外国观众也都觉得作品耳目一新，很有中国味道。时至今日，《红色娘子军》已在世界各地演了近五千场，其艺术魅力跨越了时代、跨越了地域、跨越了文化。

《红色娘子军》对中国芭蕾舞的影响是空前的，学习者有之，模仿者有之，但似乎都未超越。对此，蒋祖慧说："一些创作者老是想出新，但没有根基是没法出新的，应该多看一些经典作品，站在前人的肩膀上先吸收他们的成果，然后再往前走。一步登天是登不上去的。"

《红色娘子军》后，蒋祖慧又先后创作出《流浪者之歌》《祝福》《中国革命之歌》《雁南飞》等影响很大的作品。1984 年，组织安排蒋祖慧担任中央芭蕾舞团副团长。

退休后，蒋祖慧继续用舞蹈语汇，张扬着自己的艺术激情，先后创作出《元神祭》《风筝潮》《潮风乐舞》《娘啊娘》等作品，舞蹈体裁也从芭蕾扩展到民族民间舞等多种形式。2014 年，蒋祖慧荣获中国舞蹈界最高奖"荷花奖"终身成就奖。

采访接近尾声，老人兴高采烈地舞了起来，举手投足间透着自然天成的优雅。我们摄像机的画面定格在她蹁跹的舞姿上，满屏生辉。

（作者：孟梦，山东艺术学院舞蹈学院副教授，
本文由"泰山学者"建设工程专项资金资助）

冯双白：艺术容不得半点虚假

○陈海波

从舞蹈表演者，转向舞蹈理论研究者，又从舞蹈理论研究者转向舞蹈创作者。芭蕾舞、古典舞、现代舞、民间舞、民族舞……他尝试通过身体语言来讲故事。回想自己二十多年的创作之路，他说："没有生活是不行的。"

冯双白（郭红松 摄）

2019 年 5 月 22 日，舞剧《刘三姐》晋京演出，并开启全国巡演之旅。该剧编剧、中国舞蹈家协会主席冯双白准备创作一部关于朱自清的舞剧，正处于一种酝酿期特有的痛苦状态，努力寻找着一种适合朱自清的舞台形式。

对于许多文艺创作者而言，每一个创作的前夕，仿佛能量在极度收缩，汇成一个高密度的点，然后是膨胀和释放。当最后一个字落笔，这种能量一泻千里，然后是放空，等待再一次收缩。冯双白或许就如此。在《刘三姐》上演的前几天，当记者和他谈及该剧时，他已记不清这是自己创作的第几部舞蹈作品了。"二三十部了吧。"他说。

冯双白喜欢创作。20 世纪 90 年代初，他开始创作自己的第一部舞蹈作品—— 一部关于渔民生活的舞蹈诗。渔民在广西被称为"咕哩"，方言里"臭苦力"的意思。冯双白反其意而用之，要在舞台上告诉大家"咕哩美"。不过，他在广西北海待了一个月，毫无头绪。

一天夜里，台风大作。冯双白和总导演邓锐斌来到海边，漆黑一片，伸手不见五指，暴雨和狂风打在身上，巨浪带着咆哮。两人恐惧不已，赶紧往回走。一转身，看见远处岸边，漆黑中亮着一盏灯。冯双白脱口而出："有了。"

于是，"灯"成了大型舞蹈诗《咕哩美》的第一个意象和线索。"灯"，是渔夫和渔娘家里的灯，是渔夫出海时渔娘交到他手中的灯，是暴风雨中挂在桅杆上象征光明的灯，是穿过暴风雨回到家的指路明灯。"灯"亮了，这部舞蹈诗剩下的部分也就清晰了。第二部分主题是"网"，以渔网为连接，勾连起海边生活的方方面面；最后一部分是"帆"，以挂帆、扬帆、万帆齐发等，观照时代。

1997 年，《咕哩美》首演，一直演到今天，依然很受欢迎。暴风雨中的那盏灯，为《咕哩美》的创作指明了方向，也为冯双白后来的艺术之路指明了方向。这个方向就是，深入生活，做到"心入""情入"。

“我的灵感完全从生活中来。”他说。

冯双白一发而不可收，创作不止。或在笔尖，或在脚下。有时候烦躁不安，有时候恍然大悟。

在创作舞剧《风中少林》前，冯双白对武术的想象是打打杀杀。二十多次上少林寺与僧人一起生活后，他才发现自己全错了。对于那些少林武僧来说，禅是对生命境界的体悟，武也是对生命意义的一种修炼。于是，整个舞剧的走向都变了，深入挖掘少林文化的深厚传统，表现禅、武、医三位一体的融合，从出尘忘世里寻找积极入世的少林文化精神，“以前的设想就是打，现在是对少林文化本质的探索，是中华民族独特生命观的体现”。

五十多年前，正在北京景山学校上小学三年级的冯双白，不会想到他未来的舞蹈世界是这样的。那时，一位老师偶然看到冯双白耍大刀，问他想不想到少年宫学舞蹈。“学舞蹈做什么？”“你要是学舞蹈，可以天天玩大刀。”冯双白就这样被“拐进”了舞蹈世界。

1974 年，冯双白考入北京大学中文系，学习文学和文艺理论，这是他另一个向往的世界。1982 年，中国艺术研究院舞蹈研究所招收首届舞蹈史论硕士，冯双白追随到此。这个曾经为了一套雨果的《悲惨世界》而夜行四十里地的青年，找到了文学和舞蹈的连接点。

艺术理论的学习和多年的演出实践，合二为一，冯双白从一个舞蹈表演者，转向舞蹈理论研究者，又从舞蹈理论研究者转向舞蹈创作者。这时，他更深刻地体会到身体语言。与文字语言不一样，身体语言可以把内心与形式完美地统一在一起。身体语言看上去很难直接翻译出来，但很容易感染人们。这正是让冯双白着迷的地方。

所以，当舞蹈与文学相遇，冯双白做起了舞蹈编剧。“芭蕾舞、古典舞、现代舞、民间舞、民族舞……每一个舞种的身体语言都有独特的规律。我们根据规律，尝试通过身体语言来讲述人类文明的故事和情感世界。”他说。

近年来,舞蹈创作的繁荣推动了舞蹈语言的探索和突破。但冯双白注意到,当下现实题材创作不足,很多舞蹈作品的艺术形象千人一面,一味追求视觉上的“美”和“漂亮”。有的作品制作很豪华,但没有情感支撑点,“情不够,舞来凑”。“靠堆砌人,堆五六层,甚至十几层高,相机都拍不了,要动用无人机在空中才能拍到。”

冯双白将之归因于急功近利和浮躁心态。“现在电脑上随便一搜,什么资料都有,但资料里的东西毕竟跟实际体验不一样。”实际上,冯双白本人的创作经历很好地诠释了生活之于艺术的意义,但他坚持还要用一段他人的经历来进一步提醒舞蹈界的创作者们。

有一次他们经过藏区,遇到一位背着青稞的藏族妇女。原来其时正是“望果节”,当地女人都把经书背在身上,还用青稞来装饰。一位同伴在那瞬间闻到了青稞特有的味道,并触碰了青稞的芒刺。这味觉与触觉带来的冲击,久久不散,激发她创作了一个关于青稞的优秀舞蹈作品。“如果你在电脑里找青稞,完全不会有这样的感受。”冯双白说。

或许是自己都被这个故事打动了,或许是再次回想起了自己过去二十多年的创作之路,冯双白颇为感慨:“还是要老老实实创作,乖乖地深入生活,到生活的底层去,容不得半点虚假。”

“没有生活是不行的。”冯双白忠告。

（作者:陈海波,《光明日报》记者）

陶诚：为时代击节而歌

○方莉

作为一名国家级文艺院团团长，他谈吐之间，流露出艺术家的高雅、教育工作者的从容和管理者的坚定。他带领的中国歌剧舞剧院坚持“红色记忆的革命题材”“中华优秀传统文化题材”两条创作主线，以新时代的格局和情怀讲好中国故事，短短几年间创作剧目二十多部，超过过去十年的总和。

陶诚（照片由中国歌剧舞剧院提供）

常有人说，中国歌剧舞剧院院长陶诚不像搞艺术的，他思维缜密、理性严谨、逻辑性强，少些文艺范儿。但爱因斯坦说，这个世界可以由数学公式组成，也可以由音符组成。音乐和数学是相通的。这就不难理解，经过长时间音乐专业浸润的陶诚，会有这样的独特气质了。

2019 年 8 月上旬，记者在位于北京南三环的中国歌剧舞剧院办公楼里，于会议间隙采访了陶诚。他温文尔雅，声音铿锵，谈吐之间，流露出艺术家的高雅、教育工作者的从容和管理者的坚定。

从安徽到广州再到北京，从一名音乐教师、主管文化艺术的领导到掌管国家级剧院的院长，陶诚的身份几度转换，成为一位懂专业、会管理、善经营的专家型管理干部。一路走来，他始终循着音乐的道路，踏着时代的节拍前进。

1980 年秋天，陶诚走进大学校园，开启了长达二十多年的音乐学习和音乐教育之路。彼时的中国，正值改革开放初期，一切都是欣欣向荣的模样。

陶诚的专业是西洋古典音乐中的“乐器之王”钢琴。少年时代，做音乐教师的父亲看到有艺术特长的知青“上山下乡”会有特殊待遇，便让他从小就学习手风琴。1977 年国家恢复高考，有艺术才能的孩子可以通过艺术高考上大学，于是父亲又让他转去学习钢琴，因为这在大学里是一门“正专业”。年少的陶诚很努力也很争气，16 岁即以安徽省钢琴专业第一名的成绩，考上了安徽师范大学音乐教育专业；毕业后又以专业第一的成绩留校当了老师。

20 世纪 90 年代的广州，得改革开放风气之先，吸引了全国各地的人才“孔雀东南飞”。陶诚离皖入粤，选择了华南师大音乐系。当时华南师大音乐系刚起步，由我国著名作曲家、共青团团歌的曲作者雷雨声担任系主任。在老一辈艺术家雷雨声心里，音乐教育事业的兴旺是他的夙愿。这个心愿，在他的继任者陶诚那里得到进一步的发展。

1994年开始，陶诚从音乐系主任助理一直做到了系主任。那几年，用陶诚自己的话说，就是“一门心思扑在教学上”。从教学教研到音乐系管理，从教材编写到发起全国高等师范院校综合全能比赛，在他和音乐系师生的共同努力下，华南师大音乐系发展迅速，成为广东省音乐教育的重要引擎。

忆起这些日子，陶诚眼里放光。谈到兴起时，他会不自觉地舞动双手打起拍子，哼唱巴赫的钢琴小步舞曲，兴致勃勃地讲起复调思维。德国作曲家巴赫被称为“西方近代音乐之父”，他是陶诚最喜爱也是对他影响最深的音乐家。“巴赫的音乐是经典中的经典、基础中的基础”，陶诚告诉记者，巴赫建立起十二平均律的音乐体系，他的复调音乐作品充满音乐内部结构的平衡感与美感。

所谓复调，是指两个或两个以上相对独立的声部线条有机结合。弹奏复调作品非常训练人的多声部思维能力。陶诚擅长复调作品的弹奏，长久的复调思维训练，为他日后做好管理工作打下了重要基础。

2014年5月，陶诚担任中国歌剧舞剧院院长。那年10月，文艺工作座谈会召开，习近平总书记在会上强调，“坚持以人民为中心的创作导向，努力创作更多无愧于时代的优秀作品”。

在总书记讲话精神的指引下，接手中国歌剧舞剧院的陶诚，紧紧抓住“打造精品”这根主线，开启了剧院的改革之路。国家艺术院团的改革是摸着石头过河，没有任何现成的经验可以复制。陶诚将自己几十年的专业积累和管理经验全部调动起来，带领剧院确定发展方向、明确发展思路，加强艺术创作生产、开拓海内外演出市场，就像十指弹钢琴一样，既奏响了弘扬中华优秀传统文化、讲好中国故事的主旋律，又弹好了以精品奉献人民的协奏曲。

“每一部优秀舞台作品的产生都是千锤百炼的结果，我们每推出一部新作品，都本着高度负责的态度，做好各方面的考量，要‘曲高’但不能‘和寡’，高度、深度、生命力必须兼备”，这是陶诚时常挂嘴边的话。在他看来，院长要抓好创作生产的机制性问题，如投资的多元化、管理的标准化、运作的市场化等，从机制上、源头上解决如何服务大众、服务人民的问题。至于剧本、音乐、舞美等创作方面的技术性问题要交给更加专业的团队去做，充分尊重和相信他们的专业水准，但是作品的顶层设计必须亲自把关。

为庆祝新中国成立七十周年，从 2018 年开始，中国歌剧舞剧院就在创作一部以焦裕禄的事迹为题材的歌剧。立项之初，陶诚就带领核心主创团队多次赴兰考、洛阳、淄博等地采风和体验生活，收集了大量一手素材。在一次创排会上，大家为该剧的名字不够艺术一筹莫展。“就叫《盼你归来》吧！”陶诚想到了剧中的一个细节：焦裕禄家有一张没有焦裕禄的“全家福”，他的家人把拍照的衣服都准备好了，可他最终还是没能赶回来。“焦裕禄的家人盼着归来，我们在新时代追思过去，盼着焦裕禄的精神归来。”陶诚的话一锤定音，编剧、作曲等主创豁然开朗。这部创作近两年、易稿十余次、反复修改打磨的作品，于 2019 年 11 月在国家艺术院团演出季中亮相。

正是基于一系列创作机制的建设，近年来，中国歌剧舞剧院坚持“红色记忆的革命题材”和“中华优秀传统文化题材”两条创作主线，以新时代的格局和情怀讲好中国故事，短短几年间创作剧目二十多部，超过过去十年的总和，接连涌现出舞剧《孔子》《昭君出塞》和复排歌剧《小二黑结婚》等精品剧目。

（作者：方莉，《光明日报》记者）

吕艺生：从『偷艺』少年到美育导师

○ 刘平安

他 12 岁参加革命加入地方文工团。无论是在地方的三十三载，还是在北京舞蹈学院担任党委书记、院长的十年有余，或是作为一名舞蹈家、美学家、教育家，他在不同的岗位上、角色中默默耕耘又持续发光。

吕艺生（刘平安 摄）

2020年7月5日，北京舞蹈学院教授、原院长吕艺生作为“美育中国·中舞联盟公益大讲堂”第一百节课嘉宾在直播间云开讲，以《舞蹈教育与非智力因素》为题奉献了精彩一课。83岁的吕艺生声情并茂地解读舞蹈美育的策略与方法，超过万人在线听课。

作为“素质教育舞蹈课程”的开创者，近年来，吕艺生将大部分精力投入青少年舞蹈美育工作中。从2011年至2013年，吕艺生主持教育部人文社科专项委托项目《素质教育与舞蹈美育》，正式推出“素质教育舞蹈课”，填补了我国普通教育体系中舞蹈美育课程的空白。2014年，舞蹈课开始进入中小学课堂，“我国中小学正式有了一门舞蹈课”，吕艺生及其团队相继培训了超过百所北京中小学的舞蹈老师，并将舞蹈美育课程由北京推广至全国各地。虽然越来越多的专业院校加入进来，还增加了舞蹈课程，但是作为一项“润物细无声”的长期工程，吕艺生及其团队一直在路上。耄耋之年的他，依然亲自带队飞往全国各地授课培训，除了给中小学舞蹈老师上课，他还经常走进课堂直面孩子们，他喜欢孩子们，孩子们也喜欢这位老先生。

采访时，每当聊到美育课程或舞蹈专业知识，吕艺生就两眼放光，单是听他娓娓道来，就已经很难分神，加上他两只手不断地比画着动作，时而深入浅出，时而极富张力，张口就是一堂课，让人全神贯注，过后又回味无穷。问到教大学生和小学生有何区别时，吕艺生在两个师者角色间切换自如，年龄丝毫没有影响他作为一名老师的激情和热情。

说到大学生时，他强调理论与实践相结合，逐步深入，带动学生从具象到抽象思考总结提高。说到小学生时，他的声调开始随着内容起伏变化，身体和双手又跟着声调做着动作，瞬间切换成可爱有趣的老顽童，“给小学生上课要像讲故事，不断启发和鼓励他们的创新性思考”。想到越来越多的孩子们有了舞蹈课，经过老师的启发和指导更加阳光、快乐和自信，就连昔日调皮捣蛋的孩子都成了最具想象力、创造力的小舞者，吕艺生由衷地感到骄傲。七十多年前，他也曾是一名求知若渴的孩子。

1937 年，吕艺生出生在黑龙江佳木斯汤原县。1949 年，刚成立的东北森林文工团排演节目缺一个小男孩，正在读五年级的 12 岁的吕艺生被人推荐过去试试，这一试就是一辈子。

“打竹板，响连天……”吕艺生张口即来，至今仍记得当时的节目，“打着竹板唱曲，老师临时教了几遍就上台表演了。”节目演完，效果不错，但是吕艺生觉得竹板打得太简单了，他想“打出花来”，于是就想到了走街串巷的乞丐。当时，竹板(数来宝)是乞丐吃饭的家伙什，他就跟在乞丐后面绕了几条街偷偷地学，逐渐摸透了其中的奥秘，竹板打出了花。直到现在，吕艺生还在工作室中备着一副竹板，他说可以随时练练手，保持手指的灵活性，采访时他还现场打了一段并解释了其中的小窍门。

雁过留声。人们回首过往，就像是从沙滩上走过，有的人背后一片空白，有的人则留下了一长串的脚印，那些足迹便是财富。吕艺生的足迹留在了历史中，许许多多的后来者正在沿着他的足迹前行。小学还未毕业时，吕艺生就作为团里最小的孩子随团进驻伊春林区，冰天雪地中，以烧木材为动力的车走走停停，同行的女孩冻哭了，他也冻得蜷缩成一团。文工团在辗转各地的慰问演出中壮大，他也在实践中不断成长。1954 年，16 岁的吕艺生背着行李去参加北京舞蹈学校(现北京舞蹈学院)的考试时，他已是工作了五年的“老同志”。出发前，团领导告诉他：“考上你就留那上学，考不上就回来接着工作。”吕艺生考上了，也回去工作了。

1957 年，吕艺生赴莫斯科参加第六届世界青年联欢节，表演双人舞《牧笛》获银质奖章，还没回到国内，毕业典礼就已经结束了。吕艺生婉拒了留校的机会，毅然回到地方，一待就是二十八年。记者问他为什么回去，吕艺生说了一个名字“张子良”(时任伊春林业局局长)—— 一位主动申请从北京到基层工作的老领导，这位亦师亦友的前辈影响了他的一生。不管在什么岗位，不管扮演什么角色，他都尽职尽责，全力以赴。

1985 年，时隔二十八年后，吕艺生受命回到母校，先后担任北京舞蹈学院党委书记、院长达十年有余。其间各项工作有序开展的同时，吕艺生还在北京舞蹈学院主持创设了我国首个国际标准舞专业和国内艺术院校首个音乐剧本科专业（2002 年成立音乐剧系）。1993 年，他编导的第七届全国运动会开幕式《爱我中华》成为大型体育晚会的标杆，一直到 2004 年，吕艺生共编导了包括《欢庆香港回归》《欢庆澳门回归》等在内的二十多台大型演出及晚会。多年的积累也使他迎来了著作高产期，著有《舞蹈美学》《舞蹈教育学》《大型晚会编导艺术》《素质教育舞蹈》等。2014 年，他荣获了第九届中国舞蹈“荷花奖”及中国舞蹈艺术终身成就奖。

采访当天，记者走进吕艺生的工作室，几个房间中最显眼的就是满墙的书籍旧照和证书奖杯。老人早已到了不以物喜不以己悲的年纪，他只想把学校里的最后一个学生指导好，把舞蹈美育课程继续带给更多的孩子，但是这样的肯定无疑让他留下的足迹更深刻了。

（作者：刘平安，《光明日报》记者）

陈爱莲：舞台上开出一朵不败的莲

○李笑萌

她是新中国第一批科班出身的舞蹈演员，曾代表中国在国际上一口气获得四枚金质奖章，被誉为“东方舞蹈女神”。80多岁的她依然活跃在舞台上，创造了舞蹈界“不老的神话”。

陈爱莲（闫汇芳 摄）

“我的故事太多了，这样讲下去可能一天都说不完。”北京大兴的爱莲舞蹈学校里，80 多岁的陈爱莲一身白衣，坐在第三排练厅中央侃侃而谈。排练厅是能让陈爱莲感到平静的地方，对她来说，一路走来无论遇到什么难过的坎儿，只要一脚踏进排练厅，被舞蹈光环笼罩的她就能忘却一切烦忧。

陈爱莲的故事确实太多了，但总离不开舞蹈、离不开舞台。“从小就想投身舞蹈事业吗？”这个问题常被当作引她讲故事的开场白，她会告诉你，“干一行爱一行”也是一种难得的幸福。

1939 年，陈爱莲出生在上海，记忆里父母庇护下的生活是温馨富足的。“那时候哪知道舞蹈是怎么一回事呀，我想当一名电影演员。”陈爱莲记得，在离家不远的弄堂里就有一家剧院，经常有越剧团演出。“那会儿看戏是件奢侈的事，必须在学校得了好成绩才能向父母讨张票。”不能看戏的时候，陈爱莲喜欢绕到剧院后面化妆间的窗户外，趴在窗户上看演员化装。透过玻璃，演员们脸上的光彩让她有了关于美的最初领悟。后来，每当陈爱莲演出遇到有窗的化妆间时，她总要叮嘱同屋的演员们别把帘子拉上。“常会有小孩子跑来偷看我们化装，我想给他们留一扇窗。”陈爱莲说。

然而，就在陈爱莲 10 岁那一年里，她的父母双双病故。1952 年，中央戏剧学院附属舞蹈团学员班到上海招生，陈爱莲被选中，离开了孤儿院，踏上了一生的舞蹈之路。

陈爱莲曾觉得，有情节的电影、戏剧才是表达情感最好的载体，舞蹈演员怎么给观众讲故事？直到 14 岁，她在电影《芭蕾舞大师》中看到苏联芭蕾舞大师乌兰诺娃的表演，才第一次被舞蹈形体的表达力和感染力深深震撼。“当尖刀刺进波兰公主背部，她用手扶着柱子，先是痛苦地抬起头，整个身体舒展开来，再顺着柱子缓缓滑向地面，最后像一枝花慢慢蜷缩枯萎。”陈爱莲一边说着，一边起身张开双臂，再现了乌兰诺娃在舞剧《泪泉》中的这段表演。那一幕，波兰公主种种情绪写在了乌兰诺娃的背上，也深深刻进了陈爱莲心中：她要做中国的乌兰诺娃。

1954年，陈爱莲考进新中国第一所舞蹈学校——北京舞蹈学校，1959年以全优成绩毕业。“那时候学校还是5分制，我得了5-就要好好想一下，如果是4+我一定哭得不得了。”陈爱莲笑着说。孤儿的生活和环境的变化，让陈爱莲明白，在生活和事业中自己必须要做强者——干了这一行，就要想办法钻进去。

陈爱莲20岁时主演了中国第一部芭蕾舞与中国舞蹈相结合的舞剧《鱼美人》，成为当时中国年轻的舞蹈家之一。23岁那一年，在第八届世界青年联欢节舞蹈比赛上，陈爱莲表演的《春江花月夜》《蛇舞》《弓舞》《草笠舞》分获独舞、双人舞、领舞和集体舞金质奖章，向世界展示了中国舞蹈的千姿百态。毕业后，陈爱莲先后在北京舞蹈学校、中国歌剧舞剧院工作，1979年主演舞剧《文成公主》，42岁登台化身林妹妹，1989年创办中国第一个以个人名字命名的艺术团——陈爱莲艺术团，1995年成立北京市爱莲舞蹈学校。

《红楼梦》把中国小说艺术推进到前无古人的境界。“满纸荒唐言，一把辛酸泪；都云作者痴，谁解其中味”，从1997年陈爱莲个人投资复排舞剧《红楼梦》开始，她一直用自己的方式解着其中滋味，每次复排她都要重读一遍书中有关宝、黛、钗的爱情故事。2000年以后，陈爱莲发现，随着人们生活节奏变快，原本的“黛玉葬花”一幕不需要足尖，动作幅度小、时间偏长，逐渐难以抓住观众的注意力，有什么办法能更好地把观众带进黛玉感花伤己的情绪里？陈爱莲给这一幕加入了绸子舞。“关于这一幕我想了很久，直到在画展上看到一幅画，画中舞者在桃树林里舞动着双绸，我突然受到启发，这不就是《葬花词》里的‘花飞花谢花满天’嘛！”舞台上陈爱莲舞起长绸，绸花跃动着环绕在周身，将黛玉心中的失望不甘表达得淋漓尽致。

“一名舞者最重要的天赋不是形象、身材比例、软开度这些，而是内心对舞蹈的感悟和热爱。”陈爱莲始终认为，有感悟的能力才能找到和角色的联结，因为热爱才能吃得下这份苦。这两样都是岁月赠予陈爱莲的礼物，只会随着时间变得越发深刻动人。所以，当陈爱莲面临“年过半百仍演林黛玉”的质疑时，舞台上的她总是可以轻易穿过时光轻触到那个14岁的少女。

2019年12月，在一档舞蹈电视竞技节目中，作为助演嘉宾，80岁的陈爱莲再度惊艳全场，她饱满的情绪表达把观众拽进那个雷雨交加的夜晚，“不老的神话”一时间又成了人们口中热门的话题，原来舞蹈演员并非“吃青春饭”。

2022年是陈爱莲从艺七十周年，她对这一年充满期待。“我想把舞剧《文成公主》重新搬上舞台，希望老天能给我这个机会。”陈爱莲想得最多的还是把最好的舞姿带给观众。

年龄只是描述陈爱莲的一个数字，从不是衡量她人生的唯一标尺。无论是滔滔江水畔，手拿白羽折扇的少女，还是端庄大气、聪慧果敢的文成公主，又或是顾盼生辉、巧笑嫣然的黛玉，角色里的陈爱莲让观众看不到年龄，她自己也忘却了时间。

（作者：李笑萌，《光明日报》记者）

梅昌胜：真实呈现比夸张表达更有穿透力

○ 褚诗雨

担任湖北省舞蹈家协会主席的他，不仅是业界知名舞蹈艺术家，更将艺术触角伸向音乐剧、话剧、歌剧、地方戏曲等不同领域，创作出《荷花赋》《大三峡》《王昭君》等经典作品。他擅长挖掘本土文化素材，其作品就像他那浓浓的乡音一样，散发着明显的荆楚味道，满载着对本土文化的深情厚谊。

梅昌胜（光明图片）

“我不愿意重复别人，更不愿意重复自己，我希望自己的每一部作品都独一无二。”2020 年 12 月初，音乐剧《太阳照在屋顶上》在湖北恩施公演。这部扶贫题材剧跳出了同类题材的老套路，没有正面聚焦扶贫干部、大学生村官等群体，而是剑走偏锋，用一个丑角来支撑全剧，把大家主观意识里认为不可能是男一号的角色拿来作为核心人物。

本已脱贫的“田根生”眼馋精准扶贫政策，起了歪心思骗取了贫困户的身份。在一连串让人啼笑皆非的戏剧冲突中，“田根生”终于在扶贫干部等人的帮助下挺起了腰杆。这样的人物和情节设置与总导演梅昌胜在扶贫攻坚一线采风时的见闻十分一致。

多年的采风和创作实践让梅昌胜认识到，现实生活是复杂的，生活中的人物也是立体的。他相信真实呈现比夸张表达更有穿透力。这次执导《太阳照在屋顶上》，他再次将自己的经验用于其中：重视角色的性格表现和心理体验。“田根生”有着多面性，他思想虽落后，但情感真挚，为人朴实厚道，有教育改造的余地。根据梅昌胜的要求，演员塑造的“田根生”的形象，基本上做到了外滑内实，且在分寸把握上富有节制，演出了这个角色真正的内心世界。

梅昌胜来自湖北武汉，一口浓重的乡音，抑扬顿挫的音韵和他笔下的故土乡情一样，让人听之难忘。他深爱着哺育他的那片热土，总爱用艺术的彩笔描绘那片土地上发生的故事。他擅长挖掘本土文化素材，他的作品就像他那浓浓的乡音一样，散发着明显的荆楚味道。

创作反映端午文化的民俗情景歌舞剧《大端午》时，梅昌胜到农村采风，秭归农民的一段随意歌唱吸引了他的注意，后来被他用到了剧中，将一个内容丰富、风情迥异、特色鲜明的端午文化淋漓尽致地呈现出来。梅昌胜说，这种没有刻意修饰的原生态表达散发出乡土气息，具有唯一性，这些是用专业技巧唱不出来的。

除了脱贫攻坚，2020年，湖北大地上最值得人铭记的莫过于抗击新冠肺炎疫情。“我是武汉人，疫情暴发时我就在武汉。疫情的严峻，人性的光辉，都是我亲眼所见，亲耳所闻，这些在平时是很难感受到的。”2020年7月武汉解封，梅昌胜立马奔赴吉林，争分夺秒地开始编排反映武汉抗疫故事的吉剧《情感快递》。看到演员们的表演，他仿佛看到疫情之下武汉人的身影，“我赋予演员的，正是我自己最真实的经历和情感”。

高产、感情丰沛、作品形式多样是梅昌胜身上的标签。他遍访华夏大地的旮旯角落，将点点滴滴的灵感用艺术的形式再现。武汉解封后的半年时间里，他忙得脚不着地，每天不是在埋首创作，就是奔波于采风排练的路上。舞剧、歌剧、音乐剧、地方戏……短短半年时间，梅昌胜就跨越了多种艺术形式，创作出《情感快递》《太阳照在屋顶上》《乐园》等多部不同类型的作品。

曾有人好奇地问梅昌胜：作为一个舞蹈编导，为什么能够跨界驾驭如此多的艺术形式？梅昌胜对此自信地一笑：“为什么不能跨界？我的艺术基因，我的经验积累，我感情表达的需要，都让我自然而然地走到了更广阔的天地里。”除了自身的艺术基因和长期的经验积累，频繁成功跨界也得益于他创作时的大局观：面对一部情节相对复杂的戏，他的做法是，先将剧中的脉络梳理清楚，然后逐步找出相匹配的“对手戏”角色，并将他们按主次排序一一处理。在遇到几条线（正能量、负能量、爱情、亲情等）叠置时，他会迅速找出其中的主线，并将几条副线作为陪衬，辅助主线达到最佳的表现效果。

梅昌胜自幼学习舞蹈，打下了扎实的舞蹈基础，还在戏曲剧团练过基本功。后来，他进入北京舞蹈学院系统学习了舞蹈编导知识，并在武汉大学戏剧戏曲学院研究生专业学习了戏剧学。工作后，梅昌胜报考了复旦大学语言文学自修班,利用周末从武汉坐八个小时的火车到上海,上一整天课后,连夜返回,前后三年,直至完成学业。丰富的经历,扎实的基础,专业的训练,赋予了梅昌胜“玩转”艺术的底气。在编创舞剧的过程中,他逐渐意识到,仅仅依靠舞蹈这一种形式,已经无法满足其情感表达的需求。艺术是相通的,梅昌胜自然地将目光投向了更丰富的艺术形式,音乐剧、话剧、歌剧、地方戏曲,这些都成了他内心情感体验外化的手段。

不过,梅昌胜内心深处还是最钟情舞剧,他说:“歌之咏之不足,而舞之蹈之。就表达情感而言,舞蹈比其他艺术形式来得更痛快。”然而,舞者很辛苦,大都从小接受训练,并在不断的伤痛中挥洒着青春,而当青春逝去,这门艺术又开始离你而去。作为前辈,梅昌胜希望对热爱舞蹈艺术的年轻人说,“舞蹈绝对值得去热爱和享受,但如果发现舞蹈无法支撑个人生活,不妨将其当作终生的爱好”。

当你读到这篇文章时,梅昌胜或许正奔走在大江南北收集创作素材,或许正在排练厅里全神贯注地指挥排练,或许正在书房里斟酌作品的细节。他的日程表总是满满当当,但只要沉浸在艺术中尽情释放自己的情感与才华,于他而言,便是无上的快乐。

(作者:褚诗雨,北京大学硕士研究生)

邰丽华：用手语『唱』支山歌给党听

○ 刘平安

2004 年，由她领舞的《千手观音》惊艳了国人，震撼了世界。她带领中国残疾人艺术团不断创造奇迹，在国内外赢得盛誉。2021 年，她用“手语唱红歌，无声传经典”向中国共产党建党百年献礼，用无声的力量再次感动国人。

邰丽华（刘平安 摄）

“唱支山歌给党听，我把党来比母亲，母亲只生了我的身，党的光辉照我心……”2021 年 4 月 24 日晚，在甘肃省临夏市体育馆内，当地中学生合唱团的孩子们簇拥着身着红色长裙的邰丽华一起唱响了《唱支山歌给党听》。邰丽华用手语“唱”红歌，和孩子们的声音融在一起，赢得了现场观众的阵阵掌声。

2021 年全国两会期间，邰丽华及其手语翻译共同“演唱”手语版国歌的视频引发广泛关注，这段无声的“演唱”感动了无数人。邰丽华由此再度走进公众视野，手语版国歌以及大量手语版红歌也开始在中小学校园和网络上广泛传唱。对于很多《千手观音》的老观众来说，最近几年已经很少见到邰丽华。这些年邰丽华经历了怎样的成长与蜕变？近年来工作重心有何变化？生活中的邰丽华是什么样的？2021 年春，记者走进中国残疾人艺术团（以下简称艺术团），并随团赴甘肃临夏演出，从不同视角对邰丽华及艺术团进行了采访。

时间回溯到 2004 年，由邰丽华领舞的《千手观音》在雅典残奥会上一鸣惊人，轰动世界，2005 年又在央视春晚舞台上惊艳了国人。十几年过去了，《千手观音》至今仍活跃在国内外各类舞台上，持续为不同年龄段的观众带去力量和感动。艺术团的演员们所到之处，常常被鲜花、掌声、泪水、呐喊包围，他们用艺术和爱鼓舞着观众，同时也在激励着自己。

十四年前，已是艺术团团长的邰丽华在采访中说：“仅有一个邰丽华是不够的，我希望将来有越来越多的孩子超越我。”如今，她的愿望成真了吗？可以肯定的是，越来越多的残障孩子正在沿着她曾经走过的路不断地超越自我，在艺术之路上执着追梦。这些年轻演员在邰丽华的带领下也成为“手语唱红歌，无声传经典”的重要力量。他们饱含深情地用手语“唱”心声，无声却有直击人心的力量。

是什么让邰丽华散发出如此迷人的光芒，让这个团体爆发出如此巨大的能量，让经典红歌焕发出别样的魅力？走近他们会得到意想不到的答案。

第一次采访邰丽华是在她的大家庭——艺术团。走进北京市朝阳区中国听力语言康复研究中心二楼，依稀听到有琴声，这里就是艺术团所在地。在走廊的尽头有一间十平方米左右的办公室，整整齐齐排着三个普通的工位，最里面就是团长邰丽华办公的地方。艺术团所在的二楼最“豪华”的地方是他们的简易排练室和小型会议室，最“值钱”的当属会议室橱柜里排得满满当当的奖杯、奖牌和奖状。相比于舞台上“千手观音”的闪闪发光，他们的“家”显得相当朴实无华。

然而，采访中却丝毫听不到邰丽华对简陋环境的不满，她的眼里满是光明和希望。聊起近年来我国残疾人事业的发展，特殊教育的普及，特殊艺术的进步，邰丽华眼里写满了自豪。“以前残疾人被称为残废，处处遭遇异样目光，如今收获更多的则是关心爱护和平视的对待；以前残疾人能上学已实属不易，如今特教学校、大学以及综合院校开设的特教专业等覆盖面越来越广，从中受益的孩子越来越多；《千手观音》之后，特殊艺术也受到了更多关注……”邰丽华用手语向记者介绍她所亲历的残疾人事业的发展变化，那些极易被忽视的细微之处，她都如数家珍。

“我很感恩，一路走来收获了很多关心和爱，”邰丽华说，“我在社会的帮助下接受了教育，有机会和健全孩子一起成长，并通过艺术改变了人生，所以我希望用爱和行动回报社会，用艺术给人带去力量。作为全国政协委员，多关注残疾人的权益并为之不断呼吁，希望更多残障孩子有机会接受教育，接受康复治疗，得到尊重和平等对待。”在很多人看来，邰丽华和艺术团的残障演员们本是需要帮助的弱势群体，但他们用省下来的演出收入设立“我的梦”和谐基金，资助公益慈善项目超过千万元，不断地将爱和温暖播撒人间。

邰丽华用爱和艺术回报社会，她所领导的团里的年轻演员们亦如是。正如中国残疾人特殊艺术指导中心副主任王晶所说："老演员怎么做，年轻的孩子们就怎么学。"在随团演出的两个日夜里，记者看到了艺术团聋哑人舞蹈演员和盲人声乐演员之间结对互助的温暖瞬间，看到了退役离团演员回归助演像回家一样，看到了这个团体所到之处带给周围人群的感动与震撼，看到了无声传经典的力量源泉，看到了邰丽华的"家人"带给她的无声的大爱。

2021 年 4 月 24 日零点，西北小城已经夜深人静。在临夏市体育馆内，艺术团的聋哑人演员们还在舞台上一遍遍地走位、抠细节。邰丽华安静地坐在台下，看着新一代"千手观音"们为高标准演绎经典节目熬夜挥洒汗水。他们习惯了这样的节奏，邰丽华像铁人一样一边陪着大家熬夜，一边反复练习着自己的节目……

第二天演出结束后，观众们起立鼓掌，久久不愿离去。但是邰丽华只能在手机直播中看一眼谢幕时的动人场面，来不及吃饭，就已经星夜兼程地赶往下一站，参加"手语唱红歌，无声传经典"在短视频平台的相关活动。

（作者：刘平安，《光明日报》记者）

佟睿睿：希望每部作品给人独一无二的感受

○李笑萌

从《扇舞丹青》的刚柔并济到《水月洛神》的魏晋风骨；从《南京1937》《记忆深处》的历史凝思到《到那时》的蓬勃奋斗；从《朱鹮》的振翅飞翔到《大河之源》的宏阔辽远……她用舞蹈语汇表现中国文化，把自己的所思所想化作翩翩舞姿，飞到人们眼前，飞入人们心里。

佟睿睿（崔若凡 摄）

美丽的雪豹，幻影般掠过的雄鹰，溪水边、星辰下背水的少女，记载着中国最早舞蹈的彩陶……随着舞台大幕徐徐展开，一场始于遥远三江源头的故事在观众眼前娓娓道来。作为“庆祝中国共产党成立一百周年优秀舞台艺术作品展演”参演作品，2021 年在京上演的舞剧《大河之源》，让观众与翩翩舞者一同沿着江河的律动，来到中国“母亲河”源头，一同探寻文明之源。

这是导演佟睿睿的第二部生态舞剧作品。如何用舞蹈来讲述生态保护？这是很多人听到“生态舞剧”的第一反应。其实，在 2021 年央视春晚舞台上，佟睿睿编导的第一部生态舞剧《朱鹮》(选段)就已经与全国观众见过面。舞者轻巧曼妙的身姿呈现了朱鹮的优雅与灵动，让人在欣赏一幅东方美学画卷的过程中自然而然地产生了对自然的遐想、对人与自然关系的思索。“这就是我想通过创作留给观众的一些东西。”佟睿睿希望自己的作品能在观众走出剧场、走出情节之后，还能有所思考。

佟睿睿从小就非常热爱舞蹈，“我家在沈阳，记得三四岁的时候，妈妈带我看了场舞剧《丝路花雨》，这部经典作品对我的影响很大”。那天过后，她的心中总也忘不了台上那些身着华彩衣裳起舞的人物形象。

2000 年，佟睿睿从北京舞蹈学院毕业。在 1996 级中国舞编导班毕业晚会上，古典舞《扇舞丹青》中舞者的身姿刚柔相济，一把扇子被舞得似扇似剑，让不少人赞叹。这段一分多钟的古典舞神韵组合，正是佟睿睿自编自导的毕业作品。在古典舞系老师的支持下，这部作品经过反复打磨被编为参赛作品，获得第五届全国舞蹈比赛金奖。《扇舞丹青》由此成为古典舞的经典剧目，被无数人翻跳。

“这部作品对我最大的意义是给了我从事舞蹈事业的信心，这对一个初出茅庐的编导非常重要。”也是从毕业那天起，佟睿睿开始以一种“他者”的身份思考、创作舞蹈，细细雕琢一件又一件作品。

《水月洛神》《点绛唇》《碧雨幽兰》《罗敷行》《绿带当风》……很多人说，佟睿睿塑造的古典女性形象中，舞者的一颦一笑，每个动作、回眸，都仿佛让人跨越时空，窥见中国古典女性特有的风韵。在佟睿睿看来，古典人物形象从来不是孤立存在的，“她们背后是更大的时代特质和文化氛围，编创中需要尽最大努力把它提炼、呈现出来”。佟睿睿的创作不是对生活和人物的简单模仿与再现，而是用舞蹈艺术来展现中国文化。

从小而精的舞蹈作品到宏大的舞剧创作，佟睿睿从不给自己的视野设限，她将自己深度沉浸在这个时代中，站在当下回望历史，不断寻找、提炼着创作主题。2005 年，她的第一部舞剧作品《南京1937》就直面南京大屠杀这样一个沉重的历史题材。佟睿睿回忆说：“创作期间听到《被遗忘的南京大屠杀》作者、华裔女学者张纯如离世的消息。她从去寻找南京大屠杀的历史证据到最终被这些证据揭露的血腥和残暴吞噬，深深地震撼了我。”于是，佟睿睿决定舞剧就从张纯如挖掘历史真相的视角展开。

“南京大屠杀是中华民族记忆深处的疼痛，我理应用艺术的形式让更多人知晓那段历史，并反思战争中泯灭的人性是多么可怕。”这些思考变成一种情愫萦绕在佟睿睿心间。十二年后，在南京大屠杀死难者纪念日八十周年之际，她又创作了舞剧《记忆深处》，采用意识流的表达方式，反思战争、探究人性。“我看到很多观众留言说，看完演出后搜索查阅了更多历史资料，对那段历史有了更深刻的认识，这令人十分欣慰。”佟睿睿说。

内容要现实，呈现要艺术。佟睿睿一直坚守着这样的创作原则，感知和抒怀着她所处的时代。在舞剧《到那时》中，佟睿睿将目光聚焦在一个家庭父子两代人身上，用他们的创业故事展示时代赋予个体的机遇与挑战，揭示在改革开放的历史进程中，中国人精神面貌的变化。舞台呈现凝练、纯粹，每一幕的律动各异，但又相承递进，营造出时代浪潮的巨大力量。

无论是古典舞还是现代舞，无论是历史题材还是现实题材，佟睿睿与自己的每一部作品都有一个独特的“连接点”，由此真诚地创作着。“为什么去编那个舞？为什么要编这个剧？一名创作者首先自己要被触动。如果这个支点找不到，人物和作品就会悬浮在半空中，没有落脚点。”她说。

这样的触动是时光长河里朱鹮与人类关系的几经变迁，也是青藏高原上奔腾而过的野生动物身上散发的生命张力，更是对与盗猎者斗争到生命尽头的杰桑·索南达杰的深深感佩。这样的情感对于所有人来说是相通的——2018年舞剧《朱鹮》登陆大洋彼岸的美国纽约林肯艺术中心大卫·寇克剧院。丹青水墨般的古代田园，男耕女织的和美场景，轻灵优雅的翩翩舞姿，濒临灭绝的脆弱挣扎……这些不仅深深打动了异国的观众，更令世界看到了中国人用东方的艺术方式对人类宏大命题的深刻思考。

对佟睿睿来说，她的每一次创作都是在“深度改变自己”，“我希望我的创作总是新鲜的，每一部作品都能给人独一无二的感动，我愿意用成百上千次对自己的否定换得作品的生机”。她始终用心与作品交流，在突破自己的道路上前行着。

（作者：李笑萌，《光明日报》记者）

戏剧

时白林：不喜欢被称作『泰斗』的艺术家

○常　河

他是黄梅戏创作泰斗、“戏曲音乐终身成就奖”第一人。他作曲的《天仙配》已成为艺术史上的经典。但他不喜欢别人称他“泰斗”，他说，“那是过誉，我就是一名音乐人”。

时白林（资料图片）

90多岁高龄的时白林动作敏捷，他拉开书柜最下面一层：发黄却装订得整整齐齐的乐谱，诉说着他的音乐人生。那些乐谱中，有他创作的《天仙配》《孟姜女》《女驸马》……这让记者和他的对话，似乎沉浸在优美的旋律中。

时白林拥有"中国戏曲音乐学会前会长""黄梅戏创作泰斗""戏曲音乐终身成就奖"第一人等头衔，但他不喜欢别人喊他"泰斗"，"那是过誉，我就是一名音乐人"。

如果有人问，黄梅戏最广为人知的剧目是什么，答案一定是《天仙配》。如果问黄梅戏被传唱得最多的唱段是什么，几乎每个人都能哼出"树上的鸟儿成双对，绿水青山带笑颜"的旋律。

资料对黄梅戏电影《天仙配》这样记载："1958年底，仅祖国大陆的观众就多达1.4亿人次之多，创造了当时票房的最高纪录；唱片发行量居全国第一。"

1955年，上海电影制片厂决定把黄梅戏《天仙配》制作成舞台艺术纪录片。导演石挥希望将其做成中国电影第一部"歌舞故事片"，以电影的形式将黄梅戏推向世界。

就这样，由石挥任导演，时白林与王文治担任编曲、作曲，葛炎任音乐顾问，陆洪非任剧本改编，严凤英、王少舫主演的《天仙配》"豪华阵容"诞生。时白林、严凤英、王少舫也由此成为中国黄梅戏的"铁三角"。

时白林清楚地记得，拍摄《天仙配》时，一些新表现手法，经常被喊停，有人在报纸上批评他们"艺术改革粗暴"，更有甚者称时白林"手里拿的不是笔，是刀，在对黄梅戏滥砍乱杀"……"好在我有最好的搭档——严凤英性格泼辣，王少舫儒雅但坚持原则，他们为我顶住不少压力……""铁三角"互相鼓励，将一个个大胆的艺术想法付诸实践，成就了艺术史上的经典。

也是在创作《天仙配》时，时白林结识了电影中扮演“四仙女”的黄梅戏演员丁俊美，两人由此结为终身伴侣。

1968 年 4 月 8 日，严凤英离世。时白林悲痛不已，他一度想离开剧院。1972 年，时白林重新回到工作岗位，重拾创作之笔，为新编历史剧《孟姜女》作曲。2011 年，78 岁高龄的他参与创作黄梅戏《雷雨》，并编著《黄梅戏新腔选集》《黄梅戏音乐概论》等著作。87 岁时，时白林出版了《黄梅戏唱腔赏析》《黄梅戏名段精选·乐队总谱版》两本专著。

“吾生也有涯，而知也无涯。”这是《庄子·内篇》上的话，而时白林就出生在庄子故里安徽蒙城县。那是淮河流域的一座小县城，时白林受到的音乐熏陶，“最早是邻居弹棉花的节奏”。

时白林 4 岁时，涡河上的洋船拉来了北方的琴书，“一人在后面拉胡琴，一人在前面敲扬琴，太有意思了”。村里人办红白喜事，会请唢呐班子，每次时白林总是最热心的听众，他甚至还想跟唢呐班子的师傅学吹笛子。不过，母亲不许，因为当地有不少人靠吹笛子讨饭吃。不得已，时白林和哥哥们学起了柳琴和中山琴。

后来，时白林又接触到淮北花鼓戏、泗州戏、梆子戏、二黄（京剧）。1943 年，他所在的中学从安徽太和流亡到陕西蓝田，在那里，时白林第一次听到秦腔，“太美了，有种撕心裂肺的震撼”。

考上上海音乐学院后，聂耳的小提琴老师王人艺对时白林说：“你的手部条件不适合拉小提琴，不如去学作曲。”时白林听从老师的建议，开始了作曲生涯。

在时白林的作曲人生中，时任上海音乐学院院长的贺绿汀对他影响最大。至今在时白林家客厅最醒目的位置，仍挂着他和贺绿汀先生的合影。

阳光柔和地洒在床边的钢琴上，时白林坐在钢琴边上，面带微笑。他敲着茶几，模仿着贺绿汀给他上第一节课时打节拍的样子。“我们一听那节奏，就知道是《义勇军进行曲》。贺老师告诉我们：‘作曲首先要解决的是节奏问题。’”

传统黄梅戏的配乐本来只有一把胡琴加支笛子，最多再加一把笙。后来，时白林首次把西洋乐器引入黄梅戏，并对黄梅戏的音乐进行了改编，这才有了今天听到的黄梅戏旋律。

在时白林看来，艺术重在创新，切忌重复自己。《天仙配》中，他与王文治开始运用男女声二重唱。在黄梅戏《江姐》中，时白林首次运用西洋歌剧的“主题音调贯串法”。就连幼时无意中学到的“孟姜女调”中的“正月里来是新春”，也被时白林创造性地运用到了黄梅戏电影《孟姜女》中。

“没有创新的人，不会有出息。”时白林回忆说，“当初，我们把《天仙配》搬上银幕时，采用了当时国际上非常流行的歌舞故事片形式，而非传统的舞台戏曲模式。不仅安徽人爱看，全国的观众乃至一些国际友人也都爱看。这就是创新带来的成功。”

传统戏曲究竟该如何创新？时白林认为，创新成功与否，最终要观众说了算，因为艺术最终是为观众服务的。每次排演新作品，时白林除了听演员的意见，最愿意到观众席中倾听观众的声音，为的就是看看观众是否满意。

“任何创新，都必须固守本民族的优秀传统文化，这就是文化自信。没有文化自信，就谈不上民族复兴。”90多岁的时白林打开电脑，熟练地操作着，给记者看了一张图片，图片上赫然写着“至诚无息”。

（作者：常河，《光明日报》记者）

罗锦鳞：东西方戏剧互鉴的探路先锋

○ 刘江伟

80 多岁的他一生都在追求东西方戏剧的融合，一直尝试用中国戏曲演绎希腊戏剧。他创作的《俄狄浦斯王》，是在中国正式公演的第一部古希腊悲剧，当年曾震撼中国戏剧界。

罗锦鳞（刘江伟 摄）

80 多岁的罗锦鳞很“潮”。电脑、微博、微信、拍照，样样精通。如果你是他的微信好友，朋友圈经常会被他“刷屏”。他出去讲课，专门建微信群，随时跟学生讨论。采访期间，他的微信不断响起。有时正说着，头轻轻一转，瞥向手机，又有新消息传来。

2018 年，他把古希腊喜剧《鸟》搬到中国舞台。罗锦鳞一直琢磨怎么让戏好看，就问最近啥时髦，有人跟他说“说唱”。他一拍脑袋，说唱不正适合歌队吗？于是，八只鸟化身的“歌队”，除了有欢快的舞蹈，还有大段的说唱。

罗锦鳞一生求新。1984 年，罗锦鳞开始执教于中央戏剧学院干部进修班。学生要表演毕业剧目，罗锦鳞就给出两个备选剧目：《哈姆雷特》和《俄狄浦斯王》。但《哈姆雷特》已演出很多次，很难再有新意。于是，罗锦鳞就准备排演《俄狄浦斯王》。这简直不可思议！《俄狄浦斯王》是一部反映宿命论的悲剧，跟当时中国盛行的“人定胜天”的思想相悖，无人敢碰。罗锦鳞找到当时中央戏剧学院院长徐晓钟，征求他的意见。徐晓钟完全赞成。有了院长的支持，罗锦鳞的想法更坚定了。1985 年下半年，《俄狄浦斯王》开始排练，1986 年春首演，这是在中国正式公演的第一部古希腊悲剧。

《俄狄浦斯王》如一声惊雷，震撼了中国戏剧界。原定只公演五场，后来在观众的强烈要求下，加演到二十多场。当时戏剧界，有南北派之争，也就是“写意戏剧”与“写实戏剧”的论争。两派看了《俄狄浦斯王》后，都很兴奋，声称从中找到了自己的理论依据。1986 年，罗锦鳞带着《俄狄浦斯王》参加第二届国际古希腊戏剧节，影响很大，德尔菲大街小巷都是《俄狄浦斯王》的海报。演出后开研讨会，希腊文化部长紧紧抱住罗锦鳞，激动地说：“我们真应该学习中国人是怎么认识古希腊戏剧的。”

在罗锦鳞家的客厅墙上挂着一幅特殊的图片，上面有密密麻麻的签名。“这是《俄狄浦斯王》首次在希腊演出的海报，上面有近百位艺术家签名，很多艺术家在国际上首屈一指。”罗锦鳞指着海报，仔细辨认签名。那段时光，仿佛又重新闪现在他的脑中：舞台，灯光，音乐，鲜花，欢呼声在剧场久久回荡。

第一部希腊戏剧很成功，但罗锦鳞觉得还有缺憾。《俄狄浦斯王》只是让中国人演希腊戏剧，怎么让古希腊戏剧“本土化”？1988年，罗锦鳞带着话剧《安提戈涅》到希腊演出时，时任欧洲文化中心主任伯里克利斯·尼阿库先生建议：“中国戏曲举世闻名，何不用戏曲的形式来演绎古希腊悲剧？”一言点醒罗锦鳞。正巧这时，河北省河北梆子剧院裴艳玲找到罗锦鳞，希望能合作排一部戏。罗锦鳞心想，梆子沉郁悲凉、唱腔高亢、富有情感爆发力，很符合希腊悲剧精神。一拍即合，他们决定用河北梆子演出《美狄亚》。

不同国别，不同戏剧形式，想合二为一，谈何容易。有人曾用京剧演出《奥赛罗》，演员上身穿英国戏服，下身穿中国裙子，一出场，台下观众笑倒一大片。罗锦鳞吸取教训，不用“拼合”而用“融合”。他心想，川剧有“帮腔”、京剧有“龙套”和“捡场”，这不就是希腊戏剧的歌队吗？他还把希腊神话中“金羊毛”的故事加入戏中，正好展示戏曲的四功五法。

罗锦鳞没想到，《美狄亚》首演后，受到国内外观众追捧。该剧先后赴希腊、意大利、法国、哥伦比亚多国演出。在意大利米兰演出时，《美狄亚》的演员还与著名男高音歌唱家帕瓦罗蒂唱起了“对台戏”——他们在同一条街道上的两家剧院同时演出，《美狄亚》的关注度竟然更高，连剧场过道上都站满了人。

更难得的是，一出戏“捧”出两个梅花奖。1995年，第二版《美狄亚》和河北省河北梆子剧院青年团合作，彭蕙蘅因此剧获得了当年的梅花奖；2003年，该剧又由北京市河北梆子剧团演出，刘玉玲获得梅花奖二度梅奖。罗锦鳞也被希腊克里特岛政府授予“荣誉公民”称号。

用中国戏曲演绎希腊戏剧，罗锦鳞一直是探路先锋。“我一开始就追求东西方戏剧融合，让中国人看改革的戏曲，让外国人看典型的中国戏曲。”罗锦鳞时常提起戏剧先驱欧阳予倩，后者的一句话一直刻在他心中：“不懂中国戏曲，就没法做‘中国’导演。”

退休以后，罗锦鳞没闲着，每年排一部新戏。2019 年 6 月，由他担任总导演的儿童剧《小贝的书柜》在浙江上演。不过，他身边多了一位“贴心小棉袄”——他的女儿罗彤从希腊回国发展。罗门三代，有说不尽的希腊情缘。父亲罗念生是翻译家，翻译希腊名著三十余部；女儿在希腊传播中国文化二十余年，创办了希腊第一个民间中国文化中心。

“东与西，虽说是两个方向，我的想象，在相接的中央。”这是罗念生早年的诗，也是罗锦鳞一生的信条。东方与西方，传统与革新，已过耄耋之年的罗锦鳞仍在摸索，寸刻未停。

（作者：刘江伟，《光明日报》记者）

王超、虞佳：高山流水，觅得知音

○ 刘江伟

他们夫妻二人都唱戏，还在同一个院团，上班是戏，回家还是戏，但从来不觉得腻。唱戏是他们共同的爱好和事业，所以总有的聊。他们都摘得了中国戏剧的最高奖——梅花奖。

王超、虞佳（照片由受访者提供）

2019 年 4 月川剧演员虞佳获得了梅花奖，成为梨园界口耳相传的大新闻。很多人纳闷，尽管梅花奖很难拿，但戏曲演员“摘梅”，也都在情理之中，为何这次反响这么大？

看到有媒体报道“梅花奖夫妻”，人们才恍然大悟：夫妻两人都唱戏，戏曲界不少见，而双双获梅花奖，倒真是梨园行一件稀罕事。

见到王超和虞佳夫妇是在成都锦江剧院。王超正在加紧排练川剧《天衣无缝》，以迎接成都市川剧研究院建院六十周年演出。虞佳坐在观众席，静静地看，一言不发，“摘梅”时的意气风发早已淡去，生活演戏又化归平常。

这就是他们的日常。王超在台上演戏，她就坐在台下看；而她在台上演戏时，王超也会在台下细细地观摩。“我们年龄相差较大，很少演对手戏，这也正好给了我们相互学习的机会。”虞佳告诉记者，每次演完戏回到家，他们都会反复交流演戏心得，从做工到唱腔，从角色到服装。有时细到一个唱词的发音，两人都要研究很长时间。

“你们是怎么走到一起的？”两人不约而同地回答：“我们有很多地方都相似。”

王超出生在四川射洪，虞佳就长在隔壁县盐亭，地域的相近，让他们比别人有更多的共同语言。两人也都是“半路出家”。虞佳虽出生于梨园世家，但 15 岁时才决定要去戏校学川剧。王超则是 17 岁考入四川省川剧学校。

戏曲讲究童子功，错过最佳年龄学戏，注定要付出更多辛苦。“我进班时，同届同学已学过一年基本功，我只能一边学基本功，一边跟着学唱腔。”刚开始学戏的那段时间，虞佳只要上基本功课和舞功课就哭。王超亦如此。当时已是小青年的他，每天像七八岁的孩子一样，摸、爬、滚，喊嗓练唱，“汗水和泪水齐飞，疼痛与疲惫同行”。

相似的拼搏经历，让他们相遇后更加惺惺相惜。

拿中国戏剧梅花奖，曾是两人共同的梦想。“梅花奖是中国戏剧的最高奖，拿奖也是对个人的肯定嘛。”有一次，王超正在后台化装，有家电视台的记者突然闯进来，问他有什么梦想。“我要拿梅花奖。”王超脱口而出。为此，他拼搏奋斗了二十余年。功夫不负有心人。2013 年，他终于如愿以偿，获得第二十六届中国戏剧梅花奖，那年他 43 岁。

相比于王超的志在必得，虞佳总觉得拿奖还欠火候。2017 年年初，成都市川剧研究院复排《目连之母》，虞佳是第二组的主演。从青衣到花旦，中间还要穿插武旦，很吃功夫。虞佳完成得很出色，剧院领导当晚就建议她去冲梅花奖。她摆了摆手，“算了算了，我再锻炼两年”。直到 2019 年，虞佳又演了很多场，才觉得有点信心。

虞佳冲奖，最紧张的却是王超。作为过来人，他很清楚拿奖的不易。他时刻守在虞佳旁边，盯着每场排练，稍有不对的地方，就赶快纠正。回家的路上，演出的途中，甚至去比赛的飞机上，两个人都在琢磨演出的细节。

三次下南宁，三种不同心情。比赛的坎坷，王超仍记忆犹新。第一次是去抽签，决定比赛的日期和场地。抽奖前他就一直祈祷，结果事不遂人愿，抽到了下午 3 点演。戏曲演员都习惯晚上演出，下午状态很难达到最佳，再加上剧场舞台又大，不适合这个剧目。王超的压力突然袭来。

没有了天时地利，只能自己更加努力。第二次是陪虞佳比赛，王超在戏里也有角色，压力上又叠加压力。他晚上翻来覆去睡不着，最后只能把家里的枕头带到南宁。成功总是留给有准备的人。2019 年 4 月 26 日，第 29 届中国戏剧梅花奖名单公布，虞佳榜上有名。

春风得意马蹄疾。第三次赴南宁，王超陪虞佳去领奖，一扫往日的阴霾,心情如沐春风。王超的付出,虞佳看在眼里,记在心上:“初评时我入围了,他比我高兴;终评演出时,他比我紧张;得到获奖的消息时,他比我还要兴奋。”

夫妻都唱戏,上班是戏,回家还是戏,会不会有点腻?

“不会!”王超回答得斩钉截铁。“唱戏是两个人共同的爱好,现在成了共同的事业,我们有话聊。”不过话锋一转,他叹了口气说:“戏曲演员很辛苦,但往往得不到理解,尤其是自己的家人。”在王超的身边,就有戏曲同行因为家人不支持,改行做其他工作了,“平时演完戏回家,已经筋疲力尽,家里人还让你干这干那,肯定受不了。”

高山流水,知音难觅。每当王超不开心的时候,虞佳就会劝他,让他再咬咬牙。他们一起回忆着从艺的点点滴滴,拼搏与收获,曲折与艰辛。有时聊着聊着,两人突然破涕而笑,乌云全部散去。如今,王超到处推广经验,他经常跟年轻人念叨,对象最好还是找同行。“只有戏曲人理解戏曲人。”言谈之间,王超有几分庆幸,也有几分感叹。

(作者:刘江伟,《光明日报》记者)

萧晴：寄身学海为知音

○孔培培

年过百岁的她，是京剧大师程砚秋的知音，也是程砚秋唱腔记录、整理、研究的“第一人”。她把毕生精力都用在了记录、整理、研究程砚秋的唱腔艺术上，是运用中西音乐理论结合的方法研究戏曲音乐的先行者。

萧晴（肖兴 摄）

“谯楼上二更鼓声声送听，父子们去采药未见回程。对孤灯思远道心神不定，不知他在荒山何处安身……”北京郊外老年公寓萧晴的寓所里，唱机中程砚秋的唱腔时隐时现，不大的房间中触手可及的位置都整齐地堆放着书，最引人注目的是那本厚厚的《中国大百科全书·戏曲卷》。

正伏案整理自己学术文集的萧晴，恬静而又优雅，午后的阳光透过玻璃窗洒在她的银发上。2019年，文化和旅游部部长雒树刚与中国艺术研究院院长韩子勇看望她，为她送来“庆祝中华人民共和国成立七十周年纪念章”。

出生于1919年的萧晴，早年学习西洋唱法，后任教于中央戏剧学院。1953年追随戏曲理论家张庚调入中国戏曲研究院，开始从事戏曲音乐的研究工作。作为老一代戏曲音乐理论家，她倾尽心血记录整理研究程砚秋的唱腔艺术，是运用中西音乐理论结合的方法研究戏曲音乐的先行者。

谈起如何走上了音乐之路，萧晴的脸上泛出了童真般的笑容：“我从小就喜欢唱，喜欢跳，是在歌唱的世界里长大的。一次学校开演艺会，我参加了《葡萄仙子》的演出，还饰演了里面的那个男孩呢。”萧晴一边说着，一边做着各种手势，无论如何都看不出已是百岁高龄。“学校举行爬杆运动，我第一个爬上去，他们就称我为‘猴子王’。”说到这里，萧晴得意地发出爽朗的笑声。

萧晴是业界公认的研究程砚秋与程派唱腔的专家。她说：“京剧曾出现过很多艺术流派。其中绝大部分是以唱腔和演唱上的独具一格，被群众公认为‘派’的。但以‘腔’字标派或在称派的同时，也广泛地称之为‘某腔’的，实不多见，最常见的大概只有生行中的‘谭腔’及旦行中的‘程腔’。”

与程砚秋第一次见面的情景，萧晴记忆犹新。1955年5月的一天，风和日丽，柳絮飘飞。一辆黑色小轿车驶入位于地安门的中国戏曲研究院，车子里坐着的正是京剧艺术大师程砚秋。对于萧晴而言，程砚秋既熟悉又陌生。熟悉是因为在此之前，她已经将能够找到的程砚秋的唱片听了个遍。陌生是因为在唱片之外，她与这位艺术大师素未谋面。车子刚停稳，等候多时的萧晴与舒模（编者注：作曲家，曾任中国戏曲研究院艺术研究室主任）疾步迎上，陪同程砚秋进入简陋的办公室。此后，对程砚秋唱腔的记录整理便成为萧晴工作的重要内容。办公室内，程砚秋的讲述非常生动，讲到关键处，他都会轻声唱上几段。正是在这种近距离的接触中，程派低回委婉的声腔一次又一次震撼着萧晴的内心。很多年后，萧晴谈及此事，依然掩饰不住内心的激动："听了程先生的演唱，我第一次觉得中国怎么还有这么好听的声音。"

在萧晴的眼里，程砚秋虽是一位在舞台上熠熠生辉的艺术家，但为人处世却十分低调随和。一次，程砚秋请大家去家里做客，晚饭每人一碗炸酱面。饭后，程砚秋陪大家在院子里散步。院子里一树的柿子引起了萧晴的好奇，她惊叹道："从没见过这么大的柿子！"话音刚落，程砚秋便伸手摘下三四个柿子递给她。惊喜之余，萧晴拿也不是，不拿也不是。最后，她还是收下了，但放在办公室很长时间舍不得吃。

20 世纪 50 年代，由于录音技术和设备的局限，音乐记谱工作异常困难。为了及时记录程砚秋的演出，萧晴常常秉烛达旦地工作。每次记录完毕，她都要先交给程砚秋审定。看着一行行密密麻麻的音符，程砚秋说："真是辛苦你了，可惜我看不懂乐谱，有时间你就教教我识谱吧。"萧晴知道，程砚秋既要演出，还要教学、创腔、出席各种会议。为了不让他分心，萧晴语气坚定地说："您的工作已经非常忙了，记谱的事情就交给我吧。您创一出，我记一出，只要您一直唱戏，我就一直跟着您记！”为了这句承诺，她将毕生精力用在了对程砚秋唱腔的记录和研究中，先后出版《荒山泪》全剧曲谱、《程砚秋唱腔选集》《程砚秋的演唱艺术特色及成就》《程腔的艺术本质》《程砚秋传略》等一系列音乐曲谱与研究著述。这些成果成为研究程派唱腔的重要文献，也构成了前海学派学术成果的重要组成部分。

对于程砚秋独特的嗓音条件和发声方法，当时社会上有一部分观众难以接受。甚至一段时间里，有人称程砚秋的声音为“鬼音”。对此，萧晴有自己的看法。“我查遍了中外所有的声乐资料，都没有发现对声音有所谓‘鬼音’的命名。我想这是因为程先生的唱腔如泣如诉，行腔中经常会有气若游丝、声音马上断掉了的感觉，然后又突然响亮开阔起来。这种声音感觉犹如古诗里描写的‘柳暗花明’的境界，真是妙不可言、回味无穷。”萧晴的专业解释，获得了业界广泛认同。有关“鬼音”的说法逐渐销声匿迹。随着研究的逐步深入，萧晴总结出程腔“声、情、永、美”四大美学特征，但她始终谦虚地说：“这是程先生对自己演唱艺术的基本要求，并非我的功劳。”

1958年春节后，一次与文学评论家冯牧共进午餐时，程砚秋感慨地说：“对于演员来说，掌声易得，知音难求。”而萧晴正是他的知音。十几天后，年仅54岁的程砚秋因突发心梗，京剧界的一颗巨星轰然陨落。

“在我们俩接触的三年多时间里，程先生一个礼拜要跟我谈三次，每次谈两个钟头。他是我的开蒙师父，如果说我对京剧稍稍懂一点的话，实际上是程先生对我的帮助与启发。”说到这里，萧晴调大了唱机的音量，程砚秋那充满艺术魅力的唱腔充盈着整个房间：“谯楼上二更鼓声声送听……”

（作者：孔培培，中国艺术研究院戏曲研究所副所长）

胡芝风：从理工女到京剧名旦

○熊姝

她当年考上了清华大学工程物理系，中途却转行做了京剧演员，成为梅兰芳的关门弟子。在艺术芳华绽放最精彩的时刻，她又告别舞台，转身搞起戏曲理论研究。中国少了一个科学家，却诞生了一位蜚声海内外的艺术家。

胡芝风（李跃 摄）

从清华的理科高才生，转行成为京剧演员，又从演员成为学者和导演，80多岁的胡芝风一生颇为传奇。

2019年11月18日，胡芝风从苏州风尘仆仆地赶赴北京，在中国艺术研究院做了一场题为《戏曲表导演艺术的美学精神》的讲座。四个小时的讲座，她的一双眼睛始终熠熠生辉，那种浑身是劲儿的样子，完全不像一位耄耋老人。她说，只要谈戏曲就不累。对戏曲艺术的爱，已经浸入她的骨子里。

1938年冬，胡芝风出生于上海，家境殷实。还在襁褓中时，她就常被外婆抱着去听绍兴戏。小时候，父亲对胡芝风的兴趣爱好全力支持，骑马、游泳、芭蕾，她样样精通，可她最爱的还是京剧，甚至想长大去唱戏。大户人家的小姐，怎能去干"下九流"？家人对她入梨园行的想法反对声一片。父亲比较开明，请来当时的京剧名伶吴继兰为她进行京剧开蒙。

考大学时，无法违拗家人的意见，胡芝风考取了清华大学工程物理系。可那份与京剧的情缘始终难以割舍，她最后背着刀枪把子来到清华园，一边遨游于科学的海洋，一边吮吸着艺术的芬芳。在科学与艺术之间徘徊良久，胡芝风内心的天平最终还是倾向了后者。中国也许少了一个科学家，但却诞生了一位蜚声海内外的艺术家。

1959年，在京剧"麒派"艺术创始人周信芳的推荐下，胡芝风拜梅兰芳为师。一见面，梅兰芳便称赞她学京剧的决心，风趣地称她为"大学生小徒弟"。拜师那天，胡芝风平时所仰慕的欧阳予倩、荀慧生、萧长华、姜妙香、俞振飞、言慧珠等都到了现场。胡芝风恭恭敬敬地向梅兰芳夫妇行跪拜叩头礼。梅兰芳高兴地对同仁们说："我年纪大了，本不打算再收徒弟了，可是，芝风是大学生来从艺，我心里高兴，就破例再收一个，算是关门徒弟吧。"师从梅兰芳的那段日子短暂而快乐，"梅先生不仅讲唱腔、身段、技巧，也讲绘画和雕塑"，胡芝风坦言,梅兰芳的创造精神对她的艺术道路影响深远。

胡芝风的成名作是京剧《红梅阁》。1962 年,风华正茂的胡芝风已是苏州市京剧团的主演。她在上海观看了李玉茹主演的京剧《红梅阁》,一下子被剧中李慧娘圣洁的形象吸引住。她将全剧内容用速记法记录下来,随后吸收芭蕾的成分进行大胆再创作。胡芝风主演的《红梅阁》曾在武汉连演三十场,打破了当地演剧场次的纪录。

然而,好景不长。受政治运动的影响,胡芝风因主演《红梅阁》这部“鬼戏”而受到批判,她的艺术生命像《红梅阁》中李慧娘的魂魄一般,飘忽于天地无光的暗夜中。“美哉慧娘,临别依依”,她不得不与心爱的李慧娘告别,而这一别就是十七年。

1979 年春天的一个午后,剧团突然通知胡芝风要重排《红梅阁》。“红梅阁”三个字如同天雷勾动了地火,在胡芝风的心头炸响。夜深人静,辗转难眠的她梦游般地走进排练厅,默默地打开电灯,换上练功服,在舞台上孤寂地练习。十七年啊,还能找回李慧娘吗?胡芝风心里五味杂陈,泪如雨下……

年届不惑的胡芝风,经历了岁月的磨砺,对《红梅阁》有了新的认识,她对剧本进行了修改——李慧娘作为美的化身、力量的象征,是封建顽石压迫下突兀傲然挺立的一枝红梅花,《红梅阁》由此更名为《李慧娘》。在表演上,作为李慧娘的饰演者,胡芝风在继承传统表演程式的基础上,综合运用了花旦、青衣、刀马旦、武旦等行当。为追求李慧娘的舞蹈美观,她还大胆运用了芭蕾舞。胡芝风在《李慧娘》中的创新,当时被有些人斥为“离经叛道”,但这并不能阻挡她革新京剧的步伐。

《李慧娘》获得了极大的成功,从上海演到北京,从北京演到天津,从天津演到香港,最后一直演到意大利的威尼斯,前后演了六百多场,掀起了一股文化旋风。有评论这样评价她:“给古雅的京剧灌注了新鲜血液，在北京观众中产生的影响，就像当年四大徽班进京，冲击了宫殿艺术，推动了京剧改革。”

1985年初，在艺术芳华绽放的时刻，胡芝风意外地收到了中国艺术研究院戏曲理论研究班的招生简章。招生简章说，办这个研究班可以使胡芝风这样有实践经验的同志得到系统学习理论的机会……

谁都没想到，胡芝风会告别鲜花和掌声，一头扎进象牙塔，坐起了冷板凳。两年的理论学习，胡芝风成绩优异。毕业时，中国艺术研究院希望她留院工作，充实戏曲表演导演理论研究的力量。在人生的又一个十字路口，她毅然决定告别华丽的舞台，转身做一名朴素的学者。

胡芝风潜心于戏曲表演导演理论研究，先后出版了《艺海风帆》《胡芝风谈艺》《戏曲演员创造角色论》《戏曲艺术二度创作》《戏曲舞台艺术创作规律》《戏剧散论》等专著。理论研究之余，她依然坚持创作。在她指导的六十多部戏中，有十二位演员先后摘得“梅花奖”。

如今，80多岁高龄的胡芝风居住在风景如画的苏州，但她似乎无暇欣赏江南美景。她经常拉着行李箱在全国各地来回奔波，为中国戏曲艺术继续忙碌着……我们的采访一结束，她马上登上了南下的列车，展开下一段戏曲旅程。

（作者：熊姝，中国艺术研究院戏曲研究所研究员）

杜近芳：拼命的『东方皇后』

○陆蕾

80 多岁的她，师承王瑶卿、梅兰芳，兼收并蓄形成了自己独树一帜的表演特色和流派风格，首创女性京剧旦角的科学发声方法。她曾多次代表祖国出访世界各地，传播中国文化，国内戏迷称她为“小梅兰芳”，外国观众则称她为“东方皇后”。

杜近芳（和卫 摄）

“忽听得堂上一声喊，来了我这忠心报国谢瑶环……”电视机里，巾帼谢瑶环伴随着急管繁弦上场，电视机前，杜近芳聚精会神地看着自己学生的演出。茶几上静静地放着一本人民出版社出版的《杜近芳口述实录》。

这本三十万字的回忆录，由杜近芳口述，我和青年学者张正贵采访记录，书中收录了杜近芳从艺各个时期的两百张珍贵照片。杜近芳历时五年完成这本回忆录，就是要把前辈传给她的艺术的、人生的经验留下来、传下去，希望有益于热爱京剧艺术的青年演员们。

出生于1932年的杜近芳，1945年师从京剧界“通天教主”王瑶卿和梅兰芳艺术声腔的主要创作者王少卿学艺，后拜京剧大师梅兰芳为师。新中国成立后，她加入国家京剧院（原中国京剧院），长期与叶盛兰、李少春、袁世海同台合作，世称“李、袁、叶、杜”四大头牌。她深得“王派”“梅派”艺术精髓，特别是她古典美与现代美相结合的艺术气质，大大提升和拓展了京剧旦行的表现力与艺术内涵，形成了独树一帜的艺术特色与风格，使京剧旦行表演步入了新的艺术境界，也为自己赢得了“小梅兰芳”的称号。

杜近芳对京剧艺术的“拼”，在京剧界是公认的。几年前，为了帮学生复排《白蛇传》，有近半个月的时间，她几乎每天都泡在排练厅里。“注意情绪的准确性，白素贞对许仙是怨大于恨。”“剑要得不对，转身还要接一个鹞子翻身，来，我来。”说到激动之处，杜近芳亲自下场，手握单剑，踏步立腰，剑花翻飞处，哪里能看得出这是位抱恙在身的高龄老人。那时的她，脚肿得需要穿上特制的大号布鞋，可为了教学生，她每次都连说带舞。

杜近芳几乎把自己的一切时间都献给了京剧艺术。几十年来，她没有留过长发。“小时候我偷偷瞒着家人，躲屋里把自己的辫子给铰了。长头发梳洗起来多浪费时间呀，有这个时间，能多背两出戏。”工作后，每逢节假日，她都会在门上贴条并放两份礼金于门前，上写“家中无人，来人留言，若有红白喜事请自取”，为的就是将应酬的时间省下来练功排戏。随团出国演出，夜里睡觉，她甚至都在梦游练功。“和我住一屋的演员控诉我半夜起来踢腿、练功，折腾了半宿，可把她给吓坏了。”谈起往事，杜近芳哈哈大笑，“我自己可是一点都不知道。”

为了京剧艺术，她学戏拼，演戏拼，排戏拼。为了创作出一部好戏，杜近芳总是废寝忘食。创作京剧《谢瑶环》时，为了深入分析剧本，她把自己关在房里整七日，将剧本一页一页地拆开沿着墙壁贴了八圈。

杜近芳虽师从王、梅二师，学戏却从不囿于流派，而是兼及尚、程、荀、筱等旦角各派，更旁及生、净、丑等各行当。踩过跷、学过各种跟头，还练过花脸的髯口功、丑行的轴杆功。“我踩着跷走在大街上，看到路中间有块砖头，我一个虎跳就过去了。”说到这儿，杜近芳莞尔一笑。

王瑶卿、梅兰芳二位先生教杜近芳学戏，都有一个要求：学源不学流。在杜近芳看来，“源”一方面指京剧各行的基本功，另一方面指创作的源头，即懂得分析戏情戏理，学会塑造人物的方法和创作思想。她说，看一部戏的时候，要分析思考，艺术家是怎么创造角色的，为什么这么创造？有哪些好东西可以为我所用？创演一部戏之前，要先把戏中故事的来龙去脉弄清楚，知道它的朝代、年代、政治历史背景，人物形象的年龄、家庭、性格、身份、受教育程度等，知道了这些源头，才能明白人物该如何打扮穿戴，唱念做打该如何安排运用。正因为有这样的思考，杜近芳才能塑造出大量鲜活生动、感人至深的女性艺术形象，如忠心报国的谢瑶环、纯真俊美的祝英台、爱国刚烈的李香君、亦人亦妖的白素贞等，千人多面，深入人心。

“创作是中心任务，作品是立身之本。艺术创作需要付出长久的耐力、毅力、努力，时至今日，我的创作热情未减一分。”杜近芳说。1958年2月，中国京剧院创演京剧现代戏《白毛女》，杜近芳饰演喜儿，李少春饰演杨白劳，袁世海饰演黄世仁，叶盛兰饰演王大春，杜近芳和演员们吃馒头，喝白开水，排累了就地卧倒休息。只花了十天的时间，就完成了这部戏的排演，演出轰动了当时的文艺界。仅1958年一年，杜近芳在完成各项演出任务的同时，还创作了五台新剧目：两台京剧现代戏——《白毛女》《林海雪原》，两台古典名著改编剧——由欧阳予倩改编创作的京剧《桃花扇》、由田汉改编创作的京剧《西厢记》，以及一台传统剧目改编剧《桃花村》。

在长达七十年的艺术生涯中，杜近芳不但继承了王瑶卿、梅兰芳两位大师的衣钵，整理演出了《十三妹》《金水桥》《穆柯寨》《梁红玉》《木兰从军》《廉锦风》《嫦娥奔月》《霸王别姬》《宇宙锋》《穆桂英挂帅》，还与叶盛兰、李少春、袁世海等艺术家同台合作，创演了《白蛇传》《谢瑶环》《柳荫记》《桃花扇》《玉簪记》《蝴蝶杯》《佘赛花》《桃花村》《白毛女》《红色娘子军》等几十出新编历史京剧和现代戏，成为新中国创演新剧目最多的京剧艺术家之一。

这一年来，杜近芳身体不太好，可也一直没闲着，她总在想还能为京剧艺术做点什么。除了整理出版回忆录，这几年，她还收了四个80后、90后学生，她说，要教学生直到教不动为止。

（作者：陆蕾，《杜近芳口述实录》作者之一）

王芳：昆曲是我心中的『恋人』

◎ 韩业庭

她两度摘得中国戏剧梅花奖，还获得了文华表演奖，是当代昆曲艺术的代表性人物，同时还头顶全国劳模、四届全国人大代表等诸多光环。在数十年的坚持与守望中，她见证了昆曲艺术的衰微、复苏与再度繁荣。

王芳（资料图片）

记者眼前的王芳，说起话来柔声细语，不疾不徐，时而微微蹙眉，时而莞尔一笑，一如她在昆曲《牡丹亭》中塑造的杜丽娘，浑身散发着雅、秀、美。

2019 年 8 月，江苏省文艺名家晋京展演王芳昆剧苏剧专场亮相北京梅兰芳大剧院。演出间隙，记者在剧院后台见到了这位昆曲名家。

王芳扮相俊美秀丽，唱腔委婉动听，表演精致细腻，是两届中国戏剧梅花奖得主，同时还头顶全国劳模、四届全国人大代表等诸多光环，可言谈间，她丝毫未提及自己的那些“资本”与“荣誉”，讲述的全是自己与昆曲的种种纠葛与缠绵。

王芳天生一副好嗓子，从小能唱会跳，同学们都叫她“高音喇叭”，宣传队，联欢会，需要唱歌的地方，都少不了她的身影。14 岁那年，苏州昆剧团到学校招人，她从几千人中脱颖而出。理工科出身的父母，说什么也不同意女儿吃“开口饭”。剧团的领导“三顾茅庐”来家访——他们实在舍不得这么一个好苗子。拗不过剧团领导的执着，王芳的父母最终同意她进剧团。

学戏的过程是艰苦的。冬天，在窗户玻璃破碎的房间里练功，手生了冻疮也得咬牙拿大顶；夏天练功，戏服舍不得穿，只能把用麻袋片改做的“戏服”套在身上，汗水湿透了“戏服”，第二天还没干就得继续穿上；唱戏要勒头，王芳一勒头就头晕呕吐，为了锻炼自己，她就勒着头睡觉……不过，王芳说：“只要喜欢，就不觉得苦和累，反而乐在其中！”

这份“自得其乐”，让王芳比别人多了一份执着。20 世纪 80 年代中期到 90 年代末，跟其他戏曲一样，昆曲观众锐减，市场萎缩，不少剧团纷纷解散。票卖不出去，苏州昆剧团就免费演，同时放个箱子在门口，观众可以自愿给钱。可王芳发现，“演了几场后，台上的演员比台下的观众还多,那一刻,很心寒”。

为了生计,跟王芳同时进团的演员走了一半。王芳也在婚纱摄影楼兼职干起了化妆师,不过她没有放弃昆曲,每天都坚持练功、吊嗓子。

生活的磨砺，让王芳的表演更具张力。1995 年,32 岁的她,凭借昆剧《寻梦》《思凡》和苏剧《醉归》摘得第十二届中国戏剧梅花奖。这份荣誉,让她觉得自己多了一份责任。为了守护昆曲,她辞去了当时月薪三千元的化妆师工作,回到了剧团,领着月薪不到两百元的工资。

守得云开见月明。2001 年昆曲被评为世界非物质文化遗产。国家对昆曲的保护力度随之加大,昆曲从落寞中逐步走向复苏,王芳也一步步走上个人艺术生涯的顶峰。

2004 年,苏州昆剧团复排大型昆剧《长生殿》,将该戏百余年间未演出过的很多折子重新搬上舞台。当年 2 月,《长生殿》在台湾首演,一炮走红。随后,在北京的演出同样取得了空前成功。一些戏迷甚至追着剧组到处跑,一遍一遍反复看。一些影视明星也被吸引进剧院看昆曲,陈道明看完《长生殿》甚至托人找到王芳,希望要一张她的签名照。“作为传统戏曲演员，我感受到昆曲受到空前的重视。”王芳忘不了在那之前的二十年,送票请人看戏,别人都不愿来。谈及往事,她感慨万分。凭借在《长生殿》中的出色表现,2005 年,王芳“梅开二度”,获得第二十二届中国戏剧梅花奖。

近些年,在戏曲界,“创新”成为高频词。为了吸引观众,一些人和机构以“创新”为名,有的修改程式,有的调整唱腔,有的甚至让戏曲演员穿上比基尼。王芳对此不以为然甚至忧心忡忡,她以昆曲为例说:“昆曲最大的魅力就是含蓄之美,好的演员应该去引导观众欣赏昆曲的内在美,而不是为了迎合观众把昆曲艺术最本源的东西丢掉，昆曲经典的内涵是不能轻易篡改的。”

王芳曾多次随团到国外演出。出国前，她也想当然地以为外国观众不爱看传统昆曲，因为传统昆曲唱词为文言文，节奏也比较缓慢，所以剧团倾向在国外多演《三打白骨精》之类的武戏。可是，演了几次后她却发现，外国观众接受度很高，他们坚持要看文戏，很多外国观众还要求别打字幕，说字幕会干扰他们欣赏演员的呼吸和眼神。

王芳师承多位传字辈、继字辈的昆曲名家。她的那些老师，现大都七八十岁了。师父们早已芳华不再，他们年轻时的演出大都没有记录下来，有的甚至连一张演出的照片都没留下，这让王芳十分遗憾。因此，作为国家级非物质文化遗产项目(昆剧)代表性传承人，最近几年王芳把更多精力投向昆曲的传承保护和青年演员的培养上。

在苏州市委宣传部的支持下，王芳成立了个人工作室。工作室的两名90后，跟随拍摄记录她日常的演出、排练、教学内容。这次在北京梅兰芳大剧院举办的王芳专场演出中，他们第一次进行了网络直播，点击量达五十万。

“江南有幽兰，生长姑苏间。《牡丹亭》中恨，《长生殿》里缘。舞低虎丘月，歌尽水磨弦。妙传《霓裳》曲，清香动人寰。”戏迷创作的这首诗，是对王芳艺术人生的生动写照。在数十年的坚持与守望中，王芳见证了昆曲艺术的衰微、复苏与再度繁荣。她说：“昆曲是我的精神支柱，也是我心中的‘恋人’，我这辈子都会追随她。”

（作者：韩业庭，《光明日报》记者）

史依弘：爱『折腾』的京剧探险者

◎韩业庭

早年成名的她，比别人少了些追逐名利的冲动，从而可以遵从内心的召唤，在艺术上大胆“折腾”。这种“折腾”，拉近了京剧跟年轻人的距离，为京剧艺术探索出了更多可能，也让她成为最具票房号召力的戏曲演员之一。

史依弘（照片由受访者提供）

无数次面对台下观众，京剧名家史依弘都镇定自若。这一次，她坐在自家的电脑前,却有些紧张。

2020 年受疫情影响，线下剧场演出已暂停两月有余。史依弘想,在这样一个特殊时期,更应该让观众觉得,“艺术家是跟他们在一起的”。

2020 年 3 月，史依弘不断将居家录制的京剧片段上传至网络平台，受到粉丝们的欢迎。这让她最终鼓起勇气在网上跟观众“见面”。

2020 年 3 月 21 日晚上 8 点,史依弘打开电脑,进入网络直播间。一上线,她就蒙了。电脑中的她被戴上了“眼镜”“耳环”,还有各种“鲜花”纷纷涌来——那都是粉丝们送的礼物。在舞台上唱、念、做、打全都应对自如的史依弘,一时不知该说什么。

“大家都来自哪里？”“湖北、河南、安徽、山东、新疆、海南……”粉丝们回答的文字,在屏幕上“排成了长长的队列”。那天的直播持续了一个多小时,卸下彩妆、素颜以对的史依弘,反而让粉丝们觉得亲切。她跟粉丝们聊读书、聊生活、聊京剧、聊音乐……有人想听她唱两句，她就清唱了几段《贵妃醉酒》《春闺梦》。粉丝们刷屏的文字、可爱的表情包，让她真切感受到年轻人对国粹的热爱。“那一刻,我特别感动,心里暖暖的。”曾认为演员跟观众的交流一定得在舞台上并且还得扮上的史依弘,非常享受这种线上跟观众的“近距离接触”。

疫情按下了线下艺术活动的暂停键,却“逼出”了新的艺术呈现方式。除了自己在家里搞直播,3 月 26 日晚,史依弘还跟尚长荣、王珮瑜等京剧名家一起参加了“一江连心·艺起前行”上海京剧院线上演唱会,利用云直播把京剧演出搬到了线上。

发展戏曲艺术,既要“传”,又要“承”。如果说开直播、云演出等是在“传”方面的新尝试，那“承”上的创新，史依弘其实做得更多，走得更远。

身为上海京剧院梅派大青衣、上海戏剧家协会副主席，史依弘成名很早，不到20岁就到中南海演出；22岁被评为首届“中国京剧之星”、国家一级演员，同年凭借《扈三娘与王英》获第十一届中国戏剧梅花奖。此外，她还曾获得“白玉兰奖”“上海市文化新人”“上海市领军人才”等荣誉和称号。

也许因为成名早，史依弘比别人少了些追逐名利的冲动，从而可以遵从内心的召唤，在艺术上大胆“折腾”。所以，在很多京剧票友的眼里，史依弘有着不一样的劲头，她有一股不竭的创新动力，许多年轻观众正是因为看了史依弘极具风格的演出而成为“弘粉”。

2008年，史依弘作为制作人之一，将法国文学名著《巴黎圣母院》搬上了京剧舞台，并饰演女主人公艾丝美拉达。

毫无疑问，这是一件极富挑战与难度极高的工作。为了呈现人物的复杂性格，史依弘借用了青衣、花旦、花衫、娃娃生等多种行当的表现手段。艾丝美拉达是个流浪舞者，为了塑造好这个人物，史依弘甚至报名参加电视综艺节目《舞林大会》来学习各种舞蹈。最后，她将斗牛舞等舞蹈语汇融入京剧程式化的表演，让观众觉得好看又不失京剧本体元素。在第六届中国京剧节上，戏迷为了看京剧版《巴黎圣母院》甚至把剧院的门都挤坏了，很多人扒在门缝边看完了这部戏。演出结束，一位导演前辈来到后台紧紧握住史依弘的手说：“雨果如果还活着的话，他会感谢你的。”

有的戏曲演员，一旦成名，就躺在某一部作品上开始“享受成果”，不愿再进行尝试和突破。毕竟，戏曲创新风险极大，稍不留神就会招来骂声一片。“以前的‘四大名旦’也好，‘四大须生’也罢，哪一个不是在质疑声中成长起来的？”史依弘很像戏曲领域的探险者，她总是尝试突破传统的束缚，为京剧艺术开拓出新的空间。

2018 年 5 月 1 日，史依弘在上海大剧院推出由她独挑大梁的《梅尚程荀·史依弘》京剧专场，荟萃京剧“四大名旦”具有代表性的四出传统老戏——梅派《苏三起解》、尚派《昭君出塞》、程派《春闺梦》、荀派《金玉奴》。“文武昆乱不挡”是京剧界对京剧演员的一种最高评价，指的是能够跨流派、跨剧种、跨文武，甚至跨行当进行演出。史依弘的这一举动，正是朝着“文武昆乱不挡”迈进的努力和尝试。演出引起了轰动，有赞誉也有质疑。无论如何，这都是史依弘试图打破流派限制，实现艺术突破的一次大胆尝试，也体现了她“京剧艺术探险者”的本色。

2019 年，史依弘作为制作人又把经典武侠电影《新龙门客栈》搬上京剧舞台，她一人分饰金镶玉、邱莫言两个角色——前者爽朗泼辣、热情似火，后者冷若冰霜的外表下是侠骨柔肠。为了让两个角色更为鲜明，史依弘不仅引入不同流派的唱腔从腔调上赋予两个人物不同的特质，还特别为两个角色设计出不同的兵器道具，让武戏更有层次感。

史依弘就是这样爱“折腾”，正是这种“折腾”，拉近了京剧跟年轻人的距离，为京剧艺术探索出了更多可能，也让她成为当今最具票房号召力的戏曲演员之一。

（作者：韩业庭，《光明日报》记者）

赵燕侠：父亲打出来的『阿庆嫂』

○ 刘平安

90多岁的她，是北京京剧院九大流派之“赵派”创始人，也是20世纪50年代全国十四名一级京剧演员中最年轻且唯一的女演员。她的一生与戏曲结下了不解之缘，她塑造的阿庆嫂等角色深受广大戏迷的喜爱。

赵燕侠（张雒燕 摄）

她是中国京剧舞台上第一出现代戏《白毛女》中的白毛女；她是《白蛇传》中唱响“小乖乖”唱段的白娘子；她是《玉堂春》中细腻而又“抓观众”的苏三；她是《花田错》中拥有一手绝活的春兰；她是《芦荡火种》(《沙家浜》前身)中圆活灵通的阿庆嫂……她是一代京剧大师赵燕侠。

采访赵燕侠时，她正在医院疗养，她的女儿张雏燕向记者介绍了老人的近况。90多岁的赵燕侠对戏曲始终如一的热情令人感动。

“母亲年轻时，对记各种戏曲之外的事都不太上心，现在年纪大了更记不住了。但是直到现在，她仍然记得大段大段的戏曲唱词。有时候随机地考她一段，她可以完整地念下来，一气呵成。”张雏燕说，“戏曲是流淌在母亲血液中的。住院期间，她时不时地会突然来一句‘明天有演出，我得背戏词’，有时候会说‘我背了一晚上词了，要准备演出’。我跟她说‘咱不演出了，您已经退休了’，她还不信，说我骗她，说是不是犯了什么错，领导不让唱了。像个老小孩一样。”

这就是赵燕侠的戏曲人生。学戏、背戏、排戏、演戏，从走进戏园子开始，京戏几乎成了她的一切，贯穿了她的一生。

1928年3月1日，赵燕侠出生在一个梨园世家，父亲赵小楼是一名京剧武生演员，因为家穷供不起她上学，父亲决定让她学戏。从6岁开始，赵燕侠就跟着父亲在戏园子里混，耳濡目染听会了好几出戏，吊嗓子也有了一定的功力。一次偶然的机会，赵燕侠帮别人客串了一场娃娃戏，初次亮相便获得了满堂彩，父亲赵小楼决定把她培养成头牌好角儿。

戏曲界很多人都知道“赵燕侠是父亲赵小楼打出来的”，从小吃了很多苦。因为请不起琴师吊嗓子，赵燕侠刚开始练嗓子的功课是对着冬天的厚冰完成的，“每天要用哈出来的气把冰喊化了才算完”。除了练嗓子,父亲还督促她每天练功,“练不好就打”。赵燕侠曾回忆说:“我父亲是唱武生的,脾气不好,小时候练戏,唱不好挨打,唱好了也挨打。”

1943 年,为了给女儿“镀金”,博得戏曲界的认可,赵小楼决定倾其所有让赵燕侠进京挑头牌演出,并借钱找来当时的一些名角儿给她配戏。15 岁的赵燕侠在北京中和剧场首演《十三妹》便大获成功,到第三天时,剧场爆满,赵燕侠一演成名,父亲也终于松了口气。然而,在大获成功之前,一次演出后的小插曲让赵燕侠一生难忘:“有一次演出,效果不错,观众也很欢迎。可我刚下台就看到父亲拿着一把刀劈子等着我,上来就一通抽,我不知道怎么回事,大伙也傻了,问他演出这么好为什么还打。父亲说,‘我不是打她,我是让她记住,唱得还不错,以后就这样唱,别出错’。”

吃得苦中苦,方为人上人。文武全才的赵燕侠不仅精通青衣、花旦、刀马旦、文武小生等多个行当,而且素有嗓子好、咬字清、不用话筒也可以让最后一排的观众字字入耳入心的美誉。这些真功夫让她在完成“一天三出戏”的演出任务时毫不吃力,也让她在历经起伏磨难之后,依然不改初心,认真对待每一出戏。

20 世纪 50 年代,赵燕侠成为全国十四名一级京剧演员中最年轻且唯一的女演员,独挑燕鸣社(后改名燕鸣京剧团),与当时一众老艺术家比肩,叫好又叫座,曾创下《玉堂春》连演连满四十八场的奇迹。1960 年,燕鸣京剧团并入北京京剧团,赵燕侠与马连良、谭富英、张君秋、裘盛戎并列剧团五大头牌。前后十几年间,在赵燕侠成功演出《玉堂春》《白蛇传》等传统剧目,成功塑造赵式苏三、白娘子等经典形象的同时,也形成了鲜明的个人风格,完成了“出荀入赵”的蜕变。

赵燕侠曾拜师荀慧生。有一次,荀慧生看了她的演出,结束后,他说,赵燕侠会是我的学生中最有出息的一个。赵燕侠学习刻苦,又喜欢动脑子摸索创新。学习荀派艺术时,她一边演出荀派特色剧目,一边排演新戏,创排了《碧波仙子》《红梅阁》《盘夫索夫》等一系列极具个人特色的作品。在一次演出之后,周恩来总理被她鲜明的风格所打动,称赞她演的《玉堂春》就是中国的《复活》,并说,“她可以自成一派”。北京京剧院九大流派之“赵派”由此而来。“赵派”之唱念用情、吐字发声清脆甜亮的魅力以及赵燕侠独特的个人风格,在后来连续爆满的演出中吸引着越来越多的观众,“赵派”也渐成京剧的重要流派之一。

“母亲常跟我讲她小时候练功的事。那时候基本都是扎着靠,穿着厚底儿睡觉的。她说:‘练功时像精神病一样,突然想起来就爬起来去练,练完躺一会儿,天一亮,马上又起来,都是自己偷着练功。’”张雏燕说,“母亲的一生几乎都是这样,把有限的精力都花在了琢磨戏和练功上,几乎没什么时间去社交或者参加各种活动。‘明天有演出,我得背戏词’是她一生中最常态的事,所以直到现在,年纪大了有点糊涂了,她心心念念的还是演出和背戏词。”

2019年第十届茅盾文学奖获奖作品,陈彦的《主角》一书中塑造了一个靠着勤奋和努力,靠着扎实的基本功和对戏曲艺术的高度尊重,最终成角儿的主人公,忆秦娥。学习中,别人在偷奸耍滑玩手段,她在苦练基本功、默默背台词;选角色时,别人在绞尽脑汁送礼跑关系,她在想词练功一遍遍排戏;出去演出,别人四处闲逛吃喝玩乐,她在睡觉休息保护嗓子。这多像年轻时候的赵燕侠啊,常念“明天有演出,我得背戏词”是如此幸福的事。

(作者:刘平安,《光明日报》记者)

吴琼：行走在古典与时尚间的『小严凤英』

○ 罗　群

她是当代黄梅戏表演领域的“五朵金花”之一，被行内称作“小严凤英”。她学过音乐，做过歌手，拍过电视剧，还演过话剧、音乐剧，大概是黄梅戏表演艺术家中跨界尝试做得最多的一位，利用从不同艺术门类中汲取的营养为传统黄梅戏带来了一抹亮色。

吴琼（照片由受访者提供）

当今戏曲人大概有两类：一类是追求原汁原味，严守前辈的“玩意儿”，不越雷池一步；另一类是敢于尝试、创新，不断把传统艺术玩出新花样。黄梅名家吴琼，显然属于后者。

2020年以来，吴琼在短视频平台玩得风生水起，唱唱戏歌、票票京剧，最主要的还是演唱、介绍、推广黄梅戏。

在短视频平台玩的主意，最初还是粉丝出的。“我到各地演出，好多粉丝跟我说，‘老师，你开个账号吧，这样我们就能经常见到你呀’。”吴琼说，那时，她还不知道这个视频平台是什么，也没认真考虑用新媒体推广黄梅戏。了解一番之后，她发觉这确实是个可行的思路。“刚开始玩时，我会发一些黄梅戏的知识、唱段以及我的生活点滴，后来越来越集中于黄梅戏。有一天，我女儿说，她的同学在网络视频上看到了我，关注了我，觉得黄梅戏非常好听。逐渐地，我的粉丝越来越多了，喜欢黄梅戏的人也越来越多了。”吴琼说。

吴琼不仅在网络平台上普及黄梅戏，还结识了许多年轻朋友，积极了解当今年轻人喜欢的艺术门类和表达方式，思考将其与黄梅戏结合。在吴琼看来，戏曲的包容性很强，蕴藏着无限可能。

吴琼早年成名，被行内称为“小严凤英”，也是当代黄梅戏“五朵金花”之一。扩展黄梅戏的边界，探索戏曲与其他艺术“嫁接”的可能性，是吴琼的长期追求。在众多黄梅戏演员中，吴琼大概是跨界尝试做得最多的一位。她学过音乐，做过歌手，拍过电视剧，还演过话剧、音乐剧。吴琼觉得，多看看、多学学其他艺术形式的优点，哪怕没有跨界成功，对自己的表演也会有好处。“虽然有句话叫‘隔行如隔山’，但艺术在审美层面总是相通的。”吴琼说。

2018年，吴琼跨界主演音乐剧《哎哟，妈妈！》。《哎哟，妈妈！》的两位作曲赵玖玥、熊伽霖对黄梅戏并不太熟悉，吴琼为他们提供了黄梅戏的基本素材，并共同切磋、筛选，确保剧中的黄梅唱腔地道纯正。无心插柳柳成荫,作曲家对黄梅戏的陌生感、新鲜感,恰恰使得他们的音乐设计突破了黄梅戏的常规形式,不用传统过门儿,采用人声和声来衔接黄梅戏唱腔,新鲜别致。

解决了“唱”的问题,还要关注“说”。黄梅戏旦角儿以唱为主,念白并不多,吴琼坦言,她说台词的功夫不如演唱那么强。《哎哟,妈妈!》中的大量台词一度让她的嗓子感到吃力,于是她调动多年来的舞台演出经验,花了两个多月去寻找用气息支撑讲台词,同时又不带戏曲范儿的语言感觉和表演节奏,终于能够应对自如。

吴琼勇于跨界尝试,但从未忘记老本行。在黄梅戏领域,吴琼同样是勇于创新的“闯将”。在黄梅戏《太白醉》中,工旦行的她反串生行,塑造了黄梅戏舞台上的首位诗仙李白。在以往的演出中,吴琼习惯弱化戏曲程式而强调表演的生活化,对《太白醉》起初也这样处理。然而,吴琼在观看自己的排练视频时,渐渐发现了问题。“女演员演旦角,自然流露,生活化一点没关系,但反串生行演男性角色,如果没有程式的加入,观众会觉得不像。”于是,她开始调整表演习惯,在该剧北京演出前,又得到黄梅戏表演艺术家黄新德的指点。《太白醉》在北京演出后,吴琼获得了相当高的评价:“把程式‘化’在了人物之中。”

吴琼一向注重演出中观众的反响和回馈。“我在北京演《太白醉》的时候,有几处观众的反应很积极,这是在外地演出时所没有的,我就想把这种效果巩固住,”吴琼说,“前辈名家之所以能创造经典,正是在无数次舞台实践中尊重观众反馈,反复探索、调整的结果。好戏,是演出来的。”

好戏是演出来的,也是琢磨出来的。吴琼喜欢琢磨戏——不仅新创戏要下功夫揣摩,演出过上百遍的老戏,如《女驸马》《天仙配》,她也总是留意寻找作品的新鲜感。“某一点上的新鲜感,可以带动整场演出的兴奋点，如果演戏总是一个样子，那就太过无趣了。”她说。

比如，《天仙配》中有个七仙女撞董永的戏，吴琼时常改变演法，尝试怎样撞更有趣、更好看；《女驸马》中，女驸马与刘大人的对话，吴琼就会根据现场演出状态调整语言节奏，让对话更有“戏”。“有时候演员说完一句词，观众会笑或者鼓掌，这时候演员就应当停顿，等观众的反应过后再继续念白。如果对观众的反响不管不顾一味‘傻’演，效果肯定不好。”吴琼说，剧场艺术在一定程度上是演员与观众共同完成的，好演员应该有与观众互动，把握演出节奏与局面的能力。

说来容易做来难，这种能力需要长期的艺术实践积累，才能慢慢培养起来。有一次，她和搭档演出《红罗帕》，演到女主人公陈赛金请求丈夫王科举不要将自己赶出家门这一充满悲情的段落时，王科举的一双帽翅，突然掉了一个。面对突发的舞台事故，吴琼不慌不忙地一边唱着渴望丈夫将自己留在身边的唱词，一边把帽翅拾起来，轻柔地插回王科举头上。这个处理既救了场，又符合陈赛金当时的心情。

吴琼利用从不同艺术门类中汲取的营养为传统黄梅戏带来了一抹亮色。骨子里的传统与个性中的现代，也让吴琼成为今天黄梅戏领域的一道独特风景。

（作者：罗群，青年戏曲评论家）

杨俊：心中有观众，无处不舞台

○刘平安

她被誉为“黄梅戏五朵金花”之一，曾主演黄梅戏电影《孟姜女》《血泪恩仇录》《妹娃要过河》，黄梅戏电视剧《貂蝉》，黄梅戏舞台创作剧目《未了情》《双下山》等，曾出演1986版《西游记》。她曾获全国电视剧“飞天奖”、中国戏剧梅花奖、“文华表演奖”等荣誉。

杨俊（饶纤纤 摄）

2020年“五一”小长假期间，记者采访了身在武汉的黄梅戏艺术家杨俊。

2020年新冠肺炎疫情暴发之后，武汉封城，杨俊和其他人一样居家隔离，经历了最初的恐慌到后来的逐渐冷静，到被来自四面八方的援助与关爱激励鼓舞，再到疫情得到控制，武汉解封，武汉终于从冷、冷清又回到热、热闹。疫情期间，杨俊积极捐款，组织创作，想方设法支援抗疫的同时，对业务也不敢懈怠，坚持练唱、跑圆场、练基本功，她期待着疫情彻底结束，舞台恢复演出的时候，能够以最好的状态为观众带去欢乐。

2018年1月17日，荆楚“红色文艺轻骑兵”小分队在湖北省咸宁市的一个小山村中引起了不小的轰动。

那天，本来没有计划登台的领队、黄梅戏名家杨俊，在观众的热情欢呼和强烈要求下演唱了一段黄梅戏名段，一时间，文化广场上的群众热闹得像过年一样。为了一睹“仙女”的风采，后排很多观众站起来，踮起脚，甚至站上了树桩、板凳……

那是记者第一次现场感受戏曲名角儿杨俊在基层群众中的影响力。她在湖北这片土地上扎根三十多年，每到一处总是被观众的喜爱和欢迎感动着。她告诉记者：“我的母亲一辈子最大的快乐就是看戏。对我而言，台下的观众就跟自己的父母一样，能让他们开心也是我最大的幸福和快乐。”

记者曾走进湖北省戏曲艺术剧院，当时，杨俊正在和一群练习戏曲乐器的孩子们交流，那个温馨和谐的画面，与其说是一个院长在指导她的学生们，倒不如说是一群孩子在围着他们的慈母问东问西。“这一百五十八个学生都是我的孩子”，杨俊引以为豪。

荆楚“红色文艺轻骑兵”送文艺到基层和“戏曲进校园”活动在湖北已经持续了多年，杨俊全程参与其中。在别人眼中，她永远精力充沛、充满激情，做什么事都做到最好，从小就是如此。

当年，在家乡安徽，杨俊凭借着对艺术的懵懂热爱和能跳会唱的特点考入了安徽省艺术学校（现安徽职业艺术学院）。五年后，她又以全班第一的成绩进入了安徽省黄梅戏剧院。学生时代的杨俊是典型的学霸，深受校领导、老师和同学们的喜爱。毕业后，虽然经历了一些不如意，但她最终还是靠着那股不服输的韧劲实现了事业的多点开花。

刚进剧院的时候，杨俊几乎没什么机会演主角，甚至演配角的机会都不太多。但是她凭着在舞台上的艺术灵气吸引了影视剧导演的注意，这其中就包括著名电影导演李翰祥、1986 版《西游记》导演杨洁等。虽然因为“太胖”遗憾地错过了《垂帘听政》，但她在之后的 1986 版《西游记》中成功塑造了白骨精变的村姑一角，事业终于有了一些起色。尤其是在主演黄梅戏电影《孟姜女》之后，出色的演唱和表演不仅使她重新找回了自信，也使她成为当年红极一时的“黄梅戏五朵金花”之一。

虽然影视剧给她带来了影响力，也带来了不错的收入，但她对舞台、对黄梅戏的热情却丝毫未减。杨俊坦言：“当时接戏和随影视剧组演出不是因为多想赚钱或者有多热爱，更多的是逃避没戏可演的尴尬，重回舞台才是我最想做的事。”

面对起起落落的命运考验，努力的人总能迎来峰回路转。1989 年，杨俊随《西游记》剧组到湖北黄冈演出，当时湖北省决定“请黄梅戏回娘家”（黄梅戏发源于湖北黄梅县），湖北相关领导找到杨俊，希望她能留在湖北振兴黄梅戏。听说能唱戏，杨俊的满腔热血终于有了着力之处，她马上赶回安徽递交了辞职报告，义无反顾到了湖北黄冈。

带着“只要给我一亩三分地，我就能撑起一片天”的信念，杨俊默默开始了在黄冈的“拓荒”之行。1996 年,“消失”六年后,杨俊重新回到安徽参加“中国第二届黄梅戏艺术节”,凭借古装戏《双下山》获得了优秀剧目第一名和个人表演金奖。之后,又凭借一今一古、一悲一喜两部戏《未了情》和《双下山》,获得了戏剧界的至高荣誉中国戏剧梅花奖和“文华表演奖”,不仅给生她养她培养她的家乡交上了完美答卷,也为湖北黄梅戏带来了革命性的变化。

为了将湖北黄梅戏推向新的高度,杨俊又从湖北黄冈来到省会武汉,进行“二次创业”,倾力打造了土家风情黄梅戏《妹娃要过河》,被业内人士誉为“湖北黄梅戏里程碑式的作品”。回忆起往事,杨俊显得云淡风轻,曾经吃过的苦、经历的事都已成为人生中的宝贵财富,她把这些财富融在戏词里,化在对学生的关爱中。

现在,她既是黄梅戏艺术家杨俊,也是湖北省戏曲艺术剧院院长杨俊,还是湖北省文联副主席、省文艺志愿者协会主席杨俊。身兼多职的杨俊在做好事务性工作的同时,最希望的还是把戏曲工作做到尽善尽美。她很乐意带领“红色文艺轻骑兵”送文艺到基层,她说:“只要观众在,田间地头、工地厂房都可以是舞台。”她也乐意走进校园,走到热爱戏曲的孩子们中间,通过讲座、教学、演出等帮助孩子们。看到湖北省越来越多的孩子在各大戏曲比赛中获奖,在央视春晚等各大舞台上亮相,她比谁都高兴,都开心。

杨俊说,人要有梦想,这与年龄无关,活到老,梦想到老。她没有细说自己的梦想和规划,但是看得出,“把一百五十八个学员孩子和更多热爱戏曲艺术的孩子培养好”“把楚剧、汉剧、黄梅戏等戏曲传承好”,这就是她的心愿和梦想吧。

（作者:刘平安,《光明日报》记者）

张金兰：从卖唱艺人到柳琴戏『掌门人』

○ 王秀庭

90 多岁的她自幼与戏结缘，是柳琴戏“北派掌门人”，灌制了《王三姐剜菜》《王二英思夫》《父女顶嘴》《喝面叶》《秦香莲》等一大批脍炙人口的唱片，她的唱腔与表演对后来的柳琴戏演员产生了榜样性的影响。

张金兰（翟小锋 摄）

“看戏不见张金兰，白花两毛五分钱。”这句顺口溜，几十年来一直嵌在鲁南苏北戏迷们的记忆深处。这是老百姓对一位柳琴戏表演艺术家最高的褒奖、最真诚的赞美。

2020年春，笔者专程拜访了这位柳琴戏“北派掌门人”。90多岁的张金兰，坐在透窗而入的阳光中，微眯着眼睛回忆起在山东临沂演出的第一场柳琴戏：那是七十多年前，在考棚街的老“新新剧院”，现场锣鼓喧天，工作人员抬着标有“张金兰主演”的牌子，戏迷们踮着脚尖引颈翘望，响彻云霄的叫好声在蓝天白云间流连回响……循着记忆的隧道，笔者跟随老人重新回到她人生的原点。

1928年，张金兰出生在有“柳琴窝”之称的山东郯城。张家祖祖辈辈靠种地过活。在那十年九灾的岁月里，张金兰的父亲张仲怀为生活所迫，跟村里的柳琴戏师父学艺，算是找了个谋生的“手艺”。整个童年，张金兰跟着父亲走街串巷赶集占场，摆凳子、围场子，挂大小锣，敲锣震场，戏场上的活计样样不在话下。张金兰6岁开始学戏，父亲“怀抱月琴（柳琴）帮着腔，脚蹬手刨锣儿响”，她帮父亲一边敲锣鼓点，一边学唱帮腔。“刚开始随父唱小压场篇儿，父亲唱到哪儿我就跟到哪儿，观众高兴了，希望我单独唱，我就出去唱两句，唱完了他们给两个钱儿，我就买糖块吃……”8岁时，张金兰随父亲加入村里的柳琴戏业余班社，10岁就登台演出“压场花”“娃娃生”和“垫戏”，19岁时已成为当地小有名气的柳琴戏演员。

为了生计像浮萍一样四处漂泊，是旧社会民间艺人的生活常态。19岁之前，张金兰一直随父亲在家乡走街串巷卖艺。父亲去世后，挣不上吃的，日子更加艰难，张金兰带着母亲来到与家乡毗邻的徐州讨生活。

年轻的张金兰凭借自己扎实的表演功底和独特的艺术风格，以一部《刘金定下南唐》唱响了整个徐州城。在那里，她的艺术生涯迎来了新的起点。张金兰的演唱具有吐词快、清、脆的特点,当地戏迷送她一个亲切的外号“机关枪”。在徐州,张金兰还结识了很多柳琴戏名角儿。善于学习的她,在与名角儿“过招”的过程中,结合自己的嗓音特点,发挥柳琴戏唱腔自由性的优势,将“南腔北调”融会贯通,把柳琴戏表演艺术提升到了新的高度。

柳琴戏始于民间,兴于乡野,柳琴艺人靠赶集撂地摊卖艺维持生存,“唱得好不好直接决定了能不能填饱肚子”。张金兰在走街串巷的演出中,接触到各地的民俗、民情、民风,并把各地民间文化的精华融入柳琴戏表演中。她表演的柳琴戏,不论是帝王将相,还是小姐丫鬟,从唱词、动作到曲调韵味,都透出浓浓的乡土气息,活脱脱就是老百姓自己的生活。贴近了老百姓的生活,老百姓自然就爱看。张金兰所在班社的演出从“柳琴窝”起步,逐步发展至苏北、皖北、豫东等地,从“唱门子”“跑坡”及庙会、堂会,地摊子逐渐扩大到了茶棚土台子及城镇剧场舞台。

新中国成立后,张金兰和柳琴戏一样迎来了新生。1953 年,她和丈夫邵瑞武回到家乡,参加了临沂专区剧团柳琴戏演出队,从此结束了四处漂泊的旧艺人生涯。从旧社会进入新社会,从柳琴戏名角成为人民演员,不必再为生计奔波的张金兰把全部精力投入柳琴戏表演上,对艺术精益求精,成果与荣誉也接踵而至:1954 年山东省首届戏曲会演时,凭借《闹书房》一剧荣获优秀演员一等奖;1956 年全省戏曲观摩大会,又以《休丁香》一剧荣获优秀演员一等奖,获金质奖章一枚;1960 年灌制了《王三姐剜菜》《父女顶嘴》《状元打更》《喝面叶》《秦香莲》等一大批脍炙人口的唱片,登上了个人艺术生涯的顶峰。

谈起那段岁月,张金兰反复强调一点:“我们演员是为人民服务的,只有演好戏才能对得起观众,对得起国家。”“为群众演戏”是张金兰心中不变的信条，也是她恪守的艺术初心。从加入临沂专区剧团到退休，不管阴晴风雨，张金兰从不辜负戏迷们的热情。有时候天气不好，演着演着下起了雨，她就打着伞继续演，雨水溅湿了戏服却浑然不觉。

有入戏的演员，自然有着迷的观众。“当时老百姓听戏十分入迷，一个妇女抱着孩子着急去听戏，路过一片南瓜地时不小心被绊倒了，她站起来把南瓜当作了孩子抱起来就走，直到听完戏才发现自己怀里抱着的是一个南瓜。”说到这儿，当年柳琴戏演出时的热闹场面仿佛又浮现在眼前，张金兰忍不住哈哈大笑起来，细密、慈祥的皱纹在笑声中舒展开来。接着老人家自问自答：“你说，怎么能把南瓜当成孩子抱走了呢？当妈的把孩子扔了？你说她这不就是着迷了嘛。”

如今，张金兰年事已高，但作为柳琴戏的传承人，柳琴戏的发展始终是她最放不下的“心事”。最近几年，在家人帮助下，张金兰把几十年积累的演出剧目、演唱特点和表演风格用文字、录音、录像的形式记录下来，作为传授柳琴戏的资料和教材。她还经常对青年演员言传身教，从唱腔到身段表演倾囊相授。“现在政策好了，演员们也十分努力，我相信这盆花一定会越开越旺。”张金兰对柳琴戏的未来充满了信心和期待。

（作者：王秀庭，山东大学文学院博士生，
山东省第二批签约艺术评论家）

郎咸芬：永远的『李二嫂』

○ 宋丽萍

80多岁的她，曾是红遍大江南北的戏剧明星，当选为第一、二、三、四、五、七届全国人大代表，被授予“中国文联终身成就戏剧家”荣誉称号。她主演的《李二嫂改嫁》是吕剧里程碑式的作品，受到周恩来总理的称赞。她说，只要活着，就要唱下去，要为老百姓唱一辈子。

郎咸芬（资料图片）

“小郎，我看过你的演出，我没想到山东还有这么好的剧种。你们的演出非常好，希望你们继续努力，要好好把这个剧种发展起来。”周恩来总理从主席台上走下来，来到21岁的山东姑娘郎咸芬座位旁，亲切地对她说。

1956年6月，中南海怀仁堂，一届人大三次会议召开。会议间隙与周总理交流的场景，80多岁的郎咸芬至今仍历历在目。

周总理口中的“演出”是吕剧《李二嫂改嫁》，饰演“李二嫂”的正是郎咸芬。郎咸芬当选全国人大代表前，这部戏已风靡全国。

1935年，郎咸芬出生在山东潍坊。小时候，爱听歌、爱看戏的她，一听到琴声鼓声，就抬不起脚，仿佛被勾了魂。上学后，她成为学校的文艺骨干，中学期间主演了《张秀兰购买公债》《买卖婚姻》等小戏。表演起来大胆泼辣、惟妙惟肖的郎咸芬，很快成为潍坊地区家喻户晓的小名人，不久被招入潍坊文工团。17岁那年春天，一纸调令将她调入山东省吕剧院。

郎咸芬很幸运，调入吕剧院就遇到了人生最重要的大戏《李二嫂改嫁》。《李二嫂改嫁》改编自王安友的同名小说。1947年，鲁中南解放区农村年轻的寡妇李二嫂，爱上了本村农民张小六，但受到婆婆“天不怕”及部分村民的阻挠。在妇女会主任等人的支持下，李二嫂冲破旧势力的阻挠，成功与张小六结为伴侣。

19岁的郎咸芬，一直生活在城里，也没谈过恋爱，如何演农村寡妇？“当时我连麦苗韭菜都分不清，什么叫‘打场’，什么叫‘上鞋’，一概不懂。”朗咸芬回忆说，“编剧看了第一次排练直摇头，说我演得不像农村妇女，更不像寡妇。”

郎咸芬随剧组到山东博兴县阎家坊村体验生活。她和村里青年寡妇刘大嫂同睡一张炕，每天帮刘大嫂扫院子、挑水、拉风箱、搓玉米。渐渐地，刘大嫂与郎咸芬亲近起来，向她敞开了心扉，“刘大嫂谈得泪流满面，什么话都给我倒出来了"。郎咸芬很快进入了角色的内心世界。三个月后离开村子时，她举手投足已俨然一副孤苦温婉的"小寡妇"模样，让人看到了一个活生生的"李二嫂"。

真实、质朴、拿捏到位是郎咸芬表演的最大特点。她的眼角眉梢都是戏，《李二嫂改嫁》中跟郎咸芬搭戏的恶婆婆"天不怕"靳惠新说："郎咸芬的眼睛很厉害，她的眼神里恐惧、紧张、反抗、含情脉脉都能表现出来。"郎咸芬的用声也非常讲究，虽然嗓子算不得一流，但能以声传情，声情并茂，在形象里灌注情感，从而逼真地呈现人物内心的波澜起伏。

"要练惊人艺，需下死功夫"是郎咸芬对自己的要求。同样一个动作，别人练五遍她就练十遍，演不好、唱不好就不吃饭。她的老同事至今还记得在排练《李二嫂改嫁》时，万籁寂静的深夜，经常被宿舍窗外的声音吵醒，朝窗外一看，腰上拴着条粗绳的郎咸芬正苦练拉石碾子。因为剧中有李二嫂拉石碾子磨面的戏。时至今日，郎咸芬仍保持着每天练功的习惯，早晨六点半，晚上六点半，雷打不动。

1954 年，华东六省一市戏曲汇报演出，《李二嫂改嫁》一炮走红，囊括了演员、导演、编剧等多个项目的一等奖。接着，进京演出、各地巡演，在极短的时间里登上全国舞台。1957 年，《李二嫂改嫁》被搬上大银幕，郎咸芬仍是主演，影片获得电影百花奖。在京开会见到郎咸芬，申纪兰告诉她，山西人都爱看她演的《李二嫂改嫁》。在济南，为了看《李二嫂改嫁》，很多观众扛着铺盖卷连夜排队买票。"李二嫂"火了，郎咸芬也成为红遍大江南北的戏剧明星。从那时起，郎咸芬与"李二嫂"融为一体。

从 1954 年到 1966 年，山东吕剧院陆续排演了百余部不同题材的剧目，郎咸芬凭借《王定保》中的王定保、《拉郎配》中的张彩凤、《穆桂英》中的穆桂英、《朝阳沟》中的栓保娘、《丰收之后》中的赵五婶、《文成公主》中的文成公主、《蔡文姬》中的蔡文姬、《桃花扇》中的李香君、《沂河两岸》中的梁向荣等一个个鲜活的角色，成为拔山扛鼎的吕剧带头人。此外，几十年中，郎咸芬和同事，把吕剧演出送到了田间地头、街道工厂，送到了朝鲜战场、老山前线。郎咸芬因此收获了中国戏剧节优秀表演奖等荣誉，还当选为第一、二、三、四、五、七届全国人大代表，被评为全国劳动模范、全国三八红旗手。

有人说，一个成功男人的背后，总有一个默默奉献的女人。一个成功女人的背后，又何尝没有一个支持她的男人？郎咸芬与《李二嫂改嫁》中“张小六”的扮演者杨瑞卿，不仅是台上的好搭档，也是台下的好夫妻。郎咸芬的一生奉献给了吕剧，而杨瑞卿的一生则奉献给了郎咸芬。为了让郎咸芬全身心地演戏，杨瑞卿很早就告别了舞台，放弃职称，提前离休。端茶倒水，洗衣做饭，接送孩子，他包揽了家里的一切，让郎咸芬毫无后顾之忧地在吕剧的舞台上尽吐芬芳。两人相濡以沫走过了大半个世纪，直到今天，90 多岁的杨瑞卿依然乐此不疲地照顾着他的“李二嫂”。

2017 年 6 月，在第十五届中国戏剧节上，郎咸芬被授予“中国文联终身成就戏剧家”荣誉称号。面对荣誉，郎咸芬说：“作为老演员，我现在想的只有四个字：感恩、回报。只要我活着，就要唱下去，要为老百姓唱一辈子。”

（作者：宋丽萍，山东师范大学音乐学院教师）

王志洪：厕所里观众发表的意见最真实

○庄电一

80多岁的他，曾在全国首创文化大篷车这种流动舞台形式，将话剧演出从城市引向农村，几十年里，辗转八十余万公里为农村群众演出八千余场。每次演出，他都搬个小板凳坐到群众间跟他们一起观看，在心里记下老百姓的评价和意见。中场休息时，有的观众上厕所，他也跟着去，“你别不信，厕所里观众发表的意见最真实”。

王志洪（庄电一 摄）

2020年8月28日，宁夏话剧团大篷车开进吴忠市盐池县王乐井乡曾记畔村，为村民献上新创排的话剧《小康，你好！》，正式拉开巡演大幕。这部话剧由宁夏话剧团原团长、编导王志洪创排，十易其稿的精心之作深受群众欢迎。

8月中旬的一个星期天，因为与王志洪相熟，我事先没有打招呼就去剧团找他。一问，他果然在排演厅里指导演员排戏。我悄悄走进去，只见他身穿一件白背心，手拿一把扇子，不时站起身喊停，不仅为演员们说戏，而且对灯光、音乐、道具的使用不断提出严格要求。他的大嗓门响彻整个排演厅。很难想象，眼前这位精神抖擞的老人已经80岁了。

排演厅中正在排练的新戏正是话剧《小康，你好！》。该作品以盐池县曾记畔村党支部书记、全国优秀共产党员、“全国脱贫攻坚奋进奖”获得者朱玉国为原型进行创作。2019年，吴忠市委宣传部、吴忠市文化旅游体育广电局特邀王志洪“出山”创排剧本。王志洪多次深入盐池县曾记畔村和黎明村体验生活。在对剧本多次打磨的基础上，他率领演职人员深入曾记畔村，分角色将剧本念给村民们听，请他们“当堂会诊”，以让剧本更接地气。

1964年，在北京长大的王志洪从中央戏剧学院表演系毕业，被分配到宁夏话剧团工作，至今已经五十多年。王志洪最初以演员的身份活跃在舞台上，曾多次出演主角。当年，跟王志洪一起从北京分配到宁夏的还有几个导演系、戏文系的同学，后来他们陆续离开了宁夏，王志洪便开始编、导、演一肩挑。即便1983年出任宁夏话剧团团长，他也未离开过创作一线。

王志洪颇具影响的作品如《铁杆庄稼》《乡村医生》《工会主席》《计生专干》《女村长》《梅家小院》《农机站长》《回族干娘》《闽宁镇移民之歌》等都是其退休后创作的。其中，《铁杆庄稼》《乡村医生》

分别获得了中宣部“五个一工程”奖和全国戏剧文华奖优秀剧目奖。

王志洪亲历了宁夏话剧团曲折的发展历程。20世纪80年代初期，话剧的演出市场极度萎缩。王志洪至今仍然记得，他们辛辛苦苦排出了一部新戏，发出去一千多张票，最终到场的只有两位观众。为了卖票，他们想尽了一切办法，却还是经常碰壁。有一次，他到一家粮站卖票，又一次受到冷遇。看到对方犹豫不决，他趁人不注意，走到交粮的人员中间，与他们一起背粮。他背着满满一包粮食双腿发抖，但还是咬牙坚持，当他颤颤巍巍地踏上粮垛顶端放下粮袋，一口鲜血随之喷了出来。粮站站长问明原因，深受感动，当即买了四百张票。

种种经历让王志洪深受触动，也促使他下定决心将演出从有戏无人看的城市转向有人无戏看的农村，广阔的农村天地为话剧艺术开辟出新的舞台。

为了送戏下乡，王志洪创建了独特的文化大篷车流动舞台，推出中国第一辆流动舞台车——宁夏话剧团大篷车。近四十年来，田间、地头、学校的操场……哪里有人，宁夏话剧团大篷车就会开到哪里。在王志洪的带领下，宁夏话剧团大篷车这些年行程八十余万公里，演出八千余场，观众达一千两百余万人次，不仅演遍了宁夏境内的所有乡村、大学、中专、中学和80%以上的小学，还先后八次到外地农村巡演，把宁夏话剧团原创的优秀剧目送到了全国二十七个省（自治区、直辖市）的广大农村。

每次演出，王志洪都有一个习惯，搬个小板凳坐到群众间跟他们一起观看。一边看，一边听，一边在心里记下老百姓的评价和意见。中场休息时，有的观众去上厕所，他也跟着去。“你别不信，厕所里观众发表的意见最真实。”王志洪说。

除了多部话剧作品获得文华奖、“五个一工程”奖等国家级艺术奖项，王志洪个人也获得了全国文化系统先进工作者、全国“三下乡”先进个人、“国家有突出贡献话剧艺术家”等荣誉称号。2018年，宁夏庆祝自治区成立六十周年，评选出六十个“自治区六十年感动宁夏人物”，王志洪和宁夏话剧团分别以个人和集体身份入选。

在宁夏生活、工作了五十多年的王志洪早已把自己当成了宁夏人，他不仅能说一口地道的宁夏方言，也完全适应了宁夏的饮食习惯。他常说，宁夏是他的福地，他要尽其所能回报宁夏。

直到现在，王志洪依然坚持随队下乡演出，和观众一起在台下认真观看，不断倾听观众意见，按观众的意见修改剧本，给演员指出演出中的不足。“宁夏这块土地养育了我，我要为农民写一辈子戏，导一辈子戏，演一辈子戏，鞠躬尽瘁，死而后已，”王志洪说，“我选择走为农民写戏、排戏、演戏的艺术道路，算是走对了。如果有一天，我真的倒在了舞台上，也没有什么可遗憾的！”

（作者：庄电一，《光明日报》高级记者，曾常驻宁夏）

李岱江：唱戏不出汗，累死没人看

○冯帆

80多岁的他是赫赫有名的“吕剧三杰”之一，如今一家三代全部从事戏曲工作，成为戏曲界的一段佳话。“卖面的凭汤，唱戏的凭腔”，他倾毕生精力为吕剧声腔艺术的发展做出了重大贡献，其演绎方式也多被后人传唱、效仿，有“十生九学李”的说法。

李岱江（冯帆 摄）

这位80多岁的老人，现在对一些人而言可能有些陌生，但在20世纪八九十年代的齐鲁大地，几乎无人不知——有人可能不认得当红的影视明星,但没有不知道他的。彼时,他与郎咸芬、林建华并称为“吕剧三杰”。他就是吕剧表演艺术家李岱江。

采访李岱江是在2020年8月的一个下午。那天上午,他参加了一个戏曲的会议,晚上受山东省吕剧院邀请观看优秀经典传统吕剧《姊妹易嫁》，并对青年演员进行指导。虽然已经退休近三十年,但李岱江的生活仍围绕着吕剧转,用他的话说,吕剧就是他的第二生命。

头顶前进帽,手持纸折扇,虽然眉须皆白,但面色依旧红润。一聊起吕剧,记者面前的李岱江立刻兴奋起来,举手投足间神采飞扬,目光中流露出的全都是对吕剧的热爱,兴之所至,还会忍不住来一嗓子,依旧声音高亢,吐字清晰。

1949年,李岱江考入阳谷县安乐镇师范。师范还没毕业,他得知聊城文工团在招人,便做了人生中一个艰难而又重要的决定——退学。“当时学校告诉我,考文工团必须退学,即使考不上也不能回来了。”他没有丝毫犹豫,毅然选择退学,去了聊城文工团。

在那个唱戏还被视为“不入流”的年代,李岱江放弃成为教书先生的大好前程进入文工团，用今天的话说，他对戏绝对是真爱。“很小的时候,我就觉得戏曲很神秘,哪里有唱戏的,不吃饭也得去看看,无论什么戏都喜欢看。虽然也看不太懂,但回家后仍然兴奋地拿高粱秆当道具模仿戏里的人物耍一耍。”《铡美案》《樊梨花征西》《三上轿》……现在说起小时候看过的戏,李岱江仍然如数家珍。

1953年3月31日这天,即便过了几十年,李岱江依旧能准确地说出来。因为那天,他被分配到山东省实验歌剧团,也就是后来的山东省吕剧团。那里,改变了李岱江的一生,也是从那里,李岱江开始活跃在吕剧表演艺术的舞台上。

没有任何一种成功是偶然的，特别是在戏曲表演方面。由于之前没有经过系统学习，刚刚进入吕剧团的李岱江不得不从戏曲的“四功五法”基本功学起，从压腿劈叉做起，而这对于已经20岁的他来说是非常不容易的。

在李海亭和田菊林两位老师的指导下，李岱江每天至少要练两个小时的基本功，每天都练得腰酸背痛。当时住在二楼的他经常扶着墙才能回到宿舍。此外，他每天还要学习老腔老调、山东琴书、京韵大鼓等跟吕剧相关的艺术类别。“戏曲学习只有学不到的，没有用不着的”“搞戏曲就像钻戏筒一样，钻进去还要钻出来”。李岱江一直把前辈们对他说过的这两句话牢记于心。

功夫不负有心人。经过了半年多的苦练，李岱江在1953年底迎来了公演的机会——在《井台会》中饰演魏奎元，在《小姑贤》中饰演王登云。演出在济南引起轰动，本打算演六天，最后足足连演了四十多天。“第一天只有三百多人，第二天来了六七百人，到第三天一千人的场子全部坐满。再到后来一票难求，观众干脆带着铺盖去排队买票。”

对于戏曲演员来说，创作反映人民群众生产生活的作品、不断地进行演出实践，才是锻炼自己最好的方式，也是对观众最好的回馈。李岱江曾参加诸多重大演出，并先后赴福建、广西等地慰问演出。他还曾为毛泽东主席演出《借亲》，为周恩来总理演出《沂河两岸》。“周恩来总理称赞吕剧团演的《沂河两岸》反映了生产斗争，完全成功。”李岱江回忆道。

通过不断学习和钻研，在六十多年的舞台实践中，李岱江博采众长，融会贯通，逐渐形成了表演潇洒稳重、唱腔清新流畅的艺术风格，塑造了众多经典的人物形象，先后主演《借年》《小姑贤》《井台会》《墙头记》《沂河两岸》等剧目。李岱江倾毕生精力为吕剧声腔艺术的发展做出了重大贡献，他的演绎方式也多被后人传唱、效仿，有“十生九学李”的说法。为此，他荣获山东省文联“突出贡献艺术家”通令嘉奖，被山东省委宣传部命名为“齐鲁人民艺术家”。

直到现在，李岱江仍然在学习钻研吕剧，每天坚持去广场上或公园里练唱、压腿、圆场，每次持续四五十分钟，在不断研究和感悟中总结和提炼出对吕剧新的心得体会。2016 年在百花公园中练唱时，他偶然感悟到了“气息过满则僵，气息不足而无力，呼吸有度控好胸腹”的气息运用法，便立刻从背包中拿出小本记录了下来。“我希望能把自己几十年的舞台经验总结下来传授给年轻人，让他们少走弯路。”李岱江说。

几十年来，李岱江收了三十多位徒弟，他对弟子和子女的教育十分严厉，鼓励他们坚持练功练唱，如若反复练不好，他可能还会踢上一脚。

李岱江常说，“唱戏不出汗，累死没人看”“卖面的凭汤，唱戏的凭腔”。在他的悉心指导下，大部分弟子都成了国家一级演员和所在院团的台柱子。他的儿子李肖江和女儿李霄雯也已成为知名吕剧演员。在家族环境的影响下，他的孙子和外孙先后考入中国戏曲学院，从事戏曲学习和研究，一家三代与戏曲艺术结缘，成为戏曲界的一段佳话。

（作者：冯帆，《光明日报》记者）

茅威涛：被『骂大』的越剧艺术家

○ 褚诗雨

她被誉为当代“越剧第一女小生”，曾三次摘得中国戏剧梅花奖；她是戏曲改革先锋，打破了传统越剧“才子佳人”的内容框架，创作了《孔乙己》等令人耳目一新的作品。她说自己是“骂大”毕业的——从开始越剧实验改革到如今尝试打造越剧文旅 IP，几乎没有一次不“挨骂”，但她在“挨骂”中不断为越剧探索出新的可能，吸引了越来越多的年轻人。

茅威涛（光明图片）

“你们要把我的眼泪逼出来了！”2019年，在小百花越剧场的黑匣子剧场，一身深色衣裙的茅威涛面对粉丝们的声声告白，在明亮的舞台灯光下悄悄拭了好几次眼角。那一刻，坐落在西子湖畔、保俶山下的小百花越剧场终于破茧成蝶，茅威涛也开始走向新的人生舞台。在此之前，即将迎来从艺生涯第四十个年头的茅威涛卸任浙江小百花越剧团团长，转型成为由阿里巴巴集团、浙江小百花越剧团等几家单位共同投资组建的百越文化创意有限公司董事长。小百花越剧场正是百越文创运营的首家实体剧场。

茅威涛一直是个大胆的创新者，从国有文艺院团负责人到实体剧场的运营者，这不是她第一次勇敢突围，尽管每次总是伴随着质疑声。“自从我开始越剧实验改革，几乎没有一次进行新尝试是不挨骂的。”提及质疑声，茅威涛并不避讳，她眼神清澈，笑语朗朗，称自己是“骂大”毕业的，“愿意为中国传统戏曲探索出更多可能性以吸引更多当代年轻人”。

茅威涛也曾困惑过、挣扎过。早在二度获得梅花奖，在外人看来风光无限的时刻，舞台下的她，就陷入了深深的焦虑。“我不愿当一位仅仅复制美的演员。接下来怎么办？”于是，她剃去一头秀发，不再满足于在越剧舞台上扮演传统的白面书生，而将目光转向越剧男性形象的创新。在她的尝试和探索下，孔乙已在月下踽踽独行，莎士比亚戏剧中的寇流兰“遇到”汤显祖笔下的杜丽娘，人们这才发现，越剧还可以这样演。

茅威涛的探索自然遇到了质疑。老戏迷爱看干干净净的年轻公子，当茅威涛剃了头驼着背，戴上墨镜蓬头垢面时，老戏迷不禁产生了幻灭感。茅威涛坦承，为了搞创新，有时候确实有些“冒进”，甚至给人以离经叛道的感觉。好在时间是最好的试金石。茅威涛和小百花创排的《孔乙已》二十年前不太被人接受，但今天却有很多人呼吁她重排。还有他们创排的《西厢记》,二十多年前在上海被骂得很惨,可若干年后进行全国巡演时,当年被骂得最惨的内容,却赢得了很多观众的掌声。

如今,身份的转变让茅威涛转向了更广阔的事业空间。相比于是否会引发争议,茅威涛更关心的是年轻人的喜好以及越剧的生存空间:“我们不能光靠政府养着,那样越剧的路子只会越走越窄。做实体剧场,就是要把跑码头走江湖转换成驻场演出的方式。”

2020年元旦,小百花越剧场推出了驻场剧目新版《三笑》,茅威涛和导演郭小男直言不讳地宣称,他们就是要打造网红IP(知识产权)。评弹、现代舞、说唱、摇滚、越剧、沪剧、江南小调,这台混搭了各种元素、融入社会热点、允许拍照打卡的先锋实验大秀,面对的不理解和所承载的期待几乎一样多。

“在杭州,固定的越剧观众大约有两万人,随着传统观众的老去,守住前辈传承下来的底子,养得起剧团就能活下去的时代已经结束。面对着大量城市新移民,要想让越剧活下去、活得好,我们还要做很多事情,市场和票房只是第一步,我们真正想尝试的是通过商业和互联网实现更高效的文化传播。”茅威涛说,通过驻场演出,把越剧及其作品打造成文旅IP就是其中重要一步。

在茅威涛看来,打造越剧IP是一个长期工程,未来的路会很难走,“但正如鲁迅先生所说,‘其实地上本没有路,走的人多了,也便成了路’,我们建小百花越剧场,进行驻场演出,就是要为越剧在现代社会的传承传播闯出一条路来”。她的梦想是,用每年两百场的驻场演出,让越剧成为杭州这座城市的一种生活方式,像龙井、西湖一样,成为中外游客体验杭州文化时必打卡的内容。

孜孜探索中的茅威涛将小百花越剧场和百越文创比作《圣经·旧约》中的“应许之地”,流淌着牛奶和蜂蜜,却又逃避不了无解和迷惘。说到这里,她腰杆仍是挺直的,可清澈的眼神里不知何时浮现出几分迷茫。聊天过程中,她多次提到"困惑"和"焦虑",不仅为自己,更是为越剧。

没有人能够准确地给茅威涛一个解答,或许茅威涛的心底有她自己的答案。

在小百花越剧场的官网上,可以看到关于茅威涛的个人介绍。在那里,她用"获""惑""豁"三个字概括了自己的艺术生涯。"获"那一栏罗列了她的作品、她的成就,以及各界对她的评价。"惑"则追问:我们要看什么样的戏?传统戏剧在创新中如何继承?越剧有没有下一个百年?最后的"豁",是豁然开朗,讲述了她这些年所做的创新实践。

2020 年 10 月末的杭州,秋叶犹未尽落,干爽的天气少不了暖阳晴空。在浙江嵊州越剧小镇参加完中国越剧节闭幕式的茅威涛,在自家庭院晒着太阳小憩。各种活动的奔波让她添了倦色,执壶浇花的动作却始终保留着几许隐士的淡然。几天后,她又出席了"世界看见·诗画浙江"海外推广文旅金名片展示周,继续为越剧的推广寻求契机。

但为君之故,翩翩舞到今,为越剧,为明天。茅威涛从艺四十多年,理想不老,本真未变。

（作者:褚诗雨,北京大学硕士研究生）

张学浩：从武生到名旦

○ 褚诗雨

70多岁的他是位居“四小名旦”之首的京剧张派创始人张君秋之子。从小工武生的他，本在武生行当如鱼得水，传承的使命感却让他在40多岁改旦行，一切从头开始。他如地衣一样，紧紧吸附在京剧田园的土地上生长，并在时间之茧中不断磨砺、蜕变，再现了京剧大师张君秋的舞台风采，留下了父子一脉传承的佳话。

张学浩（光明图片）

“这就是血缘啊！这么多唱张派的人，也没有这么像的！”在“京剧挚友、票界名家”钱江组织的一次国际票友聚会上，当时还在唱武生的张学浩，被朋友们拉着唱了一段父亲张君秋的旦角戏。

一曲唱罢，香港著名演员夏梦即忍不住扬声夸赞，在场的其他名家名流也纷纷感叹。著名京剧艺术家梅葆玖则拉着张学浩说：“学浩，你一定要继承你父亲的艺术，一定要多下功夫！下次唱《龙凤呈祥》的时候，我唱第一场，下一场归你！”聚会的组织者钱江也主动相邀：“学浩可以到我这边来练功，没事的时候就来练习张派的戏！”

“这是我头一回在内行面前放胆唱张派，当时压根没有想到会有这样的反响。”尽管时隔多年，回忆起当时的情景，张学浩还是兴头十足，一口京腔越发浓厚，“以前我一直唱武生，有着很好的师承和基础，可是那天晚上我辗转难眠，面对前辈们的鞭策和期望，我觉得应该担负起传承的责任！”

对于张学浩来说，父亲张君秋是他一生的偶像。生于1920年的张君秋，成长于名角涌现、大师辈出的京剧辉煌年代。在多位名师的指点下一路成长，成为梅、程、荀、尚“四大名旦”之后著名的“四小名旦”之一。张君秋最终独树一帜，创立京剧旦角张派，形成了自己独特的艺术风格。“扮相，如窈窕淑女；唱功，有一副好喉咙；腔调，婉转多音；做工，稳重大方。”当时的报界对张君秋评价极高，认为他嗓音“娇、媚、脆、水”，集各家之长，舒展自如。张学浩也说，张派戏，唯有一个“美”字可以概括，是京剧艺术百花园中的一颗明珠。

新中国成立后，张派一度成为“四大名旦”之后现代京剧旦行中最有影响、流传最广的流派。更可贵的是，张君秋勇于创新，先后创作出《望江亭》《状元媒》《秦香莲》等戏，在京剧舞台上塑造出一批敢抗争的妇女形象，深受京剧观众的欢迎。

张学浩从小爱听父亲唱戏,又常常看父亲在家创作钻研。时至今日,他犹记得儿时父亲在家研究京剧,总爱身着一套熨帖整洁的白西装,坐在书房里听唱片。京剧、京韵大鼓、曲艺,乃至当时的流行歌曲,张君秋都会买回来听。“所以,我父亲头脑中的音乐旋律特别丰富,能把自己的、别人的,戏里的、戏外的全都糅合在一起,充分发挥他嗓音的优势。”张学浩至今犹记得,父亲在家的时候,即便是年幼的弟弟妹妹也不敢大声喧哗。孩子们从小就对父亲和父亲的艺术充满敬意,生怕打搅了父亲练戏或是休息。

早在戏校学武生的时候,张学浩就对父亲唱戏的录音十分着迷。有一次,张学浩病了,在家里治疗。他躺在家里的皮椅子上,抱着唱机看着词一句一句反复听。张君秋刚好回家,发现儿子正躺在椅子上如痴如醉地听唱片,便指点他去听现场实录的版本,效果好,情绪饱满,演出的气氛比录音棚里的更加生动。耳濡目染数十年,张派的艺术造诣早已融入张学浩的血脉之中,就好像一粒悄然发育的种子,一直在等待破土而出的那一刻。

那天票友聚会之后,张学浩越发刻苦地钻研起张派。尽管早已过了打基础的年龄,又是由生转旦,但靠着与生俱来的艺术细胞和自小在父亲身边所受的熏陶,张学浩孜孜不倦地在新的行当中前行着,从不觉得苦累。他随身带着录音机,上班的路上、等车的间隙,时时刻刻都在反复钻研张派的唱腔,并竭力搜寻记忆中父亲张君秋唱戏时的一颦一笑、一举手一投足。

功夫不负有心人。时间久了,张学浩唱戏越发似其父。一次,张学浩的弟弟坐在他的车上与之同行,张学浩故意在没有说明的情况下,播放了自己唱的戏。一直等到唱完,张学浩问:“唱得好不好?”他的弟弟一听,笑着摇头:“没治了,真没治了。你就是爱听爸爸的戏。”张学浩闻言哈哈大笑:“这是我唱的。”他的弟弟“啊”了一声,惊讶得半晌说不出话来。

后来有一次在钓鱼台国宾馆的演出中，张学浩演父亲的戏，出场一个亮相就赢得了满堂喝彩。他的兄弟姐妹也在台下坐着，看到他的扮相，纷纷忍不住感叹："哟，爸爸附体了吧，太像了！"自己兄弟姐妹的这些反应，让张学浩备受鼓舞。得到家人承认的那一刻，他真真切切感觉到，自己的努力没有白费。

近年来，由于年事已高，张学浩逐渐从舞台上隐退，把主要精力投入到张派艺术研究中，整理了大量资料，被誉为"张派艺术活字典"。2020 年 10 月是张君秋一百周年诞辰，身为张君秋艺术研究会会长的张学浩，组织了一系列张派代表剧目展演等纪念活动。张学浩那一刻流露出的不仅是儿子对父亲的敬意，更是一个传承人传承本流派艺术的强烈使命感。

回忆起父亲的艺术人生，张学浩满怀深情，一字一句都蕴含着力量："我父亲是人民的艺术家，一生都在为人民唱戏，他在世的最后一天，仍在赶往工作现场的路上。"而对于张学浩来说，将父亲张君秋创立的张派的艺术财富原汁原味、完完整整地传给后人，还有很多事情要做。道虽迩，不行不至。传承之途漫漫，而张学浩是日积跬步，乐在其中。

（作者：褚诗雨，北京大学硕士研究生）

李树建：苦思冥想才会出现奇思妙想

○ 刘平安

他是豫剧“十万大军”领军人物之一，在短视频平台上拥有百万粉丝。他说，“艺术创作靠花拳绣腿不行、靠投机取巧不行、靠自我炒作不行、靠大花轿抬人更不行，只有勤奋”。他认为，汗水比泪水更有价值，行动比语言更有力量。

李树建（刘平安 摄）

2021年2月5日，小年刚过，记者在北京见到了正准备参加央视春晚戏曲大联欢节目彩排的河南豫剧院院长、河南省剧协主席李树建。为了保证除夕夜演出的顺利进行和完美呈现，当时的李树建已经在央视总台旁边的酒店里住了十几天。春晚舞台上那一段昙花般的绚烂凝结着前后数月的汗水，同时也浓缩着李树建数十年的钻研与实践。

“中国豫剧有三百年的历史，目前遍布全国十三个省、区、市，包括台湾地区，全国有一百六十三个专业院团，河南有近两千个民营剧院，从业人数近十万人，号称‘十万大军’。”作为“十万大军”领军人物之一的李树建自称是“豫剧的看门人”，他希望为豫剧守好大门，立足本来、吸收外来、面向未来，力戒浮躁，多出精品。

李树建有个记事本，每次想到新点子他就写下来，上面记录着他关于创作、演出以及院团经营、人才培养等各方面的思考。他说，戏曲是在困境中前行的，不能怨天尤人，要从自身找问题，在实践的基础上，“苦思冥想才会出现奇思妙想”。

作为演员，李树建认为，“创作是中心任务，作品是立身之本”。无论浮躁之风如何肆虐，他始终坚持，“艺术创作在市场经济大潮中要耐得住寂寞、稳得住心神；不为一时之利而动摇、不为一时之誉而浮躁；不当市场的奴隶，要像牛一样去劳动，像土地一样去奉献”。尽管李树建27岁就走上了豫剧院团领导岗位，但他从未间断创作与演出，就在2021年春节期间（正月初六至正月初十），他携代表作豫剧“忠孝节义”四部曲——《程婴救孤》《清风亭上》《苏武牧羊》《义薄云天》登陆深圳大剧院，用大戏为当地观众送上了新年祝福。

“作为一名戏曲演员要做到与时俱进。”这样的主张既体现在李树建创作与演出上的守正创新、固本求新，也反映在他对新媒体的使用上。让人意想不到的是，年近60岁的李树建在短视频平台上的粉丝已经超过了百万，他在戏曲普及方面有着自己的心得。“要去了解年轻人的需求，适应他们的欣赏习惯。用一些兼具思想性与娱乐性的精彩唱段吸引他们关注戏曲，了解戏曲，”李树建说，“通过短视频普及戏曲，视频不宜太长，但要讲演结合。一般要先简单介绍选段是什么戏、什么唱腔、讲的是什么思想内容，然后唱几句停下来，分享一些下乡演出或出国演出中的小插曲，比如在美国百老汇演完《程婴救孤》，好莱坞明星争着与豫剧演员合影，这既是一种戏曲普及，也体现了我们的文化自信。”

作为演员的李树建不断钻研着豫剧的创作、演出和普及，而作为河南豫剧院院长的李树建则在院团管理、市场运作、人才培养等方面进行着他的苦思冥想。

李树建深知一个院团想要走向成功，团结至关重要。他说，河南豫剧院最重要的精神就是团结拼搏，而后是滚石上山、走出困境、敢为人先。为了“走遍千山万水找市场，吃尽千辛万苦树形象，历经千锤百炼出精品”，河南豫剧院下设的四个团都有清晰的艺术定位：“一团是‘一杆大旗’，扛着‘常香玉’这杆大旗，演出以常派传统剧目为主；二团是‘一马当先’，以新编原创剧目为主，探索创新表演体系，肩负起对外文化交流重任；三团是‘一面旗帜’，坚持演出《朝阳沟》《小二黑结婚》等现代戏，与时代同步伐；青年团是‘一枝独秀’，让年轻演员在一起争奇斗艳，演出不同流派的经典剧目，避免他们在其他团中被埋没。”

“根据不同的观众群体，采用不同的演出方式，以满足他们的审美需求。”为了适应不同的市场需求，李树建提出了“三个版本”：一是优秀剧目的“经典版”，打造传世精品，走向世界；二是多样化的“驻场版”，用多样化的剧目，多个流派的版本适应满足不同年龄段、文化层次和艺术审美的观众群体，拓展市场，培养戏迷；三是“走出去”“走下去”的“巡演版”，分别编排适合广大农村观众和海外观众观看的剧目。

近年来，豫剧的发展有目共睹。豫剧不仅留住了遍布十多个省份的老观众、老戏迷，还通过线上线下结合的方式在年轻人中培养了一批新的观众。在创作推出精品方面，豫剧也展现出强大的生命力：连续六届荣获中国艺术节“文华”大奖，连续八届荣获国家舞台艺术“十大精品”工程，连续九届荣获中宣部“五个一工程”奖。

豫剧取得了一些成绩，李树建也在不断实现新的突破，但是他不敢懈怠，仍然觉得任重道远。“艺术家一定要珍惜自己的形象，在市场经济大潮中不能迷失方向。台上端着架子，台下放下架子，做平常人演不平常戏；出名人千万不要忘记出力人，做一个本事比名气大的普通演员。”这是他对自己的要求，同时也与年轻人共勉。

（作者：刘平安，《光明日报》记者）

叶金援：戏曲传承切勿『五祖传六祖，越传越糊涂』

〇曹　琳

他出生于梨园世家，祖父叶春善是“京剧第一科班”富连成科班创始人之一。作为家传第四代京剧人，他深知传承重任在肩；作为京剧大武生，他明白武戏传承之紧迫。年过古稀的他至今仍坚守在戏曲阵地，为培养戏曲人才贡献余热。

叶金援（光明图片）

一张张有着时代印记的剧照、一个个经典的人物形象……走进叶金援的住处,浓厚的艺术气息扑面而来。墙上《挑滑车》《长坂坡》《古城会》《夜奔》等剧目的照片赫然醒目,多年来积累的“学习笔记”整整齐齐摆放在书架上,电脑桌面上的很多文档记录着对青年演员演出的指导建议,点点滴滴显示出房屋主人对京剧艺术的热爱与坚守。

叶金援出生于梨园世家,作为家传第四代京剧人,他是长靠短打兼备、文武双全的大武生。历经几十载的艺术实践,他为观众呈现了许多深入人心的艺术形象,无论是《挑滑车》里的高宠,《古城会》里的关公,还是《长坂坡》里的赵云,叶金援都融入了自己对角色的思考与理解,做到虚实相生、形神兼备。

叶金援的祖父叶春善是“京剧第一科班”富连成科班创始人之一,作为京剧传人,他深知传承重任在肩。多年来,叶金援坚持传承与创新相结合,并始终保持着总结、思考的习惯。每次演出前,他都会反复翻阅史料,在综合考虑史实、戏情戏理、观众接受程度的基础上对剧目进行整理、增删、修改,从而使剧目情节、人物呈现更加形象生动,更贴合观众审美需求。对于演出过的剧目,他也注意保存自己的录像、录音、照片、笔记等资料,将它们作为“案头文件”时常拿出来翻阅、思考。

如今已年过古稀的叶金援仍坚守在戏曲阵地,作为北京京剧院艺术指导委员会成员和中国戏曲学院客座教授,时常为青年演员把场指导,亲自示范,严于律己、言传身教。“教学相长,作为老师需要不断学习,”叶金援说,“要想教好这门艺术,老师不仅要和同行、其他行当艺术家探讨,还要向历史学家学习请教,只有自己学过、演过、研究过,才不会在传授学生的时候出现‘五祖传六祖,越传越糊涂’的结果。”

对于戏曲艺术程式化表演技术要求高，戏曲演员成才率低的现象，叶金援深受富连成科班因材施教、量材教艺教育理念的影响，认为“每个演员的自然条件不同，有的个头低，比较适合短打武生，这就要求他舞台表演动作敏捷、干净利落，具有爆发力；有的基本功扎实，爆发力好，就要让他更系统地掌握武生角色的运用”。叶金援说：“作为师父，要为弟子‘把脉’，口传心授技术运用的诀窍及艺术的内在规律，对其未来的发展方向负责。”

“只有掌握的剧目足够丰富、技术足够精深，才能在艺术之路上走得长远。”叶金援常常鼓励弟子博采众长，多学多思考，“现在的一些戏曲学习者，归门归路过早，学老生就只学唱，学武生就只学打，导致学习不够全面。”叶金援本人的学戏之路可谓转益多师，曾在北京市戏曲学校跟随王少楼、杨菊芬、诸连顺等先生学习文戏、武戏，又向孙毓堃老师学习武生戏。系统全面的学习使他打下了坚实的基础。在北京京剧团工作十年之后，他又得到高盛麟、王金璐等大武生的悉心指导，学习了许多武生重头戏，戏曲技艺更加精进。“以武生为例，合格的武生必须是长靠（靠即武将的装束，长靠武生着靠，穿厚底靴，要求稳重、端庄，有大将风度）、短打（短打武生着短装，穿薄底靴，要求身手矫健敏捷）兼备，唱、念、做、打、舞缺一而有憾。博采众长才能让自己的生存空间、事业之路更加广阔。”叶金援说。

叶金援坚持学习与实践并重，鼓励学生以演带学，在演出中锤炼技艺，“我小时候学戏时，固定每周五彩排实践演出，学校每月为学生安排公演机会，因此积累了丰富的舞台经验。现在有些学生，毕业演出也仅有十五分钟，非常缺乏与观众的交流。演员只有多上台，多看自己的视频，多和观众交流，才能找到问题，从而不断精进”。

叶金援常对弟子讲：“学习京剧要有水滴石穿的毅力，要有十年如一日的坚守和热情。”他认为,师父不仅要向弟子传授专业知识,更要在教学过程中做到松弛有度。在专业上,要严格要求,无论弟子参加什么规模的演出、担任什么角色都不能抱着得过且过的心态上台,要反复训练技能,加强人物塑造。但在严格要求的同时,也要注重爱护弟子的自尊心。尤其是在与其他演员合作时,要允许大家有磨合的过程,不能苛求一次到位。在演出前夕,要以鼓励为主,帮助弟子放下心理包袱,轻装上阵。

时代在发展,京剧艺术也要不断创新,每个时代都应有贴合时代需求的精品力作。叶金援要求弟子在演出、创排剧目时遵循守正创新、精益求精的原则:“创新的前提是守正,不守正的创新就是乱改。改动经过几代艺术家打磨的经典作品,应该慎之又慎,要遵循梅兰芳先生所说的‘移步不换形’原则,尊重戏曲艺术程式性、虚拟性的艺术特征。”

传承发扬京剧艺术并非朝夕之事,谈及现状,叶金援表示:“戏曲演员无论遇到什么困难,都要‘以不变应万变’,用不懈的努力突破难关。目前,国家对戏曲艺术的扶持、对文艺工作者的培养,我们每个人都能深切感受到,我们要坚守好文艺阵地,传承发扬好历经沧桑、活跃了二百多年的京剧艺术。”

（作者:曹琳,国家京剧院宣传与资料中心职员）

王平：学艺该拜名师还是明师

○ 刘平安

他是当今京剧界为数不多的文武老生名家之一，曾两获中国戏剧梅花奖，尤擅《野猪林》《挑滑车》《击鼓骂曹》《打金砖》《战太平》《康熙大帝》《华子良》等剧目。在他六十年的艺术人生中，既遇到过明白的师父，亦遇到过有名的师父，明师和名师共同成就了今天的他。

王平（庞剑 摄）

2021 年 7 月，湖北省京剧院首排传统大戏《野猪林》精彩上演。在这出戏的宣传海报上，“著名京剧表演艺术家王平先生亲授”格外引人注目。

因为身体不适，京剧文武老生、天津京剧院原院长王平已经许久没有出过天津。本次到湖北省京剧院指导排演《野猪林》，是他这一段时间以来首次出津。王平载誉归来时，记者对他进行了采访，可以明显感觉到，身体逐渐恢复后，能够再次参与京剧排演的台前幕后，王平显得很兴奋。

退休后的王平一直对京剧舞台葆有极大的热情，“一辈子就这么点爱好，想一直唱，不断给观众奉献精彩的表演”。同时他又把工作重心向戏曲传承转移，“现在越来越感觉责任重大，学生们都很刻苦上进，我得让他们学有所得，有所提高才行”。

曾经，作为学生的王平思考过“学艺该拜名师还是明师”这个老生常谈的问题。后来，他又经历了“做名师还是做明师”的自我考量。对于这两个问题，王平有自己的答案。

“我学戏过程中经历了很多优秀老师，我所取得的成绩多半要归功于他们。”对于王平来说，不同阶段的恩师都给他带来了至关重要的艺术人生之课，也让他对“学艺该拜名师还是明师”这个问题有了深刻的认识。

王平生长在一个戏曲大家庭，父亲王宝春工京剧武生，母亲唱评戏，叔叔、姑妈也都是唱戏的。他从小就穿梭在大戏院的侧幕后台，咿咿呀呀学唱腔，比比画画仿动作。父母是孩子的第一任老师。1958 年，父亲王宝春把 4 岁的王平正式带入了京剧世界。

王平当过十年文艺兵，在部队不仅主演了现代戏《智取威虎山》《奇袭白虎团》等，积累了舞台经验，还把各种乐器、剧种、曲艺、编剧等学了个遍，综合能力大幅提高。但是当他转业至京剧团专业唱戏时，才发现自己在传统戏尤其在文戏方面的积累“太薄了”。王平不甘心一辈子跑龙套，此时，他遇到了他的第二位老师，也是其父之外的第一位恩师——京剧老生费世延。

“学戏应该拜一位有名的师父，还是拜一位明白的师父呢？父亲和费先生让我明白，打基础的时候，明师比名师更重要。”王平说，“因为种种原因，费先生没能成为京剧舞台上的名角儿。但他学的戏不比名角儿少，他的基本功不比名角儿差，更重要的是他和各种名角儿、老艺术家同台合作过，接触过各种流派，见多识广。明白的师父虽然自己没名气，但他更愿意把戏和表演研究明白，毫无保留地指导学生，把自己未实现的梦寄托在弟子身上。费先生就是这样的明师。”

从王平进入京剧团到1999年费世延离世，二十年间，这位恩师不仅为他说了《击鼓骂曹》《战太平》《四郎探母》《将相和》等一系列经典大戏，还把塑造人物、吃透戏情、运用技巧等倾囊相授。尤其在关键时刻一语惊醒梦中人，“学《战太平》时，有一处是‘花云’夺刀下桌，我当时年轻气盛，自恃功夫不错，想把跳下来改成翻下来。费先生当即严厉批评我说，这一改就不是《战太平》了，唱的是戏，技巧要为剧情服务，不能使蛮力”。

一边是父亲的武戏指导，一边是费先生的文戏把关，王平的戏路越来越宽。后来，他偶然看到了著名京剧文武老生李少春演的《野猪林》，“我很喜欢这种风格，后来知道这是武能安邦、文能兴国的文武老生”，王平由此确定了自己的发展方向。其父之外的第二位恩师，既是明师亦是名师的著名京剧武生厉慧良成为王平人生转折点上又一盏指路明灯。

厉慧良认可王平的天赋和基本功，也清楚他的不足，时常提醒他做减法，“一部戏里的亮点不能让观众不够吃，也不能让他们吃腻了”。王平至今牢记着厉先生的教诲，“有一次演《挑滑车》，我玩命发挥，厉先生说，你那个不叫挑滑车，那是轰苍蝇。戏要有戏的看点，但不能把所有技巧都用在一个戏里，自己累得不行，看着很可怜，观众出于同情鼓掌，演出就是失败的”。

古语有言：四十不学艺。但是，王平在2000年不惑年纪正式拜在了京剧名家谭元寿门下。起因是谭元寿看了他的演出，觉得他是谭派京剧的好苗子，于是托人找到王平收为徒弟。这位博古通今的明师、享誉梨园的名师的指导和提携为王平带来了艺术人生的再次升华。整理改编剧目《问樵闹府·打棍出箱》的推陈出新，现代京剧《华子良》中“疯子华子良”一角的成功塑造，正是在谭元寿的悉心指导下，王平交出了更亮眼的成绩单。“犹记得某次谭先生在他家阳台上给我连续讲戏半月有余，犹记得他关于演绎老将黄忠‘骑上马他的脚步就不显老迈了’令我醍醐灌顶的高论，他的为人师表、推陈出新和谆谆教诲我一辈子受用。”王平心怀感恩地说。

拜名师还是拜明师？王平认识到：打基础阶段，一个明白的师父比有名的师父更重要，他能根据你的条件筑牢你的“地基”；名师更多的则是锦上添花、画龙点睛，将你引入更高层次，但是拜名师往往需要你具备一定的基础。

在当今京剧界，王平显然是一位名师，而他更想做好一位明师。“随着老一辈京剧名家大家相继离世，师资力量的薄弱将成为京剧传承的最大考验。我自己虽然也没有学得很明白，但我愿意尽我所能毫无保留地教授学生，为戏曲传承贡献余热。”王平依然留恋舞台、钟爱京剧，“年纪大了，常常会感慨人的时间真的太有限了，我还想再出一些新作品，把身体调养好后，在从艺六十周年的节点，为观众奉上一个最佳状态的王平”。

（作者：刘平安，《光明日报》记者）

濮存昕：演员应该是液体，越像水越好

○怡梦

有人说，他是中国演出莎士比亚作品最多的演员，也有人说他是国内演出契诃夫作品最多的演员。对他而言，天天进化装间、天天背台词、天天演戏，是无比快乐的事情，就算自己不上台演，做着跟排戏有关的事情，也十分满足。

濮存昕（光明图片）

在北京人艺建院六十八周年纪念演出的舞台上,濮存昕既没演最具人艺特色的"常四爷",也没演最为人称道的"李白",他演的是话剧《上帝的宠儿》中的"萨列瑞"。或许于他而言,《上帝的宠儿》意味着一个轮回。

1986 年,英若诚翻译并导演了英国剧作家彼得·谢弗的 *Amadeus*。在这部译名为《上帝的宠儿》的话剧中,张永强饰演莫扎特,宋丹丹饰演其妻,两人当时是北京人艺学员班的学员。

离人艺很近,离舞台却很远。虽然从小生长在北京人艺大院里,父亲苏民还是北京人艺著名话剧导演、演员,但濮存昕当时只是北京人艺隔壁空政话剧团"两个兜"的小战士,看着舞台上的"张永强""宋丹丹"们,他满眼的羡慕。

一次,空政借北京人艺剧场演出,濮存昕帮着装台,那是他第一次"登上"人艺的舞台。看着台下黑压压的观众席,"来人艺"的愿望越发强烈。

1986 年年底,濮存昕成为北京人艺的一员。在北京人艺有句老话,"你得'入槽',得入人艺这个'槽'"。作为新人的濮存昕,尽管念台词铿锵有力,但总给人以"装腔作势"的表演感,显然还没"入槽",他从同剧组演员的眼神和反应中明白自己还只是个蹩脚的演员。所以,最初在北京人艺那几年,濮存昕只能跑跑龙套、演一些小配角。比濮存昕小 8 岁的宋丹丹曾说:"小濮,我们从来就没有看好过他,他哪会演戏啊。"

一切从头学习,将自己化作一脉脉支流,汇入一个个角色的河道,濮存昕开始了"炼水"的历程。

1991 年,濮存昕凭借在话剧《李白》中的表演,获得了梅花奖、文华奖和白玉兰奖等三个大奖。宋丹丹终于松口说了一句:"没想到这会儿他演得挺好。""李白"这个角色带给濮存昕的,除了鲜花和掌声，更有在表演上的“顿悟”。不过，这场“顿悟”并不是在 1991 年，而是在十几年后。

2003 年，濮存昕 50 岁，重演《李白》。时隔多年，再一次遇到这个角色，濮存昕有种“间离”感，他重新打量角色，重新审视自己过去的表演，才蓦然发现，过去也许自己太想把李白演好了，反而在表演中留下了演的痕迹，概念化、程式化明显。在濮存昕看来，李白是个像孩子般单纯的人，演员如果用力过猛，反而会失真。

在知天命之年二次登台饰演李白的那一刻，濮存昕终于开窍、“入槽”。他把自己当成孩子，演出前，在后台化好装，对着镜中的“那个人”做着各种鬼脸——的确像一个老小孩。

作为演员，濮存昕至今念念不忘英若诚自传《水流云在》中的箴言：“演员应该是液体，越像水越好，它盛在什么容器里就是什么形。”他进一步解释说，作为创作者，有了水一般的单纯柔软、孩童般的赤子之心，才能有融入角色的能力。

2021 年濮存昕就陪伴“李白”这个角色整整三十年了，他说：“也许不是我在塑造李白，而是李白在塑造我。”如今，虽已成名，但濮存昕能完全放得下来，无论面对观众还是青年演员，他都从不摆架子，身上没有丝毫逞名气的造作。

在人生的前半段，濮存昕在舞台上踽踽前行，虽也取得了成绩，但让他声名鹊起的却是影视。从饰演谢晋执导的《最后的贵族》中的男主角陈寅开始，《三国演义》中的孙策、《英雄无悔》中的公安局局长高天、《来来往往》中的商人康伟业……濮存昕的表演深受观众欢迎。

2001 年，濮存昕凭借电视剧《光荣之旅》中铁骨柔情的军人贺援朝一角，获评第十七届金鹰奖“观众喜爱的男演员”。濮存昕说，那是他自尊心最满足的时刻。但谁也没想到的是，在影视事业的高光时刻，濮存昕选择重回“清贫”的话剧舞台。《哈姆雷特》《李尔王》《海鸥》《三姊妹·等待戈多》《伊凡诺夫》《天鹅之死》《樱桃园》《万尼亚舅舅》《雷雨》《茶馆》《窝头会馆》《古玩》《阮玲玉》《风月无边》……濮存昕的话剧作品涉及古今中外，不同类型。有人说，他是中国演出莎士比亚作品最多的演员，也有人说他是国内演出契诃夫作品最多的演员。且不说那些“最多”，一部《李白》他演了三十多年，《茶馆》他演了二十多年，《窝头会馆》他演了十几年，“在北京人艺的舞台上，他永远是一副看破红尘、玉树临风的样子”，圈内人谈起他，都爱用“心静如水淡如菊”来形容他。

2020 年 8 月，濮存昕主演的话剧《洋麻将》复演。《洋麻将》让濮存昕怀念起北京人艺的前辈艺术家们。“于是之老师演《洋麻将》时 57 岁，我学他的时候已经六十三四岁了。”那种心绪是复杂的，紧迫与忐忑并存，濮存昕暗暗告诉自己：“要把这一行做好，要不然机会不多了。”

60 岁时，濮存昕曾对自己说“已得其所，安分守己”。如今他 60 多岁了，可只要一提起排戏，仍激动不已。为纪念曹禺诞辰一百一十周年，北京人艺新一代演员排演《雷雨》，濮存昕忙前忙后为他们服务，每天忙到很晚才骑着自行车回家。对他而言，天天进化装间、天天背台词、天天演戏，是无比快乐的事情，就算自己不上台演，做着跟排戏有关的事情，也十分满足。

（作者：怡梦，《中国艺术报》记者）

彭青莲：文艺工作者一定要内外兼修

○ 刘平安

她是楚剧国家级非遗传承人、楚剧代表人物。微信朋友圈里看似波澜不惊的日常，却浓缩着她日复一日的坚守。从艺五十多年，她一直“为人民而唱”。如今，她把大部分精力转移至台下，精心培育着楚剧的未来。她希望青年演员不要只做戏匠，要做文艺工作者，内外兼修，德艺双馨。

彭青莲（光明图片）

点开楚剧非遗传承人、表演艺术家彭青莲的微信朋友圈,可以看到,彭青莲几乎所有动态都与戏曲有关,其中很大一部分是她指导青年演员排练戏曲的日常。

2021 年 9 月 6 日:“上午跟青年演员杨悠、刘旋、夏芬排练,中午接着为徒弟何菲录音把关,连续七个多小时啰唆。累中充满着浓浓的期待……”配图是几位青年演员跟乐队排练,彭青莲在旁指导。

2021 年 8 月 17 日:“回汉了,多日的疫情波动让我们彼此牵挂,放不下青年演员的唱腔,正好线上授课。看到夏芬、刘旋、杨悠、杨林、田肖肖、张莹的进步,老师表面不说,却暗自高兴!等来日落地排练,我们再相见。”配图是微信视频群聊的截图,图中,彭青莲在为几位学生演示唱腔。

2021 年 7 月 27 日:“教得认真,学得刻苦,行话说:‘冬练三九,夏练三伏。’”配图是排练室中,学生跟着彭青莲打磨动作细节。

朋友圈里看似波澜不惊的日常,却浓缩着彭青莲日复一日的坚守。认识她的人都知道,楚剧就是她的生活,她的生活也几乎全与楚剧相关。

2021 年是彭青莲从艺五十周年,一个出版社专门为她做了一本图文画册。回顾五十年艺术人生,彭青莲感叹“一路走来实属不易”,但是“一切付出都是值得的”。有戏迷忧心楚剧的未来,问:还会有下一个彭青莲吗?她没有直接回答,她想用实际行动给出答案。

翻开图文画册,彭青莲五十年的艺术人生徐徐展开,而那些烙在她脑海中的画面比一些图片还要清晰。

1971 年,一位 14 岁的小姑娘跨过长江,奔向了湖北省楚剧团(现湖北省戏曲艺术剧院)的怀抱。和所有戏曲名家大家的开蒙经历一样,小姑娘冬练三九,夏练三伏,不知湿了多少衣衫,又挨了多少板子,饱尝苦中苦,她坚持下来成了人中龙凤。

“那时候常常过年唱大戏，虽是寒冬腊月，寒风凛凛，冰天雪地，但是完全不影响老百姓看戏的热情。”彭青莲回忆说，“一说哪里要唱戏，十里八乡的人天不亮就背上干粮上路了，还有人用自制小火炉装上一块炭提着。”彭青莲印象最深的就是台下黑压压的人群。有一次演出也是在寒冬腊月，台下坐满了人，连斜坡上也是人头攒动。“当时农村还流行‘送腰台’（也作‘送幺台’，戏唱到半中腰，主家或邀请方敲锣打鼓，鸣鞭放炮，将鸡鸭鱼肉、小吃等礼物送上台），他们要从中间开出一条道。那天，人多得根本挪不动，‘送腰台’的人急了就不断放鞭炮，生生‘炸’出了一条路，斜坡上，有的观众被挤下去滚了一身泥。”彭青莲说，真是又心疼，又感动，无以为报，唯有忘掉严寒，用好的表演回报他们的热情。

连唱两个月的大戏，演员最怕的就是伤病，但是没人能保证伤病绕着走，彭青莲也不例外。病了怎么办？接着唱，“老百姓跑了几十里路来听你唱戏，你一句生病不唱了，怎么对得起他们”。有一次彭青莲带病唱完一场戏后，刚到后台就倒下了。但是台下观众不知道，还在高喊着返场加唱，彭青莲咬牙站起来，一上台又是生龙活虎、光彩照人。这样的“硬撑”在彭青莲的身体上刻下了一些伤痕，但她丝毫不觉得后悔。

不后悔的另一件事是文化进修。1986年，通过紧张的备考，彭青莲考入了中国戏曲学院。那一年，她的女儿尚在襁褓，远赴北京求学的彭青莲承受着剜心之痛。彼时，交通和通信都不方便，放假回去已是半年之后。“刚回去，到婆婆家见女儿的画面至今如在眼前。婆婆在安静地做针线活，她的身后，一缕阳光轻抚着熟睡中孩子的小脸。婆婆见到我很惊喜，赶忙去叫孩子，一遍遍跟她说‘这是妈妈’‘叫妈妈’，我也激动地迎上去抱她，但她一直往后躲，最后挤出了一句‘阿姨’。”回忆起求学时期的心酸往事，彭青莲泣不成声。但是，两年的深造对于急需文化给养的戏曲演员来说多么难得啊。“系统学习了京剧、昆曲、中国戏曲史、世界戏曲史，还有名剧欣赏、戏曲理论，观摩了各种大型演出，与各省区市、各剧种的同学深入交流，尤其对政治理论、中国历史等进行了深入学习，两年的大学生活真是让我大开眼界。”彭青莲说，正是这样一段经历，让她对戏曲传承与创新有了更全面的认识，对新人的培养也有了更深刻的思考。

五十年的艺术人生中，彭青莲台上台下都在演绎着大戏、好戏。台上，主演折子戏专场《赶会》《双玉蝉》《逼休》摘得第二十届中国戏剧“梅花奖”，主演《娘娘千岁》获第十一届文华表演奖，功成却未身退，她一直坚持把精品节目奉献给观众。台下，作为党的十九大代表，她积极建言献策，宣讲党的十九大精神；作为楚剧非遗传承人，她视学生为珍宝，多年来培养出何婷、何菲、夏芬、刘旋、田肖肖等一批优秀的青年演员，逐渐在楚剧舞台上挑起了大梁。

近年来，彭青莲的演出已大幅减少，她把更多精力转移到台下，专心培养新人。除了一些必须由她亲自出马的大戏，彭青莲希望把更多机会留给年轻人。当然，她的要求历来严格。演出其代表作《蝴蝶杯》《双玉蝉》时，青年演员唱前半段，她唱后半段，常常能看到化装时和登台前，彭青莲还在旁边争分夺秒地说戏，“比自己唱戏还紧张”。彭青莲深知一个演员的职业修养、文化素养何其重要，她始终严格要求自己，又对年轻人寄予厚望，她希望青年演员不要只做戏匠，要做文艺工作者，内外兼修，德艺双馨。

采访当晚，6 点刚过，彭青莲提出，其他问题可否再约时间，“7 点要给学生上网课，既要讲，又要演示唱腔和念白，需要用嗓子”。戏曲传承，彭青莲一直在路上。

（作者：刘平安，《光明日报》记者）

尚长荣：京剧艺术永远属于青年人

○夏静 张锐 操一铭

80多岁的他是京剧"四大名旦"之一尚小云之子，中国戏剧梅花大奖首位获得者，工花脸，博采老生、旦角之长，擅演《连环套》《黑旋风李逵》《霸王别姬》等传统剧目。其新创剧目三部曲《曹操与杨修》《贞观盛事》《廉吏于成龙》享誉梨园，主演的同名京剧电影获奖无数。随着年龄的增长，传承戏曲的责任感和使命感越发强烈，他一直在路上，不曾停歇。

尚长荣（张锐 摄）

2021 年 9 月中旬,《戏码头》全国青年戏曲挑战赛(第二季)暨“中国戏曲群英会”在湖北卫视举行。老中青戏曲工作者荟萃一堂,成就了一段戏曲艺术传播与传承的佳话,堪称梨园盛事。

“长江后浪推前浪,喜看艺坛已有后来人。”中国戏剧家协会名誉主席、中国戏剧首位梅花大奖得主尚长荣,耄耋之年不辞辛劳,远赴武汉担任节目评委。他说,跟青年演员在一起,通过荧屏让广大观众欣赏到我们优秀剧种的精彩表演,非常愉悦,非常享受。

记者采访尚长荣时,80 多岁的他作为《戏码头》十五位评委之一,已经连续六天工作到深夜,但丝毫不见疲态。湖北卫视连续八天在黄金时段进行戏曲直播,《戏码头》官方微博阅读量近两亿,讨论量近三万……尚长荣为之感到振奋,对于文化部门和湖北卫视所做的努力,他表示,弘扬传统戏曲、民族文化、传播正能量是一件功德无量的好事。

“我们国家有三百多个剧种,这在世界上是绝无仅有的。”尚长荣表示,“我们要充分运用各种方法,通过各种传播渠道,展现每一个剧种的特点、特色,传承好、发展好我们的文化瑰宝。”

事实上,尚长荣这么说的,也是这么做的,他一直坚守在戏曲传承之路上。“我有幸在 20 世纪 60 年代参与了父亲的电影《尚小云舞台艺术》中两个代表剧目的拍摄,那时候我才 20 岁出头,算是第一次过电了。”尚长荣笑着告诉记者。这样的经历为他日后传承、传播戏曲作品积累了宝贵经验。

2008 年至 2018 年,尚长荣陆续将自己的多部京剧作品搬上银幕,其主演的京剧电影《霸王别姬》《曹操与杨修》《廉吏于成龙》等影响广泛,在国内外圈粉无数。

《霸王别姬》作为中国首部全程 3D 实拍并采用杜比全景声技术的京剧电影,其拍摄过程也颇有些大胆的突破。尚长荣回忆,2013

年，自己和团队正在筹拍高清版数字电影的《霸王别姬》。当时，导演滕俊杰跟他商量，有个团队在上海试拍3D全景声电影，咱们要不要拍个立体的？“这很好啊，咱们试验试验。”尚长荣欣然应允。当时，也有人跟他建议说，我们的舞台艺术是圆的，出将入相，拍立体的3D效果可能不好。尚长荣觉得，这个想法有点守旧了，大胆创新、尝试新方法未尝不可。

尽管3D实拍大大增加了工作量，拍摄时正值酷暑天，对于73岁高龄的尚长荣来说充满各种挑战，但是功夫不负有心人，尚长荣和团队的努力得到了社会各界的积极反馈。2014年，《霸王别姬》在美国好莱坞杜比剧院首映，外国观众看得津津有味，观后大加赞赏，真正诠释了艺术无国界。影片荣获“金卢米埃尔”奖、第三届中国立体电影故事片最佳奖、美国第六届国际立体先进影像协会“年度最佳3D音乐故事片奖”等。

“无论是传统方式还是新形式，只要能够记录、表达、展示我们的戏曲艺术，我们就不怕尝试，不怕辛苦。”尚长荣说，“京剧作为我们中华民族的文化瑰宝，需要我们传承好、发扬好，坚持守正创新、推陈出新。作为一名戏曲工作者、京剧‘老兵’，随着年龄的增长，传承戏曲的责任感、使命感越发强烈。”

在尚长荣看来，京剧艺术永远属于青年人，他非常看重戏曲进校园这项工作，也非常乐意参与其中。早在1995年，尚长荣携剧目赴天津参加第一届中国京剧艺术节，那一年，他的《曹操与杨修》荣膺“程长庚金奖”，随后，上海京剧院晋京开展“京剧走向青年”活动，为首都学子连演十场大戏。

“那时候，不少大学生觉得，京剧距离自己很遥远，都是爷爷奶奶外公外婆喜欢的艺术，免费给自己看也未必会去看。”尚长荣回忆说，第一场演《曹操与杨修》，剧组有些没底，但大家都有一个基本共识：一定要用200%的劲头，把最好的戏献给他们，如果尽了全力，他们还是不接受，甚至提前退场，我们也没有遗憾。哪怕只剩一个人，我们也要把精彩延续到最后。

演出当天，室外温度已降至零下十四摄氏度，寒冷会不会阻拦年轻人看戏的脚步？没人知道。尚长荣清晰记得，那天剧场人头攒动，从大幕开启，观众就开始鼓掌，越演场子越热，有人大概算了一下，那天的掌声超过四十次。“等到谢幕的时候，青年观众早就站了起来，我和饰演杨修的何澍先生，下到观众席，全是挤过来握手的人，挤得想动都动不了。”尚长荣说。

那天，好不容易回到舞台上的尚长荣，激动地喊了两句话：感谢同学们冒着数九严寒来看我们的演出！京剧艺术永远属于青年！

“弘扬、讲解、普及戏曲艺术，是我们戏曲工作的一个重要环节。”尚长荣说，自己所在的上海京剧院，一直坚持深入大中小学，甚至幼儿园，专门有一个部门跟幼儿园、小学生讲《西游记》，讲神话剧。尚长荣表示，“各个优秀剧目都有其深邃的历史意义，我们还要不断开掘它们的现实意义。我们要深入生活，走近群众，了解观众喜欢看什么戏，需要什么戏，这样才能让我们的戏曲走得更远”。

一代人有一代人的使命，一个时代有一个时代的文艺。在尚长荣看来，当下，文艺工作者要饱含讴歌时代、讴歌中华民族、讴歌伟大的党的热忱和热情，投入编导演艺术创作中，不断推出更多观众喜闻乐见的优秀作品。

（作者：夏静、张锐，《光明日报》记者；
操一铭，《光明日报》通讯员）

影视

黄会林：让世界看到中国的真实模样

○王远方

她经历过战火考验，是我国影视学专业的第一位博士生导师。她认为，外国人对我们的误读，很大程度上是因为对外传播没有跟上。与其生硬地向世界宣传中国，不如请外国人来走一走、看一看，让他们亲身体验中国文化。

黄会林（刘嘉丽 摄）

春天里的北京师范大学校园十分热闹。2019 年 4 月上旬，第 26 届北京大学生电影节、2019 年度“看中国·外国青年影像计划”先后在这里启动。这两项以年轻人为主体的活动，创始者却是一位耄耋老人。这位老人是北京师范大学资深教授黄会林。

那天黄会林参加完“看中国·外国青年影像计划”的启动仪式，接着就赶到办公室接受采访。一见面，她就道出了近十年前曾采访过她的记者的名字，记忆力好得惊人。

黄会林虽然 80 多岁，可精力丝毫不输年轻人。除了每年的北京大学生电影节、“看中国·外国青年影像计划”，她还主持了中国电影国际影响力全球调研活动，已连续开展近十年。

这样一位年逾八旬的老人，本应在家含饴弄孙、安享晚年，她为何仍活跃在学术研究一线？与很多初见黄会林的人一样，记者抛出了心中的疑问。

“我深感自己有一份责任，不敢有丝毫懈怠。”黄会林说。

只有了解黄会林经历的人，才能明白这句话的分量。黄会林出生在一个知识分子家庭，从小就对电影、戏剧、文学很感兴趣。1950 年 10 月，抗美援朝战争打响。那一年，黄会林 16 岁，正在北师大附中读书。抱着一腔爱国热情，黄会林中断学业，唱着雄赳赳、气昂昂的战歌，奔赴抗美援朝战场。

当时，清川江大桥是志愿军补给线的要塞，美军发动了大规模空袭妄图摧毁桥梁。送炮弹、抬伤员，黄会林和战友们一起守护着这座生命之桥。七天七夜下来，大桥虽然保住了，但黄会林所在的团却牺牲了一百余名志愿军战士。战后，部队评选出一百名功臣，黄会林是唯一的女兵。

经过战火考验的黄会林，回国后立下誓言：不能只为自己而活。在此后的人生中，无论做什么事情，她都充满了使命感。

黄会林是北京师范大学影视学科的创建者。创建影视学科的过程中,她认为脱离了实践的学术会变成无源之水、无本之木,于是萌生了创办大学生电影节的想法。1993 年,第一届北京大学生电影节(简称"大影节")成功举办。"大影节"使北师大影视学科的教学和实践相得益彰。1995 年,北师大开设中国高校第一个影视学博士点,黄会林也因此成为全国影视学专业的第一位博士生导师。

2009 年,黄会林和老伴儿邵武在家中谈论文化话题。"那个时候,人们吃穿住用行言必称西方,反倒对自己的文化没有自信。"黄会林觉得中国文化需要一个准确的定位:世界文化就像一个百花园,欧洲文化、美国文化是世界文化的两极,那么中国文化应该成为世界文化的"第三极"。

"极字,顶端之意。五千年从未中断的中国文化给了我们这样的自信。"在 2009 年举办的"北京文艺论坛"上,黄会林提出"第三极文化"的概念。

黄会林认为,中国文化应"立起来,走出去"。与其生硬地向世界宣传中国,不如请外国人来中国走一走、看一看,让他们亲身体验中国文化。

2011 年 5 月,黄会林发起的第一届"看中国·外国青年影像计划"活动启动。第一次来中国的几个美国大学生,在首都机场一下飞机便惊叹道:中国居然有这么现代化的航站楼,比美国肯尼迪机场还要好。美国学生的话,让做了一辈子中国文化研究的黄会林颇有感触,"在他们的想象中,中国还像一百年前那样落后,文化上仍处于贫瘠状态"。"这说明虽然我们的经济实力上去了,但对外传播没有跟上,所以让外国人产生了误读。"黄会林说。在接下来的二十天中,从传统武术到普通中国人的生活,在中国伙伴的帮助下,美国学生用自己的镜头重新认识了当代中国。

这样的活动对外国人认识中国有多大作用?黄会林以一部名叫《一瓶识京华》的作品回答了记者的疑问。在来中国前,那部作品的作者认为中国人不讲卫生,垃圾遍地。来到中国后,那个学生用摄像机记录了一个矿泉水瓶从货架到垃圾箱再到回收厂的过程。二十天的时间不算长,但改变了那些美国学生对中国的印象。

"看中国"就是外国人眼睛所见的中国。秉持这样的理念,黄会林把这一活动做到了现在。2019年的主题是"时刻·时节·时光",聚焦的是时间里的中国。"2019年是新中国成立七十周年,我们希望外国学生通过时间的线索来看中国的变化。"

黄会林习惯以"老朽"自称,但她"老而不朽"。"之所以给人留下'老而不朽'的印象,或许是因为没有停下来,一直'在路上'吧。"在《目送归鸿——黄会林自选集》的序言中,黄会林用"在路上"概括了自己的一生。

"现在年龄确实大了,我要学着做'减法'。"虽然这样说,但黄会林对推动中国文化"走出去"的热情丝毫未减。谈到未来,她充满信心:"虽然道路会有曲折回环,但中国文化'走出去'的前景一定会越来越好。"

（作者:王远方,《光明日报》记者）

韩志君：尘土中开出金蔷薇

○赵玙

他创作的《篱笆·女人和狗》《辘轳·女人和井》《古船·女人和网》被称为"农村三部曲"。他说，人性是影视剧走进观众心灵的桥梁，文艺创作不能囿于应景，要经得起时间的检验。在他看来，优秀的电影分为三种类型——像子弹一样击中观众，像杂耍一样逗笑观众，像醇酒一样熏醉观众。他追求的是最后一种。

韩志君（照片由受访者提供）

结束了对国家一级电影导演、编剧韩志君的采访，那朵绽放于尘土之上的金蔷薇令人一再回味。

帕乌斯托夫斯基的《金蔷薇》中有个叫约翰·沙梅的首饰作坊清扫工，他每天都把地上的尘土集中起来，细心地筛出金粉的微粒，日积月累，最终制作出一朵美丽的金蔷薇，献给挚爱的苏珊娜。生活的尘土中同样有太多闪亮的金粉，只待文艺创作者睁大眼睛去寻找、搜集，制作出一朵朵“金蔷薇”，献给我们心中的苏珊娜——人民。

电视剧《篱笆·女人和狗》是韩志君艺术生涯中锻造出的第一朵“金蔷薇”。

20 世纪 80 年代末，还是长春电影制片厂编辑的韩志君，写下了自己的第一部长篇小说《命运四重奏》。小说以一个农村家庭中四个妯娌的情感和命运，揭示出新时期文明和愚昧的碰撞。北京电影制片厂看中了这部小说，想请韩志君将其改编成电影剧本。大连电视台也有兴趣，台领导带着责任编辑、制片主任登门拜访，力劝韩志君将小说改编成电视剧。尽管当时有点看不上电视剧，可对方的真诚与热忱，最终让不善于说“不”的韩志君应承了下来，他和胞弟韩志晨共同创作出电视剧剧本《篱笆·女人和狗》。《篱笆·女人和狗》播出后轰动全国，一时间成为街头巷尾热议的话题。韩志君兄弟俩一鼓作气，接连写出《辘轳·女人和井》《古船·女人和网》。这三部作品被称为“农村三部曲”，先后斩获“飞天奖”“金鹰奖”“五个一工程”奖等大奖，成为农村题材电视剧的经典之作。

在吉林松原查干湖畔的一个小镇上，韩志君度过了童年。他曾跟随父亲下乡，与村里的孩子纵情山野，骑马、野浴、奔跑。中学尚未毕业，他来到科尔沁草原西部的一个小山村插队，和广大农民朝夕相处。他被农民的善良与质朴打动，也看到了农民狭隘、狡黠的一面。“夫街谈巷说，必有可采；击辕之歌，有应风雅；匹夫之思，未易轻弃也。”十几年后，在创作“农村三部曲”时，那些粗犷而又细腻的乡野风情立即氤氲于脑海，枣花、茂源老汉、铜锁仿佛已熟稔许久，提起笔，呼之欲出。

在韩志君看来，人性是影视剧走进观众心灵的桥梁，文艺创作不能囿于应景，要经得起时间的检验。若不是韩志君的执拗，剧中的枣花原本有着全然不同的命运走向。在《篱笆·女人和狗》获得巨大成功后，许多评论家，包括央视的领导提议在第二部里把枣花写成农村改革进程中的女强人，他们甚至还安排韩志君到大连的一个服装厂去体验生活。不过，他拒绝了。“写作者不应成为人物的纤夫，而应遵循合理的性格逻辑，跟着剧中人走。”韩志君说，枣花如一条蚯蚓，向往风雨和阳光，却只能在泥土中艰难地移动；她渴望拥抱崭新的生活，又难以潇洒地和过去告别。这样的人物性格决定了她一次又一次的精神悲剧：从与铜锁之间“无爱的痛苦”，到小庚对她“爱的折磨”，再到自我的精神束缚。“农村三部曲”不仅写出了枣花心中的网，也写出了中国农村向现代化转变过程中农民精神世界里掀起的波澜。作品折射出的现实意义跨越了时间，至今仍引人深思，这也是《篱笆·女人和狗》《辘轳·女人和井》《古船·女人和网》成为经典的重要原因。

“农村三部曲”让韩志君转向了编剧、导演，也直接影响了他日后作品的主要风格——质朴的农村生活画，优美的田园叙事诗，坚持呈现生活中常有而艺术中不常有的东西，触及观众心灵深处最柔软也最丰盈的地方。在韩志君看来，优秀的电影分为三种类型——像子弹一样击中观众，像杂耍一样逗笑观众，像醇酒一样熏醉观众。他追求的显然是最后一种。《美丽的白银那》《浪漫女孩》《两个裹红头巾的女人》《大东巴的女儿》……这些作品不追求明星的光环，也摒弃了斧凿的痕迹，但无不散发着艺术和美学的光芒。

多年来，韩志君始终关注中国农民的精神巨变，塑造了不同历史时期的“枣花”。“即使生活在城市，我们也无法完全割断自己和农村、农民之间的精神脐带。所以，写好农村和农民，就是写好中国人。”2019年5月24日，韩志君执导的扶贫主题喜剧电影《耿二驴那些事儿》上映。“我更在意散布于广袤农村不计入票房的那50万块银幕，”韩志君的目光温厚而恬淡，“当年，我们拍摄的豫剧电影《大脚皇后》仅在河南，就放映了十二万场。”他相信，《耿二驴那些事儿》极具艺术张力的人物形象、浓郁的生活气息和乡土文化特质，一定能够让农民朋友喜欢。

从事影视创作三十余载，即将步入古稀之年的韩志君依然如孩童般好奇地打量着生活的美好：喜欢穿红色的衣服，微信里存着各种可爱的表情包，常得意地和朋友分享自制的“美篇”；每天醒来第一件事是在枕边写下一百四十字的微博，谈文论艺，含英咀华，谓之“脑保健操”……也许正如《金蔷薇》中所说的，“每一分钟，每一个在无意中说出来的字眼，每一个无心的流盼，每一个深刻或戏谑的想法，人的心脏的每一次不易觉察的跳动，以及杨树的一片飞絮或者夜间倒映在水洼中的一点星光——其实全都是金子的碎屑”。

（作者：赵玙，《光明日报》记者）

王铁成：庭前海棠依旧

◎赵玙

80 多岁的他是第一位饰演周恩来的演员。他让亿万观众真切地感受到大国总理的崇高精神和人格魅力。尽管一辈子只演一个角色，但他毫无遗憾。

王铁成（赵玙 摄）

这是一个位于京郊的小宅院。荷叶亭亭，芳草如茵，高高低低的乔木亲密地簇拥着，在风中摇出阳光的碎金。最引人注目的是庭前的几株海棠，枝丫上缀满了海棠果，苍绿玲珑，煞是可爱。主人说，秋冬，海棠果渐渐转为棕褐色，待到春天，果实落尽，便会迎来一树树粉色的海棠花。主人将小院唤作“海棠园”。

小院的主人叫王铁成，是第一位饰演周恩来的演员。1977 年，话剧《转折》开启了他的艺术人生，也让他开始了与周总理长达几十年的“神交”。如今早已离开舞台和银幕，然而日日从周总理钟爱的海棠树下走过，年年迎来海棠花开，王铁成心中总会生出熨帖与欢喜。

1976 年 1 月，周总理逝世。王铁成作为中国儿童艺术剧院的待分配演员，意外得到一个前往人民文化宫吊唁的机会。吊唁归来，他一路痛哭，心情久久不能平静。随后，王铁成托人买来周总理的标准像挂在床头，“相信在将来的舞台和银幕上，一定会出现周总理的光辉形象”。每日凝望周总理的照片，他心中一动：“总理浓眉大眼，我也浓眉大眼，其他地方我跟他也有几分相似，我是不是有可能饰演总理呢……”

1977 年，文化部组织编排话剧《转折》，这是第一次在全国性的舞台上出现周恩来总理的形象。戏排出来了，却没找到能扮演周总理的演员。就在大家焦急万分之际，中国儿童艺术剧院的化妆师推荐了王铁成。试装非常成功，跑了十五年龙套的王铁成第一次站在了舞台中央。

离演出仅剩十七天。王铁成一次次前往新闻电影制片厂观看周总理的纪录电影，一边记下总理的一言一行，一边偷偷翻录总理的讲话，回家后逐字逐句学习，归纳发音特点。在练功的大镜子前，他来来回回地踱着步子，揣摩总理的姿态、风度，一天能走出四十多里。

王铁成仍记得演出那天，当他迈步走上舞台，台下立即爆发出暴风骤雨般的掌声。“小同志，刚才的冲锋号你吹得很响嘛……”多么熟悉的音容笑貌！剧场里哭声一片，观众从过道拥到前排，哪怕坐在位子上也是身体前倾，只为能近些看“总理”。十四分钟的戏，十七次掌声——那天演出观众的反应，深深印在了王铁成的心中。

随后的话剧《报童》又一次震动了观众。一次谢幕后，曹禺快步走上台，紧握王铁成的手，然后突然后退，深鞠一躬，泪流满面：“谢谢你让我们又看到了周总理。”王铁成的表演也得到了邓颖超同志的高度认可。

而后，王铁成将周恩来总理的形象带到了银幕上，《大河奔流》《李四光》《西安事变》《风雨下钟山》《周恩来》《李知凡太太》……王铁成渐入佳境，让亿万观众真切地感受到大国总理的崇高精神和人格魅力。

求形易，传神难。形神兼备、朴素自然的表演来自日复一日、年复一年难以言说的付出。“要实现心灵的刻画，唯有进入总理的灵魂，理解他的内心世界。”王铁成读总理的著作，搜集总理的故事、照片，揣摩总理快而坚稳的步伐，感受总理的伟大人格，甚至练得一手总理的字迹。“我常常会琢磨，总理听到什么、遇到什么会高兴，他在各种情境中会想些什么。”在电影《周恩来》中，王铁成不仅演出了与总理一样的病容、一样的消瘦，也演出了与总理一样的坚毅、一样的博大。影片中的“总理哭贺龙”堪称经典，“总理哭贺龙，也有我王铁成哭总理，那是我十几年的哀思和对总理所有的情感。”王铁成甚至将拍摄过程中经历的一场严重车祸视为上天的馈赠。受伤后的孱弱使他更接近总理病中的形象，也让他在305医院治疗期间，实现了进入总理住过的病房实景拍摄的愿望。《周恩来》成为人物传记影片中的不朽之作，也为王铁成带来了金鸡百花奖最佳男演员奖。

一辈子只演一个角色，王铁成毫无遗憾。因周总理，他的人生越发豁亮。此刻，如同追忆一位熟稔的故交，80多岁的老人目光澄澈，娓娓道来总理对生活的无限热爱、在困难面前的乐观坚忍、对人民无私的爱，吟诵总理青年时代的诗作《生别死离》，描述西花厅极简的陈设，谈从邓颖超同志身上得到的教益……

王铁成的一生并不平顺，然而他总是粲然以对，在生活的罅隙里养他的花鸟鱼虫，赏他的诗书画印，一切云淡风轻。唯一的儿子患有先天性痴呆，他从不避讳，人前唤作"我的傻儿子"。"哪怕是只小狗，也得好好养大。"儿子乳名狗儿。夫妻俩教儿子写字、弹钢琴，引导他听京剧。此时，循声走进狗儿的房间，狗儿浑然不觉，伴着热烈的京剧曲调，他正专注地敲着小锣。即使在生活最为清苦之时，王铁成也热衷于慈善，后来攒够了儿子的生活费，生活日渐宽裕，他建"学周希望小学"、资助贫困大学生、为残障人士捐款……把多余的钱回报给社会，一身轻松。与狗儿房间隔得不远的是书房，四壁挂着王铁成的书画作品，荷塘幽静，修竹隽雅，墨梅飘香，苏轼的《和子由渑池怀旧》和白居易的《偶题阁下厅》两幅书法作品尤为醒目。

一切都是最好的馈赠。王铁成感恩那个春回大地的时代让他与周恩来总理结下了不解之缘，为他打开了新的人生天地，也感恩此刻的岁月静好，蒸蒸日上。

临别时，我提出为王铁成拍张照片，老人径直走到海棠树下，步伐依旧快而坚稳。

（作者：赵玙，《光明日报》记者）

陈力：观众的支持是我前行的动力

◎ 刘平安

三十多年来，拿遍了各种大奖的她，并未转型拍摄“能挣钱”的片子。她把拍摄红色题材电影当成了自己的信仰和使命，在歌颂伟人、礼赞英雄的道路上，一路执着前行，创造了别样的艺术风景。

陈力（照片由受访者提供）

2019年11月,第十五届中美电影节"金天使奖"颁奖典礼在洛杉矶举行。重大革命历史题材影片《古田军号》,从百余部电影中脱颖而出,获得该届中美电影节"金天使奖"。

看了《古田军号》,著名编剧周振天赞叹道:"陈力导演红色题材影片的功力,真是到了炉火纯青的地步!"

让一个编剧前辈如此赞赏的陈力,却跟"电影市场"格格不入。1986年入行至今,《少年毛泽东》《声震长空》《湘江北去》《周恩来的四个昼夜》《海棠依旧》……她的所有作品,不管是电影,还是电视剧,从未沾染丝毫商业气息,而是在歌颂伟人、礼赞英雄的道路上执着前行,创造了别样的艺术风景。

采访陈力那天是周六。因为工作繁忙,她的时间很有限,但她却反复说"耽误了你的休息"。怕我折腾,她还特意找了一个离我较近的地方。她衣着朴素,透露着干练与亲切。

在影视制作高度市场化的今天,票房的高低已成为衡量作品成败的重要标准。可陈力对此不以为然:"评价一个导演成功与否,标准不应该是拿了多少奖,收获了多少票房,而要看你的作品是否被人接受,有什么影响,能否经得起时间的考验。"

被各界寄予厚望的《古田军号》,虽然票房不如预期,但这丝毫没有影响到影片的人气。很多地方都把《古田军号》当作"不忘初心、牢记使命"主题教育的生动教材。2019年11月7日,陈力携朱德的扮演者王志飞、刘安恭的扮演者胡兵等主创,参加了北京市东城区"不忘初心、牢记使命"主题教育观影交流活动;11月8日,他们又马不停蹄地飞抵青岛,参加当地举办的"不忘初心、牢记使命"主题教育观影活动。

陈力说:"观众们的热情反馈和持续的支持是我们前行的最大动力,也让我们觉得这一切都是有价值、有意义的。"

对于红色题材电影，一旦票房不好，一些人总会想当然地认为“作品不好看”。这既是一种思维惯性，也是长期以来，一些电影人不用心搞创作而给观众留下的刻板印象。不过，陈力不在此列。

不管是拍伟人，还是拍重大革命历史事件，陈力总能用女性特有的细腻和艺术家灵活的手法，让伟人有血肉，让历史有温度。

《古田军号》中，观众们普遍关注到一些生活化的细节刻画，如：在政治会议上，代表们边讨论政事边啃着地瓜；造纸坊内，毛泽东在与老板看似漫不经心的闲谈中了解了百姓的处境；朱德和毛泽东，为争论进军路线问题，甚至拍起了桌子。可以说，《古田军号》在生动再现革命前辈的真实人生以及伟人的鲜明性格方面下了很大功夫。

有人说，这些细节刻画，将简单而具有概括性的历史描绘得既丰满又真实，同时也让书本上稍显扁平的历史人物，变得更加立体，更有血肉。正是这些细节刻画，拉近了伟人与观众的距离。

“红色电影不是枯燥的说教，而是我们与年轻人的一种交流方式，我们应该向他们学习，了解年轻人的表达方式。”陈力说。

陈力拍电影有一个最基本的要求，那就是必须带演员“下生活”，挖掘素材，重温历史，充分体验和感受，然后再进行创作。

开始拍摄后，她也力求从镜头画面、道具背景，尤其是演员表现上还原时代质感，每一个细节都要做到精益求精。比如，《古田军号》中一直贯穿影片始终的军号，就是珍藏在古田会议纪念馆里的真实文物。

陈力喜欢与年轻人交流，也善于与年轻人沟通，尽管在拍摄《古田军号》过程中，她对演员的要求极其严格，但张一山、王仁君等青年演员却和她处得像母子一样。他们很乐意参与陈力导演的戏，因为总能在跟她的相处中学到很多东西。

拍红色题材电影，有的人是为完成任务，有的人是为拿奖。三十多年来，陈力拿遍了金鸡奖、华表奖、金鹰奖、“五个一工程”奖等诸多大奖。2015年，她被授予中国文联第四届“全国中青年德艺双馨文艺工作者”荣誉称号；2017年，她被评为文化名家暨“四个一批”人才。凭借这些奖项与光环，本可像有些电影导演那样转型，拍一些“能挣钱”的片子，可陈力却始终不为所动，因为她已把拍摄红色电影当成了自己的信仰和使命。

“我从二十几岁开始，就干起了这份工作，从最初的工作任务，到后来变成了一种信仰。红色电影需要我，这就是我的价值，”陈力说，“我脑子笨，所以认准了一件事就会执拗地坚持下去，红色题材电影，我不仅要继续拍，还要拍得更好——绝不会为迎合大众，为追求高票房而动摇——这叫守土有责！”

陈力总是在忙工作，现在的生活就是一部戏接着一部戏，要么在拍戏，要么在准备拍戏，要么就在剪片子、做后期。

《古田军号》的工作刚结束，反映“守岛英雄王继才”事迹的新戏已经进入了筹备期。采访刚结束，新戏的编剧已经拿着剧本等候在她旁边。陈力站起来，又重新坐下，用垫子撑住因为长期剪片子留下后遗症的腰，再次投入新的工作中，略显疲惫又乐在其中。

（作者：刘平安，《光明日报》记者）

游本昌：一部戏，一段缘，一辈子

○ 韩业庭

80 多岁的他，跑了半生的龙套，直到第八十个角色才演上主角。他塑造的济公形象，几十年来，一直被模仿，从未被超越，成为观众心中永恒的经典。他说，演员来到这个世界上不是为了谋生，总要留下一点痕迹。

游本昌（光明图片）

有的演员一生饰演过很多角色，可没有一个能够被人记住；有的演员仅凭一个角色，就永远留在了人们的心中。80多岁的游本昌属于后者。

对于游本昌，今天的00后可能相对陌生，但他饰演的济公却是一代人的青春记忆。电视剧《济公》已经播出三十多年了，但直到今天，只要“鞋儿破，帽儿破……哪里有不平哪有我”的歌声响起，那个身穿破僧袍、手摇破蒲扇，看似疯疯癫癫、实则身怀绝技的济公形象，便会立刻浮现在很多人的脑海中。

1956年，从上海戏剧学院毕业后，游本昌进入中央实验话剧院（现中国国家话剧院）工作。在《济公》之前的近三十年里，游本昌共饰演了七十九个角色，几乎都是跑龙套。不过，他坚信“没有小角色，只有小演员”，主角下多大功夫，他也下多大功夫。

《梦想永远不会太晚》一书这样记述游本昌的“龙套演员”经历：为演好话剧《大雷雨》里的“农奴”，他看了十九本书，只有这样，他才能确定这个龙套该怎么演，才能在心里构架起这个“老农奴”的穿着打扮、衣食习惯、心理逻辑。女主人自杀后，游本昌饰演的“农奴”在最后一场戏里走过场，他看着茫茫大海，在大幕拉上之前，流下无可奈何的眼泪。这一个短短的过场一句台词也没有，却留下一段经典表演，被评价为“经典的龙套”。

人们熟识游本昌，是从他饰演济公开始的，那时他已52岁，第一次饰演主角。

《济公》开拍前，导演张戈对济公这个人物仍把握不准，向游本昌征求意见：济公这个人物该怎么演？游本昌挑起右眉，眯起左眼，冲着张戈来了句：“你觉得济公应该是什么样的？”张戈眼见游本昌那恣意抖动双肩的嘻哈态，突然恍然大悟：“对！对！就是这样！”

几十年的“龙套积淀”，为游本昌赢得了艺术生涯的第一个主角。为了塑造好这个人物,他花费很多心血,并从那天起与济公结缘。

《济公》开拍前,游本昌阅读了大量有关济公的文学作品,“破僧衣,不趁体,破僧鞋,只剩底,经不谈,禅不理,吃酒开荤好诙戏……”看到书中的描述,游本昌觉得首先得从穿着打扮上做起。

剧组提供的是新僧袍,游本昌把它挂起来,在这里剪一下,把那里磨一下,按照自己的想法进行加工,把一件新衣服弄得破破烂烂,很多人看了以为是从垃圾堆里捡来的。设计好了服装,他又故意用眉笔把牙齿涂黑,“鞋儿破、帽儿破”的济公就这样活灵活现地出现在观众面前。

演员应该尊重编剧,但好演员从来不会盲从剧本。《济公》剧本中,济公跟欺压百姓的宰相称兄道弟,游本昌认为这不太符合济公看淡名利、好打抱不平的人格形象,于是对剧本进行了修改,让观众看到了济公大闹宰相府、戏弄为虎作伥的恶人、解救被欺压的百姓的桥段,济公外表疯癫却专管人间不平事的形象更加鲜明。

电视剧中,济公“酒肉穿肠过,佛祖心中留”让人羡慕不已,尤其他大口吃肘子的场景让一些小孩子流了不少口水,可只有游本昌知道,“那肘子一点也不好吃”。

拍摄时正值盛夏,气温高达 39 摄氏度。头一天下午,剧组买来肘子,用塑料袋包裹着。第二天一直到下午才开拍“吃肘子”的戏。那肘子烤的时候闻着是香的,吃的时候一咬却是臭的。摄像机已经开启,导演也在边上指挥着说“咬咬咬,嚼嚼嚼”。“我就大口又咬又嚼,一副吃得很香的样子,”游本昌回忆道,“那镜头拍摄了好长时间。最后导演说停时,我终于忍不住全吐了出来。”

游本昌演活了济公,创造了经典,头顶破帽子、手执破蒲扇的济公形象永远印在了人们心中。当年,《济公》曾引发观剧热潮,一些顽童为模仿济公的样子,不知弄坏了自己家里多少把蒲扇,更有甚者,模仿济公从身上搓下泥球当作药丸给小伙伴“治病”。今天你到一些寺庙去参观,一些济公塑像甚至是按照游本昌版济公形象塑造的。

《济公》之后,游本昌又先后主演了《济公》的续集《济公活佛》《济公游记》。他爱上了济公这个人物,并在现实生活中身体力行践行济公文化——济公济公,济世为公。2013 年,80 岁的游本昌卖掉房子,成立了“游本昌艺术团”,希望“以文艺化导人心”。他说,演员来到这个世界上不是为了谋生,总要留下一点痕迹。这个痕迹,在游本昌那里显然不是物质财富。

近两年,正值耄耋之年的游本昌,越来越“潮”,玩起了新媒体,一句“贫僧我又回来了”把很多网友带回了童年。他称呼网友“亲爱的娃娃们”,网友们则叫他“济公爷爷”。游本昌制作发布了大量短视频作品,利用自己八十多年的人生财富,帮年轻人解答人生疑惑,传授艺术经验,传播传统文化,近期更是大力宣传防疫知识,为战疫加油打气。“so easy”“奥利给”(网络语言,有“加油”的意思),视频中的游本昌时不时冒出各种网络用语,并伴以夸张的肢体语言,声音洪亮,表情丰富,济公还是那个济公,举手投足间还是那么亲切可爱,游老爷子也真是童心未泯。

(作者:韩业庭,《光明日报》记者)

于蓝：97岁还在拍电影

○江平

她是“新中国二十二大电影明星”之一，在《林家铺子》《龙须沟》《革命家庭》《烈火中永生》等影片中塑造了无数深入人心的经典形象。她也是中国儿童电影事业的奠基人，带领中国儿童电影人，开辟了新中国儿童电影事业的第一个高峰。病榻上的她，记忆力严重衰退，连自己儿子都不认识，却还记得电影台词。

于蓝（资料图片）

2020年6月3日，是人民艺术家于蓝99岁生日。因为疫情，我们未能像往年那样前去探望，但她那不平凡的人生却又一次浮现在我的脑海中。

1921年，于蓝生于辽宁岩岫。“九一八”后，她一家逃难到关内，几经流浪，最后勉强寄居北平。“七七事变”后，日本兵在大街小巷烧杀抢掠。有些校友委身于达官显贵当“花瓶”，少数同学屈膝到伪军手下混饭吃，面对此景，于蓝满腔愤懑，欲哭无泪。一个月黑风高之夜，她悄悄离家出走，五十五天长途跋涉，奔赴延安。睁着好奇的眼，揣着激动的心，于蓝双手搂定宝塔山！

光阴荏苒，聊起当年，于蓝依旧难以自抑：“……到延安，去报到处填表，只见表格的左边写着‘中华民族优秀儿女’，右边写着‘对革命无限忠诚’。看到这两行字，一股说不出的情感充满心头：新鲜、亲切，非常神秘、非常圣洁……”

白天去抗大读书，晚上点着汽灯演抗战节目，于蓝在实践中提高自己，不出一年，她在党旗下举起了右拳。

于蓝没有想到，当她扮着米脂妹子演着《兄妹开荒》时，人群中有一双炯炯有神的大眼睛在盯着她。兄长般的田方悄悄对她说：“小姑娘，我喜欢你！”于蓝耳根热了，她内心也敬重他：一个享有盛名的电影明星，抛却了上海的汽车洋房来吃苦，这是多么了不起！

于蓝心想，这大概就是志同道合吧！他们选择了十月革命纪念日——11月7日，举行了婚礼。

抗战胜利，党指示田方去接管长春的伪满洲映画。面对步步紧逼的反动派军队，田方和于蓝置生死于度外，在烽烟滚滚的东北大平原上，开拓人民自己的电影园地。从此，在新中国银幕上，她留下了一系列光彩照人的英雄形象：《翠岗红旗》中，于蓝饰红军家属向五儿，获得了毛主席的亲口夸赞；《革命家庭》中，于蓝饰革命母亲周莲，凭此片在莫斯科国际电影节上捧回了“最佳女演员”的金杯；《烈火中永生》中，于蓝饰地下党员江雪琴，为中国电影长廊留下了一个不朽的艺术形象。

于蓝成了令人瞩目的“新中国二十二大电影明星”之一，而田方因为担任行政职务，常把拍戏的机会让给他人，但是，观众永远不会忘记他生前的最后一部作品《英雄儿女》中那个目光深邃而慈爱的志愿军主任——王芳的父亲王文清。

于蓝是“中国儿童电影之祖母”，从花甲之年开始，全身心扑在了儿童电影事业上。1981 年 6 月 1 日，离于蓝 60 岁生日差两天。那天，她受命创建了中国第一个也是唯一一个儿童电影制片厂，并担任首任厂长。

中国儿童电影制片厂成立的仪式上，我认识了她。没想到若干年后，我也担任了中国儿童电影制片厂的厂长。我和于蓝将近四十年的友谊，似母子，如师生。我们一起聊天，总有一个共同话题，那就是振兴儿童电影，为孩子们拍戏！

一日，天寒地冻，于蓝加班，同伴手忙脚乱关车库大铁门，不小心夹了她的手。到了医院，只见她无名指上挂着半截手指头。医生说可断指再植，但必须歇俩月。老太太急了，一咬牙一跺脚，将半截手指连皮带肉拽下扔进垃圾桶，抹碘酒，缠纱布，回家！为啥？第二天有部儿童电影要开机呢！

于蓝是一个永远替别人着想的人。我在上海电影制片厂工作时，策划儿童片《胖墩夏令营》，请老太太当顾问，送审时发现把“于蓝”写成了“于兰”。我和出品人杨玉冰打算最后一本拷贝重做，老太太却一锤定音：“动一个字，多花公家一万块钱呢，不改了！”

1993 年，第一届上海国际电影节，我奉命去北京邀于蓝当电影节嘉宾。因为熟，她和我说话就不客套了：“你打个电话不就成了？

这来回的路费不是国家的钱吗？我跟你说，小江平，到了上海，我和田华同志两人一屋，你要是给我们买头等舱，咱就不去了！”

2019 年，新中国成立七十周年，于蓝被国家授予“最美奋斗者”称号，表彰现场她去不了，正住院。我们去给她报喜，她耳背，声音就高：“我为革命贡献太少，而党却给我太多，我不踏实啊！”那声音，震惊了楼道里的医生护士，也感动了来看她的每一个人。

2018 年，中影股份拍摄老年题材公益电影《一切如你》，邀她出演。我去请她，她竟然撑着轮椅站了起来：“得去！如果死在片场，那是做人民的文艺工作者最大的光荣！”三天的戏，97 岁的她毫不怠慢，铆足劲，一天就拍完了。

从我 2002 年调到北京工作起，这些年，老太太的生日一次没落下过，基本上都是大伙儿围在一起，切个蛋糕，吃碗面，唱支歌。这些年，那支歌一直不变，那就是《革命人永远是年轻》。

这几年，于蓝一直与病魔坚强地斗争着。住院后，她记忆力严重衰退，连自己的儿子田壮壮都不认识了，可导演去给她看《一切如你》的样片时，老太太居然记得台词。

2019 年，于蓝 98 岁生日。很多熟人她都不认识了，唯独问我：“江平同志，咱的儿童电影拍完了没有？”我想，于蓝老师的电影还没有拍完，她的心，她的根，她的一切都在人民大众之中。待到战胜疫情时，我们一定再相见！

（作者：江平，中国电影集团艺委会执行主任、国家一级电影导演）

瞿弦和：他的声音里燃烧着一团火

○李笑萌

有人认为他是话剧演员，有人印象里他是主持人，还有人总能在广播剧、朗诵会中准确听出他的声音。他是国家一级演员，是文艺界众多奖项的获得者，却格外偏爱“荣誉矿工”这个称号。作为煤矿文工团团长，他要求团里的演员绝不能在下井表演这件事上说“不”。

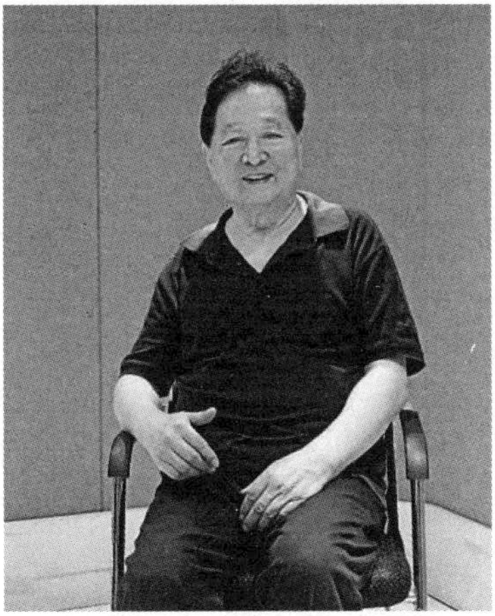

瞿弦和（李笑萌 摄）

2020年入伏的第二天，窗外下着淅淅沥沥的小雨，瞿弦和的思绪随着雨声开始蔓延。讲起自己的艺术生涯，70多岁的他眼中总是闪着光亮。这光亮中透着他对表演艺术的激情，对舞台的热恋，更透着对观众火热的真诚。

“父亲喜爱音乐，给姐姐和我取名弦音、弦和，说有音必有和。”瞿弦和特别喜欢自己的名字，他觉得可能“弦和”这个名字就注定了自己一辈子与艺术难解的缘分。1944年，瞿弦和出生在苏门答腊岛南端的楠榜，5岁时随父母从新加坡回国。除了炎热的天气，那段热带岛屿上的日子仍令瞿弦和记忆犹新的就是自己光着脚表演舞蹈，那算是他艺术生涯的开端。

瞿弦和迷恋舞台，总觉得舞台上的那一刻才是最自如的。1965年从中央戏剧学院表演系毕业后，瞿弦和远赴祖国西北，在青海度过了演艺生涯最初的八年，之后调入中国煤矿文工团。1982年，38岁的瞿弦和被推选为话剧团团长，两年后又挑起煤矿文工团总团团长的担子。那时他心中就坚定了一点：不能离开舞台，不能脱离业务。“熟悉舞台才能掌握规律，如果对业务生疏了还能指挥文工团吗？让我放弃业务当一个行政干部我是不干的。”瞿弦和的从艺初心一如既往。

在瞿弦和心中，自己最重要的艺术经历当属参演了近四十年的《黄河大合唱》。听瞿弦和朗诵，能感到他心中始终燃烧着一团火。“黄河之水天上来，排山倒海，汹涌澎湃，奔腾叫啸，使人肝胆破裂！”每当瞿弦和朗诵这段《黄河之水天上来》时，人们眼前似能看到黄河咆哮着奔腾而过，黄河水东流入海的坚决与壮阔透过他的声音直抵人心。然而，这段经典的配乐诗朗诵在创作完成后一直没被搬上过舞台。“据说是因为第三段长诗朗诵与其他段落演唱不同。虽然完整的作品有八个段落，但去掉这段，其他段落也能衔接，久而久之乐团就习惯了七个段落的演出形式。”1986年,因为要制作完整版的《黄河大合唱》唱片,中央乐团找到了瞿弦和。

朗诵这样的艺术经典,瞿弦和在兴奋之余压力也很大。“配乐诗朗诵一定要结合好配乐的音韵才能把作者想传达的情感充分表达出来,语言和乐队的配合必须是严丝合缝的。”为了达到这样的效果,在原中央乐团指挥严良堃和作曲家施万春的帮助下,瞿弦和与既是同窗也是同行的夫人张筠英,一起做了很多准备。“每个字从哪个音符开始,在哪个乐句上必须把这句说完,她都在乐谱上帮我详细地标记出来。”终于,《黄河之水天上来》合乐时一次通过——瞿弦和用饱含深情的朗诵唤醒了一段沉睡五十年的经典之作。

对于瞿弦和来说,《黄河大合唱》不仅仅是一场表演,他已经把自己融进了作品里。他窥见过黄河在巴颜喀拉山脉初生时的涓涓细流,领略过“天下黄河贵德清”的宁静透亮,听到过壶口瀑布震耳欲聋的涛声,远眺过“千军万马”奔腾入海的壮阔。“我常会想,黄河正像我们的民族一样,虽然遭遇过曲折,但总是坚定地朝前奔去。”每驻足一个渡口,他对黄河的理解就又多一分,这些都化作了他表演中的内心视象,朗诵带给观众的情感也越发丰厚热烈。

“把自己融进作品”正是瞿弦和创作逻辑的关键。瞿弦和还记得在中央戏剧学院读书期间自己朗诵的第一首诗:“杨柳初绿,草儿初青,野花儿初露脸……”他被蒋光慈这首《写给母亲》深深感染。一首诗歌的创作背景是什么,是正叙还是倒叙,高潮部分在哪,他反复推敲着文字背后的故事。“首先得进入作者心灵,只有琢磨透了作者,才能把他的语句融进自己心里,再把这种情感送到观众心中。”《琵琶行》《大堰河——我的保姆》《小草在歌唱》《我是青年》……瞿弦和在一篇篇经典中表达着自己。这样的创作理念,也被他带到了中国煤矿文工团的工作中。

对于一名处在煤炭战线的文艺工作者来说，到矿区去、扎根到煤矿工人中，就是把自己融进作品、把火热献给观众的最好方式。从早期矿井下的掌子面到现代化煤矿井下的咖啡屋，都是瞿弦和珍视的舞台。“竖井、斜井、平巷，我都去过。虽然井下演出条件简陋，但演出中演员和观众经常一起落泪。”担任煤矿文工团总团团长期间，瞿弦和要求团里的演员绝不能在下井表演这件事上说“不”。他相信矿井下是煤矿文工团最重要的舞台，只有亲自看过、体验过煤矿工人的生活，才能真正把节目演到他们心里去，为他们抒情抒怀。

虽然在“瞿弦和”三个字后面，有许多专业奖项做注脚，但他本人最爱谈起的却是业务之外的“乌金大奖”。这是中国煤矿文联在征求煤矿工人意见后评选出的。“它是煤矿工人对我的认可，是对我大半辈子艺术方向、艺品艺德的肯定。”在为煤矿工人服务了大半辈子、一辈子喜欢矿工的瞿弦和看来，观众的口碑比什么都有分量。

2012 年从文工团退休后，瞿弦和与夫人一起筹划了“重温经典”名家名篇朗诵会、“世纪诗人音像工程”。2020 年年初，面对新冠肺炎疫情，为湖北落泪的瞿弦和连夜录制朗诵诗歌《我是湖北人》，用艺术的形式为湖北加油。

回首往事，人生中有过很多角色，但在瞿弦和的内心深处，自己永远是个演员——对待舞台和观众永远火热、永远深情的演员。

（作者：李笑萌，《光明日报》记者）

丁荫楠：为伟人塑像的『电影诗人』

○李笑萌

他是五十位“国家有突出贡献电影艺术家”之一，为中国影坛献上了以历史巨子为题材的一批重量级作品。他的人物传记电影中，流淌着百年激荡的中国历史。他用胶片为伟人塑像，通过诗化的创作手法为光影艺术插上翅膀，被人们称作“电影诗人”。

丁荫楠（韩业庭 摄）

1978年，当传记影片《孙中山》为珠江电影制片厂赢回金鸡奖最佳影片和其他八个单项奖的时候，丁荫楠觉得心里那块隐约存在的石头好像可以放下了：自己终于拿了“第一”，如果母亲能看到，应该会为自己感到骄傲。

从《孙中山》到《周恩来》再到《邓小平》，丁荫楠的人物传记影片翻过一个高峰又迎来另一个高峰，给国人影像记忆留下一部部经典。回望走过的路，丁荫楠始终觉得母亲的影响一直是他前行的牵引。

1938年10月，丁荫楠出生在天津，2岁时父亲因病离世，留下哥哥和他与母亲相依为命。“母亲手巧，用缝纫机绣花、缝制衣裤，每年春节前都要赶活挣钱，印象里一到过年那几天她就生病，以前不知为什么，后来才明白是给人家赶活累的。”丁荫楠的印象里，不管生活多难，母亲都始终保持着不卑不亢的个性。

“父亲去世前曾嘱咐，要让孩子们念书，母亲始终记着这句话。”小时候清晨出门上学，母亲都会追出门外喊一句“好好念书”，丁荫楠也总是满嘴答应着。“小时候读书不踏实，心里惦记的事情五花八门，话剧团演出的节目、电影院和剧场里精彩的故事……考试没少‘坐红椅子’，母亲对我的成绩总不满意。”成绩不好，初中毕业后，丁荫楠去天津钢铁厂当了一名钢铁工人。

那时候，丁荫楠在白云石车间里碎石头，回到家常是一身粉尘，头发上、鼻子里全是白的。“母亲担忧我的前途，让我去投奔北京的姨姐。”1956年，丁荫楠一人来到北京，开始了在北京医学院的工作，母亲希望充满知识气息的环境能让他找到自己的追求。“医学院里有不少从海外留学回来的教授，交流都是用外语。在那里，我总换工作，一开始刷瓶子、洗仪器，两年后又被下放到清河大炼钢铁，我想为什么我总被调来调去，像个软木塞随波逐流？”逐渐地，丁荫楠明白了,一定要有自己的专业技术才能掌握自己的生活,他决定考大学。本就沉迷舞台艺术的他,开始努力改变自己的处境——白天工作,晚上去夜校补习文化课。1961 年,丁荫楠考上了北京电影学院导演系,毕业后被分配到广东省话剧团,1974 年调入珠江电影制片厂。找到方向的他,在光影的世界一驻足就是一辈子。

丁荫楠的镜头总是离不开伟人。“母亲总说要向那些有作为的人学习,所以我从小就有伟人情结。”丁荫楠觉得,作为导演必须要尽一切可能地去了解历史,只有沉浸到历史中才能选准素材、提炼好主题。

在早期的两部电影《春雨潇潇》《逆光》中,丁荫楠就表现出擅长以造型、光影与色彩、抒情诗化代替传统叙事为手段展现人物生活状态,从而表达人物思想的特点。为了能够充分“理解”孙中山,丁荫楠花了两年多时间沿着孙中山的革命道路走了一遍,访问相关人士、参观故居、收集素材,和编剧组一起钻进了浩如烟海的历史资料中。“他终其一生奋斗,却没有看到中国革命的成功,留下了‘革命尚未成功,同志仍须努力’的悲壮遗言。”直到有相对全面的把握,丁荫楠才确定了把他这种“屡战屡败、越挫越勇”的革命精神作为电影表达的主题。“《孙中山》是我心中的孙中山。”丁荫楠说。

在丁荫楠眼里“戏比天大”。电影《周恩来》拍摄期间,主演王铁成曾遭遇车祸,得知这个消息,丁荫楠心里一下慌了。“我和制片主任连夜赶到医院,一进病房,我连忙掀开被子,一瞧脸没破,脱口而出‘还好,还能拍’。”王铁成听后哭笑不得:“你就顾着你的片子!”车祸未愈的王铁成,直接被丁荫楠送进了 305 医院,“我突然灵机一动,那就正好拍病中的总理”。王铁成克服困难,简单恢复后再次出现在镜头前,一脸病容的他用精湛的演技让众人仿佛又看到了当年重病中主持工作的周总理。除了 305 医院,影片《周恩来》中还有大量的实景拍摄，如人民大会堂、中南海的西花厅等等，如今看来这些元素都为影片增加了不少文献价值。“很多场景是难以再造的，它们带有历史的温度。”丁荫楠对再现历史真实有着近乎苛刻的追求。因为影片中的周总理与亿万人民心目中的周总理的形象相符，情感产生了共鸣，《周恩来》成为又一个难以逾越的高峰。

丁荫楠一直在体悟着时代，表达着时代。“改革开放对我这一代人的影响巨大，我拍了《周恩来》再拍《邓小平》就像是一种命运安排。”2003 年，《邓小平》与观众见面，丁荫楠完成了他的“伟人三部曲”。2005 年起，丁荫楠将目光转向文化名人，和儿子丁震一起相继推出了《鲁迅》《启功》等影片。

如今，电影成为很多人自我表达的方式和渠道，丁荫楠很高兴看到越来越多有创意的作品通过移动设备和网络呈现在观众面前。“一代人有一代人的使命，期待新一批的青年人能担起属于他们的责任，成为无愧于时代的电影工作者。”经历过动荡年代的丁荫楠始终觉得，电影应该是积极向上的、有温度的，他希望观众能够从光影世界中感受到欣欣向荣的未来。

从走进北京电影学院的大门起，丁荫楠在中国电影的历史长河中度过了近一个甲子，这始终是他心中最美好的时光。他从没动摇过，总怀揣着极大的好奇心不断地发现电影，毫不怠惰地劳作着。

走过人生风雨，丁荫楠一直难忘母亲交代的那句：学门手艺，吃碗干净饭。“这个岁数再回头看，有了几部留得下来的作品，觉得应该能说自己做到了。”80 多岁的丁荫楠笑了笑，他觉得自己是合格的“手艺人”。

（作者：李笑萌，《光明日报》记者）

牛犇：没有小角色，只有小演员

○ 李春利

80多岁的他，一辈子演了数百个小人物，以绿叶的光亮映衬出鲜花的光芒。83岁时，他如愿以偿地加入了中国共产党，得到了习近平总书记的来信祝贺与勉励……

牛犇（孙琳 摄）

2020年11月底，由中国电视艺术家协会演员工作委员会、成都电影家协会共同主办的第七届“中国电视好演员”推选活动在成都举办，表演艺术家牛犇喜获“艺术成就演员奖”。没有激情昂扬的颁奖词，因为，在评委会看来，任何华丽的辞藻都无法表达对这位德高望重的老艺术家的敬意。

牛犇的名字是老艺术家谢添给起的，寓意牛气冲天，撒开欢儿地去表演。他从11岁起跟着谢添导演演戏，至今，已经塑造了数百个小人物：《牧马人》里的“郭骗子”、《红色娘子军》中的小庞、《泉水叮咚》中的大刘、《老酒馆》里的“老二两”……这些小人物甚至连完整的名字都没有，却以绿叶的光亮映衬出鲜花的光芒：没有“郭骗子”，“牧马人”的情感将无处安放；没有“老二两”，“老酒馆”也会黯然无光。在中国电影家协会副主席尹鸿看来，牛犇饰演的小角色不会是作品的焦点，但永远是作品的亮点。

尽管已经获得包括金鸡奖在内的几个影视大奖的终身成就奖，但牛犇却始终淡然处之，从不炫耀。然而，当他以83岁高龄，如愿以偿地加入中国共产党时，牛犇却喜不自禁，难掩激动喜悦之情。尤其是他收到习近平总书记的来信，得到总书记的祝福、勉励与肯定时，几度哽咽。他说：“那一刻，我除了惊喜，想到的就是工作，要用我的有生之年，多创造几个鲜活的人物，回报党的栽培，不负观众的期望。”

业界评价牛犇的演技“充满着人生智慧”。这与他艰苦的成长经历有关。7岁时，父母贫病交加，在同一天离世，牛犇一夜之间成了孤儿。一贫如洗的家，连刻着他生辰八字的门板都被洪水冲走了，以至于他至今都记不起自己的生日究竟是哪一天。后来，牛犇干脆把加入中国共青团的日子作为自己的生日。艰苦的磨炼给予了牛犇超强的生活能力，烹饪、养花、油漆、木工、裁缝、绘画，样样在行。正是这些潜质让爱才的著名表演艺术家赵丹收他为徒。牛犇说:“那个时候整天就跟在师父身后,做人做艺都学!”牛犇不仅好学,“鬼点子”也多,他是上海电影制片厂有名的“机灵鬼”,时不时用一些“鬼点子”帮衬师父。导演江平就揭秘了这样一件有趣的事:一次,老师赵丹要出国,没有像样的衣服,牛犇眼睛一转,想到了服装仓库,就把《舞台姐妹》里剧院老板的毛料大衣借了出来。可是,衣服的下摆太长,赵丹穿上走路不舒服。牛犇二话不说,马上给裁剪了一番,赵丹穿上一试还挺合身,潇洒地出了一趟国。事后,牛犇又把大衣原样接好送还,服装管理员竟然没有发现大衣曾被动过手脚。

丰富的生活阅历让牛犇塑造的每一个小人物都灵光闪动,他被观众称为“老戏骨”。在电影《牧马人》中,他替许灵均挑选媳妇时的戏份并不多,但他演出了花儿。“那眼神儿分明就是一个专业的牧马人在挑选种马良驹,他把人物的身份、心境都演出来了!那不是简单的厚道,他很江湖,很老到!透着人生经验!”北京电影学院教授赵宁宇分析说。而《老酒馆》中“老二两”极其卑微却极度自尊的形象让人心酸。“他将底层小人物活灵活现地表现了出来,而这些小人物的正直、朴实、善良、智慧,也是国民性中最生动的底色。”尹鸿评价说。

戏品如人品,“演好戏做好人”在牛犇身上实现了高度统一。如果你知道了牛犇是如何演戏的,你便了解了那些角色为什么如此光芒四射。江平导演无限歉疚地说:“今天,牛犇老师看上去背更驼了,这有我的责任!”那次意外是为了拍摄江平编剧的电视剧《梨园生死情》。黄山脚下的一场戏,当时77岁的牛犇要“飞身上驴”,不料,驴脾气上来了,牛犇被重重地摔在地上,送去医院一查——颈椎错位。当时牛犇还剩两场戏没有拍完,换演员是不可能的,等下去,剧组损失惨重。令人意想不到的是,牛犇咬着牙说:“不能浪费国家一分钱，不怕，反正我老了，大不了再罗锅一点儿，我有招儿！”牛犇的“招儿”就是让人把他抬到外景地，让工作人员把他捆绑在树上，再套上从背后剪开的戏服，这样，双手可以活动，人勉强被支撑着“站立”起来，好像是靠着柱子在“训话”。他边说边比画，激情澎湃，一口气把戏演完了，豆大的汗珠子滚下来。等到导演喊停，周围的人都哭了。牛犇艰难地说：“简直像刀砍脖子那么疼！”为了安慰大家，他又露出了憨厚的笑容。

在“中国电视好演员”系列活动现场，记者见到了80多岁高龄的牛犇。他没有助理，自己拎着行李；在舞台下，为获奖的同行们热烈地鼓掌。尤其令人印象深刻的是，吃早餐时，他竟然把被“事故”面包机烤煳了的漆黑面包片通通吃了下去，然后笑呵呵地对劝阻他的服务员说：“粮食不能浪费，但这个面包机真得赶紧修了！”

当被问及塑造了那么多人物，最喜欢哪一个时，牛犇不假思索地说，每个人物都值得他用心去演，都让他获得过心灵的感悟，每一次演戏都像与角色同体、生活，所以对每个角色都非常喜爱。当他又被问到，一辈子演配角，而且都是小角色，有没有一点点遗憾时，他坦诚地说：“没有小角色，只有小演员！一个好演员连背影都可以出戏，是金子总会发光的！”他说话时不紧不慢，脸上仍带着谦逊、憨厚的笑容。

（作者：李春利，《光明日报》记者）

李文启：你的表演观众不相信，就是失败的

○刘平安

他曾在央视春晚舞台上为观众奉献了《门铃声声》《妈妈的今天》《有事您说话》等经典小品，2019 年和 2020 年又先后参演央视春晚小品《站台》和《父母爱情》，塑造了一系列深入人心的角色。如今，70 多岁的他给自己的定位是：发挥余热，当好陪衬，不嫌戏少，力求出彩。

李文启（刘平安 摄）

俗话说“过了腊八就是年”，春节的脚步越来越近，哪些熟悉的面孔会再次亮相央视春晚舞台，观众们正在迫切地等待着谜底的揭晓，已经七次登上央视春晚舞台的李文启自然是备受期待的。2021年1月，记者登门采访李文启，听他讲述在春晚舞台上成功塑造一系列深入人心的角色背后的坚守与深思。

到达李文启家门口，门旁写着“光荣之家”的牌子格外引人注目，这是他引以为豪的事情，“我们老两口都是军人”。2020年春晚，李文启参演小品《父母爱情》，饰演的正是一位穿军装的老班长。小品中，李文启的出场时间和台词并不多，但是他的表演却成了整个小品的亮点和记忆点，也被观众称为“点睛之笔”。说起这个角色的塑造，李文启一边讲述着细节设计，一边重新演绎了一遍，角色转换几乎在分秒之间，仿佛坐在面前的就是那位腿脚和口齿都不太利索的老班长。

“我大概数了一下，我的台词可能连十句话都不到。戏虽然少，但是一定要把人物琢磨透。别人见到江德福(郭涛饰)都是喊着‘老领导’上前握手拥抱，但我是他的老班长，如何体现这种人物关系？我说一句‘你们都不管我’，大家都围过来，江德福敬了礼，我不给他还礼，而是站起来轻拍了一下他的脑袋，这一个细节就把两个人物的上下级关系，以及在部队时的亲密友情体现出来了。”李文启至今仍清晰记得小品中的每一个细节，那些细节曾是他在无数个不眠之夜反复向生活取经琢磨出来的。赵丽蓉曾经跟他说的一句话一直影响着他，她说：“拿到剧本，你的脑子里得出小人儿。”李文启每次都反复打磨他的“小人儿”，最终成就了一个个经典角色。

一个表演的成功，要靠形体，还要靠台词。小品《父母爱情》中，李文启对台词的诠释也征服了亿万观众，一番话将剧情推向了高潮。为了让江德福说出“我爱你”三个字，老班长先是用拐棍点地，喊道:“江德福,说!”接着分享了自己的经历:“我跟我老伴儿,就这仨字,年轻的时候我说不出口,老了想说了,又不会说话了。我练,我使劲练,练好了,还没等我说呢,她走了,她走了,我后悔啊。”这段台词并不长,却获得了阵阵掌声。李文启对于每一个细节的设计都有充分的思考:“虽然英雄迟暮,但是部队里那种命令式的习惯还在,所以喊了‘说’。但是说话不利索,在‘出’和‘口’之间有一个停顿。后面‘又不会说话了’是苦笑着说的,生活中很多悲伤的事恰恰是苦笑着说出来的。但是说到‘她走了’时,是要有层次的,第一遍略带怨恨,第二遍则尽显悲伤。这就像生活中有人去世,亲人在哭声中往往会责怪逝者‘你怎么这么狠啊,丢下我就走了’。塑造角色要遵循铁的生活逻辑。”正是因为这些无痕的表演,让很多人误以为戏外的李文启真的说话不利索了才演得那么逼真。

李文启深受传统现实主义戏剧表演理论的影响,认为塑造角色才是表演的核心要义。他说,做演员贵在自知,要找准定位。而他的定位就是塑造好每一个角色,并不在乎是不是男一号。很多人见到李文启,一眼就能认出他是小品演员,很多角色形象就在他的脑海里打转,甚至像“我还是怕您把我给甩喽”这样的台词也能张口即来,但未必能叫得上他的名字。对于戏红人不红、面红人不红这件事,李文启认为,让观众记住角色比记住自己更重要,如果观众因为角色认识了自己那也是自己的荣幸。

说起塑造角色,李文启还是最早在春晚舞台上分饰多角的演员。1988 年,他首次登上央视春晚舞台,在《门铃声声》中塑造了“卖刀的假哑巴”“居委会大妈”和“警察”三个角色,给观众留下了深刻印象。1995 年,李文启自编自导自演的《有事您说话》亮相春晚舞台,他再次分饰三个角色,演出大获成功,《有事您说话》也成了小品史上的经典。如何在一场演出中把多个角色演得精准到位,李文启在台词、形体、服化道各方面下了苦功夫。比如第一个出场的上海人老陈，手里捏着一条细小的带鱼和一句一个"小伙子不得了"，对比后面出场的满口天津话的老牛，完全看不出是一个人分饰。有人将表演分为三种层次，一是本色出演，二是演什么像什么，三是演什么就是什么，李文启显然是第三种。要说秘诀何在，大概就是他反复强调的"塑造人物要遵循铁的生活逻辑"。

李文启读过大学，下过农场，又进入部队，从业余宣传队进入专业院团，一路经历各种生活，也一路坚持导、演和创作。他说丰富的生活阅历以及赵丽蓉等优秀榜样，都让他受益匪浅。他很感激在业余宣传队的时光，他说："业余宣传队好进不好混，吹打弹拉唱，打球带照相，你什么都得会，相声、独幕剧、创作等都干过，技多不压身，当时的积累也为日后从事专业表演打下了基础。"

如今，李文启经常接受邀请为一些院团指导剧本或导演剧，看完剧本，他常常会问，"合理吗？符合生活吗？观众相信吗？不合理观众就不会相信，现实题材作品观众不相信就是失败的"。提及之前网上热议的抗日神剧，李文启深表不满："这就是偷懒，不尊重生活，打着创新的旗号胡来。"但是，他也为一些优质的剧感到欣慰，央视播出的电视剧《装台》，他说，整个剧拍得很真实，他期待更多的优秀作品。

（作者：刘平安，《光明日报》记者）

刘家成：我不反对流量，但反对唯流量

○许 莹

他曾执导《铁齿铜牙纪晓岚》《情满四合院》，作为导演，他对选角有自己的坚守。他认为，角色适合又有流量，自然能够吸引更多观众，这是好事。但是只看流量，不管角色适合与否都让流量明星来演，这肯定不行。角色适配度是他选角的第一要义。

刘家成（光明图片）

从《铁齿铜牙纪晓岚》中由张国立、王刚、张铁林构筑的“铁三角”到《情满四合院》里何冰饰演的小恶大善之人“傻柱”,从《正阳门下小女人》中蒋雯丽饰演的励志女性徐慧珍到《芝麻胡同》里刘蓓饰演的嘴硬心软的林翠卿,演技派演员们成就了一个个令观众信服的角色。而这些角色的成功,离不开导演刘家成的选择与坚守,角色适配度是他选角的第一要义。

刘家成选角有一套，或许和他曾经演员出道的经历密切相关。20 世纪 80 年代末 90 年代初，刘家成参演了《杀手情》《银蛇谋杀案》等电影。回想起那段做演员的经历,他用四个字来概括:苦中有乐。“说苦是真有些苦,很多骑马、开车、跌落等较为危险的动作,全都要演员来真格的;说乐,那真是一个思想单纯、创作投入的年代,拍一部电影要半年到一年的时间,演员像每天上班一样,等待最好的光线、寻找最适合的角度、抓住最感人的瞬间,创作环境远不像现在这么浮躁。”

现在有些演员拍完自己的戏便赶档期去了下一部戏,甚至都不了解整部戏的创作内容。“那时候拍戏不像现在一年好几部,我们一年或者两年才能赶上一部电影,电视剧更是少之又少,深知机会难得。”刘家成在其参演的第一部电影《杀手情》后半期,就已经确定了自己最终要做导演的方向,“从演员到武术指导到执行导演再到导演,一切都像是必然”。演戏时他曾从马背上重重摔下,做动作替身时曾头撞台阶几近昏迷,认真演好每个角色之余,他总是暗中观察导演们的工作,边看边琢磨他们为什么这么拍,摄影机为何要这样摆。彼时看样片,剧组会租个电影院组织全体演职员一起观看,刘家成从不缺席,他的小本上记满了对角色的理解、如何设计分镜头以及如何选择剪辑点。后来刘家成做了导演,那个深深印刻在他脑子里的小本子对他帮助很大。

刘家成相信，世界上没有全能演员，每个演员都有自己的强项，也都有各自的局限。“形象气质更接近军人的，就很难演富商。拿到剧本吃透人物，对演员进行大致分类，根据角色适配度进一步细化，剩下的就要看缘分和态度了。”一路拼上来的刘家成，欣赏热爱这份职业的演员，“决定角色成败的关键除了天赋就是态度了”。多年前，刘家成拍摄电视剧《离婚前规则》和军旅剧《天生要完美》时，资方都曾强烈推荐使用流量明星，但都被他拒绝了。“他们的条件我无法接受，档期只给五十天而且跨戏，这两部剧在当时都遇到了相同的问题。”《离婚前规则》《天生要完美》最终捧红了数位演员，“我们不是非用流量明星不可，最后我们用的演员都获得了高流量”。

“我不反对流量，但反对唯流量。”刘家成承认，角色适合又有流量，自然能够吸引更多观众，这是好事。但是只看流量，不管角色适合与否都让流量明星来演，这肯定不行。刘家成也向播出平台了解过，流量明星确实会提升会员充值和观看量，有一些年轻观众不看故事本身，只是冲流量明星去的，一些平台还为此开设了“只看TA”功能。追本溯源，艺术素养教育应从娃娃抓起。为此，作为全国政协委员的刘家成在2021年全国两会上提交了《关于加强中小学生艺术素养教育　提高全民族艺术鉴赏力的政策建议》，希望通过艺术素养教育帮助青少年形成健康的审美倾向。在刘家成看来，使用了不适合角色的流量明星，还会带来许多问题，比如为了流量明星魔改剧本、“饭圈”盲目追星绑架创作、使用网络软暴力对同台竞争的作品打低分等等。

刘家成在刚拍完的电视剧《追光》（暂名）中便深刻揭示了这一行业问题。剧中，老戏骨要演出一场耗费毕生精力写就的话剧《父与子》，但为了市场前景，就要把曾在剧团跑龙套后来靠影视走红的流量明星请回来，流量明星的经纪人不仅给出的排练时间非常有限，而且要求剧本必须要改成《子与父》……刘家成坦言，许多演员不敢来演，甚至有人觉得剧本含沙射影写的就是自己。但是这部剧最终在老戏骨和流量演员的共同努力下顺利完成了拍摄，“老戏骨和流量演员在剧中的表演旗鼓相当，谁也没输给谁”。

在刘家成看来，导演和演员之间要相互信任，导演不是从点上、线上教演员如何表演，而是从面上把控。“每场戏都有它的功能和任务，你得让演员准确生动地把主题演绎出来。”当被问及演员的自我修养应该有哪些时，刘家成说，归根结底，一个是“艺”，一个是“德”。“艺”要求演员热爱表演，因为热爱就一定会有敬畏之心；“德”要求演员懂大局，知道尊重与感恩。“德”在前，“艺”在后。采访临近结束时，刘家成沉默了片刻说：“我发现那些真正德艺双馨的好演员，看不上的剧本他不会接，看上的剧本他可能会带着问题在开机前同剧组商议修改，但是一旦开机就真的不再动剧本了，他们能够忠实剧本台词，将它们转化为自己的语境。这些演员的职业素养令我敬佩，也会是我此后想要继续合作的人。”

（作者：许莹，《文艺报》艺术评论部编辑、
北京文艺评论家协会会员）

王晓棠：银幕上几秒钟，银幕下千般功

○ 赵凤兰

80 多岁的她，是“新中国二十二大电影明星”之一，也是全能电影表演艺术家，在表演上追求“一人千面”。尽管成绩荣誉等身，但她却说：“别以为演了几部戏、导了几部戏就自恃功高。老卖弄自个儿是不行的，学然后知不足。”

王晓棠（赵凤兰 摄）

在八一电影制片厂的一间工作室里,80多岁的电影艺术家王晓棠端坐在翡翠绿的沙发上，身着一袭轻盈飘逸的白色网格长衫，内搭黑色裙装,发间点缀着一条黑白相间的头箍,眉宇间透露着一种岁月沉淀后的从容淡定。整个下午,我们从少女时代的王晓棠、塑造各种经典角色的王晓棠、担任编剧导演的王晓棠,一直谈到成为八一电影制片厂厂长的王晓棠、作为共和国女将军的王晓棠。如此丰富的角色转换,恰如她在表演事业上追求的“一人千面”。

王晓棠是“新中国二十二大电影明星”之一。《野火春风斗古城》是她电影表演事业的巅峰之作。这部戏中,金环犹如浓墨重彩的水墨画,银环恰似精谨细腻的工笔画。为了刻画好这对性格迥异的革命姊妹花,一人饰两角的王晓棠,不仅把作家李英儒的同名小说倒背如流,还在日常生活中反复演练姐妹俩不同的眼神、体态和说话方式,尝试先靠拢一个角色,然后反向寻找人物性格的不足,最终既演出了金环泼辣爽利的“劲儿”，又演出了银环温婉娴静的“味儿”。

关于表演,王晓棠有句富有哲理的名言:“对角色最大的热情,亦是对自己最大的冷静。”这个“冷静”在她获得成绩和荣誉时表现得尤为突出。《野火春风斗古城》火了后,她做了一件令人意想不到的事,撰写了两万字的《金环银环表演笔记》,写的竟全是自己表演上的差距和不足。“人家都说我演得不错,但我觉得可以更好,比如金环的调子显得有些‘单’,辅色用得差,我没能把她开朗、乐观、谈笑风生的一面展现出来;银环呢,我又被她的文静温婉拘束住了,表演显得晦暗、抑郁有余,明快、跳跃不足。我脑子里始终有一个很高的境界,明天总要比今天更好一点,不然太亏待自己,也太亏待时代了。”文章在《电影艺术》杂志上刊出后,所有人都大吃一惊,但她对一场场戏、一组组镜头、一个个眼神的分析又是那样的诚恳,让大家深深折服。

为了追求“一人千面”，而非“千人一面”，王晓棠不断尝试不同角色。在《神秘的旅伴》《边寨烽火》《海鹰》中，她饰演的都是正面而纯真的角色，而在《英雄虎胆》中她大胆饰演起国民党女特务阿兰，结果把这个配角演成了观众眼中的女主角。

如何使配角深入人心并被观众记住？王晓棠说：“我从小学京剧，京剧是很讲究亮相的，演员要让观众记住，就要在出场时有一个精彩的亮相。最好还要有那么一两场俘获人心的‘尖子戏’，否则，人物就像炒菜没放盐一样，淡而无味。”

剧本原来的设计是，阿兰刚出场时只有一句“副司令，人没接到”的台词。“这样的出场，谁能记住这个人啊？”后来王晓棠设计了个阿兰边说话边揪假辫子的出场动作，使之更符合人物的个性特征，观众一下子就记住了。

为了在表演上让专业人士也看不出纰漏，王晓棠在多部影片中出色地完成了游泳、骑马、摇橹、跳伦巴舞、接电话线、做手术等绝活。在拍摄《鄂尔多斯风暴》时，她冒着零下二十摄氏度的严寒，学会了连蒙古族同胞都认可的专业骑马技能；为了电影中三四秒的镜头，她曾在大冬天背着行李翻山越岭到海边渔村学摇橹；在电影《海鹰》中，为了演出“玉芬飞快地接好了电话线”中的“飞快”，她在八一厂的马路上匍匐前进练了三个晚上，结果接得过于飞快观众都看不清，电影放映时被迫放慢速度。有人劝她做做样子，不必为了银幕上的几秒钟而耗费那么多功夫学技能。王晓棠却说：“你们看不出破绽，但船老大、电话班的人能看得出，所以那些技能我必须学会。”

谈及表演的最高境界，王晓棠坦言：“表演的最高境界就是‘不演’。所谓‘不演’，就是让观众看不出表演的痕迹，让观众认定你就是角色本身。要达到这种境界，需要演员最大限度地贴近真实，这种真实又不是完全的生活真实，而是经过提炼后的艺术真实，它来源于生活又高于生活。”在她看来，演戏要本真自然，这里面涉及很多技巧。可有些人怕谈技巧，认为技巧是形式主义的东西。其实不然，技巧一方面来自对生活的细致观察，另一方面来自对角色内心的揣摩，它包括演员能在瞬间高度集中注意力，相信假定，肯于忘我。

王晓棠的命运像她演出的电影一样充满悲欢离合和戏剧性。她是风华绝代的电影明星，是被发配到北京远郊林场的工人，是中年丧子的母亲，是《翔》《老乡》《芬芳誓言》等电影的编剧导演，是《大转折》《大进军》等系列军事巨制的幕后军师，更是八一电影制片厂原厂长和中国电影界首位女将军。

演遍了悲欢离合，经历了人间冷暖，王晓棠在艺术与人生的双重修行中，也练就了一颗宠辱不惊、从容豁达的心。因此，尽管成绩和荣誉等身，可她却说：“别以为演了几部戏、导了几部戏就自恃功高。老卖弄自个儿是不行的，学然后知不足。做人要保持一种境界——得意别忘形，失意别变形，做人保原形。”

（作者：赵凤兰，《中国文化报》高级记者）

刘进：演员岂能光注重颜值而忽略角色塑造

○许　莹

他曾执导《悬崖》《一仆二主》《美好生活》《白鹿原》《理想之城》等多部电视剧作品，凭借《悬崖》《白鹿原》等多次斩获白玉兰奖，他也是2021年第二十七届上海电视节白玉兰奖评委会主席。真实感是他一以贯之的影像追求，在他看来，美的本质并不能同颜值画等号。拒绝脱离人物、脱离故事的悬浮表现是他坚守的艺术正道。

刘进（光明图片）

2021年8月，电视剧《理想之城》热播，引发广泛关注和讨论。剧中主角苏筱是一名长期公司工地两头跑、熬夜做数据的造价师，为了贴近角色本身，演员不惜以蓬松的“娃娃头”、宽松平实的衣服、略带倦色的面容示人。然而，“造型太土”“男女主没有CP感”“打光太暗”等一时间被部分网友口诛笔伐。导演刘进有些困惑：“很多观众习惯了大平光、冷白皮、着装华丽、浓妆艳抹，似乎不太接受这样的‘真实’。我们需要正视，美的本质并不能同颜值直接画等号，一味表现明星颜值却忽略角色塑造的做法正在以‘劣币驱逐良币’之势给影视行业带来负面影响。”

置人物、剧情、题材、时代背景于不顾的畸形审美正逐渐反噬影视创作本身：抗日剧中，战争残酷激烈，发型却丝毫不乱；古装剧中，男女肤如凝脂，磨皮磨到五官不清；偶像剧中，场景“烟雾缭绕”，过度柔光笼罩全程……刘进谈道，电影、电视剧本质上都是声画艺术，这也就意味着需要做好声音的塑造、画面气氛的营造。影视艺术的特性决定了，主创要努力通过声画手段将观众带入故事的规定性情境中，进而让观众沉浸其中、走入人物内心，产生共鸣。“当下很多剧拍完拿到后期那里，调色员会下意识地首先把脸调亮，好像电视剧只要看到人就行了。长此以往，审美与氛围营造更是无从谈起。”刘进说。

由于千家万户的电视色彩还原度、饱和度皆有所不同，后期制作结束后，刘进尝试在各个不同的电视机中反复观看，以确保在低密度的情况下让观众看见角色的面部细节。在他看来，光影本身正是叙事的一部分。“吴红玫家比较暗，是因为我想营造一种破败感；天成作为一家机制陈旧、缺乏活力的公司，装修偏20世纪90年代，采光肯定不好，也正是这样的暗调才得以反衬出后面苏筱为公司带来的活力与变化；天科公司的装修偏现代，办公室中有大量透明玻璃，这种高调的处理是为了表现夏明为公司注入了新鲜力量；而表面繁荣的瀛海公司，有大量实木家具填充，沉稳、僵化的背后，实则危机四伏。"这些颇费心思的考量，需要更高难度的打光和置景要求，相反，把脸打亮是件容易得多的事。刘进说，这部用明规则战胜潜规则的剧本，起初打动主创人员和平台的正在于那份难得的真实感，"我为什么要把一部真的东西拍成假的呢"。

在刘进看来，偶像和演员有很大区别，"偶像演什么都像自己，反正观众看的是你；演员可不行，演员就要演谁像谁"。放眼世界，为角色剃平头增肥的查理兹·塞隆、为出演《机械师》减重六十多磅的克里斯蒂安·贝尔等国际一线演员，都不惜为角色做出牺牲。"我们对演员的要求，怎么可以低到只负责美就够了？演员进入角色，就是要让观众忘记你是谁。剧中苏筱每天熬夜做数据，根本没有工夫化妆。起初，大家都习惯把孙俪的妆画得稍微浓一些，我说不行，还得淡、还得淡……演员自己也愿意为了角色做出牺牲，这种精神也是值得肯定的。"

刘进对于真实感影像风格的追求，得益于父亲潜移默化的影响，又在自身一以贯之的实践中得到反复确认。刘进的父亲刘昌煦曾是西安电影制片厂的摄影师，在20世纪七八十年代曾拍摄电影《生活的颤音》《没有航标的河流》等作品。其中，《没有航标的河流》凭借朴素真实、贴近生活的影像风格在第四届夏威夷国际电影节中摘得"伊斯曼柯达最佳摄影奖"。"优秀的摄影要懂得运用光线营造气氛、塑造人物。早期中国电影更倾向于舞台光的用光方式，而父亲的用光方式不同，他更加追求自然光效，这在当年是一个创新突破之举。"刘进有同父亲一样的对真实感的追求。例如，他常用定焦拍摄以模拟人眼，使透视效果更佳，让细节表现更有力量；他对光的层次感偏爱有加，遵循亮托暗、暗托亮的规律，脸部在暗处的处理方式使得面部细节的呈现更有质感……拍摄谍战剧《悬崖》时，刘进力图用冷峻、隐忍的影调反映心理张力；拍摄年代剧《白鹿原》时，刘进带领主演提前近一个月进驻农村，与村民同吃同住同劳动，二十天的生活体验让演员融入农村生活中。

最令刘进担忧的是，当颜值凌驾于审美、当明星重过角色、当美的标准越发单一和同质化时，它会左右创作者的审美选择。深入肌理，畸形审美何尝不是唯数据论、“饭圈”文化的“并发症”？

在给《理想之城》起标语时，朋友说的一句话无意间戳中了刘进——你我都是在放弃中变得平庸。“放到现实生活中，金无足赤人无完人，一部剧有人喜欢、有人不喜欢都很正常，不可能做到百分之百的完美。创作者在拿出一部作品时，对于批评声音也是有心理准备的。但很多无良营销号借此勒索，在网上带节奏，针对演员的样貌服装等进行攻击，照这样下去，以后谁敢面对真实？”好在相关部门已经意识到畸形审美、“饭圈”文化、唯数据论等带来的不良社会影响，并联合多家单位出重拳治理。演员不是磨皮带妆、置景处处透着“土”、调色拒绝悬浮滤镜，刘进坦言，自己坚持这么做，并不是因为这样做会有效果，而是坚信这么做是对的。“我想，创作者还是要有自信，守住自己的正道。不要在放弃中变得平庸才好……”

（作者：许莹，《文艺报》艺术评论部编辑、
北京文艺评论家协会会员）

丁柳元：每个角色，我都豁出命去演

○ 李苑 荆昭延

为了还原江姐受刑时的真实场景，她不顾导演的强烈反对，要求上刑时动真格的，结果“被梁上的绳子勒到眼球直凸，几乎窒息”，“被按进水缸里十几次，呛到肺疼”，“感受到了竹签子敲打在指肚上的疼痛”。她说：“创作没有捷径，要想塑造出真实的烈士形象，就要先感受他们的疼痛。对于每个角色，我都豁出命去演，力图将情感与角色打通。”

丁柳元（资料图片）

2021 年 7 月，在电影《我的父亲焦裕禄》首映式现场，观众的抽泣声不时响起。大家不仅被焦裕禄的事迹感动，更被他的妻子徐俊雅的悲痛感染。灯光起，主创亮相，有人惊讶：怎么是丁柳元？

即便熟悉丁柳元的观众都没认出是她饰演的徐俊雅，银幕内外完全判若两人：影片中人，脸色苍白、皮肤粗糙、两颊凹陷，面容里写满了生活的艰辛；舞台上人，言笑晏晏、行止从容，一派温和端庄。

现场观众对演员的演绎报以热烈掌声，但丁柳元却说："都说演员塑造英雄角色，但我认为是红色精神塑造了我。创作为我的生活提供了给养，我在塑造角色的过程中一点点成长。"

这不是场面话。《中流击水》中陈独秀的夫人高君曼、《忠诚与背叛》中的杨开慧、《淬火成钢》中的贺子珍、《江姐》和《我最好的朋友江竹筠》中的江竹筠、《敌后武工队》中的抗日女英雄汪霞、《海棠依旧》中周总理的养女孙维世、《百炼成钢》中邓稼先的夫人许鹿希、《初心》中的"老阿姨"龚全珍……二十多年来，红色始终是丁柳元演艺生涯的底色，饰演红色人物已经成为她生命的一部分。

尽管对不同红色题材影视作品中的女性角色驾轻就熟，但这一次走近徐俊雅，丁柳元却倍感煎熬。

关于徐俊雅的资料不多，为了摸清焦裕禄背后的这位女人的性格特点，丁柳元一有机会就向焦裕禄的二女儿焦守云询问她母亲的故事。焦守云给她讲过一个细节：每年除夕，徐俊雅都自己包饺子，然后默默回屋，不看电视也不吃饭。家人以为她睡了，其实她是躲在被子里无声地哭泣。哭完了睡，睡醒了又哭，她太想念焦裕禄了。

这些动人的细节和片段，像拼图一样，渐渐拼出角色的本真模样。可丁柳元却在一步步走近角色的过程中陷入了无边的痛苦，拍摄中，她感觉自己就是徐俊雅，无时无刻不被思念折磨着，"天天吃安眠药，三片三片地吃，不然睡不着，一个月瘦了十斤"。

在拍摄焦裕禄弥留之际那场戏时，丁柳元已经跟角色融为一体，深陷在剧情中无法自拔。导演喊关机，她仍望着病床上的焦裕禄，痛苦地低声喊着："我不想活了！"剧本上没有这句台词，这是她忘我情感的自然流露。

正是这样全情的投入，让观众看到了有血有肉的徐俊雅。电影杀青后，焦守云拉着丁柳元的手激动地说："谢谢你让我看到了当年妈妈的影子。"

丁柳元说："创作没有捷径，我属于比较笨的人，进入得慢，出来得也慢，对于每个角色，我都豁出命去演，力图将情感与角色打通。"

在电视剧《江姐》和电影《我最好的朋友江竹筠》中，她饰演江姐。为了还原江姐受刑时的真实场景，她不顾导演的强烈反对，要求上刑时动真格的，结果她"被梁上的绳子勒到眼球直凸，几乎窒息"，"被按进水缸中十几次，呛到肺疼"，"感受到了竹签子敲打在指肚上的疼痛"。"要塑造出真实的烈士形象，就要先感受他们的疼痛，"丁柳元说，"演员只有在自己最纠结撕裂的过程中，才能创作出好作品。"

擅下"笨功夫"的丁柳元，从艺二十余年，主演了四十多部影视作品，至今坚持不依赖"惯性的经验"表演。《江姐》《我最好的朋友江竹筠》之后，她拒绝了继续饰演江姐角色，她不想靠着"江姐专业户"的光环沉溺于表演的舒适区。

丁柳元对有关表演的一切都十分较真，给人以"锱铢必较"之感。某次拍戏间隙，几个年轻的演员在她面前嬉戏打闹，向来温文尔雅的丁柳元急了："要闹你们出去闹去！我们演的是烈士的故事，演员如果从情绪和状态上不能进入角色，怎么能演好？"丁柳元进一步强调，演员对角色要有敬畏之心。

不过,一旦离开角色,她却没有一点明星的样子,戏外“不化妆,不美容,不做面膜”,把时间都花在了阅读和行走上。她曾只身一人徒步到西藏墨脱中国边境线,给驻扎在那里的战士们送书;还曾步入大兴安岭深处,感受伐木工人的辛劳;更在汶川地震发生后扛着物资,换乘六次过路车又徒步四公里,赶到震中映秀镇参加抗震救灾。这些经历都被丁柳元视为生活赐予的宝贵机会,她总是保持着向在祖国各条战线上奋斗的人们学习的热情,为下一次饰演角色时刻准备着。

在丁柳元看来,这些不仅是演员的自我修养,更是社会对一名共产党员的基本要求。有着二十余年党龄的丁柳元,始终把做“人民演员”当作自己的职业追求,她一直牢记着八一电影制片厂老领导送给她的寄语:希望你一直“红”下去—— 一语双关,既是祝福也是嘱托——希望她传承红色基因,为观众塑造出更多鲜活的红色人物形象,也希望她用角色征服观众,得到更多人的认可和喜爱。

(作者:李苑,《光明日报》记者;
荆昭延,《光明日报》通讯员)

黄伟：观众不会辜负创作者的每一份真诚

○韩业庭

《军人机密》《人间正道是沧桑》《辛亥革命》《四十九日·祭》《王大花的革命生涯》《白鹿原》《大江大河》《大江大河2》……他的作品几乎家喻户晓，他的名字却鲜为人知。这位摄影师出身的导演，极少出现在媒体的聚光灯下，他习惯了“躲”在镜头后观察思考，作品是他与外界交流的主要方式。

黄伟（光明图片）

采访黄伟之前，记者曾经犹豫过。他是谁？任凭记忆的雷达如何搜索，也无法在脑海中捕捉到任何关于他的信息。

在搜索引擎中输入他的名字，一部部熟悉的影视作品立刻映入眼帘，记者不由在心中暗叹：原来是他。

黄伟是摄影师出身。他先后参与拍摄了《走向共和》《军人机密》《人间正道是沧桑》《辛亥革命》《南方大冰雪》《好家伙》《四十九日·祭》《王大花的革命生涯》《白鹿原》等脍炙人口的影视作品，并凭《白鹿原》获得第二十四届上海电视节白玉兰奖最佳摄影奖。

跟很多摄影师一样，黄伟"摄而优则导"。当人生从不惑迈向知天命，他从摄像机后坐到了监视器前，开始了自己的导演生涯，并分别与孔笙、李雪联合执导了电视剧《大江大河》和《大江大河 2》。

黄伟极少出现在媒体的聚光灯下，在网络上只能查到关于他的有限资料。长期的摄影生涯，让他习惯了"躲"在镜头后观察思考，作品是他与外界交流的主要方式。2021 年 9 月 21 日，他执导的最新作品《再见，那一天》作为爱奇艺迷雾剧场先导片跟观众见面。由这部新作"牵线搭桥"，在一个秋日的午后，记者对黄伟进行了采访。

身高一米八，髭须花白，鼻梁上架着一副金边眼镜，记者眼前这位在艺海浮游了近三十年的导演，似乎看透了世事沧桑，给人一种云淡风轻之感。他对记者抛出的大部分问题尤其关于他个人的提问，回答得都比较简略，被逼问急了，只是呵呵一笑，称自己有"社交恐惧症"。不过，一提到作品，他的话就明显多起来。

拍摄完《大江大河 2》后不久，黄伟接到一个陌生号码发来的短信，邀请他执导一部致敬人民警察的短剧，以庆祝中国共产党成立一百周年。不同于《跨过鸭绿江》《大江大河》那类作品的宏大叙事，也不同于《大决战》《觉醒年代》等把领袖作为主要人物，剧本中的故事发生在一个基层老民警和几个刑满释放犯之间。作品通过几个

“社会边缘人物”“那一天”刻骨铭心的记忆,讲述了一个老警察(同时也是一位老共产党员)以“为人民谋幸福”的人间大爱,温暖几个刑满释放犯冰冷的内心,让他们得到救赎、重获新生的故事。

“有嚼头!”看完剧本,黄伟心头一震,“它的嚼头就在于,跟之前的主旋律作品角度不一样。”在他看来,所有传递真善美、符合社会主流价值观的作品都是主旋律作品,但主旋律作品不该也不能只有一个模式、一副面孔。黄伟拍摄过很多主旋律作品,无论是干摄影还是当导演,每次的出发点都一样,那就是用诚心为观众讲述一个好故事,他相信“观众不会辜负创作者的每一份真诚”。

四五岁时,黄伟就在家里鼓捣父亲的相机,上小学后就学会了洗照片,影像为他打开了一扇门。从小热爱摄影的他,对画面品质的要求一直比较高甚至有些苛刻。无论是《大江大河》,还是《再见,那一天》,单看画面,你都会觉得那是电影而不是剧集。

黄伟对画面的高要求,一方面出于摄影师的本能,另一方面更是为了让观众获得“真实感”。在他看来,影像画面是影视作品讲述故事、塑造人物、表达情感的基础,基础不牢则地动山摇。为了拍出具有真实冲击力的镜头,黄伟每次都尽量选择实景拍摄,而不愿采用棚拍或后期加特效的方式。《再见,那一天》中有一个炼钢的镜头,黄伟选中了马鞍山钢铁厂里最重要的H型钢生产车间作为实景拍摄场地,几经努力才获得拍摄许可。在那种环境中拍摄,剧组所有人都十分紧张。为保障安全,钢厂组织车间主任和最优秀的倒钢水工人为拍摄保驾护航。五个机位同时拍摄,终于捕捉到火红的钢水倾泻而下和演员对剧情完美演绎相互交融的震撼瞬间。为了在《再见,那一天》中真实还原殡葬行业,黄伟不仅向入殓师深入了解行业的真实状况,还带领剧组到火葬场实景拍摄,剧中胡广来和“小瘸子”在殡葬店的面包车上吃饭那场戏,都是在真实的场景下拍摄的。他认为,实景拍摄除了在影像表现上更有氛围感和冲击力,拍摄中的实景氛围还会为演员的表演提供强大的心理支撑,在不知不觉中促进演员的发挥。

黄伟还是个"细节控",别人觉得无所谓的细节,他都不会放过,会反复调整,直到满意为止。在拍摄《再见,那一天》时,为了表现主人公姐姐生活中的疲惫感,他提醒造型师把演员扎头发的橡皮筋放松一些,不能把头发扎得太紧;在拍摄《大江大河》时,为了还原故事的年代感,他亲自搜集了很多老物件作为道具,如1977年的报纸、老式录音机和磁带等。

从摄影师成为导演,"表达"始终是黄伟职业生涯的关键词——以前用构图和光影表达,现在成为导演则有了更多手段、更大空间去表达心中所想。不过,他始终强调,导演不过是整个行业链条中的一环而已,是"很普通的人",任何作品都是集体协作的结果,不是一个人的功劳,自己要做的就是用心把故事讲述好,然后去寻找下一个有意思的故事。

(作者:韩业庭,《光明日报》记者)

王扶林：一部剧为什么能够重播一千五百多次

○ 赵凤兰

90 多岁的他曾执导拍摄 1987 版《红楼梦》和 1994 版《三国演义》电视剧，这两部作品后来成为可以代表一个时代的经典，至今仍发挥着“科普”文学名著的作用。他把拍摄经典电视剧比喻成从零开始的创业，认为“如果创作者急功近利，仅把影视剧当成一门生意，拍出的作品必然没有生命力”。他建议年轻的影视剧工作者多读一点古典名著，充分吸收前人的艺术精华，那样才能变得聪明。

王扶林（赵凤兰 摄）

对不少中国人来说，1987版《红楼梦》和1994版《三国演义》两部电视剧是可以代表一个时代的作品。自诞生以来，它们一直发挥着“科普”文学名著的作用。至2021年11月，某网站重播“弹幕版”四大名著，《三国演义》以一亿三千万的播放量和一百八十八万的弹幕数一骑绝尘，而《红楼梦》在过去三十多年里重播更是多达一千五百多次。

两部经典作品是如何完成的？背后又有哪些不为人知的故事？2021年深秋时节，在原北京军区空军政治部文工团的寓所里，两部作品的导演王扶林接受了笔者的采访。当天，他身着白色棉质衬衫和深蓝色牛仔裤，笑意盈盈地斜靠在沙发上，尽管已是90多岁高龄，却鹤发童颜，面颊泛光，睿智机敏不减当年。

“拍摄《红楼梦》时，作曲家王立平是第一个进组的，当时饰演宝玉、黛玉、宝钗的演员都还没就位，这是为什么？”王扶林以影视剧惯用的悬念手法把我带进了他的红楼世界。

在影视剧中，配乐如同其名，如配角一样长期处于从属地位，许多导演往往拍完了戏才请人根据剧情作词谱曲，但王扶林却反其道而行之。当年，王立平跟着红学家胡文彬和主创们四处参观北京的明清建筑，剧组的人也纳闷：这么早把王立平弄来干吗？

“这就是我跟别人不一样的地方。”为了让演员沉浸式体验角色，王扶林让王立平提前写出《序曲》和《枉凝眉》，演员们踩着音乐的锣鼓点练功、听讲座，生活在一种音乐营造的红楼情境中。

同样，拍摄《三国演义》时，剧本尚未改编好，王扶林就让谷建芬提前拿出一首《滚滚长江东逝水》，让主创们踩着音乐的节奏，回到一千八百年前的历史时空，从中获取创作的灵感。在王扶林看来，影视音乐并非隐匿于画面背后的配角，它与演员的对白共同构成了画面的语言。

1987 版《红楼梦》和 1994 版《三国演义》，给观众留下了深刻印象，演员与原著人物高度贴合，“好似从书中走出来的人儿一般”。谈到对角色的“神还原”，王扶林说：“有人说我会审美，选对了一群姑娘和文臣武将，我说不是我审美水平高，而是我根据原著的要求来选演员，要是自作聪明就坏了。”

按王扶林的经验，选角重在情态传神，气质贴切。演员漂不漂亮倒是次要的，关键要符合原著人物的神韵。“陈晓旭算不上特别漂亮，但她身上有林黛玉的气质，这种气质不是靠演技能演得出的。再如演诸葛亮的唐国强，当时有人认为他是奶油小生，与神机妙算、胸怀韬略的诸葛亮相去甚远，但我觉得他有儒雅之气、智慧之相，非常贴合原著人物的气质。”在王扶林看来，导演一定要有选人的眼光。

即便导演有眼光，1987 版《红楼梦》选演员还是花了三年多时间。为一部戏全国海选演员、耗费数载光阴，这在今天看来是一种奢侈，但正是慢工出细活的沉稳和恒心笃定的赤诚，才成就了经典历久弥新的质感和分量。

王扶林把拍一部经典电视剧比喻成一次从零开始的创业。《红楼梦》是室内戏，他原以为很容易拍，后来真拍起来发现太难了。戏剧讲求矛盾冲突与戏剧性，可《红楼梦》里既没有激烈的矛盾，也没有剑拔弩张的场面，有的只是琐碎的生活细节和复杂的人物关系，比如今天打牌，明天猜谜语，后天做游戏，相互打情骂俏使小性子，要在这些平淡琐碎的生活日常里塑造人物、体现主题，十分考验导演掌控全局和提炼主旨的功力。

为了把《红楼梦》拍得具有吸引力，王扶林采取现代审美与历史审美相结合的原则，不仅借鉴使用回忆、幻觉等当时时髦的视觉表现手法，还与服化道等工作人员认真研究明末清初人们的服饰造型，包括贾宝玉留不留长辫子的问题，同时还要求王立平的音乐既有“大雅”的素养又有“大俗”的魅力。“我们把老祖宗的精华认认真真捧出来,观众怎能不接受？果不其然,《红楼梦》播出后70%的观众是青年人。贾宝玉等人的造型也得到了观众的认可,他的形象既不是现代的,也不是明末清初的,而是演员与化妆师一起创造的。”王扶林说。

不过,王扶林坦言拍《红楼梦》时犯了一个“大错误”。“贾宝玉初见林黛玉时说‘这个妹妹我曾见过’,可在电视剧里却看不到他们在哪儿见过。由于剧中缺少‘神瑛侍者浇灌绛珠仙草’这个铺垫,后面的故事就呼应不起来，这是我们对原著理解不深所致。”谈到1987版《红楼梦》的美中不足,王扶林言语中流露出遗憾与自责。

两部经典电视剧历经二三十年不褪色,王扶林说这是因为文学经典的价值和魅力是跨越时空的，而作为对文学名著的视觉化呈现,1987版《红楼梦》和1994版《三国演义》其实是一种“电视剧文学”。

如今,“电视剧文学”颇受冷落,一些通俗剧制作者追求“好看、好玩、养眼”,乐于生产“文化快餐”。“如果创作者急功近利,仅把影视剧当成一门生意,拍出的作品必然没有生命力。”为此,王扶林给年轻的影视剧工作者提了条建议:“最好多读一点古典名著,从中汲取些历史知识和传统文化,充分吸收前人的艺术精华,那样你才能变得聪明。”

（作者:赵凤兰,《中国文化报》高级记者）

谢飞：为中国电影叩开一扇『走出去』的门

○ 韩业庭

80岁的他，是“延安五老”之一谢觉哉的儿子，也是第四代导演的领军人物，执导拍摄了《我们的田野》《湘女萧萧》《本命年》《香魂女》《黑骏马》《益西卓玛》等享誉海内外的优秀作品，先后获得法国蒙坡利埃国际电影节“金熊猫奖”、柏林国际电影节杰出艺术成就“银熊奖”、柏林国际电影节最佳影片“金熊奖”等多项国际大奖。

谢飞（韩业庭 摄）

2021 年 10 月，在第五届平遥国际电影展上，“延安五老”之一谢觉哉的儿子、第四代导演的领军人物谢飞获颁“卧虎藏龙东西方交流贡献荣誉”。随后的 11 月 12 日至 21 日，由移动电影院（Smart Cinema）等主办的谢飞电影作品回顾展在美国和加拿大举办。

这位 80 岁的导演，虽然只拍了九部电影，但却是向世界传播中国电影文化的重要人物。在新中国电影导演中，他的作品不仅最早进入美国电影院线发行放映，还摘得多项国际电影大奖，比如《湘女萧萧》获法国蒙坡利埃国际电影节“金熊猫奖”，《本命年》获第四十届柏林国际电影节杰出艺术成就“银熊奖”，《香魂女》摘得第四十三届柏林国际电影节最佳影片“金熊奖”，《黑骏马》捧回第十九届蒙特利尔国际电影节最佳导演奖、最佳音乐艺术成就奖。

1965 年谢飞从北京电影学院导演系毕业后就一直留校任教，但他并非将自己拘囿于象牙塔内的“学究派”。几十年中，他一边教学，一边拍片，还积极参加中外电影文化交流活动，为中国电影叩开了一扇“走出去”的门，其中很多故事鲜为人知。一个冬日的午后，谢飞在北京电影学院的办公室里，将那些故事向记者娓娓道来。

1987 年 5 月，谢飞拎着两个铁盒子来到法国戛纳电影节。盒子里装着电影《湘女萧萧》的胶片。影片参加了电影节最大的展映活动。让人没想到的是，电影放着放着，观众突然哄堂大笑。电影中，上一个镜头男女主人公刚开始谈恋爱，下一个镜头女主人公就怀孕了。原来是放映员把第六本胶片中的“6”看成了“9”，中间跳过了很多内容。《湘女萧萧》虽未进入主竞赛单元，但却引起一位美国发行商的兴趣。他希望在美国发行这部电影，还邀请谢飞去美国为影片做宣传。1988 年 3 月 4 日，《湘女萧萧》在美国院线上映。宣传海报上这样写着：“来自中华人民共和国的第一部在美国发行放映的电影。”后来，这位美国发行商又发行了谢飞的《黑骏马》。

那次戛纳之行让谢飞意识到，在好莱坞垄断世界电影市场的情况下，中国电影“走出去”可以采用“文化交流开路，商业发行随后”的策略。《湘女萧萧》之后，《红高粱》《大红灯笼高高挂》《秋菊打官司》《霸王别姬》等多部中国电影，基本都遵循“先在国际电影节上拿奖，然后在国外发行放映”的共同路径。

在谢飞看来，除了国际电影节这样的平台，国外大学电影课堂、教材等都可以成为中国电影“走出去”的桥梁。

前几年在巴西一所大学讲学，谢飞问学生们知道哪些中国电影人和作品。让他吃惊的是，学生们竟然知道贾樟柯的电影《小武》《站台》。原来学生们的一位老师，曾经随导演沃尔特·塞勒斯拍摄了一部名为《汾阳小子贾樟柯》的纪录片，还去了贾樟柯的老家，采访了贾樟柯的家人、朋友、长期合作的演员。回国后，那位老师为学生们开设了一门专门研究贾樟柯电影的课。

谢飞也有类似的经历。有一次他受邀到美国加州大学讲学，为学生们详细介绍了《湘女萧萧》。从人物到故事，从服装到道具，从湘西的风俗习惯到旧中国的童养媳制度，谢飞以《湘女萧萧》为切入点，全面介绍了中国的社会生活、文化百态。加州大学把谢飞的讲座录制成了视频，其中一位教授说，“这是对学生进行中国文化教育的非常好的教材”。

在谢飞看来，相较于进入影院直接被外国观众观看，中国电影进入外国学生的课堂、教材，看似不那么热闹，但却能发挥持续的影响力。老师影响学生，学生再影响他的家人朋友，一代一代进行下去，会潜移默化地推动中国文化在世界各地的传播。正是秉持这样一种传播意识，二三十年来，谢飞走到哪里，就带着自己的电影放到哪里，并以自己的电影为例子，把中国文化讲到哪里。

为了方便电影放映和交流，早在 20 世纪 90 年代中期，谢飞就自费对自己的电影进行了数字化修复，并跟影片版权方签订了使用协议。事实证明，谢飞的眼光十分超前。当年修复一部电影只需要五万元，而现在至少需要三十万元，如果修复成 4K 版则要七十万元。有了电影的数字版和使用授权，谢飞得以在各种电影文化交流活动中随时放映自己的影片。不仅如此，他还授权一些网络平台，进行免费放映。

谢飞说，体现中华文化的经典影视作品是中国文化对外传播的重要载体。可现在一个尴尬的现实是，很多优质老电影躺在库房里，尚未进行数字化修复，无法在数字化时代进行传播。而部分进行了修复的作品无法为社会使用，因为修复单位并非出品单位，不拥有影片的版权。可很多老电影的出品方，如一些老的国营电影制片厂，要么早已倒闭，要么进行了改制，导致很多国产老电影版权不清晰。他呼吁国家有关部门尽快统筹推动解决国产老电影的版权、数字化修复和使用问题。

此外，谢飞认为，中国电影"走出去"不能只盯着实体院线这一个出口。随着互联网技术的进步和融媒体时代的到来，中国电影应该尝试更多诸如网络院线之类的对外传播渠道，国家也应鼓励并推动影院电影、电视电影、网络电影的市场融合及一体化发展。

（作者：韩业庭，《光明日报》记者）

张筠英：扮演每个角色都要『保证完成任务』

○ 刘平安

年近八旬的她曾是天安门城楼上为毛主席献花的小学生，曾是新中国第一部校园儿童故事片《祖国的花朵》中的小女主，曾是话剧舞台上的骨干演员，曾是1986版《西游记》观音菩萨的配音，她是数十年坚守舞台的朗诵艺术家。无论是在演艺舞台上还是在生活舞台上，她都始终不忘初心，尽心尽力扮演好每一个角色，完成好每一项“任务”，肩负起每一个身份应当承担的责任。

张筠英（光明图片）

2021年12月17日，中国文联十一大、中国作协十大胜利闭幕，演员、朗诵艺术家张筠英的人生伴侣、艺术伉俪、同为朗诵艺术家的文代会代表瞿弦和从会场回到家中，把做了大量标记的会议资料，尤其是习近平总书记的重要讲话材料郑重地交给张筠英，她感觉新的任务来了。“习近平总书记的五点希望为我们未来的工作和创作指明了方向，对我来说，这也是新的、需要保证完成的任务。”张筠英说。

说起任务，张筠英对人生中领到的第一个重要任务至今记忆犹新。

张筠英家中客厅的钢琴上摆放着几张照片，其中一张的画面是：天安门城楼上，毛主席背着手俯下身子，面带微笑，顺着一个小女孩手指的方向看向远方。这张照片记录了一段历史，同时也保留了一个小女孩的珍贵记忆。

看着照片，张筠英的记忆回到1953年的北京市东城区培元小学。“我那时读五年级，有一天正在参加跑步比赛，突然被老师叫过去说有人要给我拍照，还说要带我出去玩。后来我才知道是要给毛主席献花。中央来的工作人员偶然看到了我，把我和其他学校的十几名孩子一起带到中山公园，最后留下了我和另一名男孩。”张筠英说，“其实献花的任务并不难，工作人员主要嘱咐的是献花流程以及‘跑过金水桥时别摔倒’，而我已经把它当成了一项光荣使命，暗下决心‘保证完成任务’。”

常常有人问张筠英这次献花经历对自己有何影响，她说，“‘保证完成任务’‘好好完成任务’，这次重要任务在一个孩子心中种下了‘责任心’这颗种子”。直到现在，张筠英还是习惯把很多事当任务来完成，无论是在演艺舞台上还是在生活舞台上，她都始终不忘初心，尽心尽力扮演好每一个角色，完成好每一项“任务”，肩负起每一个身份应当承担的责任。

“让我们荡起双桨,小船儿推开波浪……”这首经典歌曲曾陪伴了无数孩子的成长,至今仍在传唱。它就出自新中国第一部校园儿童故事片《祖国的花朵》,张筠英在其中饰演小女主杨永丽。影片中,杨永丽是一名多才多艺但娇气不合群、没有红领巾的学生,在大家的真诚帮助下最终改变思想,成功加入了少先队。“简单和谐、非常温馨的一个社会,每个人本分地做好自己的工作,作为学生,就是好好学习,将来做一个对国家、对社会有贡献的人。”这是张筠英从影片中得到的启示,而她在拍摄过程中也在尽心尽力地完成自己的任务。

《祖国的花朵》里有一场小女主杨永丽的哭戏(难过地掉眼泪),拍摄当天,张筠英正在游乐场跟小伙伴玩耍,赢了游戏兴奋异常,突然被导演叫到什刹海。“那时候,胶卷都是用外汇买来的,要为国家节约资源,必须要一遍过。我心想干吗非要这个时候拍啊,我刚玩游戏都赢了,愉快的心情压不住,要是哪天输了游戏,肯定能马上哭出来。那天脑子里都是游戏,进不去规定情境,怎么也哭不出来。导演一看这情况,就跟大家说,先散了休息会儿吧。”张筠英回忆说,“为了拍这场戏,灯光师傅爬很高,而且那么多人为这几句台词服务,都围着我转,我却完不成导演给的任务。灯光师傅一下来,愧疚、难过之情瞬间涌上心头,我一个人站那大哭。导演见状,赶紧‘快快快’招呼大家回来继续拍摄。”那场戏一遍过了之后,大家都散了,张筠英还在原地哭,导演说,都拍完了,还拍得这么好,你怎么还哭呢,张筠英抽泣着说,“我刚才浪费大家时间了”。

张筠英当时没想太多,多年后她明白了,责任意识、任务意识从那时起就一直在伴着她成长。“每个人的一生中都会扮演不同的角色,需要完成无数个任务。无论是表演还是做人,我们都要力求问心无愧。作为演员,就要用心用情演好每一个角色;作为朗诵工作者,就要用声用情诠释好每一个作品;作为孩子,就要尊敬长辈、孝敬父母；作为伴侣，就要相敬如宾互相扶持，共同经营好一个家庭；作为父母，就要尽好责任，哺育、教育好下一代。”张筠英认为，这些都是基本责任，也是基本常识，更是每个身份角色需要好好完成的任务。

在文艺界，提到张筠英、瞿弦和夫妇，大家无不艳羡他们的和睦与默契。这对模范夫妻、黄金搭档，从16岁相识相恋后就一直携手同行，既是彼此的人生伴侣，亦是艺术伉俪，二人的形影不离和默契配合在配音主持界传为佳话。“习近平总书记希望广大文艺工作者坚持弘扬正道，在追求德艺双馨中成就人生价值。更强调，立德树人的人，必先立己；铸魂培根的人，必先铸己。我深感德艺双馨的重要性，如果一个人私德败坏、私生活一塌糊涂，即便在艺术上小有成就又何谈通过文艺成风化人呢。”张筠英说。

如今，张筠英、瞿弦和夫妇虽然都已年近八旬，但他们仍然乐此不疲地活跃在舞台上。在庆祝改革开放四十周年、庆祝中华人民共和国成立七十周年、庆祝中国共产党成立一百周年等党和国家重要演出活动中，在围绕决战脱贫攻坚、决胜全面建成小康社会等重大主题创作中，在为抗击新冠肺炎疫情加油鼓劲等基层演出中，总能看到他们的身影，总能听到他们的声音。

“用跟上时代的精品力作开拓文艺新境界”“正确运用新的技术、新的手段，激发创意灵感、丰富文化内涵、表达思想情感，使文艺创作呈现更有内涵、更有潜力的新境界”，习近平总书记在中国文联十一大、中国作协十大开幕式上的重要讲话，让张筠英有了新的方向，她希望借着“世纪诗人音像工程”拍摄以及新书《朗诵实践谈——百篇百感》的创作开拓出文艺新境界。

（作者：刘平安，《光明日报》记者）